# 騙徒

# PRETTY THINGS

Janelle Brown

潔奈兒・布朗——著　趙丕慧——譯

獻給葛瑞格

即使我在遇見你時就不喜歡你，我也應該要改變態度，因為一見到本人你就會立刻明白他也只是個平凡人，而不是什麼代表某種理念的漫畫人物。大概也是這個緣故我才會和文化圈來往不多，因為我由經驗得知一旦我跟某人見上了面說上了話，我就再也不能在知性上殘虐他了，即使是在我覺得應該要的時候。

——一九三八年四月十五日喬治・歐威爾給史蒂芬・斯潘德的信

# 前言

聽說沉入太浩湖就不會再浮上來。湖水的低溫和深度連細菌都活不了，沉下去的屍體也無法腐爛，反而會在湖床上漂泊，永陷幽冥，只是在太浩湖的杳杳生態之中又多了一個有機體。

死亡是沒有差別待遇的。

太浩湖有四分之一哩深，兩百年的歷史，在當地人的口中處處高人一等：他們的湖是美國最深的，最乾淨的，最藍的，最冷的，最老的。沒有人知道湖底都有些什麼，但是人人都確定是既黝黑又奧秘的。還有跟尼斯湖水怪一樣的傳說，太浩湖裡的怪物叫「太浩黛西」，雖然賣出了許多T恤，卻沒有人把它當真。但是深海攝影機在湖床上，也就是一千六百呎以下，拍到過神秘的魚類：通體慘白，樣子像鯊魚，演化出能適應低溫的能耐，血液循環如龜速。這些生物有可能跟太浩湖一樣古老。

還有別的傳說：當年黑手黨控制內華達的賭場時就拿這裡來棄屍；淘金熱時鐵路大亨把這裡當成方便的濫葬崗，掩埋那些為他們建造橫越內華達山脈鐵路而操勞至死的華人移工；還有懷恨而殺死老公的老婆，貪腐的警察，殺人小徑通向湖邊，戛然而止。兒童會在就寢時間互相說著屍體在湖底互撞，睜著眼睛，頭髮漂浮，永陷幽冥的故事。

而在湖面上，白雪輕輕飄落。水面下，屍體緩緩漂移，毫無生氣的眼睛看著逐漸消失的天光，最後沉入黑暗中，再也尋不著。

# 1 妮娜

這家夜店是一間神廟，恣意膜拜紙醉金迷的生活。在夜店的四牆之間沒有批評：沒有民粹，沒有抗議，沒有潑冷水的掃興傢伙。（店門口的天鵝絨繩會把那一切摒擋在外。）這裡有的是穿皮草和名家絲衫的女郎，像異國的鳥類一樣來回閒晃、搔首弄姿，以及牙齒鑲鑽的男人。一瓶一千元的伏特加會從瓶口綻放煙火。大理石、皮革、黃銅全都擦拭得像金子一樣閃亮。

DJ播放了銅管樂，舞者高聲歡呼，舉高了手機，隨著音樂搖擺拍照，因為這裡如果是教堂的話，那社群媒體就是他們的聖經，而小小的螢幕就是他們為自己封神的工具。

而他們是那百分之一的一撮人。年輕又超級有錢。億萬富翁寶貝，百萬富翁千禧世代，酷炫一族。「網紅」。他們應有盡有，而且他們要全世界都知道。奢華的東西，世界上有這麼多奢華的東西，而我們全都有，他們的每一張Instagram照片都在說這句話。貪戀這種人生，因為這是最美好的人生，而我們#得天獨厚。

而在裡面，就在正中央，有個女人。她在忘情地跳舞，燈光也恣意地照著她，照得她的皮膚閃閃發光。她的臉上有薄薄的一層汗水，她的身體跟著音樂節奏旋轉，光亮的深色頭髮左右揮打。走向供酒桌的女服務生必須要繞過她而行，托盤上滋滋作響的煙火隨時都可能引燃女郎的頭髮。又一個洛杉磯的派對女郎在找樂子。

不過，仔細一瞧，你就能看到她半閉的眼睛精明機警，正在監視某人。她監視的是一個幾呎外的男人。

那人醉了。跟一群男性友人懶在雅座裡，全都頂著大油頭，穿皮外套，晚上還戴著古馳墨鏡；二十來歲，揚聲壓過音樂，一口破英語，而且公然色迷迷地看著搖搖晃晃經過的女人。偶爾，這個男的會把臉埋向桌面，吸一排古柯鹼，險些就撞翻了散置在桌上的那一堆空酒杯。一首傑斯（Jay-Z）的歌響起，那人站上了長椅，搖動一大瓶香檳——是稀有的頂極水晶香檳——再噴向人群的頭頂。女人尖叫，價值五萬的泡沫毀了她們的衣服，滴在地板上，害得她們的高跟鞋滑溜不穩。男人哈哈大笑，笑得太厲害，差點就摔了下來。

一名女服務生送上了另一瓶香檳，才剛放到桌上，那人的一隻手就伸進了她的裙子底下，活像她連同香檳一樣都是他花錢買的。女服務生臉色發白，不敢推開他，唯恐會損失可觀的小費：那起碼是她這個月的房租。她無助地抬眼迎向那個仍在幾呎外跳舞的深髮色女郎。就在這時，女郎行動了。

她朝這個男人舞來，然後——哎呀！——她絆了一下，直接摔進他懷裡，把他探進女服務生私處的手撞開了。感激不盡的女服務生趁機開溜。男人以俄語咒罵，但是一發覺是誰摔進了他懷裡，咒罵聲立馬停止，因為這個女人很漂亮——能通過門口保鏢那一關的女人一定都得要漂亮——髮色深，微微帶點西班牙或是拉丁美洲人的五官？雖然不是夜店裡最性感的女人，也不是最招搖的，但她打扮入時，裙子短得曖昧。最重要的是，她在這個男的把注意力立刻移到她身上時連眼皮都沒眨一下，對她大腿上那隻吃豆腐的手，她耳邊的酸臭氣息毫無反感。

她反而跟他和他的朋友坐下來，讓他為她倒香檳，緩緩啜飲，任由這個男的又灌下了六杯酒。這一桌的女人來來去去，她卻坐著不走。掛著笑容，打情罵俏，等到隔幾張桌子某個經常上小報花邊的籃球明星抵達而吸引走全桌男人的目光時，她立刻把一小瓶清澄的液體倒進那人的酒裡。

他喝光了酒，幾分鐘過去了。他推桌而起，想挺直身體，她偏挑在這個時間俯身吻他，閉上眼睛推開反胃感，任他的舌頭——像一條又厚又粉粉的蛞蝓——探索她的舌。他的朋友以俄語不乾不淨地鬼叫著。等她再也受不了了，她就退開，跟他喃喃耳語，然後站起來，拉他的手。不出幾分鐘，他們已經出了夜店，一個泊車小弟跳了起來，叫來了一輛香蕉黃布加迪跑車。

但是現在這個男的覺得怪怪的，瀕臨全身無力的邊緣；他不確定是香檳或古柯鹼，但是他發現女郎抽走了他手上的鑰匙，自行坐上駕駛座時他沒法反對。在他昏倒在乘客座之前，他總算把位於好萊塢崗的地址告訴了她。

女郎小心地駕駛著布加迪穿過西好萊塢的街道，經過了促銷墨鏡和小牛皮皮包的廣告看板，大樓外五十呎高的廣告上推銷著艾美獎提名的電視劇。她轉上前往穆荷蘭大道的蜿蜒馬路，一路上都把方向盤握得死緊。男人在她旁邊打呼，噁心地抓著鼠蹊。終於來到他家的大柵門前，她伸過手去狠狠捏了他的臉頰一把，驚醒了他，好讓他把密碼告訴她。

大柵門打開來，露出了一幢現代主義風格的龐然大宅，牆壁全部是玻璃，簡直是懸浮在城市上空的一個巨型透明鳥籠。

費了些力氣才把這個男人哄下車，女郎也不得不攙著他走向門口。她注意到保全攝影機和看不清盡頭的台階，又注意到男人鍵入的開門數字。門打開後，兩人的耳朵立刻就被尖銳的防盜鈴攻擊，男人忙著按鍵，而女的也留神研究。

屋子裡冷得像地下墓陵，但是環境卻優美。這個男人的室內設計師顯然收到了「多就好」的指示，把整批的蘇富比拍賣品都搬了進來。舉目所見盡是皮革、黃金和玻璃，家具的尺寸都有一輛小車那麼大，擺放在水晶大吊燈下，每面牆上也掛滿了藝術品。女郎的高跟鞋在會反光的大理石地板上咯咯響。玻璃窗外洛杉磯市的燈火閃耀搏動：市井小民的人生在下頭展示，而這個男人則高高飄浮在這裡，安全地和他們隔離開來。

男人又昏迷不醒了，而女郎半拖著他穿過洞穴似的屋子，尋找他的臥室。她在一座樓梯上方找到了，是一間冰寒的白色墓陵，地板上鋪著斑馬皮，枕頭上鋪著絨鼠皮；床鋪俯瞰燈火通明的泳池，夜色中亮得就像是外星人的烽火。她把他弄向床鋪，才剛把他丟上皺巴巴的床單，不到幾分鐘他就翻身吐了起來。她向後躍開以免穢物沾上她的高跟鞋，同時冷淡地盯著這個男人。

等他又暈死過去，她就溜進浴室，拿牙膏起勁地刷洗舌頭。她就是沒辦法刷洗掉他的味道。她打個哆嗦，端詳著鏡中的自己，深呼吸。

回到臥室，她踮著腳繞過地上的嘔吐物，伸手指去戳那個男的。他動也不動。他還尿床了。

這時才是她辦正事的時候。首先，走進他的步入式衣櫃，從天花板到地板陳列著日本牛仔褲和限定版運動鞋，扣領襯衫如五彩繽紛的冰淇淋，細編套裝仍套在袋子裡。女郎走向中央的一張玻璃面展示桌，底下有一整盤的鑲鑽手表。她掏出皮包裡的手機，拍了照片。

她走出衣櫃，回到客廳，一邊走一邊仔細記憶：家具、畫作、藝術品。一張邊桌上放滿了銀框相片，她拿起一個檢查，滿心好奇。是那個男的單臂攬著一個年紀大很多的男子，他如嬰兒的粉紅色嘴唇向上翹，露出笑容，贅肉不客氣地堆在下巴下。年長的男子像個自大的企業巨鱷，而其實他就是：他是米蓋・畢特洛，俄羅斯的鉀鹼財閥，也偶爾是當權者的小弟。而在另一個房間濫醉不醒的人則是他的兒子艾列克西，亦即他朋友口中的「艾利」，而跟他稱兄道弟的全都是俄羅斯的富家公子。這幢擺滿了藝術品和骨董的豪宅則是行之有年的洗錢手法。

女郎繞行屋子，認出了在艾列克西的社群媒體貼文中的物品。有兩張一九六〇年代的義大利設計師龐蒂的扶手椅，可能價值三萬五千美元；一套法國設計師魯曼的紅木餐桌椅，絕對有六位數的價格；一張義大利骨董茶几價值六萬兩千美元——她很確定，因為她在艾利的Instagram上看到之後就去查過了。（茶几上堆滿了羅柏特・卡沃利的購物袋，還加上了#豪爽狂買的文字。）因為艾列克西——跟他的朋友一樣，跟那間夜店裡的人一樣，跟每一個十三到三十三歲之間的特權孩子一樣——會把他大大小小的瑣事都傳到網路上，而她則一直在密切注意。

她轉身，細心評估，傾聽著房間。多年來她學到了每棟屋子都有屋主的個性在，有他們個人的情緒，在寂靜的時刻能夠分辨得出。他們走動和安靜下來的方式，滴答聲、吱呀聲，回聲會洩漏其中的秘密。這棟屋子在光鮮的寂靜之中對她訴說著屋裡的冰冷人生，這是一棟對苦難無動於衷的屋子，只在乎光鮮亮麗以及事物的表面。這是一棟即使樣樣不缺卻空洞的屋子。

女郎又花了不應該花的一分鐘掬飲艾利擁有的美麗藝術品，發現了克里斯多福・伍爾、布萊斯・馬登、依莉莎白・裴頓的畫作。她在李察・普林斯的一幅畫前停駐，畫上是一個戴著沾血口罩的護士被後面的一條影子攫住。護士幽黑的眼神像要奪眶而出，伺機而動。

女郎本人的時間也不夠了：現在快半夜三點了。她最後再巡視各房間一遍，抬頭注視角落，尋找屋內監視器的閃燈，卻什麼也沒看到：對艾列克西這麼個花花公子來說，把自己的荒唐行徑記錄下來可不是什麼明智之舉。最後，她溜出了房子，手裡拎著高跟鞋，光腳走向穆荷蘭大道，攔了一輛計程車。腎上腺素逐漸消退，疲憊滲入。

計程車往東，駛往的這一區房屋沒有大柵門，子午線長滿了雜草而不是精心修剪的青草。等到計程車在回聲公園的一棟覆滿九重葛的樓房放下她時，她已經快睡著了。

她的房子黑漆漆靜悄悄的。她換了衣服，爬上床，實在太累了，懶得把一身的汗和煙味洗掉了。

床上已經躺著一個男人，被子纏著光裸的上身。她一爬上床他立刻就醒了過來，撐起手肘，在黑暗中打量她。

「我看到妳吻他。我該吃醋嗎？」他的聲音微帶口音，睡意極濃。

她的口腔裡仍有另一個男人的味道。「當然不應該。」

他伸手越過她的身體，打開了檯燈，才能更仔細地審視她。他的目光掃過她的臉，尋找著瘀血。「妳害我好擔心。那些俄國人可不是鬧著玩的。」

她在燈光下眨眼，讓她的男朋友一手撫過她的臉頰。「我沒事，」她說，而一切強裝的勇敢終於流失，她發著抖，整個身體都因壓力而顫抖（但憑良心說，也因為整件事的刺激而暈眩）。「我開車送他回去，開他的布加迪。拉克倫，我進去了。我弄到了。」

拉克倫的臉亮了起來。「漂亮！我的聰明女孩。」他把女郎拉過去，熱情吻她，鬍渣刮過她的下巴，兩隻手伸進了她的睡衣底下。

女郎也回應，雙手溜過他的背，感覺到他的肌肉在她的掌心下收縮。她讓自己沉浸到介於亢奮和虛脫的失神狀態之中，像是某種幻夢，過去現在未來交會成沒有時間的一團模糊，她想到了穆荷蘭大道上的那棟玻璃屋。她想到了李察．普林斯的畫，那個沾血的護士盯著底下的冰冷房間，默默地守衛著黑夜。困在她的玻璃監獄裡，等待著。

那艾利呢？早晨他會在他自己乾掉的尿水中醒過來，恨不得能讓腦袋和身體分家。他會發簡訊給朋友，他們會跟他說他帶著一個火辣的褐髮妹離開，可是他卻什麼也不記得。他一開始會猜測他在睡死過去之前有沒有上過那個女的，如果他不記得，那算不算有那麼回事；然後，他會懶洋洋地猜想那個女人是誰。可誰也沒辦法告訴他。

不過我可以告訴他，因為那個女人就是我。

# 2

每個罪犯都有自己的手法，而我的是這樣的：我觀察，我等待。我研究別人有什麼，放在哪裡。這很簡單，因為他們會拿給我看。他們的社群媒體帳戶就像一扇窗，他們把窗子打開來，懇求我去看裡面的世界，同時盤點。

比方說，我是在Instagram上找到艾列克西．畢特洛的——只不過又是瀏覽陌生人的照片，然後我的目光就被一輛香蕉黃布加迪以及坐在引擎蓋上的男人吸引住了，他臉上那副志得意滿的笑容告訴了我他對自己的看法。那個週末，我就把他全摸清了：他的朋友和家人是誰，他愛上哪跑趴，他光顧的精品店，他吃飯的餐廳，他喝酒的夜店，以及他對女人的毫無敬意，偶爾的種族歧視，膨脹到不行的自我。這一切全都加了地理標籤、主題標籤、編了目錄，記錄下來。

我觀察，我等待。然後，機會來臨，我就掌握住。

要接近這類人其實比你想像中要容易。畢竟，他們自己就把每一分鐘的行程都公之於世了：我只需要站到他們的路上就行了。大家都會為打扮入時的漂亮女孩打開大門，不會問很多問題。然後，等妳進去了，一切就靠抓準時機。等著皮包的主人去上洗手間，隨手把皮包丟在桌上；等著掏出電子菸，再等著適當程度的陶醉；等著一群跑趴的人連帶捎上妳，然後等著粗心大意的完美時間。

我學到了有錢人——特別是年輕又有錢的人——非常粗心。

所以艾列克西．畢特洛也會發生這種事：幾個星期之後，這一晚（以及我的存在）會漸漸變成模糊的、因古柯鹼而昏亂的回憶，他會收拾他的LV行李箱，預備跟他十來個尋歡作樂的哥兒們到墨西哥的洛斯卡沃斯去一個星期。他會貼上他登上了一架#灣流噴射機，穿著#凡賽斯，喝著放在#純金冰桶裡的#香檳王，跟#墨西哥的#俊男美女在遊艇甲板上日光浴的照片。

而趁他外出時，有輛廂型車會開到他空蕩蕩的豪宅前，車身會有商標，是一家不存在的家具修復暨藝術藏品商，這只是以防會有鄰居從他們自己的大柵門堡壘往外看。（他們才不會。）我的搭檔——拉克倫，跟我同床的那個男人——會進入屋子，使用我蒐集來的大柵門和前門密碼。他會挑選我指定的東西——兩隻價格稍便宜的手表，一對鑽石袖釦，那兩張龐蒂扶手椅，那張義大利茶几，以及其他一些有價物品——然後他會把東西都裝進廂型車裡。

艾列克西還有很多東西可以偷，但是我們不會偷。我們遵守我在幾年前進這一行時就訂下的規矩：別拿太多；別貪心。只拿走弄丟了也不可惜的東西。而且只偷那些丟得起的人。

偷竊入門：

①不偷藝術品。數百萬的名畫儘管誘人——只要是知名藝術家的作品——卻無法流通。就算是拉丁美洲的毒梟也不會甘願為一幅被竊的巴斯奇亞掏出錢來，因為不能在公開市場上出售。

②珠寶容易偷，但是真正有價值的往往都獨一無二，因此太容易辨認。拿較便宜的，拆解開來，賣掉寶石。

③名牌——昂貴的手表，名牌服飾，皮包——絕對是首選。把百達翡麗拿到eBay上賣，賣給紐澤西州霍博肯一個剛拿到頭一筆優渥的薪水想要讓朋友艷羨的科技新貴。（這時，耐心就是關鍵：最好是等上半年，以免警察機關在監視網路上的贓物買賣。）

④現金。一定是小偷的首選，但也是最難到手的。有錢人家的小孩都帶黑卡，不會隨身攜帶一捆捆的現金。不過有一次我從成都一個電信大亨的兒子擁有的禮車上發現了一萬兩千美元。那一晚可真是大豐收。

⑤家具。這個可就得要有眼光了。你得了解骨董——我就懂，拿到藝術史學位就有這個優點（就算別的地方派上不用場）——而且你還要有銷售的門路。你不能在角落架起一張中島喬治的Miguren咖啡桌，就希望有個口袋裡揣著三萬美金的人會經過。

我從某個叫「購物狂」的實境秀明星衣櫃裡偷過三個柏金包和一件芬迪貂皮大衣。我從某個對沖基金經理的豪宅派對裡順手摸走了一隻明朝花瓶，藏在我的大手提包裡；有個中國鋼鐵業女繼承人在比佛利山飯店的浴室不省人事，手上的黃鑽戒指就被我脫了下來。有一次，我甚至直接從某個二十來歲的YouTube網紅的車庫開走了一輛瑪莎拉蒂，他最知名的影片就是不要命的汽車特技，只可惜我得在卡爾弗城棄車，因為這輛車太扎眼了，賣不掉。

所以——艾列克西的袖釦會賣到市中心某個聲名狼藉的珠寶商那兒，拆解開來再賣出；手表會放到某個網站上的奢華品商店，價格會讓人無法抗拒；而家具則會送到印第安那州凡奈斯的一處倉庫，等著送往最後的目的地。

然後一個叫艾弗蘭的以色列骨董商就會去倉庫查看貨色，把我們的收穫裝進板條箱，運送到瑞士的一個自由港，不會有人檢查貨品的出處，而且海關人員也常常收黑錢。我們從艾列克西那兒偷的東西最後會變成聖保羅、上海、巴林、基輔等地方的收藏品。而艾弗蘭會從中收取百分之七十的利潤，根本就是搶劫，可是沒有他，我們也等於做白工。

而在整個過程結束後，拉克倫跟我可以平分十四萬五千元。

艾列克西要多久才會發覺自己被搶了？從他在Instagram上的活動來看，等他從墨西哥回來的三天之後，宿醉的腦袋都睡清醒了，晃進他的客廳，他才會明白有幾樣東西不見了。以前角落不是擺了兩張金黃色天鵝絨扶手椅嗎？（那一天他會在早上八點在網上貼一瓶培恩龍舌蘭的照片，寫著靠覺得我要瘋了需要龍舌蘭。）不用多久，他就會發現手表不見了。（又一則貼文：他多毛的手臂上戴了幾隻亮晶晶的新手表，地理標籤是比佛利山的費爾德瑪手表公司。不知該挑哪一隻只好全買了。）不過，他不會報警；他這類人幾乎都不會。因為誰想要沾惹文書表格和愛管閒事的警政當局，以及那些討厭的繁瑣小事，也不過就是丟了幾個可能再也找不回來的小玩意，再買不就有了嗎。

超級富豪是不像你我的，知道吧。我們每一天的每一分鐘都知道我們的錢放在哪裡，我們最珍貴的物品價值多少，藏在哪裡。但是那些超屌的有錢人放錢的地方實在太多了，常常會忘記自己有什麼，東西在哪裡。他們對於擁有的奢華品的得意——這輛麥拉倫敞篷車兩百三十萬歘！——往往只是在掩飾他們疏於管理的懶惰。車子撞壞了；畫作被香菸熏黃了；訂製禮服第一次穿就毀了。撇開誇耀的權利不提，美是短暫的：總是有更新的、更亮眼的玩具可以取代。

來得輕鬆，去得容易。

# 3

洛杉磯的十一月就跟別處一樣感覺像夏天。聖塔安娜季風吹來了熱浪，太陽烘烤著滿峽谷的塵土，烤出了臭鼬和茉莉花的味道。我的房子裡九重葛莖藤拍打著窗戶，葉子一簇一簇地掉落。

在偷完艾列克西一個月後的某個星期五，我起晚了，發現屋子空蕩蕩的。我開車下山去買咖啡，上瑜伽課，回家後我拿了本小說到門廊上，準備過個安靜的早晨。我的隔壁鄰居麗莎正把車上的東西搬到後院去，是一袋袋的肥料，鐵定是給她的大麻田用的。她經過時朝我點頭。

我住在這裡三年了：我的小鷹巢，樹林中的一棟兩層樓房子，一百年前建的，原本是獵屋。我和母親同住。我們家位在回聲公園中某個遺世獨立的角落，破舊髒亂，雜草叢生，對於房地產開發商來說交通太不便利，對於那些讓山下的房價一路飆高的貴族化的嬉皮來說又不夠酷。如果你選個陰天站到戶外，就能聽到山腳下州際公路的車流聲；否則的話，在山上這裡，感覺就像遠離塵囂。

我的鄰居在花園裡種大麻，他們收集破陶器，寫詩和政治宣言，拿海玻璃來裝飾籬笆。在這裡沒有人在乎維護草皮的事，反正也沒有哪一家有草皮得修剪。這裡的人重視的是空間和隱私和不批評。我在這裡住了一年才知道麗莎的名字，那還是因為她的《香草季刊》被誤投進我家信箱裡了。

麗莎下一趟過來，我招手叫她，走過我自己家裡無人打理的多肉植物到分隔我們兩家的傾圮籬笆那兒。「嘿，我有東西要給妳。」

她推開了臉上一大束變灰的頭髮，向我走來。夠近之後，我就伸手越過籬笆，塞了一張對折的支票到她的牛仔褲口袋裡。「給孩子們的，」我說。

她戴著園藝手套的手在牛仔褲後擦了擦，在屁股上留下了新月形的泥巴。「又給？」

「工作滿順利的。」

她點頭，歪著嘴一笑。「那，真不錯。對我們也一樣。」她可能覺得她的鄰居，那個「骨董交易商」，定期會給她四位數的支票很可疑，但是她從來不多說一個字。就算她知道，我覺得她也不太可能會批評我。麗莎有個非營利組織，在法庭上為兒童發聲，都是受虐或被疏忽的兒童：我相信她如果知道有些錢是我從這世上被寵得最無法無天的孩子那兒弄來的，她可能會心中竊喜，跟我一樣。

（對，沒錯，我知道送支票是想要讓我自己在良心上過得去——就像那些靠剝削致富的資本家開支票給慈善團體，自稱「慈善家」一樣——可是說真的，這是一種雙贏的情況，對吧？）

麗莎從我的肩頭看著我家。「我看到妳媽在剛天亮的時候坐計程車走了。」

「她去做電腦斷層掃描。」

關心地皺眉。「沒事吧？」

「沒事——只是例行追蹤。她的醫生很樂觀——她前幾次掃描的結果很好。所以很可能……」我沒把話說完，太迷信了，不敢把我最想說的那句話「病情緩解」說出來。

「妳們一定是鬆了一口氣。」她以靴跟為軸，來回搖晃。「那然後呢？要是她沒事了，妳會留下來嗎？」

這個字眼——沒事——在我的心裡引起了小小一陣抽搐。沒事意味著清白，還有藍天、自由、通往未來的開闊道路。最近，我讓自己想像，只是一下下。我發現自己晚上睡在床上，聽著拉克倫淺淺的呼吸，各種可能在我的腦海中翻騰。再來可能怎樣。儘管我做的事讓我覺得亢奮刺激——那種自以為是的正義感，更別提經濟上的提升了——我卻從沒打算一輩子做這行。

「我不知道，」我說。「我在這裡覺得有點待不住。我一直在考慮回紐約。」這是真話，只是幾個月前我向母親提起——也許等妳真的完全健康了，我會回東岸去——她驚恐的表情就足以讓後半句卡在我的喉嚨裡了。

「重新開始或許也滿好的，」麗莎溫和地說，撥開眼前的頭髮，雙眼盯著我。我臉紅了。一輛車開進了馬路，緩緩在凹凸不平的柏油路面上顛簸前進。是拉克倫的骨董寶馬，因為費力爬坡引擎又是呼嚕又是吱嘎。

麗莎揚起一道眉，用小指頭把支票更往口袋裡塞，再扛起了一袋肥料。「改天過來喝杯抹茶，」她說。拉克倫在我後面的車道停好車，她也消失到花園裡了。

車門砰的一聲，然後我感覺到拉克倫的胳臂環上了我的腰，他的老二抵著我的背。我在他的懷中轉身，方便面對著他。他的嘴唇滑過我的額頭，往下到我的一邊臉頰，停留在我的脖子上。

「你的心情很好，」我說。

他後退，解開了襯衫的第一顆鈕釦，擦掉髮際線上的一顆汗珠。拿一隻手遮著臉阻擋陽光：我的搭檔是個夜行性動物，透明的藍眸和蒼白的皮膚更適合黑暗的地方，而不是熾烈的洛杉磯太陽。「呃，其實我有點不高興。艾弗蘭沒來。」

「什麼？為什麼？」艾列克西那一票艾弗蘭還欠我四萬七千元。說不定我不應該把那張支票給麗莎，我想道，心中一驚。

拉克倫聳聳肩。「誰知道？他以前也這樣過；他搞不好是醉死在哪裡了，沒辦法打電話。我留了話。對了，我晚一點要跑回我家，辦點事情，趁我在西邊我會到他的店裡去一下。」

「喔。」原來拉克倫又打算要消失了，等我們的下一件工作出現之後他才會現身。我早知道了，不會問他幾時回來。

我對拉克倫的了解如下：他在愛爾蘭長大，窮得連褲子都沒得穿，家庭是那種天主教超級大家庭，每個櫃子裡都有一個孩子。他把演戲當作是他逃出窮困生活的出路，二十歲就來到美國，想在百老匯試試運氣。那是二十年前的事了，而從那時到我三年前遇見他的那一天之間的事情始終是一團模糊。他選擇說出來的事情，之間的空隙可以讓一輛聯結車開過去。

但我至少知道的是：他沒當成演員。他只跑過龍套，而且都是在小劇場，先是紐約，再來是芝加哥，最後到了洛杉磯，好不容易在某個獨立電影裡得到了大角色，卻因為口音「太愛爾蘭」而慘遭開除。不過最後他發現他的演戲才華可以用在更賺錢，但比較不合法的地方。他成了騙子。

剛認識時我不怎麼喜歡拉克倫；但時間一長我漸漸明白我和他志趣相投。他懂得在人生的邊緣漂泊，看著裡面是什麼滋味。他懂得吃罐頭豆子，心裡卻在想著吃牛排的是什麼樣的人的滋味。懂得藝術的黃金光芒——在他是劇場，在我是美術——可以為醜陋的人生照亮出一條道路來，結果卻發現一路上都是高牆阻擋。他天生就懂得為什麼有人會選擇隱瞞自己的過去。

拉克倫是個可靠的搭檔，卻不是一個非常好的男朋友。我們一塊工作，密切合作，不管需要花費多長的時間，然後他會消失幾個星期，完全不接電話。我知道他自己接工作，他也不告訴我。然後會有一天我半夜三更醒來，發現他溜上了我的床，一隻手滑進我的雙腿間。而每次我都會翻身面對著他，全然開放。我不問他去了哪裡，我不想知道。我只是高興他回來了——而且坦白說，我太需要他了，不敢追問。

我愛他嗎？我沒辦法斬釘截鐵地說我愛，可我也沒辦法說不愛。我還知道他的這一點：他的手一放在我赤裸的肌膚上我就化成了水；他一走進我在的房間，我們之間感覺就像是有電流竄過；他是世上唯一知道我的真面目，我的出身的人，也因此讓我在他面前變得脆弱，而這一點既令人苦惱又緊張刺激。

愛有太多種類——菜單上不是只有一種口味——而我也看不出有什麼理由不能說這是愛。愛的定義隨你來下，只要兩個當事人都同意即可。

在我們相遇之後幾個星期他就說他愛我，我願意相信他。

也說不定他真的是個好演員。

「我得去診所接我媽，」我說。

我開車往西，迎向中午的日頭，回到我的標的活動的那一區。做電腦斷層掃描的診所是在西好萊塢，一棟低矮的建築，像藤壺般攀附著西達賽奈醫療中心建築群。我駛近時看到我母親坐在診所的台階上，指間夾著一支未點燃的香菸，一邊洋裝衣帶從肩膀滑落。

我放慢車速，瞇眼從擋風玻璃看著她。經過停車場的主入口時，我的心龜速爬梳過這一幕的奇異元素：我母親在這裡，在戶外，而我是應該要到診所裡面找她的；她手裡有香菸，雖然她已經戒菸三年了；還有她在十一月的薄光中眨眼時的空洞遙遠表情。

我停在她面前，搖下了車窗，她抬起了頭，綻開一抹虛弱的笑容。她的唇膏，太粉紅了，上唇部分糊掉了。

「我來晚了嗎？」

「沒有，」她說。「我已經做完了。」

我瞧了瞧儀表板上的時鐘，我可以發誓是她說中午來的，而現在才十一點五十三。「妳為什麼在外面？我不是要進去找妳嗎？」

她嘆氣，費力地調整姿勢要站起來，手腕上的青筋暴突。「我受不了在裡面，太冷了。我得出來曬曬太陽。再說也提早做完了。」

她打開車門，小心翼翼坐上皮革皸裂的乘客座。她用巧妙的手法把香菸藏進腰上的皮包裡了。她撥了撥頭髮，瞪著擋風玻璃。「走吧。」

我母親，我美麗的母親——啊，我小時候好崇拜她。她的頭髮有椰子香，在陽光下閃爍著金光；她搽了唇蜜的濕潤嘴唇貼著我的臉頰，留下了她愛的印記；被緊摟在她胸前的感覺，好像我可以鑽進那身柔軟的肌膚裡，安全地躲在她的身體內。她的笑像一支拔高的量尺，在空中飄揚，而且什麼事都能逗她笑：她給我冷凍炸熱狗當晚餐時我的一張臭臉，拖吊車司機抓著巨大屁股一邊把我們的車吊起來時，房東來敲我們的門要求繳清遲付房租而我們躲在浴室裡時。

「不笑難道要哭嗎？」她這麼說，一面搖頭，活像是這麼好笑的事叫她怎麼忍得住。

我母親不再那麼愛笑了。而這一點比發生在她身上的任何事都更讓我心碎。她在醫生告訴我們預後的那天就不再笑了：她並不是像她自己說的「只是累了」，她體重下降不是因為沒胃口。她是長了非何杰金氏淋巴瘤，是一種癌症，雖然可以治療，醫藥費卻很驚人，而且這種惡性腫瘤也很容易會再復發，反覆不斷。

這種事是不能一笑置之的，不過我媽還是想這樣。「喔，甜心，沒事，我會想辦法。最後一定沒事的，」她在醫生離開房間之後就這麼跟我說，緊緊抓著我的手，而我則在哭。她努力讓聲音輕快，但是我從她的話中聽出了她在騙我。

我母親把日子過得就像是在坐火車旅行，期待著下一站：如果你不喜歡下車的地方，就直接坐回火車上，移向下一站。那天在醫生的辦公室裡，她知道了她不僅僅是被火車丟在最糟糕的車站上，而且還可能就是她的終點站。

那是將近三年前的一天了。

所以這是我母親現在的樣子：頭髮仍短短的，最後一輪的化療後又長出來的，鬈髮現在變粗了，黃金色澤有點走調了。胸部凹陷，肋骨明顯。柔軟的雙手血管暴露，儘管搽了櫻桃紅指甲油想要轉移焦點。憔悴虛弱，不再柔軟，不再光芒四射。四十八歲的人卻讓人以為她是五十八歲。

她今天費心打扮過——洋裝、口紅——令人振奮，但是我甩不掉那種不對勁的感覺。我發現了一疊折成方塊的紙塞進她的裙子口袋裡。「等等——妳已經拿到結果了？醫生怎麼說？」

「什麼也沒說，」她說。「他什麼也沒說。」

「騙人。」我伸手過去抽她口袋裡的紙，她一把打開了我的手。

「我們去修腳好不好？」她說，聲音就跟吃著代糖棒棒糖的小孩子一樣又假又膩。

「妳跟我說說今天的檢查報告好不好？」我又去抽，這一次我母親動也不動。我把紙張從她的口袋裡搶過來，仔細地攤開，心跳攀升到快速的斷奏，因為我已經知道結果是什麼了。我母親認命的表情，她的眼影剛糊掉擦拭過所以眼睛下有模糊的黑色污漬，在在都知道了我。我會知道是因為人生就是這樣子：你才剛覺得你運球來到了球門區，一抬頭就發現球門柱又向後移動了，而你卻把全副心神都放在你眼前的草皮上。

所以即使我的眼睛掃過電腦斷層掃描結果——看不懂的圖表，密密麻麻的醫療術語——我已經知道我會看到什麼了。果然，就在最後一頁上：熟悉的灰色腫瘤的流血陰影切過我母親的身體，無固定的形狀包裹住她的脾、她的胃、她的脊椎。

「我復發了，」我母親說。「又一次。」

我又在自己的胃裡感覺到了，那種熟悉的、黑漆漆的無助感擴散開來。「天啊，不，不，不，不。」

她抽走了我手裡的紙張，小心沿著折痕折好。「我們本來就知道可能會這樣，」她溫和地說。「我們不知道。上一次的治療應該就行了，醫生說的，所以我們才……天啊。我不懂……」

我還沒說完就閉上了嘴巴，因為這不是我的意思；可是我的第一個想法是我們買了假貨。可是他說了……不公平，我心裡想，像個使性子的孩子。我換上了停車檔。「我要去找醫生談一談，可能是弄錯了。」

「別去，」她說。「拜託。我跟霍桑醫生都談過了，我們已經有了計畫。這一次他想要試試放射免疫治療。有一種全新的藥——好像是叫Advextrix？——食藥署剛核准，效果真的很不錯。甚至比幹細胞移植還要好。他覺得我是很不錯的候選人。」輕聲一笑。「優點是這一次我不會掉頭髮了。我不會像個母球了。」

「喔，媽。」我勉強一笑。「我不在乎妳的頭髮像什麼樣子。」

她堅定地瞪著擋風玻璃外。看著在比佛利大道上飛馳而過的車子。「那個藥。很貴。我的保險不給付。」

那還用說。「我會想辦法的。」

她斜睇我，眨了眨凝結著眼影的睫毛。「每一劑大約要一萬五千塊，我會需要十六劑。」

「妳不用擔心錢的事，妳只操心怎麼再好起來就好，其他的都交給我。」

「我知道。我只相信妳一個人，妳是知道的。」她看著我。「喔，甜心，別那麼難過嘛。最重要的事是妳跟我還有彼此，我們一向就只有彼此。」

我點頭，伸過手去握住她的手。我想到了家裡書桌上放的一張帳單，是我母親上一輪治療的發票——應該要用艾弗蘭給的錢來支付的帳單。她的非何杰金氏淋巴瘤這下子是第三次復發了：第一次治療（基礎化療，我母親的陽春型保險只支付部分）和第二次（侵略性的幹細胞移植，保險完全不給付）都沒能讓癌細胞消停超過一年。我最近把我母親的醫藥費加總了一下，高達六位數。這一次——她的第三次——會突破到七位數。

我好想尖叫。幹細胞移植應該是有百分之八十二的成功機率的，所以我把癌症緩解當作是必然的結果，因為我母親是那百分之十八的機率會有多高呢？我不就是因為這樣才會點頭吃下移植的天價費用，眼睛都沒眨一下嗎？這幾年來我做的事不就是為了這個嗎？

*我們離海闊天空就只差一步了*，這是我當下說給自己聽的話。我讓引擎轉動，匯入車流。直到我感覺到母親涼涼的手按著我的手，塞了一張面紙到我的拳頭裡，我才發覺我在哭。但我不是很肯定眼淚是為何而流的：是為我母親，哭隱形的腫瘤又一次從內部吞噬她，或是為我自己，哭我的將來又是一片烏雲密佈。

我母親跟我幾乎是一路沉默回家，她的診斷結果有如一塊巨岩重重地壓在我們之間。在我心裡，我在瀏覽整件事的再來呢：用藥只是一半考量，醫藥費絕對會到五十萬。樂觀一點來看，我目前沒有新的目標；我真是天真，還以為我能金盆洗手，重新開始。這時，我在心裡梳理那些我在社群媒體上仍圈定的臉孔，那些當前正在比佛利山尋歡作樂的太子黨和富家女。我努力記憶他們在Instagram上的炫富品項。思考這個讓我燃起一小簇卑鄙的火花，一小股怒氣，幫助我從潛伏的疲憊中浮升。又來重操舊業了。

到家後，看到拉克倫的車子仍停在車道上，我倒是意外。我們停車時窗帘後有動靜，他蒼白的臉在玻璃後一閃即逝。

進屋後，我發現燈光全暗，百葉窗都拉了下來，我的家一片陰暗。我打開了燈，看見拉克倫站在門後，突如其來的光亮害他猛眨眼。他把燈關掉，把我從門口拉走。

我母親在我後面不知所措，他停下來扭頭跟她說：「莉莉美人，妳沒事吧？檢查結果怎麼樣？」

「不太好，」我母親說。「可是我現在不想說。屋裡為什麼不開燈？」

拉克倫低頭看我，滿臉關切。「妳跟我需要談一談，」他輕聲說，抓住我的手肘，把我帶向客廳一角。「莉莉美人，不介意吧？借用妮娜一下。」

她點頭，卻極緩慢地走向廚房，眼中閃爍著好奇。「我來弄午餐。」

等她離開了聽力範圍之外，他就把我拉近，附耳跟我說：「警察來了。」

我猛地後退。「嗄？幾時？」

「就在一兩個小時前。妳去載妳媽之後不久。」

「他們要幹麼？你跟他們說話了嗎？」

「媽喔，沒有，我又不是白痴。我躲在浴室裡，裝作沒人在家。可是他們在找妳。我能聽到他們問妳的鄰居妳是不是住在這裡。」

「麗莎？她說了什麼？」

「她說她不知道妳叫什麼名字。滿敢的，那個女的。」

謝謝妳，麗莎，我心裡想。「他們有沒有跟她說找我幹麼？」拉克倫搖頭。「那，如果是嚴重的事，他們不會客客氣氣地來敲門。」我的聲音卻不太穩。「對吧？」

我轉頭看到母親站在那兒，手上端著一盤蘇打餅乾。她的眼睛從我身上閃到拉克倫身上，再回頭看我，我這才明白我剛才可能太大聲了。

「妳做了什麼？」她問。

一時間，我無言以對，因為這種問題我應該要如何回答？

三年了，我母親的病情害她不能工作，只好由我來養活我們兩個。表面上，我是個為私人服務的骨董商，幫東區的嬉皮把家裡擺滿中世紀的北歐設計和巴西的現代主義家飾。為了這個表象，我在高地公園租了一間十乘二十大小的店面，櫥窗擺了幾張堆積灰塵的挪威設計師托爾比約恩・阿夫多的椅子，立了個「預約制」的牌子。一星期我會開車過去幾次，坐在安靜的店裡，看小說，用筆電研究Instagram。（同時也可以用這個法子來讓我比較不合法的收入洗白。）

所以我假裝我偶爾靠一個櫃子抽成百分之二十，獲得六位數的收入，支付我們母女倆的生活費，外加醫藥費和我驚人的大學貸款。說起來也許像作夢，但並不是不可能的。可是我母親當然覺得事情沒有這麼簡單，畢竟，她也是騙子（更精確的說法是曾經是）；一開始就是她介紹我跟拉克倫認識的。

我母親和拉克倫是在一場賭注很高的牌局上認識的，那是四年前了，那時她仍然能夠工作。「騙子一眼就能認出同行來，」拉克倫跟我是這麼解釋的。專業上的敬意逐漸發展出友誼來，只是莉莉在他們能有機會合作之前就病倒了。那時我被叫回洛杉磯來照顧她，莉莉幾乎下不了床，而拉克倫適時伸出了援手。

至少拉克倫是這麼跟我說的。我母親和我完全不討論拉克倫的職業，連同其他的禁忌話題，像是家人、失敗、死亡，一起埋藏了。

所以她當然會懷疑拉克倫是不是把我訓練成了騙子——我們晚上消失不見時是否不僅是去「泡吧」——但是我們迴避這個話題，小心翼翼走在假裝和裝睡的界線之間。就算她猜到了真相，我也絕不會跟她承認。我受不了看見我母親對我的失望。

可現在我卻不免覺得我是個白痴才會以為真的騙過了她。因為從她的表情來看，她非常清楚警察找上門來是為了什麼。

「我什麼也沒做，」我立刻就說。「別擔心。我相信一定是誤會。」

但是我母親的眼神跟我的一來一往，我知道她在擔心。她從我的肩膀看向拉克倫，看出了什麼，表情一變。

「妳應該離開，」她木然說道。「現在就走。到別的地方去。在他們再來以前。」

我笑了。離開。是喔。

在我成長的期間，如果說有哪件事是我母親最拿手的，那就是離開。我們第一次離開是我七歲那年，有天晚上我母親拿獵槍把我父親趕出了公寓；依照我的計算，在我高中畢業之前，我們搬家了將近二十四次。付不起房租，我們離開；吃醋的老婆找上了門來，我們離開；警察掃蕩賭場，把我母親帶進局裡問話，我們離開。我們因為我母親覺得留下來她可能會被逮捕時離開；我們在機會枯竭時離開；我們在她單純不喜歡這個地方而離開。我們離開了邁阿密、亞特蘭大市、舊金山、拉斯維加斯、達拉斯、紐奧良、太浩湖。我們甚至在我母親答應我不會再搬家時離開。

「我不會離開妳的，媽。別鬧了。妳得了癌症，妳會需要我來照顧妳。」

我以為她會哭，會軟化，但是她的表情卻變得冷靜僵硬。「醒醒腦子，妮娜，」她輕聲說。「妳坐了牢是一點也幫不上我的。」

我在母親的表情上看到了幻滅，甚至是怒氣，像是我害她失望，而我們兩個都得要付出代價。而來到洛杉磯頭一次，我真的被我自己的變化嚇到了。

# 4

對，我是個騙子。你或許會說龍生龍，鳳生鳳，老鼠的孩子會打洞——我的祖輩是一堆詐財的小流氓和小偷，投機分子和明目張膽的罪犯——但是說真的，我的養成教育並不是這樣的。我是有前途的。至少在我母親發現我晚上拿手電筒躲在被子底下讀《傲慢與偏見》時是這麼跟我說的：「妳有前途，寶貝，家裡的第一個。」我在她的男性訪客面前表演，心算長除法，而他們則坐在我們凹陷的沙發上喝髒馬丁尼：「我女兒是不是很聰明？她有前途。」我明知讀不起卻告訴她我想念大學時：「錢的事不用妳操心，甜心。這是妳的前途。」

曾有一陣子，我真的相信她。我深信偉大的美國迷思，清教徒的「埋頭苦幹，爾必成功」的精神。那是遠在我以為遊戲區的地是平坦的，後來才發現根本就不是；事實上，對於大多數不是出生在特權階級的人來說，遊戲區是陡降坡，而且你跌落在谷底，身上還綁著一塊大石頭。

不過，我母親有那種讓你相信的本事。這是她偉大的天賦，她甜美的騙術。她可以用那對天真的眼睛搞定男人，那雙眼睛又大又藍，有如春天的湖泊，把男人騙得團團轉：支票立馬就開，她皮包裡的項鍊是別人放錯了地方，她對他的愛前無古人後無來者。

她真正愛過的人只有一個，就是我；這一點我是知道的。只剩我們母女倆在這個世上求生，從她把我父親踢出去之後就是如此。所以我一直相信我母親不可能會騙我，不會對我的前途說謊。

也許她是沒說謊，至少不是蓄意的。她真正騙的那個人其實是她自己。我母親就算是個騙徒，也不會憤世嫉俗。她相信，她真的相信，人生中是會有機運的。我們總是在功成名就的邊緣，即使我的皮鞋用膠帶黏住，或是一連三個星期晚餐是烤馬鈴薯。而等那樣的機會到了——她在牌桌上大贏特贏或是釣到一條大魚時——我們就會生活得像女王。到飯店餐廳吃晚餐，車道上停著一輛紅色敞篷車，一個綁著大蝴蝶結的芭比夢幻屋。要是她看得不夠遠，沒能預見敞篷車被回收員拖走的那一天，誰又能怪她？她相信人生自會照看我們，而且也總是如此，直到它不再照看的那一刻。

我母親長得漂亮卻不是大美人，不過她卻比大美人要危險得多。她有一種性感小貓的天真外表，膚色有如夏日的桃子，膚質有如兒童一般無瑕。那對藍色大眼睛，金色秀髮用瓶子稍微捲過。她的身材豐腴，經過一番習練，搖曳生姿恰到好處。（有一次我偷聽到賭城的一個高中小子叫她『大波霸』，不過在我狠揍他一頓之後他就再也不敢了。）

莉莉．羅素是她的真名，不過她大多數時候都用莉莉．羅斯這個名字。她是義大利人，她的家庭跟黑手黨有關係，至少她是這麼說的。我不知道——我沒見過外公外婆，在她跟某個哥倫比亞撲克玩家未婚生子（就是我）之後，他們就跟她斷絕了關係。（我也不知道哪個罪更不可原諒：寶寶，沒有婚戒，或是情人的國籍。）她有一次跟我說我外公曾在巴爾的摩當過黑手黨的打手，打死過六個人。她好像不願再待在這個家裡，而他們也不想要我們在他們跟前。

我剛出生的幾年完全是由我父親主導的，他的賭博生涯害得我們像候鳥一樣遷徙，我們的落腳處隨季節或是他的賭運而變。現在想起他來，我主要是記得他檸檬味的鬍後水，還有他把我抱起來高高上拋，我的頭髮都擦到天花板了，我驚嚇地尖叫，我母親尖聲抗議，而他則哈哈大笑。說他是騙子不如說他是個惡霸。

那時，我母親打零工——主要是端盤子——但是她主要的工作是保護我不受他的傷害：在他爛醉回家時把我關在房間裡，挺身迎向他的拳頭以免我遭殃。有天晚上，我那時七歲，她沒能把我安置好，結果他把我抓起來往牆上摔，摔得我一時昏死了過去。等我恢復意識，就看到我母親臉上滴著血，拿著我父親的霰彈槍對著他的鼠蹊。她輕盈如羽毛的溫柔聲音變得嚴厲致命：「你敢再動她一下，我發誓我會轟掉你的卵蛋。給我滾出去，不准再回來。」

他乖乖照做，像條狗一樣夾著尾巴逃之夭夭。隔天天還沒亮，我母親就收拾好包袱，我們駕車離開了紐奧良，前往佛羅里達州去找她「朋友的朋友」。她轉頭看著乘客座上的我，抓緊我的手。「妳跟我只有彼此了，」她沙啞地低聲說。「我絕對、絕對不會再讓別人傷害妳。我發誓。」

她說到做到。我們隔壁公寓的一個男生偷了我的腳踏車，她氣沖沖殺到中庭，把那個男生一把推到牆上，嚇得他哭了起來，說出把車子藏在哪裡。我班上的女生嘲笑我的體重，她直接找上她們家按門鈴，對她們的父母叫罵。哪個老師敢當掉我就一定會在停車場嚐到我母親的怒火。

而如果當面衝突解決不了問題，她就會使出終極絕招。「好吧，」她會這麼說。「我們搬家吧，重來一遍。」

把我父親趕走引發了意想不到的結果。我母親端盤子打工再也付不起日常花費了，所以她只好重拾她唯一知道的行業：犯罪。

我母親的絕活是軟性的脅迫。她用色誘當手段，詐取信用卡、銀行帳戶、一個可能幫忙付一陣子房租的冤大頭。她鎖定已婚男子，那些行為不檢的下流胚子戶頭裡突然少了五千元也不敢去報警，唯恐驚動了他們的老婆。有權有勢的男人滿腦子都是他們自己，不會承認被區區一個女人騙了。我覺得她是在報復每一個低估她的男人：那個在高中騷擾她的英文老師，那個跟她斷絕父女關係的父親，那個打黑她眼睛的丈夫。

如果她沒有鎖定什麼標的，她就在賭場流連，在牌桌上等待機會送上門來。有時我母親會讓我穿上最好的衣服——藍色天鵝絨、粉紅色塔夫綢、發癢的黃色蕾絲，都是「羅斯廉價百貨」買來的——帶我到她工作的華麗宮殿去。她會把我寄放在最好的餐廳裡，給我一本厚厚的書和一張十元鈔票，女服務生會拿核果和橘子汽水來哄我，而我母親則去巡視。如果那晚沒事，我母親就會帶著我到處逛，教我如何扒走外套口袋裡的錢包，勾走椅背上的皮包。一路還給我上課：鼓鼓的後口袋比打開的皮包更值得下手。男人的自我跟他們的錢包大小成正比，而女人卻覺得現金太笨重。或是：別衝動行事。一定要尋找機會，可也別看到機會就下手，除非先思考過三個步驟。

「錢不多，」她在賭場的洗手間裡翻揀一個皮夾時低聲說，「可是夠付一次車貸了。所以，也不壞，對吧？」

我年輕時覺得很正常，那只是我母親的工作。別人的父母打掃房子或是清除牙垢或是坐辦公桌敲鍵盤，我母親去賭場拿走陌生人的錢。而且她做的事跟賭場老闆做的事其實一模一樣，起碼她是這麼跟我說的。「世上的人可以分成兩種：那些坐等著別人給他們東西的，還有那些想要什麼自己去拿的。」她會緊緊摟住我，假睫毛拂過我的額頭，她的肌膚有蜂蜜的味道。「我知道不應該等待。」

我母親就是我的世界，她的身體是我知道的家。那是我的歸宿，在一個變動不定的世界裡，這個世界裡的「朋友」就是妳拋在腦後的女生，流水似的筆友，明信片上的一個名字。我不為我格格不入的童年怪她，即使是現在。我們太常搬家了，不是因為她想當個更好的媽媽，而是因為她當得太用力了。她總是相信下一站會更好，對她，對我。所以我們才不跟她的父母聯絡，所以我們丟下了我父親：因為她是在保護我。

青少年時我在學校裡裝隱形人——總是坐在教室的後面，一邊吃三明治一邊看夾在課本裡的小說。我體重過重，頭髮五顏六色，穿得像合唱團成員，遏阻了可能的朋友，也避開了最後被拒絕的失望。我的成績不上不下，既不會糟到讓任課老師注意我的存在，也不會好到出風頭。但是我在拉斯維加斯一所龐大的、水泥地面龜裂的中學念七年級時，一位英文老師終於發現了我「欠栽培的潛能」，打電話給我母親請她到校會談。突然之間我被送去做神秘的測試，測試結果我母親不肯讓我看，但是卻讓她在我們的公寓裡外行走都帶著嘴唇抿成一線的堅毅表情。流理台上開始堆滿了小冊，我母親以得意洋洋的姿態往厚厚的信封上貼郵票。一個新的未來正為我擬定。

一年級期末時某個春天的晚上，我母親在熄燈之前進了我的房間，坐在我的床沿，一身的晚禮服；她輕輕掰開了我手上的書，開始用她柔柔的、呢喃的聲音說話：「妮娜，寶貝，現在該是我們真的注意妳的將來的時候了。」

我笑了。「妳的意思是說我長大以後是想當太空人還是芭蕾舞伶？」我去抓我的書。

我母親把書拿開。「我不是在開玩笑，妮娜．羅斯。不准妳以後變得跟我一樣，好嗎？要是我們不抓住現在的機會，那妳就會變成我這樣子。」

「跟妳一樣有什麼不好？」雖然嘴巴上這麼說，我卻知道她的意思。我知道做母親的是不應該每天晚上不在家，白天睡覺的；她們不應該監視鄰居的信箱找信用卡和新的支票簿；她們不應該因為被當地警察盯住了就一夜之間收拾好行李駕車逃逸。我愛我媽，我原諒她做的一切，可是我坐在那張凹凸不平的床上，在我們最近租的蟑螂橫行的公寓裡，我了解了我並不想跟她一樣。不再想了。我知道我跟她一塊走在學校走廊上的感覺——老師們瞪著她的緊身洋裝和細高跟鞋，她漂白過的如雲頭髮，她搽著莓果紅的嘴唇——那是一種絕對不要跟她一樣的欲望。

可我想當什麼人呢？

她俯視她手上的書，努力看懂標題。我在讀《遠大前程》，是英文老師送我去測試之後不久給我的。「智力非常優越。智商的測試結果是這麼說的。妳將來想當什麼都可以。絕對不會是個小騙子。」

「那我可以當芭蕾舞伶嘍？」

她白了我一眼。「我這一生一直沒有一個公平的機會，可現在妳有了，所以媽的，妳得把握住。所以我們要搬家了。又一次，我知道。可是內華達山脈，太浩市有個預備學校，它提供我們經濟援助。我們要搬到那裡去，妳要專心念書，而我會去找個工作。」

「那種真的工作？」

她點頭。「那種真的工作。我在那邊的一間賭場找到了荷官的工作。」

雖然我聽見她的話心裡顫了顫——說不定我們終於要變成正常的家庭了——我心裡那個十五歲大的酸葡萄卻不太能相信。「那是怎樣？我去考了個試妳就覺得我有一天會上哈佛了？然後選上美國第一位女總統？得了吧。」

她往後坐，以坦誠的藍眼睛注視我，眼睛大得像銀幣，平靜得像月光。「唷，甜心。有何不可呢？」

不用說，我並沒有當上第一位女總統。或是太空人，或是活見鬼的芭蕾舞伶。不，我是上了大學（不是哈佛，差遠了），拿到了博雅學位，畢業時身上揹了六位數的學生貸款和一張紙，這張紙讓我有資格做幾乎沒有一件有價值的工作。我以為光是聰明和勤勉就能為我開拓出一條通往不同人生的道路。

所以我最後成了騙子，會奇怪嗎？

# 5

「妳母親說得對。我們應該離開。今天就走。」同一天的晚上，拉克倫跟我溜到一間無名的好萊塢運動酒吧，躲在最暗的角落裡壓低聲音說話，活像有人會監聽似的，其實酒吧裡只有一群穿橄欖球球衣的兄弟會模樣的人，醉得壓根就不會注意我們。到處都有的電視機大聲播送著賽事。「我們就離開個一陣子，摸清楚情況再說。」

「可是說不定什麼事也沒有啊，」我抗議道。「說不定跟我們沒關係。說不定警察只是到我家來……我也不知道是為什麼。走訪社區。搞不好我家附近有犯罪活動，他們是來通知我們一聲的。」

拉克倫哈哈笑。「達令，我們就是那個犯罪活動。」他兩手的指關節互碰。「聽著，條子來了以後我打了幾通電話。艾弗蘭消失了，上星期起就誰也沒看過他，而且他還是不接電話。小道消息說他被警察抓了。所以——」

「他欠我四萬七欸！」我抗議道。「而且倉庫裡還有幾樣東西他要幫我們搬走的。那兩張龐蒂扶手椅——他說一張至少能賺一萬五。」

他用舌尖碰了碰乾裂的嘴唇。「唉，這個是最不起眼的問題了。警察來過妳家。艾弗蘭八成是為了減刑把我們供了出來，也可能是妳的名字就在他的聯絡人檔案裡，而他們在釣情報。無論如何，我們都應該要暫時離開，讓塵埃落定。要是我們聽說他們發出了我們的通緝令，我們就會知道真的該跑路了，但是起碼我們可以領先他們一步。」

「我們非得跑路嗎？」我的頭轉個不停。「不可能啊，我得照顧莉莉。」

「對，這一點妳母親也說得對。妳坐了牢可沒法子照顧她。」他開始扳指關節，輕輕拉扯每根手指，拉出一聲噁心的喀。「喂，我們就休息一會兒，換個地方工作。洛杉磯這裡顯然太熱了，我們在這裡也有一陣子不能工作。找個新獵場也不妨礙什麼，至少去個幾個月。」他把小指頭折了，我縮了縮。

「幾個月？」我想到了又在我母親的全身伸長觸手的癌症，我想像她孤單地躺在醫院病床上，靜脈注射管插入她的血管，機器穩定的嗶嗶聲。我想說句諸如我當初並沒有要這樣的話，但是這麼說不是實話。我知道我做的是什麼，我只是相信拉克倫會心裡有數，不會讓我們被逮到。我們一直很小心，從來不拿太多，即使條件許可。規定——是應該能保護我們的。

他淡淡地看著我。「不然我們可以分道揚鑣。看妳。不過我是要走了。」

我被他的話中的冰冷計算弄得啞口無言。搞了半天我只是個商業提案，一變得不方便就可以隨便拋棄？我的酒沒法喝完。「我以為……」我不知道該怎麼說。我以為什麼？我們會一輩子不分開？一塊洗心革面，買棟郊區的房子，養一兩個孩子？不，從來就沒有這個可能。那為什麼我覺得這麼扎心？因為我沒有別人，我瞬間恍然。

「哎唷，妮娜，親愛的，別那副表情嘛。」他伸手越過桌面，手指與我的交纏。「不會有事的。跟我走，我保證我們可以解決這件事情。我們可以到近一點的地方，讓妳還可以定期回來看妳母親。就開車可到的地方，像北加州，或是內華達。不過需要稍微偏僻一點的地方，我們才能避風頭。也許選個休閒區，像蒙特里，或是納帕。」他捏捏我的手。「或者，嘿——太浩湖怎麼樣？矽谷的億萬富翁都去那兒度週末，對吧？妳有沒有追蹤那邊的人？」

但是我想的是如果我離開了會發生什麼：在我母親因為治療而變得衰弱時我得請看護來照顧她，我得請人來接送她去醫院，也得有人拆開那些驚人的帳單去付款。前提是我還有錢可付。我母親是命懸一線：只要我們的銀行戶頭裡沒錢了，就不會有什麼實驗性的放射免疫治療。我實在沒有別的選擇。

我們立刻就需要一件工作，而且報酬得豐厚；而我的腦子被拉克倫剛才說的什麼話給勾動了。太浩湖。

酒吧裡有人吵架，我一轉頭及時看到一個橄欖球迷吐得滿地都是。他的朋友哈哈大笑，好像覺得很爆笑。酒保是個金髮女郎，兩條胳臂全是刺青，一臉殺人的表情，我和她視線相遇，我知道她得要清理爛攤子。總是女人來。

我回頭看著拉克倫。

「說真的，我有，」我說。「你聽說過凡妮莎．利布林嗎？」

凡妮莎．利布林。這個名字和這張臉我追蹤了十二年，雖然她是在四年之前才出現在社群媒體上的。西岸利布林家族的女繼承人，這個家族歷史悠久，多角經營，從不動產到賭場無所不包。不過，凡妮莎並沒有進入家族事業，反而成為「Instagram時尚教主」。用大白話來說：她環遊世界，拍攝自己穿著華服的照片，隨便一件的價錢都比縫紉那些衣服的女人一年的收入還要多。就靠這種不三不四的技能——在巴林穿寶曼，在布拉格穿普拉達，在哥本哈根穿思琳——她圈了五十萬追蹤者。她把她的Instagram貼文冠上「人生勝利組」的名稱。

研究她的Instagram貼文——我就有，而且是巨細靡遺——你會看到她最早期的貼文是標準的富家女作派：炫耀她的新范倫鐵諾包；摟著她的馬爾濟斯貴賓犬「巴格斯先生」的大特寫自拍；偶爾一張從她的翠貝卡閣樓上拍攝的紐約天際線。五十張的貼文之後，她可能是了解了當網紅可以改變她的生涯，她的照片性質就有了急遽的提升。突然之間，不再是自拍了，而是由別人掌鏡，可能是拿錢來記錄她的每一件新衣、每一口瑪奇朵的攝影助理。看，凡妮莎帶著巴格斯先生在蘇活區漫步，握著一堆氦氣球。看，凡妮莎坐在香奈兒時裝秀的前排，在一片漆黑之中戴著墨鏡。看，凡妮莎穿著紅色絲質洋裝在河內的一個牙齒不整的糯米小販旁擺姿勢：越南人好多彩多姿又質樸自然喔！（#古馳上衣，#范倫鐵諾涼鞋。）

她經常跟其他衣著昂貴的女性到這些異鄉旅遊，她們也都是網紅，被她冠上了#時尚小組之名。Instagram上有幾百個——幾千個！——跟她做同樣事情的女人，她既不是最高調的，也不是最浮誇的，但她顯然是找到了她自己的觀眾。還有一連串的收益，因為她開始幫珠寶商和瓶裝綠色果汁代言。

也出現了一個帥哥男朋友，兩人總像扭股糖似的摟著抱著，彷彿是要向追蹤者證明他有多麼的愛慕她。那隻狗有牠自己的主題標籤。而同時，她越來越像紙片人，皮膚也越曬越黑，頭髮越來越金黃。最後，她羞澀地透過五指看著鏡頭，無名指上出現了鑽戒。各位，她寫道，我有消息要宣佈。一堆會員制的婚紗公司內部的照片；她的眼睛從一盆插花的上緣露出來。我覺得牡丹好。

但是接下來，從今年二月開始，她的貼文調性忽然變了。有一張大特寫，是男人的手，佈滿了老年的肝斑，放在醫院病床邊。文字說明是：我可憐的爹地，願他安息。然後，有幾週的時間，一片空白，只有短短的留言：抱歉各位，陪伴家人時間，很快就回來。等她回歸後，她的衣著——現在是黑色的，一大堆黑色——穿插著一般的警世名言。沒有什麼是不可能的——世界自己就說「我是可能的！」只有一個人是你應該要孜孜矻矻改善的，就是昨天的你。快樂不是唾手可得的，而是要來自你自己的行動。

她左手上的鑽戒消失了。

最後，是一張她在曼哈頓閣樓的照片，空無一物，地上堆滿了箱子。各位：該啟程去新的冒險了。我要搬回我家在太浩湖的祖傳度假屋了。我會把房子修理好，同時在偉大的大自然母親懷抱裡度一些「我的時間」！繼續跟著我冒險唷！

這兩年來我一直在遠處盯著她的一舉一動，厭惡地批評她。她是個被寵壞的信託基金小鬼，我這麼跟自己說。不算多聰明，除了吹捧自己之外什麼也不會，利用她自己的內線取得更多利益，她卻連一分一毫都不配得。在形象上精明，內心卻膚淺。漫不經心地使用特權，跟真實世界完全脫節，她是那種為了自己耍酷耍帥把別人當道具的人：是一個自認為高人一等的人，相信自己真的吃得開。從那些激勵人心的貼文來看，她顯然正在人生的低谷，想嘗試自我實現。

不過我是在她宣佈要搬到太浩湖之後才密切注意她的。她搬家後的六個月裡，我一直在留意凡妮莎的生活：看著她光彩專業的照片消失，換上的是自拍。看著那些時尚照片消失，換上的是一張又一張水晶似的山中湖被壯觀的松樹環繞的相片。我尋找著一棟熟悉的房子，那棟從我少年起就糾纏著我不放的房子。

尋找著磐石居。

幾個月前，我終於找到它了。她貼了一張她跟一對年輕情侶健行的照片，每個人都曬黑了，散發著健康的光澤。他們站在山頂上，下方的湖泊浩渺，他們勾肩搭背，開心大笑。底下的文字是：帶我的新死黨去看我的太浩湖私房景點！#健行#運動休閒#美景。兩個朋友都加了標記，我點進一個，發現自己點入了Instagram動態消息，是一名年輕的法國女子在記錄她在美國的旅遊，還有三張照片：一張是那對年輕情侶坐在一棟熟悉的農舍門階上，被蕨類植物圍繞。後方敞開的門可以一瞥舒適客廳的一角，一張飽滿的沙發鋪著傳統的錦緞面，看得我心跳加速。下方的文字是：*Cet JetSet était merveilleux. Nous avons adoré notre hôtesse, Vanessa*。

我高中學的法文快忘光了，可是我知道這句話是什麼意思。

凡妮莎開始出租農舍了。

才一個小時我就收拾好了一個袋子。我跟我母親說我要離開了——說我會常常打電話，一有機會就回來——她開始快速眨眼，我真怕她是不是要哭了。不過她沒哭。「乖女兒，」她反而這麼說。「聰明的孩子。」

「我會打電話給去年我們請的那位看護，我會要她在治療開始之後每天過來看看妳。她會負責打掃買東西，好嗎？」

「拜託，妮娜。我又沒有殘廢，我自己能打理家裡。」

只是目前，我心裡想。「還有帳單——妳得去付。妳可以動用我的銀行戶頭；等我一賺錢，我就會把錢存進去。」我不敢去想萬一我沒存錢進去我母親會怎麼樣。

「不用擔心我。我現在已經是老手了。」

我吻了她的額頭，一直等到走遠了我才哭出來。

拉克倫跟我住進了聖塔芭芭拉的一家便宜旅店，距離海岸很遠，聽不見潮聲，只有一個水泥院子和一個泳池，池裡的瓷磚積了一層厚厚的泥土，池底長了黏糊糊的葉子。淋浴間是組合屋，會漏水，他們不提供小瓶裝的沐浴乳和洗髮乳，而是一大瓶的萬用「洗潔劑」。

我們並肩躺在床上，用紙杯喝酒，我的瀏覽器開到JetSet.com。我鍵入太浩湖搜尋，然後開始掃描跳出來的一串結果，最後被一項吸引住。我把筆電轉過來，讓拉克倫看。「就是這個，」我說。

「那個？」他怪怪地瞧了我一眼，我能了解是為什麼：照片上是一棟木瓦屋頂的樸實農舍，木頭搭建的，漆著淡綠色油漆，窩在一叢松樹間。與其他的湖畔房屋相比，這一棟不起眼，很容易忽略。農舍有一種破舊的味道，像是童話故事《糖果屋》裡的兄妹住的：板條木窗板，窗前花盆箱裡長滿了蕨類，房屋基座上的石頭長滿了青苔。標題寫著溫馨管理員小屋，湖濱二房，短租或長租皆可。

「點進去看，」我命令他。他揚起一道眉，卻照做了，接過了筆電。

照片共有六張。第一張是間極小的客廳，有石壁爐和褪色錦緞沙發，牆面掛著畫，角落擺著骨董。家具對這棟農舍來說都嫌大，幾乎像大雜燴，很像是有人把別棟屋子裡的家具都搬了過來，然後雙手一攤，一走了之。第二張照片是一間古典的廚房，一具經典的搪瓷O'Keefe & Merritt爐子占據了主體，木櫥櫃是用模板人工上漆的。還有一張照片是純樸的湖景，一張照片是簡單的浴室，還有一張是臥室，屋椽底下面對面擺了兩張雪橇床。

拉克倫瞇眼細看。「這是妳的專業領域，不是我的，可是那個五斗櫃……不是路易十四的嗎？」

我不理他，伸手過去點開了最後一張照片，是一間臥室，有四柱大床，擺在景觀窗邊，窗框掛著細紗窗帘。床上鋪著一條白色蕾絲床罩，床頭掛著一幅農舍俯臨湍急河流的風景畫。景觀窗的玻璃很厚，因歲月而彎曲，但是仍能看到外頭的藍色湖水。

我知道那張床。我知道那幅畫。我知道那個風景。

「我就是在那張床上破處的，」我聽見自己說。

拉克倫猛地扭頭看我，一見我嚴肅的表情，他就笑了出來。「真的？就是這張床？」

「床罩不一樣，」我說。「不過其他地方都沒變。而且五斗櫃是洛可可，不是路易十四。」

他笑得前仰後合。「天啊，難怪妳會迷上骨董。妳是在他媽的洛可可上破瓜的。」

「洛可可是五斗櫃，不知道床是什麼，反正不是洛可可，」我喃喃說。「其實我不覺得那張床有那麼值錢。」

「這裡到底是什麼地方？誰會把十八世紀的法國家具放到這麼一棟破舊的農舍裡？」他往下看，讀著概述。我從他的肩膀上看。

到管理人小屋來享受神奇的住宿經驗，這是屬於太浩湖西岸的古典莊園的一處！兩間溫馨的臥室容納了許許多多的魅力：古典廚房，美麗的骨董，可以使用的石壁爐！湖景，到附近健行，走幾步就可達私人沙灘。是情侶或是尋找靈感的藝術家的完美客居地！

他轉頭看我，一臉疑惑。「古典莊園？」

「磐石居。」這個名字讓我的口裡五味雜陳：懊悔、懷念、失落，還有一股狂怒。我放大了臥室的照片，仔細審查。我覺得脫離了肉體，現在和過去的我就在這兩張床間解離，沒有一個是我。「那是一處湖濱莊園，幾百年來都是利布林家的產業。」

「這個利布林家，我應該要知道他們是誰嗎？」

「利布林集團的創建者，從舊金山起家的不動產投資公司。他們曾經是世界五百強之一，不過前一陣子好像排名跌落了。不過還是歷史悠久的豪門，是西岸的貴族。」

「而且妳認識他們。」他在打量我，臉上的表情訴說著我把這麼有價值的關係瞞著他是對他的一種背叛。

片片段段的回憶從我內心深處浮現：黑魆魆的農舍，即使夕陽斜射進玻璃窗裡。床罩——那時是藍色的羊毛，我記得還織了家族徽紋——堆擠在我光裸的大腿後面。畫上湍急的河流，河水沖向畫的邊緣，彷彿隨時會溢出來，流到我身上。一個男孩柔軟的紅色鬈髮，他有大麻和薄荷糖的味道。脆弱、失落，那種我的體內某種珍貴的東西被拖出來，首次暴露在空氣中的感覺。

當時那麼多感覺那麼重要的東西，而從那時起我就一直在設法遺忘。

我分不清東西南北，覺得我好像是跌回了十幾年前，跌落在我曾是的那個嬰兒肥、失落的青少年體內。「我以前認識他們。沒什麼交情。很久以前了。我在太浩湖住過一年，那時我念八年級。我跟他們的兒子有來往。」我聳聳肩。「現在都記不清楚了。我那時還小。」

「聽起來妳跟他們不像是沒什麼交情。」他回頭再細看那些照片。「等等，那這個女人——」

「凡妮莎。」

「凡妮莎。她會記得妳嗎？」

我搖頭。「我住在那兒的時候她已經去念大學了。我主要是認識她弟弟。我只見過她一次，十二年前，匆匆一面。所以她現在絕對認不出我來——我跟以前完全不一樣了。我那時體重超重，頭髮是粉紅色的。我們唯一交會的一次她連正眼都沒看我一眼，好像我是空氣，她壓根懶得看我是不是存在。我的臉在我小心畫上的大濃妝下面燙得要命，我特意畫濃妝遮住我的青春痘，那是我最沒安全感的地方。」

倒是班尼，他會認得出我來。可是我知道他近來的去處，並不是磐石居。

我還沒準備好去想他。我把他從心裡推走，點開凡妮莎的Instagram動態消息讓拉克倫看。

拉克倫瀏覽著照片，停下來細看一張凡妮莎在威尼斯坐貢多拉的相片，她的范倫鐵諾洋裝下襬被一陣微風吹起。我能看出他在注意她訓練有素的美姿，她漫不經心地忽視船夫，她臉上的自滿暗示著風景畫的運河和滿頭大汗的老船夫都只為她的享樂而存在。「可我還是不懂。既然她這麼有錢，她何必還把管理人小屋出租呢？」

「我猜是因為她很寂寞。她父親死了，她剛和未婚夫分手，從紐約搬走。磐石居滿偏遠的，她大概是想找伴。」

「而我們就會是她的同伴。」他瀏覽著凡妮莎的照片，我能看出他的心思飛轉，正在算計。他已經在規劃我們打入她世界的方式了：我們會找理由溫和地說動她來讓她邀請我們進入她的世界，我們會挖出她的脆弱之處，然後無情剝削。「那，我們在這兒是鎖定什麼標的？骨董？家傳珠寶？她不停在進購的皮包？」

「這次不要骨董，」我說。我忽地明白我在微微顫抖，可能是因為我不敢相信我在多年之後終於打開了這扇門。我覺得有一股報復的期待，外加一句難以置信的低語，說著這就是十年來我沉淪的源頭：從如詩如畫的湖畔小屋到這棟廉價旅店，跟一個騙子一塊圖謀不軌。我略帶一絲緊張地覺察到我就要打破我自己的規矩了：別貪心。只拿不會有人在乎的東西。

「磐石居的屋子裡藏了一個保險箱，」我說。「裡面放了一百萬現金。而且聽好了——我早就知道密碼了。」

拉克倫在我旁邊忽然警覺，全身輕顫。「要命喔。妮娜。妳一直瞞著我。」他靠過來，往我耳朵裡吹氣，冰涼的鼻尖抵著我的耳垂。「那，」他色迷迷地低聲說，「妳的第一次是給了一個利布林呢，還是他們的管理人？」

# 6

拉克倫和我在陽光中離開了南加州，在那種早晨咖啡店會把窗戶打開，客人會享用露天早餐。等我們趕到內華達山腳下時，氣溫驟降三十度，雨雲逐漸在頭頂凝聚。

我們在半山腰的一個小鎮停留，在一家淘金熱主題餐廳用餐，叫「拓荒者漢堡」，桌上鋪著紅格子桌布，四壁上掛著馬車輪。樹幹雕出的森林動物躲在女廁裡。我點的漢堡出奇可口，薯條卻出奇難吃。

拉克倫仔細拂掉腿上的麵包屑，對著扣領襯衫上的番茄醬污漬皺眉。他把手工的套裝留在洛杉磯，只帶了牛仔褲和運動鞋。

「妳叫……」他冷不防說。

「愛胥莉．史密斯。」這個名字我說起來仍不夠流暢，儘管我對鏡練習了很多次，它還是會黏在我的舌頭上。「簡稱小愛。而你是麥可．歐布萊恩，我親愛的男朋友。你連我走過的地面都崇拜。」

「那是應該的。」他的表情卻譏誚。「妳的家鄉是……」

「奧勒崗班德鎮。而你正在放假，你是教……」

「基礎英文，馬歇爾專科學校。」他邊說邊露出微笑，顯然是覺得由他來給明日的青年傳道授業的這種想法很可笑。「我是個好教授嗎？」

「最好的。學生愛死你了。」我也陪他笑，但其實，我覺得換個不一樣的人生，他會是一個非常好的老師。他對於發音是否清晰非常敏銳，也有長期行騙的耐心。而大專教育不就是在教這些嗎？那是最漫長的一種騙術：騙光你的口袋，而且很少能讓你學以致用。不過也許拉克倫的才華更適合一對一的教學——緊湊、專一、親密。就像他從前教我一樣。

我們一塊研究凡妮莎的Instagram網頁，以她貼上的幾千張照片和文字為指引，畫出她的弱點地圖。她經常貼上經典小說，在她躺在沙灘上或是坐在咖啡店裡時拿《安娜・卡列尼娜》或是《咆哮山莊》當道具。她顯然想讓別人以為她富於知性和創意。所以拉克倫會化身作家兼詩人，訴求她的「藝術靈魂」。至於她最近轉性，偏愛勵志名言：她是想要更深刻、更有內涵，說不定是想沖淡那些輕浮的時裝秀。所以我會化身瑜伽老師，滿足她所追求的禪風。

她很寂寞，而我們會提供友誼。再來是那些搔首弄姿的姿態，華麗閃亮的迷你洋裝和比基尼的相片。「看得出來她想要被渴望，」拉克倫說。「我會跟她打情罵俏。只是一點點。吊住她的胃口。」

「別在我面前，不然她會以為你是個下流胚。」

他拿著條蘸番茄醬，放進嘴裡，眨眨眼。「我哪兒敢啊。」

最後是最關鍵的一點：拉克倫會假裝來自名門望族，在遙遠的愛爾蘭發跡的一個家族，讓她很難去查證。富人在同類的身邊才會最輕鬆舒適：物以類聚，感情加倍。

我們在離開小鎮之前先在網路上播撒我們的新身分：「愛胥莉」的一個臉書網頁，寫滿了摘自歐普拉和達賴喇嘛的名言，也貼滿了我從別的網頁上截圖的各種瑜伽姿勢。（外加：一千個「朋友」，只花了區區兩塊九五。）還有一個職業網站，推銷我的服務是私人瑜伽教練。（夠保險了，因為我曾在洛杉磯上過夠多的熱瑜伽課，不會穿幫。）「麥可」則在他的個人網頁上放了許多的短篇文章，是從明尼蘇達某個沒有作品出版的實驗性小說家的網頁上借用的，另外也在領英上列下了他的教學資歷。

整件事不到一個星期就完成了。網路給我這個世代的好處就是這樣：讓我們能夠扮演上帝。我們可以用自己的形象來造人，憑空生出一個嶄新的人類來。而且只需要一小簇火花，隨手丟在十幾億個網路上，臉書，Instagram：只要一份個資，一張照片和一份傳記，剎那之間某個存在就燃燒出生命之火了。（而一旦這個存在被創造了，想要消除也要困難許多許多，但那是後話。）

凡妮莎會看出我們為了她一個人有多努力經營我們的社群媒體個資，這個機率十分渺茫。網路上有幾千個麥可．歐布萊恩和愛胥莉．史密斯，她很難在茫茫人海之中找出我們這兩個來。但如果她願意的話，我們就在其中，有足夠的網路存在，不怕會露出馬腳。畢竟在現代社會裡，要是你不願意把自己陳列出來供大眾解剖，大家就會假設你心裡有鬼，不能相信。

凡妮莎只要稍微打探一下就會放心覺得愛胥莉和麥可就是我們從網上租來的個資裡所說的那種正常人。一對有創意的年輕情侶，來自波特蘭，休假一年，周遊美國各地，從事各種有創意的工作。我們一直想到太浩湖一遊，我們在給她的信裡這麼寫道；我們甚至考慮要住到明年，好趁便滑雪。太好了，凡妮莎幾乎是立馬就回信了。現在這段時間很安靜，你們想住多久都歡迎。

我們會住多久？當然是得等到我們滲透她的生活，揭開磐石居的秘密，再把她搶個精光。一想到這裡，我就有一陣滿足感，既卑鄙又帶報復心，我知道我需要抑制這種感覺。別公私不分。別弄得是為了過去報仇。

拉克倫喝完了汽水，揉皺了餐巾，往我們後面那頭張牙舞爪的木熊丟，餐巾落進了熊嘴裡，卡在那兒，被兩隻粗糙的犬齒咬住。「那我們就開演吧，」他說。

山區的黃昏來得早。我們從餐廳出發後不久就下起了雨，迷濛的小雨，馬路變得濕滑危險。慢車道上長途卡車吐出廢氣爬坡，左邊車道上四輪傳動休旅車提速超過我們，我們開著拉克倫的經典寶馬，穩穩地行駛在中央車道上。（車子如果掛的是偽造的奧勒崗州車牌，那就一定要遵守速限。）到了當納隘口，山頂已經結了一層骯髒的雪了，在漸弱的暮光中閃爍。

這段路程我一點也沒有熟悉感。這段公路我只走過一次，是我母親帶著我逃離太浩湖的那天，下坡衝向不確定的未來。然而我仔細端詳經過的潮濕松樹和山中湖泊時，我全身緊繃，等著那種思鄉的熟悉感迸現。

道路朝太浩市緩降，跟特拉基河平行時，那種感覺來了。突然間彎彎拐拐的道路有了一種活躍的熟悉感。每一個經過的路標都拉扯著我：一家在雨霧中飛掠而過的德式餐廳，餐廳開在一棟破敗的小木屋裡；一棟鐵皮頂小木屋侷促地立在河邊的空地上；河中有花崗岩巨石，河水從石面沖刷而下。一幕幕都湧回我的眼前，像視覺回聲：長久以來被更迫切的需求積壓住的記憶也從心底浮現。

來到太浩市邊緣時已經天黑了，這裡只有低矮的商店聚集在一起。我們在進市區之前就右轉，接上湖濱的馬路南下。離市區越遠，度假屋就越大、越新、越稠密；典型的三角屋頂變成了龐大的滑雪屋，雙層樓的窗戶，四周都是露台。松樹也越靠近馬路。一處無雪的滑雪勝地掠過，泥土坡被夏天的越野腳踏車騎出了一條條路徑。

偶爾我們會從房屋之間瞥見一抹湖光，像黑暗的真空，已經為冬天停滯了。遊艇等船隻已經停入了乾塢，直到五月才會才入水。就連碼頭的燈光都熄滅了。我記得太浩市的十一月，你會感覺像是被困在一個無人之地。夏日的遊客離開了，滑雪客尚未光臨，看不見太陽，雪也姍姍來遲，萬籟俱寂，萬物都在沉睡。一種毫無用處的清冷，缺乏了冬季的歡樂，太潮濕，太寒冷，連健行都不適合。當地人像松鼠似的匆匆忙忙做自己的事，為過冬儲存橡實。

拉克倫跟我默默駛過最後幾哩路。我瞪著外面的樹，沉思著我的說辭，拼湊著我們擬定的故事——愛胥莉和麥可——直到每一塊都感覺夠妥當地嵌合了。我被一種奇怪的心緒占據，既期待又懷舊，翻翻滾滾的，總感覺有什麼埋伏在松樹的陰影中，我應該要更用力去看。我不知道我的膝蓋在發抖，是拉克倫一手按住我的腿我才驚覺。

「後悔了嗎，親愛的？」他斜睨我，修長溫暖的手指捏了捏我的大腿。

他的手放在我腿上就像是為我定了錨。我和他十指交纏。「沒有。你呢？」

他給了我好笑的一眼。「現在也來不及了，是吧？她以為我們就寢時間以前會到。要是我們沒出現，她可能會報警，我們可不想惹上警察。」

接著地址就出現在眼前了。從馬路上根本就不知道那兒有莊園。土地沒有標誌，只是沿著湖岸路的一道高高的石牆和一扇鐵柵門。拉克倫按了通話器，手指都還沒拿開，柵門就打開了，吱嘎嘎響個不停。車道向松林中伸展，底下有太陽能的柔和燈光照明。我搖下車窗，嗅聞空氣，感覺有什麼潮濕的東西：樹根和枯腐的松針和向湖邊生長的青苔。這氣味攪動了我心裡的什麼，一種熟悉的青少年愁思：那些燈，燈光在狂風亂掃的樹木間像鬼火似地舞動。雨霧，被我們的大燈照得像鑽石。這片小樹林中有什麼神奇的東西，我逝去的青春裡各種的可能又在這裡蝟集，那些我早已遺忘的情感。

我們經過了一片草地網球場，網子被露水壓得都下垂了，還有幾棟小小的木頭建築：女僕宿舍，管家小屋，全都一片漆黑，用木板封住。從通往湖邊的樹木成列的坡路看下去，我看見了船屋，是個笨重的石頭結構，緊鄰湖岸。最後，道路大轉彎，磐石居就矗立在我們的眼前，像是陰影中的一隻灰色的鬼。我情難自禁，喉嚨裡發出了奇怪的聲音。我花了那麼多時間在網上看這幢屋子的照片，卻沒能把我武裝起來面對磐石居熟悉的冷酷，既巨大又凜然。

豪宅像是放錯了年代，是一塊單獨的磐石蹲伏在太浩湖西岸的濃密松林下，林木茂密，護衛著它，有如中古世紀的堡壘。主屋坐落在正中央，兩側廂房由一棟三樓高的石塔相連，塔頂有窄窗，像城堡的崗哨，彷彿是枕戈待旦，準備屠殺膽敢來犯的敵人。兩根煙囪把主屋夾在中間，石頭都生了青苔，也因為歲月而出現了一條條橘色的痕跡，整棟屋子都被柱廊環繞，柱子是粗大的松木。屋子凡是沒有石頭的地方都是木牆板，漆成褐色，八成是為了要融入周遭的自然環境，但是也給訪客那種屋子本身隱入一片逐步侵占的森林的暗處的感覺。

磐石居。三層樓，四十二間房，占地一萬八千平方呎，外加七棟附屬建築。我們出發之前我讀過一些資料，從一本叫《祖傳古宅》的過期雜誌中挖出了幾張照片。主屋是在一九〇〇年代起造的，由第一個在美國出生的利布林主持，他是利用淘金熱發財的投機分子，讓一家人從貧窮的移民一躍而成新世紀的美國貴族。上世紀末太浩湖已經是西岸工業鉅子們圈定的避暑處了。利布林買了一哩的原始湖濱森林，發了財，定居下來研究湖對岸其他的百萬富翁。

這一家接連五代都能保持住那一大片土地。主屋本身從建造完成起就大致沒有改動過，只有偶爾會內部裝修，全憑接手的子孫有什麼喜好。

拉克倫把車子停在車道上，我們一塊瞪著主屋。我呼吸的聲音一定是有哪裡不對——我大概是完全停止呼吸了——因為他轉向我，一臉懷疑。他抓著我的大腿的手勁忽地加大。「妳不是說妳對這個地方不是很記得？」

「我是不怎麼記得，」我說謊，很異常地不願意告訴他真相。他不掀牌，我也不會掀。「我真不記得。我才來過三、四次，而且還是十年前的事了。」

「妳的樣子有點失魂落魄的。妳得打起精神來。」他的聲音平穩低沉，但是我能聽出底下漸漸出現挫折感。我太感情用事了，他總是這麼說我，打從一開始。妳在行騙的時候不能感情用事；情緒會害妳變得脆弱。

「我不是失魂落魄，只是覺得怪怪的，就這樣，這麼多年之後又回來這裡。」

「這可是妳的主意。我只要妳記住這一點，萬一砸了鍋的話。」

我把他的手從腿上推開。「我很清楚。而且我是不會砸鍋的。」我仰望著屋子，一根大煙囪冒出了煙，每扇窗都亮著。「我是愛胥莉，你是麥可，我們在度假。我們發現這棟屋子有多可愛覺得又驚又喜。以前沒有來過太浩湖，一直都想來，好興奮能親眼看到。」

拉克倫點頭。「乖孩子。」

「少哄我。」

我們面前的屋子有動靜，前門打開了，一個女人出現在長方形的光塊中，金髮閃亮，像戴著光圈，臉孔在門廊的陰影中看不清楚。她站在那兒看著我們，雙臂緊緊抱住身體抵抗寒冷，很可能是在猜測我們為什麼呆呆坐在她的車道上。我伸手越過拉克倫，關掉了引擎。

「凡妮莎在看我們，」我說。「微笑。」

「我在微笑，」拉克倫說。打開收音機，找到了一個古典樂電台，開大音量。然後他伸手勾住我的脖子，把我拉過去給了我一個肉麻的長吻，我不確定他這是在道歉或是表演給她看。濃情蜜意的情侶，在下車之前先享受一下兩人的時光。

接著他抽開身，擦擦嘴唇，拉直襯衫。「好，去見我們的女主人吧。」

# 7

十三年前

我母親跟我開了八小時的車從拉斯維加斯到太浩市，就在我念完七年級的第二天。公路沿著內華達和加州的邊界前進，我們向西北走，我能感覺到氣溫下降，壓迫人的沙漠熱力漸漸換上了內華達山脈的山間冷冽了。

我不介意離開賭城。我們在那裡兩年——是我們人生中的永恆——我恨透了那兒的每一分鐘。那地方讓人招架不住的高溫一定有什麼不對勁：無情的艷陽害每個人都說話簡潔，態度惡劣，還把人驅趕進了無生氣的冷氣房裡。我的中學的走廊充斥著陳年臭味，像汗臭，撲鼻強烈，活像全體學生時時刻刻都活在恐懼之中。賭城不像是個可以讓人居住的地方。即使我們的公寓離市中心幾哩路，在一片像模子打出來的灰泥重建區裡，跟隨便一個西部郊區房屋一樣，但是賭城大道的陰影仍然籠罩住我們的社區。整個城市好像都向市中心的錢坑輻射：要不是想要發筆橫財，誰會想住在這裡？

我母親跟我住的地方就在班機起降的路徑上，每隔幾分鐘抬起頭就會看見飛機抵達，一群群過客湧入，為了玩吃角子老虎，喝瑪格麗塔調酒。「窩囊廢。」我母親瞧不起他們，活像是這些窩囊廢不是我母親跟我來到這裡的全部原因。每晚，她把我放在電視前，再開車到賭場，看能不能訛這些窩囊廢一筆。

但是現在我們卻往上流社會的太浩湖前進，這片土地上度假別墅林立，到處都是避暑的人和經典木製快艇。「我在太浩市找到了一個地方，是在湖的加州這邊，」我母親在路上跟我解釋。她用頭巾包住了金髮，像電影明星，好像她是坐在一輛經典敞篷車裡，而不是本田掀背車，空調時有時無。「那裡比南岸要高級，賭場在南岸。」

唉，我真想相信她。我們會過上高級的日子。我們開上山峰，再下坡到盆地，感覺確實像是我們把舊的自我蛻掉了，試穿新的、更好的身分。我會成為學者——我閉上眼睛，想像自己走過講台，手裡揝著文憑，帽子上印著「哈佛」兩個字。而我母親——呣，她會在合法的賭場工作，這可是了不起的成就。我研究著松樹，讓自己相信我們住過的那一長串地方或許就會在這裡終止，在寧靜的山中小鎮上，我們可以盡情揮灑之前欠栽培的潛能。

罵我太天真吧。

誰知道太浩市根本就不是一個城市，只是湖濱的一個木造小鎮。鎮上的主街只有幾家漢堡店、滑雪用具出租店、房仲業和販賣濃油重彩山景畫的畫廊。特拉基河從小鎮南端的太浩湖流出，懶洋洋地穿過山地，流向遠方的山谷，目前河上擠滿了坐著橡皮艇和輪胎內胎的觀光客。

我們的新家也不是公寓：是一棟木屋，在靠近森林的安靜街道上。我第一眼就愛上了它——活潑的黃色油漆，煙囪是用河石砌的，窗板的中央挖出一個心形，承諾著在屋裡會找到幸福。前院鋪滿了松針，一踩就輕輕折斷。木屋的外觀維護得比內部好——客廳昏黑，地毯有灰塵的味道，廚房家具碎裂，臥室衣櫃少了門。但是內部的每一處表面都是有節眼的松樹，讓我覺得我們是花栗鼠在樹幹裡結巢。

我們是在六月初抵達的，剛好趕上快艇從過冬的乾塢裡開出來，主幹道上又架上了放船的斜坡道。頭幾個星期，我會在早晨走路到湖邊看著船童把橡膠防撞條從碼頭尾端拋出去，就像是一根根吱吱叫的熱狗，餐廳老闆把陽傘從倉庫裡拿出來，殺死躲在摺縫裡的褐色蜘蛛。早上八點，湖面有如鏡子，在陰影下清澈到你都能看到在河床上爬行的小龍蝦。十點時，快艇和滑水橇的尾流會把湖面攪亂，湖水會充滿碎冰。這時的天氣還沒有暖到可以游泳，除非是穿潛水服，可是走到碼頭上還是會看到哪個小鬼像砲彈一樣跳進湖裡，他們幾分鐘後就會爬上岸，渾身哆嗦，臉色蒼白。

我不會游泳。夏天我都在岸上度過，坐在生鏽的草坪椅上，那是我有一天在沙灘上撿來的；我忙著讀我的新學校給我的書單。《嘉德橋市長》和《薄餅坪》和《死前的最後一堂課》。大部分時間我都是一個人，但是我不介意：朋友不是我的第一考量，一向如此。每天晚上，我母親套上鑲滿金屬片的鈷藍色晚禮服，開衩高到幾乎能看見她的內褲，再在乳溝那兒別上名牌——莉莉。她開車四十五分鐘過邊界到內華達州，到「芳拉克賭場」供應摻水的琴通尼給賭撲克的客人。

我記得她帶著支票回家來的那晚有多欣喜，像得到新玩具的孩子，等不及要炫耀給別人看。

我被香菸和酸臭的古龍水嗆醒，一睜眼就看到她，坐在我的床墊上，雙手捧著一個信封。她朝我揮動。「薪水，甜心。正大光明掙來的，對吧？」她興高采烈地撕開，抽出那張脆弱的紙，一看支票上的數字就表情微變。「喔。我不知道他們會扣掉那麼多的稅。」她瞪著數字一會兒，隨即挺直腰，露出笑容。「唉，我就知道重要的是小費。今晚有個傢伙，他一杯酒就給了我一個綠籌碼，那是二十五塊錢欸。我聽說如果被派到高賭注的牌桌，有時有人會給幾百塊的小費呢。」

但是她聲音中的什麼害我擔心了起來：是一種輕輕的疑問，質疑她為了我所走的這條路。她扯了扯禮服的領子，我能看見她雪白的乳溝被小亮片給摩擦得變紅了。我不由得懷疑我媽到現在都沒能做一份真正的工作並不是因為她沒有高中學歷也沒有資歷所以沒人願意雇用她，而是因為她其實不想被雇用。

「我也去打工，」我跟我媽保證。「如果妳不喜歡在賭場工作，那就不要去。」

她低頭瞪著支票，搖搖頭。「不，我要去。為了妳，寶貝，所以值得。」她伸手撫平我散在枕頭上的頭髮。「妳的工作就是讀書。其他的事交給我。」

我在勞動節後的第二天就去念北湖中學，那天也是避暑客下山的日子。馬路上突然少了豪華的休旅車，蘿西餐廳的早午餐也不必排隊了。我母親開車送我上學，她仍因昨晚值班而睡眼惺忪，眼影都還沒擦掉，我們開到大門，她作勢要停車陪我進去，我在她把鑰匙拔出來之前就按住了她的手腕。「不用了，媽，我可以自己來。」

她瞪著經過我們的車子的學生潮，向我綻開笑容。「沒問題，寶貝。」

北湖中學是一間規模小、革新的學校，標榜著「打造全方位的世界公民」，由一位矽谷富豪捐贈的，他四十九歲就退休了，成為慈善家以及業餘的低空跳傘員。校園裡全是玻璃建築，被松樹環繞，坐落在山谷裡，抬頭就能看到一處滑雪勝地。學校的網站寫滿了一堆的時髦用語——挑戰，自立，實現，團隊合作——同時也吹噓有百分之二十的畢業生升上常春藤聯盟大學。

我穿著一身另類賭城市區服裝——我的衣櫃裡不是黑色的就是黑色的，唯一的色彩來自於我挑染的紫紅色頭髮——一走進學校大門我就知道我注定是沒有辦法融入這個學校的。走廊上一群群的學生都穿著頂級戶外品牌巴塔哥尼亞和丹寧褲，背包上掛著運動用品。女生全都是一張素淨的臉，不化妝，不穿絲襪，小腿肌肉結實緊緻。停在大門口的越野腳踏車比汽車要多。但是運動我是完全外行，多年的速食和靜坐不動的閱讀讓我屁股大、臉上的肉柔軟。我是個嬰兒肥的星期三·阿達。

第一堂課，我們看著老師在白板上寫下她的名字——喬·狄拉德，叫我喬——我前面的女生轉過頭來對我微笑。「我叫希拉蕊，妳是新來的，」她說。

「對。」

「中學部也有個新學生。班傑明·利布林。妳見過他嗎？」

「沒有。就算見過我也不知道。這裡每個人都我不認識。」

她一根手指捲著頭髮，拉到面前。她的鼻子在脫皮，頭髮也因為氯而變脆；我越過她的肩膀能看到她的活頁夾上貼滿了單板滑雪的貼紙。「妳愛什麼果醬？」

「不知道，」我說。「草莓？我也喜歡杏子。」

她笑出來。「我是說妳玩哪種運動。滑雪嗎？」

「我這輩子都沒上過滑雪坡。」

她挑高一道眉。「哎唷，妳還真的是新來的。那是什麼？越野腳踏車？長曲棍球？」

我聳聳肩。「看書？」

「啊。」她嚴肅地點頭，好像這個答案需要深思。「嗯，妳真的需要跟那個新來的男生見見面。」

我好幾個月都沒見到這個新來的男生，不過有時會在走廊上看到他——除了我之外就只有他像是老被包在孤獨的氣泡裡。並不是說別的學生對我不好——他們就跟希拉蕊一樣，整體很愉悅，卻是一種盡責好公民的態度。他們邀請我參加讀書會，讓我在午餐時和他們同桌，英文作業會請我幫忙。就這樣，離開了功課，我們就沒有多少共同點了。我母親幫我註冊的學校是一間崇尚「戶外教室」的學校，會計畫划獨木舟冒險和露營，強制規定「延長下課時間」，包括在庭院裡的松林漫步。我們不考試，我們上繩索課程。

這裡的大多數學生會來這間學校上課是因為他們就是那種孩子——本地人，父母親搬到山區來因為他們要自己的孩子成為熱愛戶外活動的人。而我母親挑選這間學校，我覺得純粹是看上了經濟上的補助，靠近南湖的賭場，以及學校願意接受一個「前景可期」而不是出類拔萃的學生。

而這所學校在我身上看到的八成是我的半哥倫比亞血統以及我的低收入單親母親，並且看見了「多樣性」。

班傑明——班尼——．利布林是除我之外唯一一個顯然融入不了學校那些熱愛戶外活動的觀點的學生。我聽說他最近剛從舊金山搬來，他家很有錢，擁有西岸的什麼豪宅。學生們謠傳他是被某間更高檔的預備學校踢出來的，所以他才會轉來這裡。他鶴立雞群，一頭火焰似的橘髮，修長的四肢像牽線的木偶；走過門口就像頭雪白的長頸鹿笨拙地低頭閃避。跟我一樣，他帶著一股陌生的氛圍來到校園，雖然他的氛圍來自財富，而不是拉斯維加斯的都會市儈氣。他的T恤總是熨燙得平平整整，纖塵不染；他的墨鏡耳架上有清楚的古馳商標，雖然他拿膠帶貼住還是沒能隱藏住。每天早晨他都從他母親的金色荒原路華上下來，衝到大門，好像以為他的速度可以讓大家都看不到他。可是大家還是都看到了，因為你怎能不注意到一個六呎高、頂著一頭跟南瓜燈一樣顏色的頭髮的男生呢？

好奇之下，我用圖書館的電腦查了他的姓氏，第一個跳出來的是他父母親的照片：女的披著白色皮草，脖子上掛著沉甸甸的鑽石項鍊，依偎著一個年紀較大的禿頭男士，他穿著禮服，多肉的臉孔像橡皮，脾氣不太好的樣子。贊助人茱蒂絲與威廉．利布林四世伉儷參加舊金山歌劇節的開幕夜。

我有時會在午餐時在圖書館看到班尼。我都三口兩口吞下我的白麵包夾花生醬午餐，躲到圖書館裡。他會低頭看著筆記本，用黑色原子筆畫著卡通風格的圖畫。有幾次我們隔著房間視線交會，猶豫地笑笑，表示我們有同是「新學生」的情誼。有一次，他在朝會時坐在我的前面，我花了一個小時凝視那頭醒目的頭髮，猜想他會不會轉過頭來說嗨；就算他沒有，他的脖子也慢慢變得粉紅色，好像他居然知道我在瞪著他看。可是他比我高一年級，我們沒有一塊上過課。而且我們也都不屬於什麼社團，沒有互動的機會。

還有這個差別：他的家庭富得流油，而我母親則每個月都得為水電費傷透腦筋。我們沒有理由說話，只除了我們都沒能變成那種全方位的盡責的好公民。

我保持低調，專心求學；多年來的轉學害我在主科上落後同學很多，我得盡全力迎頭趕上。夏天過了，秋天來了，接著是冬天降臨，而冬天一到也帶來了一種與世隔絕的狀態，大家都硬起頭皮來熬過冰雪和泥濘。上學放學，暖氣大開，戴手套。我一天搭兩次公車，穿著二手連帽大衣和會滲漏的雪靴，被白雪皚皚的壯觀森林和藍得刺眼的湖水震懾得啞口無言。這一切對我來說都太陌生了。我作夢都還在水泥叢林和鏡面摩天大樓裡。

我母親也習慣了她的工作，她靠著哄騙的方法進了高賭注房間，即使那裡也不是她期許中的應許之地——百元籌碼仍然數量稀少——她卻很開心能在裡面。晚上，我在龜裂的餐桌上讀書，她穿著高跟鞋在木屋裡走動，上眼影，一身嬌蘭的「一千零一夜」香水和檸檬馬鞭草香皂的味道。我從信箱裡拿進來的帳單上不再加印「逾期」兩個字了，可能跟她開始多值班有關。有時候她會在我醒來準備上學時才會回家，她會站在咖啡壺前，亮片禮服下垂，頭髮歪斜，看著我把課本放進背包裡，臉上掛著迷眩的、自得的表情，我把它詮釋為滿意，甚至可能是驕傲。

有一天我發現她把金髮的顏色調暗了一些，從瑪麗蓮·夢露的白金變成了葛妮絲·派特洛的金黃。我問她原因，她只是摸摸頭髮，瞧了瞧鏡子，露出淡淡的笑意。「比較優雅，不是嗎？我們不在賭城了，寶貝。這裡的男人，他們要的不一樣。」

我擔心這也意味著她在找男人。但是冬天持續，並沒有男人在半夜三點出現在我們的客廳裡，而我覺得這表示事情真的改變了。說不定我們真的下對車站了，終於。我想像著她在賭場裡一路向上爬，攀上了高層，說不是樓層經理，甚至找到了一個在飯店前檯的真正工作。說不定她會找到一個好男人，一個正常人，比如說是親切的咖啡店經理，留著椒鹽色鬍子，我們母女週日一塊去的時候他會給我們的貝果上多加燻鮭魚。

這些年來我豎起的防護盾漸漸放下了。即使我並不是北湖學校最有人緣的學生——即使哈佛仍然可望而不可即——我還是感覺得到了一點滿足。穩定對人就有這種影響。我的快樂跟我母親的快樂緊緊相繫，簡直分不清哪些是她的哪些是我的。

一月底有個下雪的下午，我大多數的同學都在下課鈴一敲就湧向滑雪坡道了，我上了公車回家，發現我不是一個人。班傑明·利布林就坐在後排，四肢大張。我看見他盯著我上車，但是我迎視他的目光，他立刻就別開了臉。

我在前排坐下，打開了代數課本。車門關上，公車晃動，起步前進，雪胎刮擦著路面上的冰。我坐在那裡，有幾分鐘努力地鑽研各種對數算式，卻敏感地意識到車上的另一個學生。他孤單嗎？他會不會覺得我從來不跟他說話很沒禮貌？我們的沒關係為什麼會這麼彆扭？我猛然站起來，踩著橡皮墊，直接就走到後面，大剌剌往他前面的位子一坐，側著身體看著他。

「你是班傑明，」我說。

他的眼珠是銅褐色的，近看之下我看到他的睫毛簡直是長得沒天理。他驚訝地朝我眨眼。

「只有我爸叫我班傑明，」他說。「別人都叫我班尼。」

「嗨，班尼，我是妮娜。」

「我知道。」

「喔。」我後悔坐到這裡來，正打算起身回去原位，他卻坐直了身體，上身前傾，一顆頭跟我靠近。他嘴裡含著薄荷糖，我能聞到薄荷味，聽見他說話時糖果撞著他的牙齒。

「大家一直在跟我說應該要跟妳見面。為什麼？」

我覺得他剛才是打開了探照燈，直接照著我的眼睛。我該怎麼回答？我想了想。「那是因為誰也不想要擔起跟我們兩個做朋友的責任。如果我們兩個變成朋友，他們會比較輕鬆。這是他們推卸責任的方法，而且他們還可以因為撮合我們兩個而覺得做了件好事。」

他沉思地看著腳，巨大的黑色雪靴在他面前呈八字形。「滿有道理的。」他一手插進口袋裡，掏出了一個錫盒，遞給我。「薄荷糖？」

我拿了一顆，丟進嘴巴裡，深呼吸。無論什麼都感覺清新乾淨，我們的氣息在公車裡的冰冷空氣中混合，我覺得有勇氣能問最明顯的問題。「那，我們應該做朋友嗎？」

「看情況。」

「什麼情況？」

他回頭看著腳，我注意到他圍巾下的脖子泛紅了。「大概是看我們喜不喜歡彼此吧。」

「那我們要怎麼知道？」

他似乎喜歡這個問題。「這樣吧。我們一起在太浩市下車，然後去席德的店喝熱巧克力，聊一聊必須聊的事，像是我們是從哪裡搬來的，那些地方有多爛，我們有多討厭父母之類的。」

「我不討厭我媽。」

他一臉驚訝。「那妳爸呢？」

「七歲以後就沒見過他了。所以我想你可以說我討厭他，可是不是因為什麼目前的關係。」

他微笑。這一笑他整張臉都變了，原本是排列得很彆扭的五官——雀斑、鷹鈎鼻、銅鈴似的大眼睛——變得純淨歡樂，幾乎帶著孩子氣的美。「OK。看吧，我們已經有進展了。所以，對，我們去席德的店，聊個十五、二十分鐘以後，我們不是會無聊得掉淚，因為我們根本就沒有什麼好玩的話可以說——然後妳大概會藉口要寫作業，把我甩開，然後剩下的一年我們會盡量避免在走廊裡碰到，因為：彆扭——不然就是我們會找到話可以說，然後再來一次，搞不好還有第三次，從此證明我們的同學都是對的。到那時我們就盡了我們的好公民義務，讓他們的自我感覺良好。雙贏。」

他的這番話是那麼的令人興奮，那麼成熟坦白，害我覺得頭暈。我認識的青少年不會像這樣子說話，他們會迴避說不出口的真相，讓沒說出口的話代表他們最想要它代表的意思。我已經覺得我們兩個參加了什麼秘密會社，是我們的同學都不會懂的。

「所以你的意思是想去喝熱巧克力，」我說。「跟我。」

「其實我比較喜歡咖啡，」他說。「我是覺得妳是那種喜歡熱巧克力的人。」

「我也比較喜歡咖啡。」

他微笑。「看吧，又一個進展。說不定這段友情還真的有希望呢。」

我們在鎮上下車，沿著泥濘的人行道走向主街的一家咖啡店。我看著他踩著超大雪靴大步前進，圍巾包著下巴，毛帽蓋著額頭，只露出了眼部四周四吋的肌膚。他轉頭發現我盯著他看，馬上又臉紅，我這才明白我很喜歡他藏不住情緒的個性。要判讀他真是容易。他的睫毛上有雪花，我發現自己想要伸手幫他拂掉。我們兩個走在一塊感覺是再自然不過的事情，好像我們已經玩完什麼遊戲了，而且宣佈我們兩個都贏了。

「那你今天怎麼會搭公車？」我在排隊時問。

「我媽又大崩潰了，沒辦法來載我。」

他說得那麼輕鬆，我倒嚇到了。「大崩潰？是怎樣，她打電話給辦公室，叫你自己坐公車？」

他搖頭。「是我爸。而且我有手機。」

「喔。」我想表現得好像這種事完全正常，好像我這輩子遇到過好多有自己的手機的小孩。

我想要追問他的世界的細節，拔掉羽毛讓我能窺見底下的赤裸形狀。「而他沒有派人，就司機之類的，來接你？」

「妳對我的交通方式非常有興趣喔。要我說的話，這個話題有點無聊。」

「抱歉。只是我就不覺得你是個搭公車的人。」

他看著我，臉上閃過一種傷心。「原來妳知道我家是什麼人。」

我覺得自己臉紅了。「其實不是。對不起，我太冒昧了。」我從來就沒跟有錢人說過話。是不是要禮貌地粉飾他們享受的奢華，假裝你眼瞎？難道他們的財富不是跟他們的基本身分，比如說他們的髮色、種族背景、運動天賦一樣明顯嗎？

「不，」他說。「妳會這樣假設也是正常的。我們確實是有司機，可是如果我爸媽敢派他來，我會殺了他們。我已經夠丟臉了……」他沒把話說完，而我瞬間看出他的財富就如同我過客似的生活一樣，是害他孤獨的原因。

我們排到隊伍的前面了，所以我們點了咖啡。我正要去掏我的零錢包，班尼卻按住我的手臂阻止了我。「別鬧了，」他說。

「我還買得起一杯咖啡。」我覺得自己火大了，突然警覺了起來，在心裡猜疑他對我的家庭背景知道多少。

「我沒說妳買不起，」他說，立刻抽開了手。然後從後口袋裡抽出尼龍皮夾，抽出了一張百元大鈔。「可是能省的時候何必浪費錢呢。」

我瞪著那張百元大鈔，盡量不要像個白痴，可我實在是忍不住。「你爸媽給你零用錢都是一次幾百塊？」

他笑了。「拜託，當然不是。他們才不給我零用錢呢，早就不給了。這是我從我爸的保險箱裡偷來的。他用我的生日當密碼。」然後他朝我綻開一個同謀似的大大笑容。「對一個自以為比誰都聰明的人來說，他其實滿笨的。」

現在回顧我們友誼的萌芽階段，我記得很彆扭，同時又甜又苦，我們兩個跌跌撞撞摸索著我們截然不同的成長過程，找出共同點，而主要是我們都有的不滿。我們是奇怪又不相配的一對。我們開始在放學後在一起，一週一兩次。有些日子我會看著荒原路華的車尾燈揚長而去，而我則在公車站發抖。但是我漸漸會發現他在公車亭等我，背包裡準備了暖暖包，默默地交給我，而我們倆一起在嚴寒中依靠。進市區之後我們會去席德的店一塊寫功課。他喜歡繪畫，我會看著他在筆記本上畫別的客人。最後我們會走向下雪的湖岸，看著狂風把湖面吹出泡沫。

「那你跟我一起搭公車是因為你想要搭，還是你媽一直在崩潰？」二月的一天我這麼問他，我們正坐在一張被雪覆蓋的野餐桌上，捧著很快變涼的咖啡。

他折斷了邊緣的一根冰柱，握在手套裡，像拿著武器。「我跟她說她不用再來接我了，她也鬆了口氣。」他查看冰柱的尖端，然後像揮魔杖似地朝湖面揮舞。「她有時候會這樣，不想離開屋子。」

「這樣？」

「就、有點失去平靜。她會先在公共場所大鬧——就是對著泊車小弟吼叫，超速被開罰單，到尼曼百貨去血拚。等我爸終於受不了了，她就會爬上床，好幾個星期都不下來。我們會搬來這裡也是為了這個原因。爸覺得換換環境對她有好處，就，讓她離開都市，離開那些，」——他舉起戴手套的雙手，手指做出引號的動作——「社交生活的『壓力』。」

我想著那個在荒原路華的方向盤後幾乎隱形的女人——她的雙手戴著皮手套，頭被大衣的皮草兜帽吞沒。我盡量去想像她一身絲服和鑽石，早晨喝香檳，下午去作spa。「我不知道參加宴會也這麼辛苦。下次我受邀去舞會的時候我會記住。」

他哈哈笑，扮個鬼臉。「我倒是覺得媽是害爸難堪，因為她老是那麼怪。」他遲疑了一下。「我們都是。玷污了利布林家的好名聲。所以他把我們拖到這個發霉的祖宅來，讓他喘口氣。像調皮的孩子。乖乖的，不然我就讓你永遠待在這裡，他的意思差不多就是這樣。我爸是個惡霸：要是他得不到他要的東西，他就會威脅你到他得到為止。」

我思索著他的話。「等等。那你是做了什麼？」

他拿冰柱戳白雪，留下了很圓的洞。「嗯，我被退學了，這是第一件。我拿利他能給同學，所以他們認定我是毒販，雖然我並不算有收錢。我把它當作服務大眾。」他聳聳肩。

「等等，等等。你在吃利他能？」

「他們什麼藥都讓我吃。」他對著湖上的白雪皺眉。「利他能，因為我睡太多，上課不專心，他們就覺得是注意力缺失症。然後是一堆抗憂鬱藥，因為我一個人待在房間的時間太多，顯然那就等於我悶悶不樂，反社會。要是你不喜歡參加什麼，那你當然就是心理有病。」

我想了想。「那我大概也是心理有病。」

「所以我才會喜歡妳。」他微笑，隨即低頭掩飾。「我很肯定他們兩個都想要我多像我姐姐一點。凡妮莎從來不讓人失望。初出社會的社交名媛，畢業舞會女王，網球隊隊長，然後被送到爸的母校，好讓他們能在派對上誇耀。她會年紀輕輕就結婚，為他們生幾個繼承人，在全家福照片裡漂漂亮亮的。」他扮鬼臉。

「她好像很恐怖。」

他聳聳肩。「她是我姐。」他沉默了一會兒。「反正呢，我滿確定我爸是怕我最後會變得陰陽怪氣的，跟我媽一樣，所以他是想要趁著還來得及儘早治好我。而我媽使盡全身的力氣要矯正我，她才不必去面對她才是需要矯治的事實。」

我坐在他的旁邊，心裡想著該如何反應。我不習慣那種吐露心事的友好時刻，那種帘幕終於拉開，讓你看見幕後真正的情況的時刻。我們坐在那兒，看著我們的呼吸變成一團白煙，隨即飄散。

「我媽很粗心，」我聽見自己說。「她很粗心，而且會做蠢事，而且只要一出錯，她就逃跑。我知道她是好意，尤其是對我——她只想要保護我——可是我受夠了那種惡果。感覺好像我才是家裡的大人。」

他打量我，思索著我的話。「起碼妳媽不會想要改變妳。」

「愛說笑，她早就認定了我將來會是什麼超級學者兼總裁加執行長呢。就，不要有壓力，我只需要把她身為一個人的所有失敗都彌補起來，然後她自己做不了的事全都給我做就行了。我是應該要讓她放心的，她的人生選擇並沒有完全毀了我的。」我把冷掉的咖啡倒進我們下方的雪地裡，瞪著白雪上的褐色汁液，自己也嚇了一跳。我立刻就為我說的話後悔，我像是背叛了她。然而，內心深處，我覺得升起了一股情緒，是一種漆黑苦澀的怨恨，我之前從來沒有承認過。我品味它，讓它填滿我。我的人生為什麼要像這樣？我媽為什麼不能烤杯子蛋糕，在獸醫院或是護理學校當櫃台人員？為什麼我會感覺我被環境給整慘了，我沒有過公平的機會而且可能以後也不會有？

我覺得背上有什麼。是班尼的手臂，悄悄溜過我們之間的距離，輕輕落在我的背脊上，大概代表擁抱，但並沒有實際擁抱，只是意思意思。我們的羽絨大衣隔絕了我們兩個，那麼多層的衣服厚得我都感覺不到他的體溫。我把頭靠在他的肩上，我們就這樣待了一會兒。又下雪了，我感覺到雪花落在我的臉上，融化成細小冰冷的水珠。

「不過這裡也沒那麼差，」我最後說。

「對，」他附議。「沒那麼差。」

我們為什麼會受彼此吸引？單純是因為缺少別的選擇，或是我們的性格上有什麼天生的特點讓我們心有靈犀？十來年後再回顧，我會懷疑我們走到一塊不是因為共同點，而是相異點。也許是我們天南地北的生活經驗——來自兩個極端——意味著我們沒辦法真的比較而發現自己有所不足。我們的背景已經是天差地遠了，所以我們能做的就只是拉近距離。我們是孩子，我們不知道別的方法。

所以這是回答這個問題的一個方式。另一個方式是：也許遇到了一個似乎都會跟你實話實說的人，那初戀就變成了不可避免的結果。

到了三月初，我們的例行公事——公車、咖啡、沙灘——慢慢變得無趣了。氣溫下降，因為極地的冷鋒穿過，如詩如畫的雪景變成酷寒的冰雪。道路兩側堆出來的山區白雪變得又黑又髒，反映了當地人苦熬過冬的第三個月時一般的心情。

有天下午，進鎮的路上，班尼轉向我。「我們今天到妳家去。」

我想著我們的小木屋，牆上釘著亮片布料，二手店的家具，龜裂的塑膠餐桌。不過我最主要是想到我母親，她見到班尼的話會獻的殷勤。我想像著班尼看著她為上班打扮，她的洗澡水冒出的縷縷蒸汽和尖銳的吹風機聲。我想到我媽在下班後剝下來的假睫毛丟在客廳的咖啡桌上。「不要吧，」我說。

他扮鬼臉。「不會那麼恐怖吧。」

「我們家很小。我媽為了我們會大驚小怪。」我遲疑了一下。「我們還是去你家吧。」

我等著他斜眼看我，我就會知道我越界了。可是他只閃了一下笑臉。「好啊，」他說。「只要保證妳不會嚇死。」

「我不會嚇死的。」

他的眼睛哀傷。「妳會的。不過沒關係。我原諒妳。」

這一次，我們來到太浩市，我們不在鎮上流連，反而轉搭公車往湖西走。越靠近他家，班尼越活潑，四肢大張，開始了一篇莫測高深的演說，說的是我聽都沒聽過的漫畫風格。

然後，他莫名其妙就說：「好，到了。」一躍而起，向司機示意我們要下車。公車乖乖停下來，把我們放到結冰的馬路上。我看著對面，只有一道似乎沒有盡頭的河石圍牆，高得足以阻擋視線，牆頭上還有鐵尖刺。班尼衝過馬路，往大柵門旁的一個盒子敲了密碼，柵門就為我們打開來，吱吱嘎嘎刮過冰雪。進去後，下午突然變得寂靜，我能聽到風吹過松針，樹被冰雪壓得吱吱響。我們沿著車道跋涉，終於看到大豪宅矗立在我們面前。

我從來沒見過那樣的房子。在我覺得這是最接近貨真價實的城堡的建築了，而即使我知道它不是城堡，它還是散發出一種異國的莊嚴氣氛。讓我想到二〇年代的女郎和花園派對和亮晶晶的木船高速掠過湖面，穿制服的僕役端著平底水晶杯裝的香檳給賓客。

「我不知道妳是覺得我會被什麼嚇死，」我說。「我家大多了。」

「哈哈。」他朝我吐舌頭，襯著他被凍紅的臉頰，粉嫩粉嫩的。「妳還沒看過我叔叔在圓石灘的房子呢，這裡根本沒得比。而且這裡冷死了。我媽老是在抱怨這裡又古老又發霉，她要重新裝潢，可是我覺得裝潢也沒用。房子只想要保持原樣。」說完他跑上台階，打開了前門，好像這只是一棟普通的房子。

我跟著他進去，停在門口。房屋內部——唉。在我那個人生階段，我唯一能拿來比較的就是拉斯維加斯的豪華賭場：百樂宮、威尼斯人，到處是鍍金鑲板，用俗艷和龐大來向錯視畫致敬。這裡卻極其不同：我對我周遭的東西一樣也不懂——畫作，家具，櫥櫃和書架上的藝術品——然而即使是站在昏暗寒冷的門口，我也看得出件件都是真品。我什麼都想摸，想感覺桃花心木桌光亮的表面以及瓷甕微微的冰冷。

從我站的玄關看，屋子朝四面八方伸展：十二個門洞，我瞥見正式的房間和數不盡的走廊，石壁爐大到可以停進一輛車子。我抬頭看，天花板足足有兩層樓那麼高，我看見木椽上有手工鏤空圖案和交纏的金色藤蔓。大樓梯在另一頭的牆邊蜿蜒，鋪著深紅色地毯，由一架巨大的銅吊燈照明，吊燈上裝飾著淚滴形水晶。每個地方的木頭都閃閃發亮，雕花、嵌鑲、打磨，幾乎像是活的。

大樓梯兩旁的牆上掛著兩幅肖像，一男一女僵硬地穿著正式服裝，兩個都在自己的鍍金畫框裡苛刻地瞪著彼此。這兩幅畫會是我今天回顧時指出是來自某個毫無價值的肖像技法時代——二十世紀早期的薩金特派遺風——不過當年我以為一定是很有價值的藝術品。**威廉·利布林二世**及**伊莉莎白·利布林**，小小的黃銅牌上這麼寫著，就像在美術館一樣。我想像著這個女人——班尼的曾祖母？——穿著寬大的裙子走過這些房間，綢緞下襬掃過上了蠟的地板。

「真不錯，」我總算說出了一句話來。

班尼戳戳我的肩膀，好像是在確認我是不是睡著了。「才不是。這裡是強盜資本家的巢穴。我的高祖父，就是建築這個茅坑的人，因為拒絕付錢給建築師和包商被告了。不是因為他不喜歡這棟房子或是付不起，就只是因為他是個混蛋。他死的時候訃聞上說他『光明正大的不誠實』。我爸把那份剪報裱了框放在圖書室裡。他很驕傲。我覺得他就是，我爸的楷模。」

我覺得我們應該要壓低聲音說話。「他在嗎？你爸？」

他搖頭。玄關，加上挑高的天花板，讓班尼變得矮小了，即使他的身高驚人。「他主要是週末才來。上班日他就到城裡，方便他坐鎮在漂亮辦公室裡，可以俯瞰海灣，取消剛失業的工廠工人的抵押品贖回權。」

「你媽一定很不高興。」

「不高興他不在這裡？也許吧。」他一臉愁悶。「她什麼話都不跟我說。」

「她在這裡，對吧？」我不確定我想不想要她在家裡。

「對，」他說。「可是她會在自己的房間裡看電視。而且如果她覺得妳在這裡，那她絕對不會下樓來，因為那就表示她還得換衣服。」他把背包丟在大樓梯的腳下，抬頭看這個聲音是否會引起樓上的什麼動靜。並沒有。「算了，我們去看廚房有什麼吧。」

我跟著他到後面去，到廚房，一個年長的拉丁裔婦人正拿著一把大菜刀切一堆蔬菜。「露德，這是妮娜，」他說，從她後面擠過去，走向冰箱。

露德瞇眼看我，用手背撥開頭髮。「學校裡的朋友？」

「對，」我說。

她乾癟的臉上綻開了一抹沒牙的笑容。「嗯。餓了嗎？」

「我不餓，謝謝，」我說。

「她餓了，」班尼反駁我，打開了冰箱門，到處搜刮，拿出了半個乳酪蛋糕。「給我們吃可以嗎？」

露德聳聳肩。「你媽媽又不吃。吃吧。」她回頭去處理小山一樣的蔬菜，繼續削皮。班尼從抽屜裡抓了兩支叉子，就走向另一扇門，我跟在後面，兩腳輕飄飄的，仍然很驚訝。我們來到了一間餐廳，暗色長桌光亮到我能在桌面上看到我的倒影。頭頂掛著水晶大吊燈，斑駁的彩虹光芒刺穿了黑暗。班尼看著正式的餐桌，一手高舉著蛋糕，躊躇不前。

「我有個更好的主意。我們到管理人小屋去。」

我一點也不知道他在說什麼。「我們為什麼會需要管理人？」

「喔，我們現在沒有管理人了。至少不是住在這裡的。現在是，就，有人週末來訪的話給他們住的客房。不過這個機率是零。」

「那我們幹麼跑去那裡？」

班尼微笑。「我要讓妳飄飄欲仙。」

於是新的放學後流程又建立起來了：搭公車到他家，一週兩三次。然後是廚房，去找點心，再從後門出來，一出來就接上了另一處門廊，這裡一般可以俯瞰夏日的草坪，但在這個時節只是一片茫茫白雪。我們跋涉過雪地，踩著前幾天走過的腳印，來到了隱藏在莊園邊緣的管理人小屋。進屋之後，班尼會點燃一根大麻，我們就躺在發霉的錦緞沙發上，抽菸聊天。

我喜歡飄飄欲仙，我會頭重腳輕，跟我通常的感覺相反。我尤其喜歡跟班尼一起抽大麻，喜歡它似乎讓我們之間的界線模糊了。躺在沙發的兩端，我們的腳在中間交纏，感覺我們是某種持續的有機體的一部分，我血管中的搏動跟他的吻合，我們的身體接觸的地方有一股能量流過。我希望我能記得起我們都談了什麼，因為當時感覺我們討論的事情非常重要，但其實只是兩個失敗的十幾歲孩子的胡說八道。八卦同學，埋怨老師，猜測幽浮是否存在，討論來生，討論沉在太浩湖底的屍體。

我記得我感覺室內有什麼在漲大，我們的關係變得模模糊糊，令人困惑。我們只是朋友，對吧？那，為什麼我在午後的斜光下看著他的臉會想要用舌頭去舔他下巴上的雀斑，看是不是鹹的？為什麼他的腿抵著我的腿會像是他提出了一個等著我回答的問題？有時我會從飄飄然的遐想中驚醒，發覺我們沉默了長長的一分鐘，等我看著他，會看到他透過那些長長的睫毛看著我，然後他會臉紅，別過臉去。

在早先的那幾星期我們只遇見過他母親一次。有天下午，我們從玄關要溜進廚房，一個聲音穿透了房子裡鉛塊似的寂靜。「班尼？是你嗎？」

班尼立刻凍住，茫然瞪著伊莉莎白．利布林肖像旁的一個點，表情小心謹慎。「對，媽。」

「進來打聲招呼。」她的話好似卡在喉嚨裡，好像聲音被困住了，而她不太確定是該往下嚥還是吐出來。

班尼朝我歪歪頭，默默道歉。我跟著他走過迷宮似的房間，這部分我之前沒進來過，最後我們來到了一個房間，從天花板到地板全都是書架。大概是圖書室，排滿了令人卻步、沒有書衣的大部頭書籍，看樣子好像是幾十年前就用膠水黏在架上了，再沒有人移動過。木鑲板上掛著打獵的紀念品——一個駝鹿頭，一隻麋鹿，角落立著一隻熊，全都表情悽楚，表達出牠們對於這種沒有尊嚴的模樣的忿恨。班尼的母親坐在爐火前一張飽滿的天鵝絨沙發上，雙腿縮在身下，四周是一堆室內設計雜誌。她背對著我們，我們進去後她連頭都沒回，所以我們只能走到沙發前，站在她面前。

*像是來哀求的，我心裡想。*

近距離一看，我發現她其實相當美麗：她的眼睛，大大的、水汪汪的，占據了一張狐狸似的小臉。班尼的紅髮一定是繼承自她的，但是她的頭髮現在更接近赤褐色，光滑得就像是一匹昂貴的馬精心梳理過的馬鬃。她很瘦，瘦得我以為我大概能把她抱起來，按在膝蓋上一折兩半。她穿著淺色的絲質連身衣，脖子上繫著圍巾，看起來就像是剛從某家高檔法式餐廳吃完午餐回來。我胡亂猜測山上這兒是要到哪裡去吃高檔午餐。

「嗯。」她放下了雜誌，抬頭看我。「妳就是我在屋子裡聽見的聲音了吧。班尼，你要幫我們介紹嗎？」

班尼兩手更往口袋深處插。「媽，這是妮娜．羅斯。妮娜，這位是我母親，茱蒂絲．利布林。」

「幸會，利布林太太。」我伸出了一隻手，她瞪大眼睛看，假裝震驚。

「哎呀，這裡有人懂禮貌欸！」她伸出一隻柔柔的、軟軟的手，快速地捏了我的手一下，幾乎立刻就放開了。我能感覺到她在掂量我，即使她是在繼續翻閱著雜誌：褪色的紫紅色挑染，又濃又黑的眼線，有污漬的大衣、標籤上寫著別人的電話，用膠帶修補鞋頭的雪靴。「妮娜．羅斯。妳為什麼沒跟同學到外面去滑雪？我還以為在這裡就該做那種事呢。」

「我不會滑雪。」

「啊。」她研究著一張紐約時髦公寓的照片，折起一角以供將來參考。「班尼很會滑雪，他有跟妳說嗎？」

我看著班尼。「是喔？」

她替他點頭。「我們從他六歲大就到瑞士聖莫里茨去度假。他以前好喜歡喔。現在我們真的住在雪地裡了，他卻不肯去了，那只是一種表態。是不是啊，班尼？滑雪、划船、下棋，都是他以前最愛的活動，現在他只想坐在房間裡畫卡通。」

我看得出班尼頸子上青筋緊繃。「媽，別說了。」

「喔，拜託，甜心，有點幽默感嘛。」她笑了，我卻不覺得是開心的笑。「那，妮娜。說說妳的事。我非常好奇。」

「媽。」

他母親瞪著我，頭微微歪向一邊，好像我是個格外有趣的樣本。我覺得被她看得像隻路殺的動物，愣在原地，總覺得必須一直站在這裡，讓她把我從頭到腳輾過。「嗯，我們去年才剛搬來。」

「我們？」

「我母親跟我。」

「啊。」她點頭。「妳們怎麼會大老遠跑到山上來呢？是妳母親的工作？」

「差不多。」她等待著，等我說明。「她在芳拉克賭場工作。」

班尼終於失去耐性。「拜託，媽。不要再拷問了，別煩她了。」

「好嘛。嘖嘖。誰叫我好管閒事，想知道你生活中的芝麻小事呢，班尼。去吧、去吧，去你們每天下午溜去的地方。不用管我。」她回頭去翻雜誌，一下子翻了三頁，快到我還以為紙會撕破。「喔，班尼，你應該知道你父親今晚會回來吃飯，那就表示是家庭聚餐。」她意味深長地看了我一眼，像是在說：沒邀請妳，拜託識相點，天黑前就消失。

班尼已經走出門口一半了，聞言止步。「可今天是星期三啊。」

「沒錯。」

「他不是要星期五才會回來。」

「這個嘛」——她拿起了一本雜誌——「我們談過了，他決定要更常來這裡。陪我們。」

「好極了。」他的話充滿了濃濃的譏誚。

她應聲抬頭，聲音降到警告的咆哮。「班尼。」

「媽。」他模仿她的聲調，害我有點不自在。這樣正常嗎，對母親這麼粗魯、這麼高高在上？但她似乎不以為忤，吻了吻自己的指尖，朝班尼的方向揮動。她又去拿另一本雜誌，開始快速翻閱。我們被遣退了。

「對不起，」他在我們往廚房走時說。

「她沒那麼差啦，」我昧著良心說。

他露出苦瓜臉。「妳一定是沒戴眼鏡。」

「可是她下床來活動了，而且你爸也要回家來了。這樣不是很好嗎？」

「隨便啦。反正都不重要。」但是他的五官扭曲，在我看來這件事很重要，只是他不肯承認。「其實實際的情況是他會在晚餐時露個面，因為她夠清醒，能發號施令，然後他就會消失到他晚上會去的地方。他不會留下來，因為她其實也不想要他陪。她只想要他在她叫他來的時候來，她才能證明她在他們的關係裡有點作用。」

班尼做過許多治療，我漸漸了解了。「他們為什麼不乾脆離婚？」

他露出一抹小小的苦笑。「錢啊，傻瓜。一定都是為了錢。」

接下來的時間，他縮回了自己的殼裡，好像就是沒辦法不去思索他母親的行為。我也在思索；她翻閱雜誌的動作，好像是被什麼她管不了的衝動控制住。我們抽大麻，然後我寫作業，他在筆記簿上畫畫，我有時會感覺他從沙發的另一端在打量我，我忍不住想是否透過他母親的眼光來看我毀了他心裡對我的印象。那天下午我提早回家，遠在黃昏之前，我一回到家就發現我母親在廚房裡，頂著一頭的髮捲在做通心粉，我立刻就覺得一股感恩。

我從後面抱住她。「我的寶貝。」她在我的懷裡轉身，把我往她的胸前按。「這是怎麼回事啊？」

「沒事，」我埋在她的肩頭喃喃說。「妳沒事吧，媽？」

「沒這麼好過。」她把我推開，好仔細檢查我，用一根搽著粉紅色指甲油的手指描畫我的臉頰。「妳呢？學校裡沒事吧？妳喜歡學校？妳拿到高分？」

「對，媽。」我是，儘管下午我都跟班尼一塊吸大麻。我喜歡作業的挑戰，我漸漸愛上了學校的進步氣氛以及用想法來吸引我們、而不僅僅是發考卷的老師。半年來，我的各科差不多都是拿A。我的英文老師喬最近把我拉到一邊，給了我一本小冊，是史丹福大學的暑期課程。「妳應該明年申請，在九年級之後。可以幫妳進大學，」喬說。「我認識那位主任，我可以為妳寫推薦信。」

我把小冊子塞進了書架裡，三不五時就抽出來，研究封面上的孩子，他們穿著一樣的紫色T恤，笑容滿面，背包裡裝滿了書，手挽著手。學費當然是太貴，然而生平第一次，那種生活感覺不是遠在天邊。說不定我們會想到辦法。

我母親眉開眼笑。「好。我好驕傲喔，寶貝。」

她的笑容是那麼真摯，是那麼為我微不足道的成就開心。我想到了茱蒂絲．利布林。無論我母親有多少缺點，她都一點也不冷漠。她絕不會貶低我，我絕對不會成事不足敗事有餘。她反而事事都以我為先，一次又一次。而現在我們在這裡有了窩，安全溫暖，不必受風吹雨打。「妳今晚何不請病假，我們可以待在家裡看電影？」我問。

她臉上掠過不安。「來不及了，寶貝。有人如果曠職，經理就會抓狂。不過星期天我休假，我們何不到圓石去，看電影院有什麼片子？好像有一部007的片子，我們可以先吃披薩。」

我放下手臂。「好啊。」

爐子上的計時器響了，她衝過去瀝乾通心粉。「喔，我今天如果晚回來不用擔心。我自願多值一班。」她綻開了露出酒窩的燦爛笑容，一面把鍋子端到洗碗槽，蒸汽遮掩了她的五官。「讓我們常常有通心粉吃！」

✦

四月中旬的某一天，我左看右看，發現春天來了。山峰仍然白雪皚皚，但是在湖泊這裡春雨已經把最後的積雪都清除了。季節一變，磐石居也感覺搖身一變。日光節約時間到來了，現在我們在中午三點抵達，房子仍然沐浴在從斑駁的松樹間穿透的陽光下。我終於能看到綠色草皮像一張毯子似的從豪宅直鋪向湖濱，因為青草都從冬眠中甦醒了。小徑兩邊開滿了紫蘿蘭，不知是哪個園丁種的。房子的每一處感覺都比較沒那麼森嚴，沒那麼壓迫。

但也可能是因為我現在在磐石居裡沒那麼不自在了。走上豪宅的台階我不再覺得膽怯，我也開始像班尼一樣把背包丟在樓梯腳邊，好像我的背包就該丟在那兒似的。我甚至又見過班尼的母親一次，她像幽魂一樣飄過房間，兩手各拿著一隻花瓶。她正在重新裝潢的階段，班尼這麼跟我說，把家具從房間一側拖到另一側，再拖回來。我打招呼，她只是點個頭，用胳臂擦臉頰，留下了一條灰色的污痕。

有個星期天的早晨，是在春假開始的時候，我母親跟我走路到席德的店去吃貝果喝咖啡。我們等著點餐——我母親跟那位親切的留鬍子經理打情罵俏——我聽見班尼的聲音壓過其他顧客的說話聲，叫我的名字。我轉頭看到他排在我後面，跟一個我沒見過的女孩子。

我走向他，打量著陌生女孩。她不像本地人。她粉雕玉琢，像奧斯卡金像獎座：頭髮、指甲、化妝，樣樣都散發出一種淡淡的光芒。她雖然穿的是一件普林斯頓大學運動衫和牛仔褲，但我仍能感覺到錢味從她的身上飄散出來，跟班尼一點也不一樣：應該是她的牛仔褲的剪裁吧，她的袖口底下閃現的鑽石網球手鍊，她的皮包散發的皮革味。她就像是為常春藤聯盟型錄拍封面照的模特兒，明亮清新，高瞻遠矚。

我走過去時她正盯著手機，無視於咖啡館裡的吵雜。班尼摟住我的肩，眼睛在我們兩個之間閃來閃去。「妮娜，這是我姐。凡妮莎，這是我朋友妮娜。」

他那個姐姐。當然的嘛。我感覺到衝突的情緒在拉扯——想讓她喜歡，想當她；卻知道我這輩子也當不了，然後是知道我不應該想要當她，但我還是這麼想。她就像是我母親為我設想的將來，而她的存在讓我醒悟到那種將來是多麼遙遠的現實啊。

凡妮莎這時向上一瞥，終於注意到她弟弟摟著某個人。我看見她的綠色大眼中掠過什麼情緒——驚訝，說不定還有喜悅——然後她進一步打量我，原來的情緒就全部消逝。她是個很有禮貌的人，看人不會直上直下打量，但是我還是立刻就能看出她是那種會評估的女生。她整個人都透著深思熟慮和密切觀察的味道。我感覺到她在加總我的每一點，計算我的價值，覺得太低了不值得費心。

「幸會，」她說，卻讓人無法相信。而就這樣，她跟我沒關係了。她又回頭去看手機，退後一步，站開了。

我的臉像著火。我發覺，或許是第一次，我的外表的每個地方都錯了：我的妝太濃，技術太拙劣；我穿的衣服是應該要藏住我的屁股和肚子的，結果卻像是穿布袋；我的頭髮不前衛也不酷，只是用藥妝店買來的染髮劑染的。我的樣子很廉價。

「這是妳學校裡的朋友嗎？」我母親突然站到我旁邊。我很感激她來打斷。

「我是班尼，」他說，勇敢地朝她伸出一隻手。「很高興認識妳，羅斯太太。」我母親的臉上猛地閃過一抹意外——不知道是不是第一次有人稱呼她太太——但表情一閃即逝。她握住他的手，正式地握手，遲了半秒才放開，班尼都臉紅了。

「我很想說我聽了很多你的事，」她說。「可是妮娜對她的新朋友們並沒有交代得很清楚。」

「那是因為我沒多少朋友，」我說。「只有這一個。」班尼迎視我的目光，露出笑容。

「妳起碼可以讓我知道妳有個可愛的新朋友，而且他還有名字。」她朝班尼露出酒窩。「我敢說你都會把你的朋友告訴你爸媽。」

「除非是不得已。」

「嗯，那麼我們這些爸媽應該都聚一聚，同病相憐，比較比較心得。」我母親翻了個白眼，但是我能看出她在小心衡量班尼對我微笑的樣子，我能感覺到我的臉頰微微泛紅。這一分鐘的沉默很彆扭，然後我母親東張西望。

「唉，奶精呢？我喝這玩意沒辦法不加糖，」她說。「妳想走的時候跟我說一聲，妮娜。」她走向櫃台盡頭的咖啡吧，有禮貌地演了一場戲。她花了很大的功夫在找糖罐，好像我們並沒有就站在三呎外。我默默感謝她的周到。

但是班尼跟我就只是默默對彼此笑。我們終於排到了前面，凡妮莎就跟在我們後面。「我要咖啡，給我姐卡布其諾，」班尼對咖啡師說。

「豆漿，」凡妮莎說，仍盯著手機沒抬頭。

班尼翻個白眼。「妳可以當作沒聽到。」他從皮夾裡撈出一張百元大鈔。凡妮莎終於放下了手機，時間長到足以發覺他做了什麼。她一個箭步向前攫住了他的手腕，查看他手裡的錢。

「要命，班尼，你又偷保險箱了？早晚有一天爸會發現，到時你就麻煩大了。」

他甩開她的手。「他在裡面放了一百萬，不會注意到少了幾張的。」

聽見這話，凡妮莎立刻看了我一眼，隨即移開目光。「閉嘴，班尼，」她氣呼呼地說。

「妳今天是吃錯藥了嗎，凡妮莎？」

凡妮莎嘆口氣，兩手向上舉。「小心謹慎，弟弟。學著點。」她現在刻意不看我，好像她相信忽視我的存在就能讓班尼的過失從記憶中消失。她手上的手機突然震動。「喂，我得接這通電話。我馬上回來。別忘了我們得去小機場買我的太陽眼鏡。」她一轉身就走出咖啡店了。

「對不起。她通常不會這麼沒禮貌。媽要叫她跟我們一起去巴黎，不肯讓她跟朋友到墨西哥，所以她心情不好。」

但是我已經從凡妮莎不屑一顧的態度中釋懷了，反倒是滿腦子琢磨著磐石居裡的黑暗金庫中的一百萬美金。誰會放那麼多的現金在家裡？一百萬是什麼樣子？會占多少空間？我想著看過的竊盜電影，搶匪把一疊疊綠油油的鈔票往行李袋裡裝；我想像著一間銀行金庫藏在磐石居裡，一扇巨大的圓形鋼門，得兩個人使力才能打開。「你爸真的放了一百萬在你家裡？」

班尼一臉不安。「我不應該說出去的。」

「為什麼呢？他覺得銀行不可靠？」

「對，可是不止是這樣。那是緊急備用金。他老是說手頭一定要有現金。要是發生了什麼鳥事，什麼都沒了，而你需要跑路。他也在我們舊金山的房子裡放了一些錢。」他說得隨性，彷彿需要七位數的備用金是再正常不過的事情。為什麼準備的呢？我胡亂猜測著。怕會有世界末日殭屍攻擊嗎？還是FBI來突襲？咖啡師把咖啡遞給班尼，等他回過頭來，熟悉的紅潮爬上了他的脖子。「喂，我們可以不要談我爸的錢嗎？」

我從他的表情就看得出我打破了一個不成文的協議：我得假裝我不知道他很有錢，就算我知道了，我也不在乎。然而，事實俱在：家裡擺著一百萬元「以防萬一」，小機場裡還有一架私人噴射機等著要把他們送到巴黎，我們之間豎立著兩根路標，指出其中的鴻溝。我看著我母親站在奶精吧那邊，身上是破舊的沃爾瑪大衣，想著她每天晚上在賭桌上看著男人豪擲幾萬元，壓根不把錢當回事。

我明白了，突然之間無比清晰，在我母親的人生選擇之後的第二個意圖，她偷竊背後的另一個動機（之前的！）。我們是把臉用力貼著玻璃在生活，看著裡面擁有那麼多的人，看著他們漫不經心地拿他們的特權摩擦我們的臉。尤其是在這裡，在這個度假小鎮上，勞動階級偶遇度假階級，一百三十元的滑雪纜車票，豪華的休旅車，湖濱別墅一年有三百二十天空著。被隔在玻璃外的人有一天決定要拿鎚子來打破玻璃，伸手進去拿點什麼，這樣會奇怪嗎？世界可以分成兩種人：一種等著別人給，一種想要什麼自己拿。我母親當然不是那種呆呆瞪著玻璃後，希望最終能到另一邊的人。

我呢？

當然，我現在知道答案了。

但是那天：「對不起，」我向班尼說，滿心慚愧，不願意打開這個裝滿了蟲子的罐子，怕把他嚇跑。

「沒關係，小事一樁。」他捏捏我的手臂，渾然不覺我的內心交戰。「喂，我們明天要飛去國外，可是我一從巴黎回來就來找妳，好嗎？」

「幫我買條法國麵包，」我說。我的臉頰因為一直笑而很痛。

「沒問題，」他說。

春假後上學的第一天班尼就在公車上，緊張不安，好像春天的天氣影響了他，害他緊張兮兮的。他一看到我上車就從座位上跳了起來，高高揮動兩根法國麵包，活像寶劍似的。

「給小姐的法國麵包，」他得意地說。

我接過一根麵包，撕了一塊。不新鮮，但我還是吃了，很感動他沒忘記，卻也扎心地意識到百萬富翁的兒子送給我不值多少錢的麵包（在我的心底深處，又閃過一捆捆綠油油的鈔票藏在保險箱裡的畫面）。當然，我提醒自己，真正的價值是他聽進去了，還想到我，幫我帶了我要的東西。真才是最重要的一點。我就是這樣的人，不是嗎？

然而。

「哎唷，我真高興看到妳。」他摟住我的肩，感覺出奇的果斷。我看得出他有什麼事，是我無法判讀的。「終於正常了。」

「法國好玩嗎？」

他聳聳肩。「我大多數時間都在吃麵包，等著我媽跟我姐血拚。等我們回到飯店，我爸發覺她們買了多少東西就會發脾氣。簡直是太好玩了。」

「麵包和血拚。喔吔，好恐怖喔。我的春假是在鎮上的圖書館裡啃生物個體性，你一定嫉妒死了。」

「其實我真的嫉妒。我寧可跟妳在一起也不要跟我家人到巴黎去。」他捏捏我的肩膀。又來了，那種奇異的、全新的忿恨——巴黎聽在我的耳朵裡刺激得不得了，他起碼也該懂得珍惜自己的好運。可聽他說起來他真的相信比起到法國度假，我還更有意思；我算哪棵蔥啊，還敢把這種恭維不當回事？

我們吃法國麵包，腳下落了一地的麵包屑，一路吃到磐石居的大柵門外。可是一進莊園，班尼卻沒有衝上台階，我們反而沿著車道走，他揪住我的袖子，把我往左邊拉，進了屋側的一片松林。

「怎麼了？」

他一根手指按著嘴唇，指著樓上窗戶。媽，他以嘴形說。

我不明白他這是什麼意思，但是我跟著他穿過松林，沿著一條小土徑繞過莊園，來到了管理人的小屋。一進門他就走進小廚房，我們都把點心藏在這裡。他從櫥櫃裡拿出一隻瓶子，舉高讓我看：伏特加，很貴的樣子，芬蘭貨。「我的大麻全沒了，」他說。「不過我從我爸的酒櫃裡偷了這個。」

「全沒了？你全抽光了？」

「不是。我媽在我們去法國以前來了個大突襲，她在我的床底下找到了，全沖進馬桶了。」他一臉羞愧。「他們氣死了。其實妳也不應該在這裡，他們禁止我跟妳見面，所以我們才沒進屋去。」

我歸納了一下情況：他異常的逞能，在公車上勾住我的肩膀活像我屬於他一樣——全都是在跟他的父母唱反調。「你的意思是……他們怪我。大麻的事。他們以為我是損友，因為，怎樣，我的頭髮是粉紅色的？還有我不會滑雪？」我的心裡浮出了一個又熱又燙的自以為是的氣泡。

他搖頭。「我跟他們說了跟妳沒關係。我的問題在認識妳之前就有了，他們知道。他們只是……保護過度。不理性。跟平常一樣。去他們的。」

伏特加瓶子仍懸在我們之間，是某種象徵性過渡的圖騰，或是叛逆，或者是什麼道歉。最後，我伸出手，一把抓住酒瓶。「有果汁嗎？我來調螺絲起子。」

「靠，沒有，只有伏特加。」他迎視我的眼睛，臉紅了，我想到了在書上看過的詞彙——酒膽。我扭開瓶蓋，舉到唇邊就喝了一大口。我喝過我媽的馬丁尼，是小口品嚐，但這一口卻是刻意用灌的。酒好辣，我嗆得咳嗽。班尼伸手給我拍背。

「我是想，我本來要給妳杯子的……」他拿走酒瓶，舉到嘴邊，酒液一碰到他的食道，他就抽搐。伏特加從他的嘴角流了出來，他拿T恤袖子擦。他的眼睛又紅又充滿了淚水，一跟我視線接觸，我們就都笑了出來。

伏特加點燃了我的胃，害我醉醺醺的、又熱又暈。「來，」他說，把酒瓶交給我，這一次我灌下了一吋深的酒才停。五分鐘後，我們醉了，頭重腳輕，我絆到餐廳的椅子，哈哈大笑。班尼在我跌倒前抓住我，把我轉過來，我終於鼓起了勇氣吻了他。

我被吻過，這些年來，太多男人，而他們幾乎每一個的吻功都比班尼強。可是初吻是你永遠不會忘記的，即使是現在我也能詳詳細細地描述那一吻。他的嘴唇好乾，但也好軟。他閉著眼睛，我卻睜著眼，他的樣子好認真好專注。我們調整姿勢，牙齒互撞發出好恐怖的聲音；他彎腰把我往上拉，而我踮著腳尖，靠著他的胸膛平衡。我們停下來一分鐘，兩個都大口喘氣，好像一直在水裡。

我依靠在他懷裡，能聽見他的心跳，奔騰得好快，好像會從他的胸腔裡跳出來，衝口而出。我們站在那兒一會兒，他的心跳漸漸變慢，適應這個新的現實。「妳不需要因為可憐我什麼的就這樣子，」他對著我的頭髮說。

我向後退，打了他的胳臂一拳。「是我吻了你，笨蛋。」

他的睫毛顫動，眼神是那麼溫柔，像一頭鹿。我聞到他呼吸中的伏特加味，像是甜蜜的汽油。「妳很美，又聰明，又強悍，我不懂。」

「沒什麼好懂的，」我說。「別折磨頭腦了。就讓我喜歡你，沒有遲疑。」

但或許他說得有道理。什麼都不會像乍看之下那麼單純，美好的東西若是被剝除了無瑕的表面，總是會發現更複雜的地方。那個原始湖泊的湖床的漆黑淤泥，酪梨中心的硬核。我現在忍不住猜想我吻他是否是一種宣示意圖，在他身上打上我的記號。他的父母會禁止我見他，他們覺得我是損友？吻他是我在向他們說滾一邊去，他是我的。你們這次是贏不了的。你們就算是擁有世上的一切，你們的兒子卻是我的。

也許就是因為如此我才會那麼有自信地牽起他的手，帶領他，跌跌撞撞走向有天窗的臥室，倒在吱嘎響的床鋪上。也許就是因為如此我才會讓伏特加在我都不知道的膽大妄為上點燃一把火，我才會那麼主動地投懷送抱，衣服丟滿地，舌頭舔著彼此。奔向那短暫、穿刺的劇痛，喘息和推送。奔向通往我的將來的道路。

然而，當時的動機或許不對，那天發生的事——以及接下來的幾週——感覺卻是純潔的。小屋是我們的，我們在那兒做的事，隱藏在四壁之間，似乎是屬於某種過渡性質的真實空間。我們在學校裡的關係仍然一樣——在走廊上奔跑去上課時經過對方，偶爾一起在午餐時間吃披薩，從不真的碰觸，不過我們的腳有時會在餐桌下互觸。即使是在到他家的公車上，我感覺到期待之情像電流越來越強，我們仍然不會扮演典型的男女朋友角色。不會手牽手，不會在彼此的胳臂上用藍色原子筆寫姓名縮寫，也不會用兩根吸管喝同一瓶汽水。沒有一件事情外露，沒有一件事情是理所當然的。可是一旦到了管理人小屋，一切都變了，彷彿我們花了那麼久的時間——大半個白天，加上半小時的車程——才找到跨入我們的叛逆的信心。

「那個男生是誰？」我媽有天晚上問我，我剛好趕上晚餐，一副狼狽相。我的皮膚上仍然有班尼的氣味，不知道她是否也聞到了，像標示青少年情欲的一面費洛蒙紅旗。

「妳怎麼會覺得有男生？」

她站在浴室門口，摘掉頭上的髮捲。「寶貝，別的事情我可能不懂，愛情我可是專家。」她思考了一秒。「不能說是愛情，是性。妳有保護自己吧？我的床頭櫃的第一個抽屜裡有保險套，妳愛拿多少就拿多少。」

「要命喔，媽！閉嘴啦。只要說句妳還太小，就夠了。」

「妳還太小，寶貝。」她用手指耙梳頭髮，讓頭髮鬆軟，再噴上髮膠固定。「靠，我的第一次是十三歲，我有什麼資格說話？總之一句話，我想見見他。改天請他過來吃飯。」

我想了想——我該承認就是那天她在咖啡店看見的男生嗎？還是她已經猜到了，正等著我告訴她？但是我覺得極其不情願把班尼帶回家來，斷然穿越分隔了我們兩個的世界。感覺很危險，好像過程中會破壞了什麼重要的東西。「也許吧。」

她在馬桶上坐下來，仔細按摩一隻腳。「好吧。我想現在是我應該給妳上上課的時候了，所以聽好了。性——是有可能出於愛情，如果是的話，那很美妙，上帝啊，我希望妳找到的就是愛情，寶貝。可是性也是一種工具。男人利用它來證明自己，證明他們有能力予取予求。妳只是他們在攀上主宰世界的梯子的第一級。如果妳有的是那種性——絕大多數的時間都是——妳就得要確定妳也是利用它當工具。別讓自己被他們利用了，滿腦子相信那是某種平等的關係。妳得確定妳跟他們一樣從中得到一樣多的東西。」她把腫脹的腳塞進高跟鞋子裡，站了起來，有點搖晃。「最起碼，要得到肉體的快樂。」

我恨透了這番話給我的感覺。我和班尼的關係並不是交易，我很確定。然而我母親的話卻懸浮在我們之間，往我美麗的願景中注入毒素。「媽，妳這種想法落伍了。」

「是嗎？」她對鏡自照。「這種事我每天晚上都會看到，我可不會說是落伍了。」她從鏡中看著我的眼睛。「只要小心一點，寶貝。」

「跟妳一樣小心嗎？」話一出口卻是意外的惡毒。

她的藍眼迅速眨動，像是要把跑進眼裡的東西眨掉。一抹眼影。一絲後悔。「我是吃了虧才學乖的。我只是想幫妳避開同樣的錯。」

我軟化了，我忍不住。「妳不用擔心我，媽。」

她嘆口氣。「我不知道要怎麼才能不擔心。」

我最後一次見到班尼是在五月中旬的一個星期三。學年還剩三週，我們正在期末考。我卯足了勁把幾科B拉到A，有將近一個星期沒見到他。最後一天他坐上公車，坐到我旁邊，他交給我一張紙。是我的畫像，謹慎地畫在厚亞麻布上。他把我描畫成日本漫畫裡的人物，穿著緊身黑衣，粉紅色挑染被吹在腦後，強壯的雙腿在空中飛躍。我一手握著一把劍，劍上滴著血；靴子踩著一頭噴火龍，懼怕地畏縮著。我黑色的眼睛凝視著遠方，目光犀利得像是破紙而出，挑釁著每一個有膽子回頭的傢伙。有種就來呀，混蛋。

我研究了好半天，看著班尼心目中的我：某種超級英雄，比我實際上要強，有救援別人的能力。

我把畫布折好，放進背包裡，然後默默握住他的手。他自顧自微笑，手指與我的交纏。公車沿著湖岸緩緩前進，溫暖的春天空氣從開了一條縫的車窗吹進來。

「我媽這星期在舊金山，」他在接近他的社區時說。「她得去那兒調整她的用藥。大概是她一次重排了太多家具，我爸終於搞懂了。」他想笑，但是發出的聲音卻像是垂死的海鷗痛苦地呱呱叫。

我捏捏他的手。「她會沒事吧？」

他聳聳肩。「反正是重複上演的老戲碼。他們會給她吃藥，然後她會回來，明年又重來一次。」但是他閉上了眼睛，睫毛振動，出賣了他外表上的不以為意。我想到了班尼自己的雞尾酒式用藥，害他的嘴唇皸裂乾燥，脈搏不穩；我忍不住想他是否擔心過他又有多少是像他母親。

「這個意思是整棟屋子都是我們的嗎？」我想像著終於上去磐石居的樓上，看到班尼的臥室，那裡就跟我們認識的第一天一樣還是神神秘秘的。我到現在看到的也只是客廳、門廳，廚房，餐廳，圖書室——只是磐石居四十二個房間中的一小部分，（我現在知道了）我在那裡有多不受歡迎。

他搖頭。「記得嗎？我被禁足了。他們不信任我，不敢讓露德一個人管我。所以我媽不在的時候我爸就來了。大概是對他們兩個也很方便吧。」他皺眉。「要是他的車停在車道上，我們就得格外小心，OK？他比我媽要注意。」

但是他爸的捷豹並不在車道上，只有露德濺滿泥巴的豐田小心地停放在松樹下。於是我們又一次在屋子裡閒晃，好像我們是屋主，到廚房拿兩瓶可樂和一袋爆米花，這才到管理人小屋去。我們坐在台階上，勾著彼此的腿，看著一群野雁降落在湖上。偶爾我們會丟一顆爆米花，有隻勇敢的野雁就會上前來把它叼去，警戒地打量我們。雁群覓食呱叫，在碧綠的草地上到處排泄。

「嗯，有個壞消息。」班尼的聲音打破了寂靜。「我爸媽今年夏天要把我弄到歐洲去。」

「什麼？」

「是在義大利阿爾卑斯山的什麼改造營，我在那裡就不會惹麻煩了。就，新鮮空氣和體力勞動之類的會像變魔術一樣把我改造成他們想要的樣子。」他朝一隻雁丟了一顆爆米花，牠鼓翅抗議。「他們大概是覺得歐洲空氣比美國空氣更滋補。」他轉頭看我。「我當掉了三科，知道吧。這個大概是他們搞定我的最後一招了，然後他們就會永遠放棄我了。」

「要是你每一科都考得好，他們搞不好會讓你留下來？」

「不可能。我不可能考得好，就算考好了也改變不了什麼。我沒辦法像妳一樣拚一拚就拿A。我連靜下來看五分鐘的書都沒辦法，拜託。不然妳以為我為什麼這麼喜歡看漫畫？」

我想著自己的暑假。我找到了一個最低薪的打工，在太浩市的一家泛舟公司，負責在陣亡將士紀念日到勞動節期間把壅塞特拉基河的橡皮艇裝載上車。下班之後沒有他在等著我，這下子這個工作就更討厭了。「靠。你不在我要怎麼辦？」

「我會幫妳買一支手機，然後每天打電話給妳。」

「是喔。可是還是不一樣。」

我們默默坐在陽光下一會兒，眺望著湖水。湖上還沒有船，灑落在湖面的日光被一片的藍色弄得很刺眼。最後班尼吻了我，感覺比平常憂愁，像是我們已經在為夏天道別了。等他退開之後，他仍閉著眼睛，幾乎是耳語似地說：「我愛妳。」我心跳加速，也回應了他的話。感覺像是我們擁有了需要的一切，在彼時彼刻，永世不渝；而且這句話可以讓我們克服路上的一切障礙。

那是第一次也是最後一次我感受到道道地地的純潔喜悅。

我們挪進小屋，然後上了床。我們照樣脫掉衣服，把T恤和襪子丟了一路，像是漢塞爾和葛麗特在丟麵包屑。在臥室裡，昏黃的光線照亮了他奶白色的皮膚，我先描畫他胸膛上的紅色雀斑，然後才爬到他身上。在這一刻，十幾次的幽會之後，我們摸索出了該如何配合，笨拙的肘膝互撞變少了，探索的興奮更多了。摸這裡，或是摸那裡的感覺；這個身體部位跟那個接觸時可能會有的反應。孩子的科學實驗，卻有更多的風險。

而那個——他的嘴吻上我的乳房，他濕滑的肚子貼著我的肚皮的火辣震撼——就是我們沒聽見他父親走入小屋的原因。我們太陶醉了，沒有時間去遮蓋身體，直到他站到了門口，龐大的身軀擋住了客廳的光，然後班尼的父親一手抓住我的胳臂，把我從他兒子身上拽開，我一面尖叫一面抓床單遮住身體，而班尼則光溜溜地躺在床上，眨著眼，呆若木雞。

威廉·利布林四世。他就跟我看過的照片一樣——龐大、禿頭，穿著昂貴套裝——只是目睹本人，他好像更龐大，比班尼大多了。他一定是六十幾歲了，卻一點也不衰老，反倒有一種威儀，來自於他所繼承的金錢。而且也不像我見過的那張聽歌劇的照片中一臉的親和，他的臉脹得像甜菜根那麼紅，嵌在浮腫皮膚裡的眼睛是燃燒的煤塊。

他不理會正兩手摀著私處手忙腳亂下床來的班尼，只對我說話。「妳是誰？」他大吼大叫。我覺得又沮喪又暴露。我的心臟仍滾燙，我的肌膚仍極度敏感；我沒辦法調和奔竄不停的各種情緒。「妮娜，」我結結巴巴地說。「妮娜．羅斯。」我的眼睛射向班尼，他忙著去抓丟在地上的四角褲卻被自己的大腳絆到。他一寸寸朝門口挪，眼睛盯著拋在走廊上的牛仔褲。

利布林先生轉頭對班尼大喝：「給我站住。」他又回過頭來打量了我好久。「妮娜．羅斯。」他在口中品味，顯然是要把這個名字烙進記憶裡，我忍不住想他會不會是那種打電話給我媽抱怨的父親。有可能。或者是由班尼的媽媽出面。我想像著我媽叫他們兩個滾一邊去。

班尼終於穿上了內褲，拱肩縮背站在門邊，細瘦的胳臂遮掩著赤裸的胸膛。「爸……」他開口說話。

他父親一個踅身，豎起了一根手指。「班傑明。一、個、字、都、不、要、說。」他轉過身來，拉直外套，這個動作似乎讓他冷靜了下來。「妮娜．羅斯。妳現在就離開，」他淡淡地說。「而且不准再來。從現在開始妳和班傑明一刀兩斷。聽懂了嗎？」

我嗅得出空氣中有什麼，刺鼻又辛辣：是班尼身上流洩出的焦慮；他看著我，臉上掛著無助。轉眼間他變得既萎縮又年輕，像個小男生，即使他至少比他父親高了半呎。我湧出了一種情感，想要保護他不受任何人摧殘。我想到了班尼畫的妮娜，那個握著滴血寶劍的超級英雄。我的心不再狂跳了；我感覺鎮定，用床單牢牢圍緊身體。「不，」我聽見自己說。「你不能叫我幹什麼。我們在戀愛。」

利布林先生的臉部肌肉抽動，彷彿是被電擊了。他向我逼近俯身，聲音低得像沙啞的吼叫。「小姐，妳不懂。我兒子處理不了這個。」

我看著班尼，縮在角落，有那麼心痛的一刻，我以為他父親說得對。「我比你了解他。」

他笑了，毫無笑意、紆尊降貴的聲音。「我是他的父親。而妳」——他拿眼睛衡量我——「妳什麼也不是。妳隨時都有遞補。」他指著門。「妳現在就離開，否則我就報警，讓警察帶走妳。」

他轉向班尼，一手撫過光頭，好像是在測試他的頭顱形狀。「而你。五分鐘後到我的書房，衣著整齊。聽見了嗎？」

「是，」班尼說，聲音幾乎像耳語。「先生。」

他父親又看了他好長的一會兒，直上直下打量兒子修長無力的四肢和凹陷的胸膛，發出了小小的聲音，像是嘆息，我看得出他心裡覺得洩氣。「班傑明，」他開口說，向兒子伸出一隻手。班傑明縮了縮。他父親的手半空停住，但是並沒有讓手就懸在那裡，而是又去撫摸光頭。然後他轉身就走出去了。

我們一直等到聽見小屋的大門關上才去抓衣服，匆匆穿上，動作快得就跟我們脫下時一樣。班尼把運動衫套到頭上，綁好鞋帶，一直不肯看我的眼睛。「對不起，妮娜，」他反覆不停地說。「真的對不起。」

「不能怪你。」我摟住他的腰，但他只是愣在那兒，好像脊椎從裡頭斷掉了；我想吻他，他卻別開臉。我這時知道了，雖然我挺身對抗他爸爸，班尼可不會。無論他假裝有多恨他的家人，可要讓他在他們和我之間做選擇，我壓根就不是對手。我不是超級英雄，為他屠龍；我什麼也不是。感覺像是我一直在照的鏡子粉碎了，只殘存細小的碎屑，我拼不回去。

我們跋涉回磐石居時他沒握著我的手，我向右轉要繞過屋子而他向左轉步上廚房門廊的台階時他沒擁抱我。他只是緊緊閉著眼睛，好像是想看見腦子裡隱藏的什麼，然後他又說了這句話，聲音幾不可聞——「對不起，妮娜」——就這樣，我們完了。

然後是期末考和六月的結業典禮，在北湖學校的意思就是全體學生把在學校的最後一天花在湖裡，划小艇、滑水，在某人的私人沙灘上烤豆腐香腸。在這幾週裡我只瞥見班尼幾次——一條憔悴的人影在遠處的走廊上溜過，而我的喉嚨因為制約反應而渴望得收緊——我晚上躺在床上會想像我們或許在派對上會有說話的機會。他看見我坐在沙灘上會走過來哭著道歉；我當然會原諒他，我們會擁抱，然後我們就又再一起了。

但是班尼根本就沒來參加湖畔派對，所以我只是和希拉蕊和她的朋友躺在沙子上，聽他們談論他們的夏季救生工作，盡量不要哭。

不知是什麼時候，希拉蕊翻過身來，臉孔和我靠得好近，用一隻手撐著頭。「嘿，妳男朋友呢？搭他家的遊艇去玩了嗎？」

「男朋友？」我呆呆地複述。

她給了我會心的一眼。「得了，姑娘。大家都知道了。你們沒有那麼隱秘。」她微笑。「我就知道你們兩個會合得來。一開始就知道。」

我躺在毛沙灘巾上，緊緊閉著眼睛，用力得都看見紅光了。「他不是我男朋友，」我說。「我們吹了。」

「喔，靠，好差勁喔。」她翻身仰躺，鬆開了比基尼帶子。「今年夏天跟我們一起玩，我會幫妳找個更好的人。當救生員就是有這個好處，很容易遇見男生。」

我對這個可疑的計畫的所有想法——變身沙灘的玩樂咖，把希拉蕊當成新閨蜜，釣上那些被太陽曬傷的男生——在我下午回家後全都消失了。我一轉進我家的街角就看到了：我媽的掀背式汽車裝滿了箱子和黑色塑膠袋。我走上車道，站在那兒，瞪著車窗，看著塞得滿滿的後座。我看見了我打補靪的雪靴，被擠得壓著玻璃。我再也忍不住了：我哭了起來，大顆大顆絕望的眼淚，為什麼每件事會在幾個星期之內從美滿奇妙變得混亂恐怖？

最後我媽出來了，向我走來，伸長了手臂要擁抱我。「對不起，寶貝。我真的很對不起。」

我閃開了，拿手臂擦鼻涕。「妳答應過的。我們會住到我畢業。」

她的樣子像是也要哭了。「我知道我是說過。可是事情沒按照我的計畫。」她的兩手玩著裙襬，一會兒往上捲一會兒放開。「不是妳的關係，寶貝。妳一直說話算話。只是……」她欲言又止。

她的表情讓我醒悟了。「是因為班尼，對不對？」

眼淚堆積在她的眼角，但是她沒否認。「妮娜……」

「他們打電話給妳了，對不對？他的父母，利布林夫婦？他們跟妳說他跟我在交往？他們叫妳管好我，因為我配不上他們的兒子。」

我看著她，她不肯看我，只是一直在捲裙襬，而她的眼影則流到臉上。我站在那兒看著她，我整個人生被裝進可憐兮兮的小箱子裡，我知道了。他們把我們趕出這個鎮了。對利布林家而言，我們只是垃圾，是在他們主宰的世界裡的一個不起眼的討厭東西，所以我們必須走。而因為他們是有錢人，所以他們可以為所欲為。

我猜想著他們為了讓我們走不知動用了多少關係。不然的話，他們怎麼能強迫我媽丟下工作，丟下一個家，丟下她女兒光明的未來？他們會秀肌肉，會威脅。利布林家就是這一套，班尼已經跟我說過了：我爸是個惡霸：要是他得不到他要的東西，他就會威脅你到他得到為止。向北湖學校打一通投訴電話，我的獎學金就夭折了。向我母親的工作場合說句話，就能威脅她的生計。他們隨手就奪走了我們僅有的一點東西，一定覺得比捏死一隻螞蟻還簡單。畢竟我們在他們眼裡什麼也不是。

我感覺到我母親的手臂摟住了我。「別哭，甜心。妳不需要他。妳有我，這樣就夠了。妳跟我，我們只能信任我們自己，」她低聲說，聲音哽咽。「再說了，妳比我見過的人都更好。妳比他們可怕的兒子更好。」

「那我們為什麼要讓他們得意？我們不必讓他們這樣對我們，」我不改口，越來越狂亂。

「我們不應該讓他們得逞。我們應該留下來。」

我媽搖頭。「真的對不起，寶貝。可是來不及了。」

「那常春藤聯盟呢？」我擠出話來。「史丹福暑期課程呢？」

「不用上貴死人的中學也能念書啊。」她挺直腰，捏捏我的胳臂，轉身走向汽車，彷彿一切都決定了。「我們不管上哪兒去妳都會做得很好的，只要妳有心。都怪我不好。我們一開始就不該來這裡的。」

✦

於是我們又搬回了拉斯維加斯，我在另一個巨大的水泥機構裡開始念九年級。也許我媽說得對，我不需要念私人中學也能出頭天，可是我們在太浩市的一年打碎了我心裡很重要的東西：相信我自己的潛能的能力。我現在知道我真正的斤兩了：我什麼也不是，隨時可以替換，注定一事無成。

離開太浩市之後我母親也沒辦法再站穩腳跟了。我們回賭城的頭幾個月她動作快得讓人眼花撩亂，為我們的新公寓去血拚，以為我們就要發財了。可是到了冬天，她變得憂鬱沉默，又一次晚上消失在賭場裡；而這一次，我知道她並不是去當服務生的。最後，她因為信用卡詐騙和偷用身分而被捕，她坐了牢，而我進了寄養家庭。六個月後她出獄了，我們搬到鳳凰城，然後是阿布奎基，最後是洛杉磯。

儘管有這些風波，我還是在我那些資源不足的學校裡表現得比那些資源不足的學生優秀，得到了東岸一所二流博雅藝術學院的入學許可；但是不夠格進常春藤聯盟，不夠格拿獎學金。不過我仍然決定要離我母親的人生越遠越好，即使意味著我需要拒絕當地的二專，揹上學生貸款。我去念了個藝術史學士，仍盲目地被磐石居束縛住，對於生涯規劃沒有多想。想也知道，四年之後的我狀況更差：甚至更沒錢，學歷不足，惶惶不知所以。光明的未來——普林斯頓運動衫上的話，史丹福暑期課程小冊封面上的話——終究不是給我的。

利布林家偷走了這一切，而我到死也不會原諒他們。

✦

有很長一段時間我希望我是看錯了班尼，我希望他畢竟不像他父親，只是需要有人來提醒他究竟是誰。有段時間，在我們回到拉斯維加斯後不久，我寫信給他；雜亂地寫著我的寂寞，我令人沮喪的新學校，小小的觀察心得夾雜著沉默的請求，請他讓我知道我是重要的。幾個月之後，我收到一張明信片：是塔霍馬碼頭的船屋照片，背後只寫了一行字，筆跡幼稚：**請停止**。

那是我母親說對了嗎？我跟班尼的戀情只是一場交易，是兩個基本上就不平等的人失敗的奪權？我只是貪戀班尼的生活，希望能分一杯羹？而他只是想要重申他對另一個人的主宰力，想要效法他的祖先設下的典範？說不定我們的事根本就不是愛情；說不定那一直都是性和孤單和控制。

如果是另一個版本的故事，我可能會留著班尼為我畫的肖像，那個我像個卡通人物的畫像，我會在自我懷疑的時刻溫柔地抽出來激勵自己，當作我畢竟是號人物的證據。但是現實是我在我們駕車離開太浩市的那一天就把畫在壁爐裡燒掉了。我坐在那兒拿著撥火棍，看著畫布的邊緣變黑捲曲，看著火舌燒掉那雙自信的眼睛和揮劍的手，看著畫變成灰燼。

換作別的版本——主角更親和、更溫柔——我也會在幾年後尋找班尼，我們會團圓，會變得親近，說不定會重新燃起友誼之火，昇華從前分隔了我們的東西。但是，事實並非如此。雖然我遠遠地追蹤利布林一家——我知道茱蒂絲．利布林幾時因駕船意外而溺斃，就在我收到那張絕情的明信片之後不久；我知道凡妮莎．利布林幾時變成Instagram上的網紅；我知道威廉．利布林四世是幾時死的——我卻從來不花力氣去和班尼聯絡。何必呢，他可沒有主動來找過我啊，來說明為什麼他那麼輕易就背棄了我。我太氣他了，氣得太久了，都成了我生存的基本要素了，是我的胃裡的一個洞，是我對世界的憤怒的原由。

然而。幾年後我在紐約街上偶遇希拉蕊，從她那兒聽到班尼被診斷出精神分裂症——他在普林斯頓大學攻擊了一個女生，然後又在宿舍裡裸奔狂呼大叫——我很訝異我感覺到的悲痛不是出於報復的怒火，而是出於憐憫。可憐的班尼，我心裡是這麼想的，而希拉蕊則喋喋不休說著他正在曼杜西諾某家昂貴的機構裡療養，有同學去看他，他基本上就是個植物人，吃藥吃得剩下一個空殼子。

然後，眼中含淚——可憐的我們。

所以也許我還是愛著他的。

至於其他的利布林——對他們，我只有恨。

# 8

凡妮莎。凡妮莎。凡妮莎。她感覺到嗎，在我走過鵝卵石車道走向她時——空中像有電力，預兆似的輕顫？她的直覺沒警告她我這個人——我排練過的瑜伽教練步伐，我露出牙齒的笑容——不對勁？她是否發現自己在抗拒一種想把窗戶封死、收回草坪桌椅、牢牢鎖上門、躲進地下室的衝動？

我看未必。我是個五級的颶風朝她吹來，而她卻一點也不知道。

# 9 凡妮莎

磐石居。我從來沒想到有一天我會住在這個龐大的勞什子裡。成長過程中，這是掛在利布林家脖子上的信天翁：一處和我們的姓氏牢不可分的莊園，完全無法想像能放開它。感覺上磐石居在西岸矗立了一輩子，是個悖離時代的石頭建築，不肯讓人為它添上新貌。屋子傳給利布林家的五代長子了，也就是說將來有一天這裡會是我的小弟班尼的——不是我的。

父權制的毒瘤！你可能會這麼想。向不公不義鬥爭！坦白說，我一點也不想跟這個地方沾上邊。

我六歲第一次來這裡過聖誕節就討厭這個地方。我的祖父母凱瑟琳和威廉三世強制規定利布林大家族要在磐石居過節，所以我們在一個下雪的十二月下午緩緩開車過來，在車道上留下泥濘的轍跡。凱瑟琳祖母（不是凱特，或凱蒂，一定是凱瑟琳，總是強調全名）為家庭團聚請了一名室內設計師，坦白說，她的品味讓人不敢恭維，總以為多就是好。從大門一走進屋子你就被節日的氣氛攻擊了。每個簷口都掛著裝飾和花環，聖誕紅從桌子中央揮動著有毒的花瓣。一棵樹高達天花板，被銀色飾物和金箔壓得彎了腰。真人那麼高的維多利亞時代聖誕老人躲在每個黑暗的角落，僵著一張笑臉，把我嚇得魂飛魄散。

整個屋子都充滿了剛砍掉的松枝味，像藥味，害我聯想到被謀殺的樹。

我祖母極愛蒐集歐洲裝飾藝術品，鍍金越多越好；不過我祖父偏愛中國風。（以前的祖先嘗試過十八世紀美國風、英皇詹姆斯一世風、折衷主義風、維多利亞風。）所以磐石居裡擺滿了精緻的細腿家具和珍貴的骨瓷，整棟屋子就是直接打臉童年這個概念。

我祖母在我們抵達的那天叫所有的堂兄弟表姐妹都坐下來。「在磐石居裡不准跑，」她嚴厲地警告我們大家。班尼跟我並肩坐在會客室的絲面沙發上，拿著兒童尺寸的茶杯喝巧克力。凱瑟琳祖母的銀髮抹了髮膠，頭髮僵硬閃亮，跟聖誕樹上的裝飾一樣；她穿粉紅色的香奈兒套裝，可以追溯到二十年前。我母親（她要我們叫她馬麻，可是班尼不肯）在她的後方默默踱步，扯著鑽石耳環，氣忿自己被晾在一旁。「不准丟球，不准玩摔角，不准調皮搗蛋。聽清楚了嗎？在我家裡，不聽話的小孩就會挨板子。」我祖母從她的老花眼鏡上緣看著孩子們，我們都在她的目光下坐立不安，一個接一個點頭。

可後來我忘了。（我當然會忘記，我才六歲！）在我跟我弟共住的三樓臥室裡有一個玻璃面的櫃子，裝滿了漂亮的瓷鳥。我立刻就被一對碧綠鸚鵡迷住了，牠們的黑色眼珠就像小珠子。在我們在舊金山的家，我臥室裡的東西都是供我玩樂的——要是我拿化妝品塗抹我的芭比娃娃，或是把拼圖餵給狗吃，誰也不會生氣——所以我當然就以為這些鳥也是玩具，是為了我放在這裡的。頭一晚我就把一隻鸚鵡拿了出來，擺在我睡的床鋪那邊，這樣早上醒來第一個就會看到。誰知，我睡著之後，一條裝飾用的枕套從床上滑落，連鸚鵡一起拖了下去。我黎明時醒來沒看見鳥，只有地上的一堆碎片。

我哇的一聲就哭了，驚醒了班尼，他也跟著哭。馬麻很快就來到門口，絲袍緊緊包著身體，抵禦磐石居的寒冷，還睡眼惺忪地眨眼睛。

「哎呀，妳打碎了一個麥森瓷。」她以腳趾推了推一片綠瓷，扮了個鬼臉。「俗氣的小玩意。」

我吸鼻子。「奶奶會生氣。」

我母親輕撫我的頭髮，溫柔地拉開糾結的髮絲。「她不會發現的。她有太多了。」

「可是鳥是兩隻。」我指著櫃子，剩下的那隻鸚鵡正詢問地看著這邊，好像是在尋找牠死掉的朋友。「她會看到只剩下一隻，然後她就會打我。」

班尼在我旁邊又哭了幾聲，臉色蠟黃鬱悶。母親一隻手把他抱起來，把他架在髖部，然後走向櫃子。她把玻璃門打開，伸手進去抓住那隻鸚鵡，拿在掌心裡，平衡了一會兒，隨即手一歪，瓷鳥就跌在地上摔碎了。我放聲尖叫，班尼興奮地亂喊。

「這下子我們都打破了一隻，她不敢處罰我的，所以她也不能處罰妳。」她走回來，坐在我旁邊，用又軟又白的手幫我擦掉眼淚。「我漂亮的女兒。妳不會挨板子的，絕不會。聽見了嗎？我不會讓那種事發生的。」

我驚愕得無話可說。我母親消失了，幾分鐘後又回來，帶著掃帚和畚箕——我記得那時心裡在想她拿這兩種東西還真不相配——再把碎片掃進一個袋子裡，袋子後來不知被她丟哪裡去了。我祖母在那年的聖誕節裡沒進來過臥室一次（她完全迴避我們，除非是躲不開），所以據我所知，她從沒發覺過瓷鳥不見了。班尼跟我在大多數的日子裡都跟我們的親戚和保母在一起，蓋冰屋，最後凍得滿臉通紅，保暖褲也濕透了，但是至少在外面不會碰上潛伏在屋子裡的種種危險。

所以，沒錯，我討厭磐石居。我討厭它代表的一切：榮譽和期待，正經八百，歷史的套索就垂在我的脖子上方。我討厭我祖母為了聖誕晚餐而大費周章，低頭盯著桌上的孩子，喃喃說：「將來有一天這一切都會是你們的，孩子們。將來你們得照顧利布林這個姓氏。」我一點也不覺得高大上，這份交給我的遺產；相反，我覺得在它的陰影下好渺小，好像我跟它的規模相比，我什麼也不是，好像我永遠也不可能配得上它。

根本就輪不到我來管理磐石居的，可是我居然來了。萬歲。人生還真諷刺，不是嗎？（也許我該說又苦又甜，不公平，或者乾脆來句他媽的。）有些日子，我在這些房間裡遊蕩，我覺得我的祖先在我心裡回響：彷彿我是另一個高雅的女主人，一直在給時鐘上發條，同時等待著訪客。

不過，更多時候，我覺得我是傑克．托倫斯，而這裡就是我的全景飯店❶。

❶ 傑克．托倫斯和全景飯店是史蒂芬．金的驚悚小說《鬼店》中的主角及地點。

幾個月前，就在我搬進來不久之後，我偶然看到了那對鸚鵡的估價紀錄。一對是三萬元。看到的時候我想起了馬麻輕輕一歪手：她知不知道她把一萬五千元給倒進垃圾堆了？她當然知道，我恍然大悟，但是她不在乎。因為在她的心目中，什麼也比不上我珍貴。班尼跟我——我們就是她的麥森瓷鳥，是她想要安全放在玻璃櫃裡的寶貝。她這輩子都在保護我弟弟跟我不挨板子，直到她死的那一刻。而有時我覺得打從那時起，人生就把我們兩個都打得不省人事了。

# 10

我知道你可能在想什麼：看這個被寵壞的千金大小姐，孤零零一個人在那麼大的房子裡，跟我們賣慘，想騙取我們的同情，哼，她還有什麼好抱怨的。看著我你們覺得好得意！然而你們卻好像沒辦法不看我。你們盯著我的社群媒體帳戶，你們滑動螢幕研究我的連結，你們看我的YouTube時尚指導，而且喜歡我的旅行見聞，還讀你們能找到的每一個網頁。你們沒辦法不去點我的名字，即使你們跟大家說你們討厭我。我迷住了你們。

你們需要把我裝扮成妖魔，你們才能站在相反的立場，自覺優越。你們的自我需要我。

還有一件事，儘管你們絕不會親口承認：你們看著我時，你們心裡也想著：我想要她有的東西。她的人生應該是我的。要是我也能有跟她一樣的資源，我會做得比她更好。

也許你也不算是多錯。

# 11

我坐在磐石居前廊的窗戶後，等待著那對在暮光中趕路過來的情侶。早上的傾盆大雨變成了濛濛細雨，在車道的燈光下閃閃爍爍。我就跟服用利他能的青少年一樣躁動，想到人與人之間的連結而緊張焦慮。（輕飄飄的！真的會飄！）我滿確定我有兩個星期沒跟人類說過話了，除了以破西班牙語吩咐管家她不能老不擦拭窗台上的灰塵。

今天早上醒來，我能感覺到這大半年來壓在我心上的闇黑畏懼拿掉了。代之而起的是熟悉的滋滋聲和啵啵聲，彷彿是我內心深處有什麼著了火，正必必剝剝地熊熊燃燒，恢復了生氣。我又能把什麼都看得一清二楚了。

我利用早上洗頭，用我在市區一家髒亂雜貨店（乞丐哪還能挑三揀四）買到的伊卡璐染髮劑把髮根染回金黃色。我自己給自己修指甲（同一牌指甲油），敷了三層韓國面膜，再花一小時東翻西找箱子，終於挖出了那套完美的閒適莊園中裝扮：牛仔褲和黑色名牌T恤，紅寶石天鵝絨外套，底下有灰色兜帽。時尚，但不會讓人不敢親近。我拍了一張自拍，上傳給我在Instagram的追蹤者。在山上「盛裝打扮」就是這樣！#湖邊生活#山上風味#*miumiu*

我在磐石居的房間裡亂轉，清理亂丟的酒杯和黏著麵包屑的盤子；把臥室裡成堆的待洗衣服藏起來，撫平散落在客廳桌上的時裝雜誌，重新評估之後，又把雜誌亂丟。我整理，再整理，廚房裡擺一些點心，最後我覺得我可能會因為壓力太大而哭出來。為了讓自己冷靜下來，我重讀了這天我自己的Instagram動態消息上的勵志名言，是我在網路上找到的瑪雅・安傑盧❷的話：什麼也遮掩不了發自內在的光。

然後我拿了一瓶酒坐在窗前，等待著。

我看到他們的車燈出現在車道上時，我一瓶酒都快喝完了。我一躍而起，這才明白我真的頭重腳輕。（失儀，馬麻總用法語這麼說，卻規規矩矩地給自己在晚餐時倒了半杯酒，不多不少。）不過，我是唬人高手。在網路上記錄我的一舉一動四年之久，把我自己訓練得很好，明明我爛醉如泥了，我還可以裝得很清醒（插入：開心／周到／興奮／嚴肅）。

所以我衝到門口，深吸口氣把頭暈趕走，拍打臉頰——啪的一聲——再踏上前廊去迎接他們，我的臉頰還在痛。

空氣中有一股冬天的寒冽，屋子的石頭上凝結著一層濕氣。我瘦了太多，連0號的衣服都鬆垮垮的——做飯太令人沮喪，再說雜貨店那麼遠——所以感覺像是寒氣鑽入了我的骨髓。我站在陰影中發抖，他們的汽車小心地駛過濕滑的車道，是一輛經典款寶馬，奧勒崗州車牌，濺滿了公

❷瑪雅・安傑盧（Maya Angelou, 1928-2017）是美國作家及詩人，一九六九年出版的《我知道籠中鳥為什麼歌唱》是最早接觸到廣泛讀者群的二十世紀黑人女性的一本自傳。

路上的泥巴。車子在一百碼外放慢速度。霧氣太重，又加上晚上的陰影，很難看清他們的臉孔，但我就是知道他們伸長脖子把莊園收入眼底。那是一定的。松樹、湖泊、大豪宅——都太超過了，有時候連我自己望著窗外都覺得刺眼。（有些日子我會爬回床上，吃下三顆安眠藥，用被子把頭蓋住。但此一時也彼一時也。）

然後他們的車子向前駛，停住，我突然就能清楚看著擋風玻璃後的他們。他們不著急，為什麼事而發笑，攪起了我心底的渴望。即使是開了一天的車，他們仍然一點也不急著逃離彼此的陪伴。然後她靠過去吻了他，又長又甜的一吻，吻個沒完沒了。他們一定是沒看見我，忽然間我覺得好彆扭，覺得我是希區考克電影裡的偷窺狂。

我退進了簷下的陰影中，想要溜回屋裡，等他們來按門鈴。但就在這時乘客門打開了，她下了車。

愛胥莉。

她四周的寒冷森林似乎有了生命。我越來越習慣的寂寥被車裡的音響打破了。（是某齣歌劇的知名詠嘆調，馬麻聽到一定知道。）即使隔著二十呎，我也幾乎能感受到封閉的車內暖氣仍然依附在愛胥莉的皮膚上，就像她自帶生態系統。她背對著我而立，伸展四肢，手掌朝天，做了個小小的瑜伽伸展動作，隨後轉身，看見我站在那兒看著她。如果她覺得不悅，她也沒有形之於色。反而帶著微微的喜悅對我微笑，彷彿她已經習慣了被人看。（這是當然的嘛：她是瑜伽老師啊！她的身體就是她的生存之道。算是我們倆的共通點吧。）

她有點像貓，蓄勢待發，觀察入微：她的暗色眼眸掃描四周，好似在衡量需要跳多遠。她的頭髮光澤發亮，綁了一個長長的馬尾；她的皮膚是光滑的橄欖色，會吸光。（拉丁美洲裔？猶太人？）她漂亮得很撩人。這些年來我認識的美女大多會賣弄這個——頭髮、臉蛋、身材全都會提升、強調、暴露——但是愛胥莉對這些就像她身上那件完美展現曲線的褪色牛仔褲一樣，不當一回事，就彷彿她壓根就不在乎別人瞪著她看。

我當然是瞪著她看。（「別瞪了，」我聽見馬麻在我的腦袋裡說。「妳這樣瞪著眼睛的樣子就像一條鱒魚。」）

「妳一定是凡妮莎！」她已經向我走了一半，伸出雙手抓住我的手。我還沒回過神來就被拉進了她的懷裡，我的臉埋入了她的髮際，聞起來有香草和橙花的味道。她的溫度，緊緊貼著我，讓人棄械投降。我的心裡開了花：我上一次被擁抱是什麼時候？（說到這一點，我上一次被別人碰是什麼時候？我甚至有幾個月沒自慰過了。）擁抱拉長了半秒鐘——我是應該要退開嗎？天啊，標準禮儀是什麼？等她終於退開後，我覺得臉又紅又熱，還有點頭暈。

「愛胥莉對吧？喔太好了。喔太棒了。你們來了！」我的聲音尖銳，幾乎是在吱吱叫，而且太做作了。「這種天氣開車真恐怖。這麼大的雨，沒完沒了。」我伸出一隻手擋在上方，根本沒能幫她擋住雨。

「喔，我最喜歡下雨天了，」她含笑說。閉上眼睛吸了口氣，鼻翼賁張。「這裡的空氣好清新。我坐在車子裡九個小時，真的需要一點清新空氣。」

「哈哈！」我的聲音又高又顫。（幫幫忙，正常點，我罵自己。）「那妳可來對地方了。我是指下雨。清新倒不見得。不過兩者兼具有何不可呢？」

她聽了我的話露出一點疑惑的神色。我也不太明白我是什麼意思。

車道上有鏘鎯聲，是行李箱拖在鋪石地面上，再撞上門廊的台階。我從愛胥莉的肩膀看過去，忽然就直接望進了她男朋友的眼睛裡。

麥可。

很讓人驚愕，他看我的樣子。他的眼珠是清澈的藍，顏色淡得透明，感覺我是直接穿透了他的心靈中心，而那裡有什麼在閃爍發光。我臉紅了：我又在瞪著人家看了嗎？對。但他也意味深長地瞪著我，好像也能看見我的心裡，而且看見了我無意隱瞞的東西。（他知道我剛才想到自慰嗎？）我覺得連脖子都紅了，而且我知道我一定紅得像龍蝦濃湯。我真後悔沒穿高領衣服。

我恢復了正常，有禮地伸出一隻手。「而你是麥可？」他握住我的手，微一鞠躬，露出奇怪的苦笑。

「凡妮莎。」這是陳述，而不是提問，我又一次有那種奇異的感覺，像是我剛被指認了，他知道一些我壓根沒說過的事情。我認識他嗎？好像不可能——他不是波特蘭來的英文教授嗎？

可話說回來——他認識我嗎？很可能。畢竟我小有名氣，還是個網紅，雖然這和傳統的名聲截然不同：網紅不像搖滾巨星或是電影明星是被高高立在基座上的，網紅得要隨時隨地都能接地氣。特殊，沒錯，但不是高不可攀；你給粉絲一種幻覺，以為伸出手就能搆著你的生活，只要他們夠有野心。這就是吸引人的一半原因。在紐約，陌生人往往會在餐廳裡走向我，像老朋友似地跟我說話，彷彿幾張照片和一點意見我們就成了死黨了。（我當然總是心懷感激，態度友善，無論那種邂逅有多讓人緊張，因為：要接地氣。）

可是麥可，一身牛仔褲和法蘭絨襯衫，頭髮略顯凌亂，我不覺得他是會盯著時尚社群媒體的人。事實上，我在網上查詢時，壓根就沒找到他的Instagram帳號。他是學術圈的，愛胥莉的電郵上是這麼寫的；所以，也許不算是多意外。學術圈對這類事並不太喜歡。看他本人，他也散發出一種清醒的知性；讓我覺得需要正襟危坐。我不想給人輕佻的印象。

（我要不要跟他說我在讀《安娜．卡列妮娜？》）

可是。多年來我學會了對於別人表面下的事情不要驟下結論。我有多少次在鏡頭前輕浮地胡說八道，亂撩頭髮，活像我是站在工業級風扇的前方，像個馬戲團主持人一樣咧嘴笑，而其實心裡只想要抓瓶通樂灌下去？我這個世代最必備的技能八成就是能夠把正直表演得絲絲入扣。而且你披掛的形象一定要令人信服，一定得三觀正，一定得前後一致，無論你的內心對話有多麼瑣碎錯亂，否則的話你的粉絲可能會嗅出你是個騙子。我去年就在一場叫「新X世代」的社群媒體會議上發表過演說，而兩百五十名啟發人心的網紅（全都像不同版本的我）盡責地作筆記；而我看著他們，覺得我正在目睹我自己的毀滅。

麥可和愛胥莉就站在我面前的台階上，一臉期待。我回過神來——扮演高雅的女主人——露出微笑。

「請進，」我說。「你們大概餓了。廚房裡有點心，然後我再帶你們去小屋。」

我打開了磐石居的門，歡迎客人。

✦

我立馬就能看出他們被磐石居震懾住了：他們進門就愣住了，望著二十呎高的天花板（手工鏤空圖案的老家族徽紋，凱瑟琳祖母總會指給客人看）。華美的大樓梯鋪著猩紅色的地毯，像一條發燒的舌頭；水晶大吊燈在頭頂上顫抖，我的利布林祖先從排列在走廊上的油畫裡淡淡地凝視著你。麥可砰的一聲把行李箱掉在鑲嵌桃花心木地板上，我一想到木頭會被磕出洞來就忍不住瑟縮。

「妳家……」愛胥莉開口，滿臉敬佩。她用一根手指比畫，彷彿把玄關畫進一個圓裡。「妳沒在出租廣告上說到這個。哇塞。」

我轉身循著她的視線看著樓梯，彷彿是第一次看。「嗯。其實是，我不想打廣告。可能會開門揖盜。」

「喔，對對。網路上有很多變態和怪人，」她說，嘴唇向上翹，露出笑容。

「我遇見過不少，」我說。隨即恍然——「喔，我並不是在說你們。」

「喔，我們確實是強盜，一點也沒錯。」麥可小心地在牛仔褲上擦手，以腳跟為軸向後搖晃。

愛胥莉輕捏他的胳臂。「別鬧了，麥可。別嚇到她。」

我發覺了一件事。「你是英國人，」我對麥可說。

「愛爾蘭人，」他回答。「不過我在美國很久了。」

「喔，我好喜歡愛爾蘭，我去年才去過都柏林。」我有嗎？還是蘇格蘭？有時候我實在是搞不清楚。「你是哪裡人？」

他做了個奇怪的小動作。「一個妳連聽都沒聽過的小村子。」

我帶路穿過大玄關，走入正式的客廳。愛胥莉對於我們經過的物品只是漠不關心地匆匆掠過，彷彿不在乎周遭的奢華，但是我看得出她的眼神中帶著戒心。我不由得好奇磐石居在她的眼中是什麼樣子；我好奇她的出身背景。可能是中產家庭，從她骯髒的網球鞋和平價品牌的保暖抓毛絨外套來看。又或許她是那種靠信託生活的嬉皮，用波希米亞式的外貌來掩飾他們的口袋有多深？她並沒有目瞪口呆，也就是說她對金錢習以為常（坦白說，我鬆了口氣）。我還摸不透她是什麼樣的人，然而每次我朝她瞧去，她都在對我微笑，這才是最重要的事。

她把指尖輕放在一個拼花餐具桌的台面上，這是個老骨董，我祖母老是說是全家最值錢的東西。「這麼多骨董，」她喃喃地說。

「我知道，實在是很多。我剛繼承這棟房子，有時感覺像住在博物館裡。」我笑了，彷彿房子只是個古色古香的玩具，他們不必放在心上。

愛胥莉轉過身來看著我。「這裡真了不起。妳應該覺得很幸運，可以住在有這麼美麗東西的地方。真是天大的特權。」我在她的聲音中聽見斥責，但她仍面帶笑容，所以我不確定應該如何斷定她矛盾的話和表情。

我就不認為這棟屋子裡有什麼是美麗的。昂貴，那是當然，可大多數都醜死了。有時我會夢到住在一個極簡約的白色四方形屋子裡，從天花板到地板都是窗戶，不必撢灰塵。我努力裝出適切的熱情。「喔，妳說得太對了！這些東西有一半我都不知道是什麼，可是有很多我連坐都不敢坐。」

麥可落在後面，以人類學的眼光打量每一樣東西。他停在一幅不知是我第幾代的姑婆的肖像前，她是位德高望重的女士，穿著白色網球裝，和她的靈提犬一起擺姿勢。「妳知道嗎，小愛？這棟屋子讓我有點想到城堡。這幅畫，她甚至跟我的曾祖母秀邦很像。」

他的話讓我一愣。「什麼城堡？」

愛胥莉和麥可互望了一眼。「喔，麥可的祖先是愛爾蘭的貴族，」愛胥莉說。「以前有一座城堡，他很不喜歡跟別人說。」

我轉向他。「真的？在哪裡？我知道嗎？」

「除非妳對愛爾蘭的三萬座城堡都能如數家珍。那是在北方的一堆廢墟。我小時候我們家就把它賣掉了，維護費用太貴了。」

這就難怪了；我之前感覺到的奇特拉扯，好似我們之間有一根隱形的繩子在收緊。他的家族比我的更加歷史悠久！聽到這個讓人鬆了口氣，彷彿我一直穿著正式的禮服，現在或許可以換下來，套上喀什米爾羊毛束口運動褲了。「那你一定能了解住在這種地方是什麼感覺。」

「那還用說。既是詛咒也是特權，對吧？」他直接說出了我的想法，我覺得頭重腳輕。我們看著彼此，臉上隱隱露出會心的微笑。

「喔，對，一點也沒錯，」我低聲說。

這時愛胥莉一手按住我的胳臂，親暱得奇怪。瑜伽老師都會這樣嗎？愛摸別人？雖然有點自來熟，不過我覺得我喜歡。她的手指溫暖，熱度穿透了我的天鵝絨外套。她皺眉。「住在這裡真的那麼可怕嗎？」

「啊，沒那麼糟啦。」我不想給人不知感恩的印象，尤其是對著一位以教瑜伽為生的老師，對著一名臉書照片寫著「沒有內在的平靜是不可能會有外在平靜的」的女人。（我想過要把這句話抄到我自己的Instagram動態消息上，可萬一她上網搜尋我，看見了，知道我偷她的話呢？所以我改用海倫．凱勒❸的名言。）

「而妳一個人住在這裡？妳不會覺得孤單？」她的眼睛是兩潭同情的水，剝走了我投射在外的快樂虛飾。

❸ 海倫．凱勒（Helen Keller, 1881-1968）是美國的一位勵志楷模，她自幼即失明失聰，卻能完成大學教育並成為作家及教育家。

「嗯，是有一點，對，有時候很寂寞，」我說。「不過你們既然來了，希望以後就不會了！」我笑得輕鬆，但也許這句話太接近真相了，讓我不自在。我需要把嘴巴閉緊，可是話就像自來水一樣往外流，我想管也管不住。

我不應該喝掉那瓶酒的。

我的眼睛一直往麥可身上瞟，每次都會注意到一點小花絮往我在心裡組合的肖像裡添。他的頭髮在脖子上捲曲，頭髮過長了，意味著他有比剪頭髮還重要的事要思索。他乾燥的嘴唇，懶洋洋地往上勾，露出譏誚的笑。他柔柔的口音，像一條蛇纏著從他的舌頭發出的子音。我敢發誓他是在有意不看我，我把自己的注意力拉回來，放到愛胥莉身上。

愛胥莉似乎一點也沒發覺。她用一根手指拂過一個櫥櫃的大理石台面。「我只想到打掃有多辛苦，」她說。「一定得掃一整天，三個人一起掃。妳沒有全職的佣人吧？我在外面看到的不是佣人的宿舍嗎？」

「只有一個管家，她每星期來一次。可是她不會每個房間都打掃，只打掃我使用的。現在整個三樓都不用，而那些附屬建築——有好幾年都沒有住了。一半的臥室也關閉了。說真的，何必費那個力氣去擦拭我高祖父的打獵紀念品呢？那種讓人發毛的老東西誰也不想要，而我卻得一輩子照顧它們只因為我從沒見過的祖先射殺了一頭熊。」我是不是話太多了？我覺得是，可是他們張口結舌看著我，好像聽得入迷，所以我就繼續說。磐石居冷死人，可我卻覺得好熱，都感覺到胳肢窩出汗了，從T恤的兩邊流下來。「那種東西一定得丟掉。說不定我會捐給慈善團體！拿它來餵挨餓的小孩！」

然後我們到了廚房，我拿出了我母親最愛的下午茶餐具，擺在窗邊的桌上。桌面賞心悅目（其實我已經上傳了一張照片到Instagram上了：三人下午茶＃傳統＃好高雅），然而我卻懷疑會不會適得其反：鮮花，美麗的瓷器，夠一小支軍隊吃的食物。但是我們隨意就坐，愛胥莉咬了一個司康，開心地笑，而麥可手裡轉動著我母親的茶杯，興致勃勃研究著杯底的標誌。他們對彼此動手動腳，對我很健談很友善，我甚至不必去想該如何不冷場，因為他們自己的談興就很高昂。

我能感覺到磐石居充滿了生氣，像我杯子裡的葡萄酒（麥克緩緩地、小心地一直倒到快滿出來）；我輕啜著酒，為他們的笑話發笑，我感覺到絕望之情漸漸消退。

我不孤單我不孤單我不再孤單，我心裡想，每個字都隨著我狂跳的脈搏隆隆作響。

但沒多久，行李箱滾動，一陣冷風，他們就去管理人小屋安頓了，突然之間我又一個人了。我忘了跟他們約好。我應該要邀請他們來和我一起吃晚餐的！我應該要邀請他們去健行！一趟太浩之旅，一個電影之夜——我為什麼就這麼讓他們消失在夜色中，把我一個人丟在這裡？他們為什麼不邀請我？（哼，還說什麼從內在發出的光。）

他們走後，我花了三個小時看Instagram上的小狗照片，邊看邊哭。

# 12

人生有贏有輸，兩者之間沒多少灰色地帶。我從小到大都很放心地知道我是出生在等式的正確的一邊的。我是利布林家的人。也就是說我被賦予了優勢，而儘管一定會有人想要奪走我的優勢，我的起點卻夠高，感覺不會有滾到谷底的危險。

打從一開始，從我出生以來，我就很幸運，因為我本來是不應該存在的。馬麻的醫生在她的孕期中告訴她她有嚴重子癲前症，她和我都有極高的死亡風險。他建議我父母不要讓我足月——拋出一些諸如血液動力不穩和道德終結等術語來。他建議墮胎。

我母親拒絕了。她一往如前，熬過了四十個星期，生下了我。生產過程中她失血過多，他們以為她沒救了。等她終於在加護病房從昏迷中清醒，醫生告訴她他沒見過有女人做這麼愚蠢的決定的。

「我願意再來一次，眼睛眨也不眨，」她總是這麼跟我說，一把將我摟進香噴噴的懷裡。「我願意再來一次，因為妳值得我為妳死。」

馬麻就是這麼愛我。

我弟弟班尼是在三年後找代理孕母生的。所以我是我母親的兩個孩子裡唯一直接從她的子宮呱呱落地的，雖然她總強調她不介意——說我們都是「她的寶貝」——但是我總能感覺到她更愛我。我是她的心肝寶貝，是那個能讓她的心情從黑心變晴天的孩子。（妳的笑容是我的陽光，她會這麼說。）班尼就做不到。他總是躲回臥室，心情沉重，就如彌漫著海灣的霧。我想班尼讓我母親想起了太多她討厭自己的地方，就彷彿他映照出她所有的缺點，而且還放大了。

馬麻的娘家是法國一個悠久的家族，在淘金熱年代來到美國，卻在往後的幾年裡失去了大多數的財產。真正有錢的是利布林家，騎上了建設加州的房地產浪頭。我母親遇見我父親——三兄弟中的老大，比她年長十八歲——在她一九七八年初出社會的舞會上。他們有一張在聖方濟酒店舞廳共舞的照片，我父親如泰山壓頂，兩隻腳被她棉花糖似的大裙子吞沒。（淡玫瑰色的贊德拉．羅德斯：馬麻的品味一向高雅。）

婚姻一向就是某種心照不宣的協議，對吧？我猜以他們來說，是用他的財富和權勢來換取她的美麗和青春——但是他們也彼此相愛，我知道是。你可以從那張照片裡兩人對視的神態看得出來，我母親臉上的歡悅，仰頭迎視我父親保護式的熾熱凝視。不過結婚之後慢慢就起了變化。等班尼跟我念中學，他們就開始各過各的：我父親關在商業區辦公室裡，與那些組成利布林集團董事的弟弟堂親為伍；我母親待在我們的豪宅的客廳裡，招待她的社交界名人朋友。

我在舊金山長大，那裡無人不知利布林的大名。我的姓氏上過《財富》雜誌，港區有一條街以我們的姓氏命名，我們也擁有太平洋高地最古老的屋子之一（義大利式風格，相當宏偉，不過沒有丹妮爾．斯蒂爾[4]的房子那麼大）。每次在談話中提到我的姓氏，我總能看到變化。大家會朝

[4] 丹妮爾．斯蒂爾（Danielle Steel, 1947-）是當世最暢銷的美國小說家，銷售量超過八億本。

我傾身，突然間就更注意我，彷彿是希望能沾點我的光。頭腦聰明在社會上是很有用處的，長相好看更有用——我母親，用她那一衣櫃的時裝和無一日稍歇的低卡飲食，教會了我這麼多——但是財富和權勢當然是最重要的。

這是我從我父親身上學到的一課。

我記得小時候到利布林集團辦公大樓的頂樓去找我父親，大樓在渡輪大廈附近的市場街上。他把我抱在一條腿上，我弟坐在另一條腿上，然後旋轉椅子，讓我們都面對著一大面玻璃窗。那天天氣晴朗，風很大，外頭的海灣上帆船向南飛掠，往半島的鹹淺灘而去。但是我父親對於水面活動不感興趣。「看這個，」他說，輕輕把我們的額頭按在玻璃上，讓我們能直接看到大樓的側面。五十二層樓之下，我看到人行道上行人匆促前進，像一塊塊的黑色斑點，像被隱形的磁鐵吸引的鐵屑。

我因為暈眩而頭昏。「好高喔，」我說。

「沒錯。」他似乎很開心我這麼說。

「他們都要去哪裡？」

「那些普羅大眾嗎？不重要的地方。只是倉鼠在忙著轉輪子，卻只是原地踏步。而這就是存在的悲劇。」我抬頭看他，迷惑不解，也擔心有什麼不對。他吻我的頭頂。「別擔心。妳永遠也不會有那種問題的，小蛋糕。」

班尼扭動哀叫，對我父親的自來水筆更感興趣，不想聽他傳授的人生哲理。我替底下那些小螞蟻難過，隱隱有種罪惡感，環境逼迫得他們等著有人像踩死蟲子一樣踐踏他們。但是我也知道我父親想告訴我們什麼。我們屬於這上面，班尼跟我；我們跟他一起在頂峰很安全。

喔，爹地。我是這麼的信任他。他的大塊頭是為我們抵擋各種人世滄桑的堡壘。無論班尼跟我有多失控——無論我栽進什麼樣的自我毀滅的一時衝動裡（從普林斯頓休學！資助獨立電影！當模特兒！）——他都是那個在為時已晚之前把我們帶回他的保護國門內的人。沒有一次例外，直到突然間，在最緊要的關頭，他無能為力。

聽說DNA是注定的。也許對於那些天賦就編入基因的人來說是真的：譬如罕見的傾世容顏或是才智，一哩路跑四分鐘或是灌籃的能力，又或者只是一種天生的狡猾或是不知滿足的動力。至於其他的芸芸眾生，那些出生並沒有什麼明顯的優點的人而言，不是DNA讓你能出人頭地，是你出生的家庭。是你有沒有擺在銀盤送上來的機會。是你的環境。

我是個利布林。我繼承了最好的環境。

然而，環境是會變的。你的人生的自然彈道會因為一次意外的邂逅而徹底中斷，害得你完全偏離軌道，而你不是很確定是否能再找到回到從前的路。

在我而言，那是十二年前，而我仍在努力尋找回去的路。

從小到大我都知道大家對我的期待是什麼。私立學校、辯論社和網球隊，男朋友的姓氏冠在舊金山市區的堂皇大廈上，成績夠好（不過——我們就敞開天窗說亮話吧——是因為爹地給我的所有學校的慷慨捐款而助長了一丁點）。不錯，我偶爾會被我父母所稱的「熱血衝腦」絆倒——比如說那次我開走了馬麻的瑪莎拉蒂，酒醉撞車，或是那次我在全國初級網球賽上用網球拍丟一個不公平的裁判。不過大體而言，我知道如何扮演我的角色，達到標準。無論我出什麼錯都可以用露個酒窩，一抹笑容和一張支票解決。

我弟弟才是那個無可救藥的人。我到進中學的年紀時，大家漸漸清楚班尼——借用馬麻委婉的說法——「有困擾」。他十一歲那年，我母親在他的床底下找到一本筆記簿，畫滿了男人被龍開膛破肚、臉孔融化的精心之作，她馬上就把他送去看心理醫生。他每一科都當掉，在置物櫃上塗鴉，被同學欺負。十二歲時，他們給他服用注意力不足過動症的藥物，接著是抗憂鬱劑。十五歲，他被退學，因為他拿藥給同學。

那時我念畢業班了，再一個月就畢業了，已經穿著普林斯頓大學T恤睡覺了。（傳承，當然。）班尼因為分送利他能而被退學的那晚，我能聽見我父母在樓下的音樂室對著彼此叫罵——他們有時會在這個房間裡吵架，因為房間應該是隔音的，殊不知他們的聲音卻能由豪宅的暖氣管傳送出去。最近，他們一直在吵架。

「要是你沒有一天到晚不在家，他就不會覺得有需要做那些沒頭沒腦的蠢事來吸引你的注意……」

「要是妳自己以身作則，妳就會發覺他不對勁，不至於到今天這個地步。」

「你怎麼敢怪到我的頭上來！」

「不怪妳怪誰。他就像妳，茱蒂絲。妳自己都不打起精神來，妳是要怎麼指望他能振作？」

「哼，你還有臉說我……你可別逼我拆你的台！你的癮頭就要把我們都毀了。女人、打牌，還有天知道你還瞞著我的別的事。」

「他媽的，茱蒂絲，妳什麼時候才能不胡思亂想。我得跟妳說幾次，全都是妳自己想像的？妳有疑心病，妳一部分的病就是因為這個。」

我悄悄溜到走廊上敲班尼的門，不等他回應就自己進去了。他躺在地板上，就躺在小地毯的中央，雙手雙腳大開，就像是達文西畫的「維特魯威人」。我弟弟進入青春期的過程並不順利，他成長的軀體彷彿是追過了他心裡的那個兒童，讓他在這個陌生的、過大的軀殼裡東跌西撞。他躺在那兒，茫然瞪著天花板。

我在他旁邊坐下來，把裙子拉過膝蓋。

「我不懂，班尼。你一定也知道那是違反校規的事。你能從中得到什麼好處？」

班尼聳聳肩。「我給同學藥的話他們就對我比較好。」

「知道嗎，要讓別人喜歡你還有別的方法，笨蛋。像是，主動一點？參加下棋社。午餐時間真的跟別人聊一聊而不是坐在角落在筆記簿上畫那些恐怖的畫。」

「反正現在都不是問題了。」

「喔，拜託。爸會提議幫學校蓋一間新的禮堂之類的，就不會有人追究了。」

「不。」我心中一驚，他在地毯上是那麼的一動不動，他的聲音是那麼的無動於衷。「爸要我們搬到太浩。他們要把我送去那邊的學校。一間進步的學校，可以把我改造成保羅．班揚❺之類的。」

「太浩？好恐怖喔。」我想到了在湖的西岸那棟又大又冷的房子，跟我認定的文明隔絕，我真不知道我父親有什麼籌碼能夠說服我母親搬去那裡。我父親去年才繼承了那棟房子，我們只去過一次，春假時去滑雪。馬麻大部分時間都在屋子裡走動，戰戰兢兢地碰觸那些細長的老家具，眉頭深鎖。我很清楚她在想什麼。

班尼的手腳緩緩在地毯上擺動，像在玩雪天使。「其實不會。反正我也討厭這裡。那邊也不會糟到哪兒去。搞不好還更好。我們學校的學生每一個都是自我中心。」

我看著弟弟抓著最近破掉的青春痘，在他的下巴上，又紅又腫，跟他的髮色一樣，所以更顯眼。我渾然不覺的弟弟並不了解他自己讓自己的日子變得有多難過；他似乎鐵了心要把跟著我們的各種優勢全部捨棄。當時我仍相信班尼的問題主要是他自找的，就像是他可以選擇不要坐在房間裡畫漫畫，表現得那麼奇怪，那就會萬事順利。我那時還不懂。

「你都不給別人機會，」我說。「不要再抓你的青春痘了，會留下疤痕的。」

他對我比中指。「反正妳要去上大學了，所以少在這裡表現得妳很在乎我們會住哪兒似的。」

我伸手撫過他的藍色絨面厚地毯，這是設計師的主意，用來遮掩班尼亂丟的簽字筆留下的墨跡。「馬麻到那邊去會瘋掉。」

他猛地坐了起來，兇巴巴地看著我。「媽已經瘋了。妳還不知道？」

「她沒瘋，她只是心情不好，」我立刻就說。然而，內心深處卻有一句耳語，認知了她的心情起伏超過了一般的中年危機。班尼跟我從沒真的討論過我們母親的情緒振盪，但是有時候我看到過他盯著她看，彷彿她的臉是晴雨表，而他在預測是否有暴風雨來襲。我也會，等待著她體內的開關會從開變成關。有一天她會坐加長型轎車來學校接我，兩眼興奮地發亮，從車窗高喊。我約了做臉，或是我們去尼曼百貨，或者，如果她真的很激動，我想死了正統法國菜了，我們搭飛機到紐約去吃晚餐。然後，第二天，她的房間會一片岑寂。我練完網球或是從讀書會回來會發現家裡靜得不自然，我會發現她躺在床上，窗帘全部拉上。「我偏頭痛，」她會低聲說，但是我知道她的藥根本就不是治頭痛的。

❺保羅・班揚（Paul Bunyan）是美國民間傳說中的巨人樵夫，力大無窮，伐木就和割草一樣輕鬆。

「也許太浩也不會那麼糟，」班尼充滿希望地說。「也許對媽也好。像是……去spa中心療養之類的。她很喜歡那種事。」

我想像著班尼和馬麻在磐石居裡漫無目標地閒晃，被困在那些石牆裡，感覺跟spa療養完全相反。「對，你說得對，」我口是心非。「對她可能滿好的。」有時你得假裝餿主意是好主意，因為你對後果完全無能為力，你只能希望把你虛假的樂觀也往上堆可以改變天秤，朝正確的方向傾斜。

「她很愛滑雪，」班尼又說。

「你也是。而且你滑得比我好。」

雖然班尼變成了這麼一個怪異的生物，黏黏的、糊糊的、脾氣乖戾，他的房間不論管家再怎麼清理仍有火柴味，我看著他卻一定會想到小弟。不用去想他剛學走路的時候會爬上我的床要我念繪本給他聽，他柔軟的小身體靠著我既溫暖又需求。我們的父母都愛我們，但是他們愛我多一點，因為我很容易愛，而我總為此覺得有些慚愧；就像，我的責任就是要彌補他缺少的東西。所以我無條件寵愛他，我的小弟。我現在仍是。有時我覺得這是我最好的一面。當然這也是唯一不覺得辛苦的事。

那天，我伸手按住了班尼的頸背，很好奇他的體溫是不是還超高，跟小時候一樣。但是他被我一碰就抖動，我的手也滑掉了。

「不要了，」他說。

於是我去了普林斯頓，假裝我的家人搬到太浩湖並不是世界末日。當然是。財富只是一片OK繃，不是預防接種；如病根太深，再有錢也治不好。

我完全投入普林斯頓的生活——聯誼會，學業，派對。我無縫接軌，尤其是社交方面（學業就是另一碼子事了）。我每星期跟我母親通電話，偶爾跟我弟，他們說的話似乎都很平常。大體上他們顯得無聊。我飛到磐石居過聖誕節——令人畏懼的年度聚會，堂親表親、伯公叔公以及姓氏列入財富五百的家族朋友——發現人人都是過節的好心情。我們滑雪，我們吃飯，我們拆禮物。一切都滿正常的，就連磐石居都好像比我童年記憶中要溫馨，擠滿了親戚，廚房傳送出烘焙食品和熱飲料的熱氣。我飛回學校，放心了。

然後三月來了。有天深夜我才剛從宿舍派對回來手機就響了。我險些沒聽出我弟弟的聲音：距我們上次說話又降了一個音階，聽來像個男人，彷彿他就在短短幾個月中變成了一個截然不同的人。

「喂，現在是半夜一點欸，」我說。「時區不同，記得嗎？」

「妳醒著吧？」

我躺在床上，查看指甲上的小裂口。「如果沒有呢？有什麼大不了的事把我吵起來？」但是內心深處，我已經知道了。

班尼遲疑不答，壓低聲音。「媽又不想下床了。就，據我所知，她一個星期沒出門了，」他說。「我該做什麼嗎？」

有什麼可做的？她的心情起伏不定，總是這樣，但是從來沒有徹底崩潰過；她總是會恢復正常。「跟爸說？」我提議道。

「他不來這裡。就算真的來也只有週末。」

我縮了縮。「喂，交給我吧。」

「真的？太好了。妳最棒了。」我幾乎能在電話中感覺到他放下了心裡的大石頭。

但是現在是期中考，我的功課嚴重落後，我沒辦法好好處理家裡的事；想到我母親的風暴循環，無止盡地重複，我就覺得沒力。所以「交給我吧」意味著給我媽打電話，半無心地刺探：我來問妳是不是沒事，拜託給我的回答是我想聽的答案。

而她也如我所願。「喔，真的，我沒事。」她每個音都發得乾脆利落、雍容華貴；我聽見我自己的聲音也反映了她的，我們的口音中沒有加州腔。（我的家人說話沒有拖音，不說衝浪俚語！）「只是有點累，到處是雪。我都忘了下雪有多麻煩了。」

「妳自己都忙些什麼？會很無聊嗎？」

「無聊？」線路另一頭有小小的吸氣聲，表示厭惡的嘶嘶聲。「怎麼會。我在想怎麼重新佈置這個地方。妳祖母的品味實在是太可怕了，那麼做作，那麼庸俗。我在想請個估價師過來，把一些東西拿去拍賣。挑選一些更適合這棟房子的時代的家具。」

這番話應該是讓人放心的，但是我從我母親的聲音中聽見了因疲累而起的口吃，她費力地表現出活潑和警醒。她被瘴氣包圍，那是濃濃的惰性。一個月後我回家來過春假，她又進入了循環中的下一階段了：躁動。我一踏進磐石居的門就感覺到了：空氣中像綳緊了弦，我母親從一個房間到另一個房間，動作如蜻蜓點水。我回來的第一晚，我們四個圍坐著正式的餐桌，我母親機關槍似地說著她的重新裝潢計畫，而我父親充耳不聞，彷彿她是電視上的一個雜訊畫面。甜點都還沒上桌，他就掏出了口袋裡的手機，皺眉看著一通簡訊，託辭離開了。不到一分鐘，他的捷豹大燈就穿過窗戶照亮了馬麻的臉，揚長而去。她的瞳孔擴散，視而不見。

我弟跟我隔著餐桌意味深長地互望了一眼。*又來了。*

翌晨，班尼跟我逃出磐石居，藉口要去市區喝咖啡。我們在咖啡店裡排隊，我一直偷瞄我弟。他散發出一股奇特的嶄新的自信，肩膀比較挺，彷彿他總算沒有在想辦法消失。看來他終於學會了洗臉，他的青春痘改善了許多。他的氣色很好，然而還是有一種漫不經心、漫無目標的感覺，我說不上來是什麼。

我還有時差，自己都心不在焉的，大概就是因為如此我才沒有太注意跟班尼在咖啡店裡說話的女生。她就這麼出現在我們的前方，是個不起眼的青少年，衣著拙劣，遮掩不住她的肥胖，濃濃的黑眼妝遮蓋了底下的自然美。她的頭髮是粉紅色的，自己在家裡染的；我不得不別開臉，以免瞪著她那頭被她自己糟蹋的頭髮看。她母親就在附近，跟她在身材上完全相反：金髮，性感尤物，而且太刻意。*班尼可憐的朋友需要大改造和一點自尊，但是顯然她的母親是給不了她的，*我懶洋洋地想著；然後我的手機震動，是東岸的朋友。所以一直到那對母女離開以後我才瞧了瞧我弟，發覺了他的表情。

他喝了一口咖啡，把杯子放到碟子上。「怎樣？」他回瞪我。

「那個女生——她叫什麼名字？你喜歡她。」

他臉紅了。「誰說的？」

我指著他的襯衫領口，紅斑湧上了他的胸口，開始攻占他的臉了。「你臉紅了。」

他一隻手按著脖子，彷彿可以遮住紅潮。「我們不是那樣的啦。」

咖啡店的窗戶被熱氣弄得起霧了，我看著外頭，看是否能把那個神秘女孩再看清一點，但是她跟她母親已經消失在轉角了。「那是怎樣？」

「不知道。」他偷偷微笑，往下滑，長腿伸到了走道上，妨礙了每個路過的人。「她很聰明，而且誰都不怕。還有她會逗我笑。她跟別人不一樣，她不在乎我們家是誰。」

我笑了。「那只是你自己這麼覺得。沒有人對我們家沒看法，只是有些人比較會藏。」

他對我大皺眉頭。「妳就喜歡那樣，對吧，凡妮莎？妳喜歡別人注意妳因為妳有錢又漂亮，妳的家庭是所謂的重要人士，對吧？可是，說真的，妳難道就不想要別人看著妳，只是看到一個人，而不是一個利布林？」

我知道正確答案是當然啊，可憑良心說，我不以為然。我喜歡藏在利布林這個姓氏之後。因為，說真的，要是別人撇開這個姓氏不管，他們會看見什麼？一個沒有特殊才能，並不特別聰明，並不特別美麗的女生；在派對上滿好玩的，卻不是一個有深度的人。這個女生在成功的頂端滑行，比她認識的每個人都強。但是我知道自己：我知道我的內在沒有什麼有力的東西，沒有足以敦促我向偉大邁進的東西。我只有夠好了。

（喔，這一點區區的自知之明讓你很意外？就因為我有錢又漂亮又是個網紅，並不表示我沒有討厭自己的時候。這點以後再談吧。）

我有什麼呢：一個姓氏代表在大方向上什麼都可以無所謂。我的學業平均可以是三．四，卻仍進得了普林斯頓，因為我的姓氏。所以，對，我喜歡當利布林。（換作是你，你不嗎？）這世界上唯一一個不會對我的姓氏另眼看待的人就是坐在我旁邊這一個，跟我同姓的這一個。班尼。

「隨便啦，呆瓜。既然你覺得她很好，那你也許應該約她出去。」我放下卡布其諾，靠過去。「說真的。要是你喜歡她，就行動啊。她要是不喜歡你就不會跟你聊那麼久。」

「可是媽說——」

「管他們的。這跟他們有什麼關係？拜託。就……想親就親她啊。我保證她會喜歡。」我沒說的是：她當然會喜歡，她可是在吻一個百萬富翁呢！就算她假裝這不是春藥，我敢說她對這點吸引力也不會免疫。

他稍微蠕動。「沒那麼簡單。」

「就是這麼簡單。聽著——先一起出去喝酒，有時候會有用。借酒壯膽。」

「不，我說沒那麼簡單是為我被禁足了。就在兩天前。爸跟媽說不准我再見她了。」

「等等，為什麼？」

他轉動著小碟上的空杯，殘餘的咖啡渣潑到了龜裂的桌上。「他們找到了我的大麻，怪到她頭上。他們覺得她是壞朋友。」

「那，是嗎？」我重新評估那個女生的黑衣濃妝、粉紅色頭髮。確實，她並沒有散發出那種健康太浩山上女孩的氛圍。

「他們根本就不了解她。」他看著我，眼睛亮得出奇，瞳孔變大，像是能看見我看不到的東西。我當下就想起了他的脆弱——他很容易崩潰，就像我們的母親。我弟弟走在刀鋒邊緣上，只要朝錯誤的方向輕輕一推，他就會摔下去。

但是我以為我知道正確的方向是什麼！喔，我對自己太自滿了。女朋友，瘋狂的愛！可以讓他變得正常，這一點是我父母的過度保護做不到的。看看我，我心裡想。給我弟弟貨真價實的建議，也許真的可以幫他在現實世界裡運作，甩掉他亂七八糟的腦袋。我以為我比我們立意良善卻毫無頭緒的父母更能幫助他，我以為我知道對我們這樣的孩子世界是如何運作的。

我真的是大錯特錯。

班尼真的聽了我的建議，吻了他的小朋友。他吻了她，然後顯然也睡了她。對班尼很好，對吧？只可惜我們的父親逮了他一個現行，而且我爸媽全都氣瘋了。結果我弟弟被送到義大利的一個夏令營，他從那兒寄給我乖戾鬱悶的明信片：誰想到義大利可以感覺像坐牢？還有：我發誓我再也不跟爸媽說話了。然後，進入盛夏，信越寫越長，也越讓人擔憂。妳躺在黑暗中想要入睡時會聽到有聲音跟妳說話嗎？因為我在想我是不是發瘋了，還是什麼適應的機制因為我在這裡太他媽的寂寞了。接著，在夏末時，寫在薄薄的藍紙上的一封信，完全是義大利文。我不會義大利文，我甚至不確定是班尼寫的，因為筆跡太陌生太難懂，只是底下的簽名是他的。

我滿肯定他也不會義大利文的。

我那時回到舊金山，是我的第一個暑假。我原以為馬麻也會在，可我回家後不久她就失蹤了，去馬里布的一處水療中心了，他們在那裡一天健行五小時，只喝蔬菜汁，不做臉卻灌腸。她是應該在那裡兩個星期的，結果她住了六個星期。等她回家來，就在我回普林斯頓的前兩天，她瘦得像死神，眼珠子從日曬的臉孔上向外凸。「我覺得神清氣爽，好像生活中的髒污全都排除掉了，像是我被淨化了，」她一口氣不停地說，但是我看見她把胡蘿蔔塞進新果汁機時手抖得有多厲害。

我在圖書室裡找到爹地，他正在仔細閱讀損益表。「我覺得媽需要吃藥。」

他看了我長長的一分鐘。「她在吃贊安諾。」

「對，我不覺得有用，爸。我不覺得去水療中心對她的健康有幫助。她需要真正的專業醫療。」

他低頭看著面前的紙張。「妳媽沒事的。她有時就是這樣子，然後就又恢復正常了。妳現在也該知道了。跟她說她需要治療師只會讓她更難過。」

「爸，你看過她了嗎？她瘦得像骷髏。而且是不健康的瘦。」

我父親把第一張紙用指尖推開，方便瞧見底下的檔案。我在網路上看過我父親在利布林集團的地位岌岌可危，我的叔叔剛發動過一場董事會政變；從我父親的眼袋以及把額頭切成兩半的溝紋就可以看出那份壓力。但是他向後靠坐，彷彿是已有了方案。「聽著，我們下星期要到磐石居去，等妳弟從夏令營回來以後。露德是個好廚子，她會盯著妳母親吃飯的。她去那裡比較好，寧靜多了。」

我猶豫不決，不知是否該提起班尼令人心驚的信。我爸媽會怎麼做？讓他吃更多的藥，或者——等而下之——把他送進某所感化學校？也許他確實需要幫助，但我也覺得班尼已經吃了夠多的苦了——被孤立在磐石居，被送到義大利，朋友一概由馬麻監控。說不定他只是需要大家別管他，需要有一次覺得被愛。我站在我父親面前，舉棋不定；但我還沒能說什麼，他就站了起來，縮短了我們之間的距離，給了我一個很罕見的擁抱，把我摟在胸前。他有衣物助燙劑和檸檬的味道，呼吸間有一絲威士忌味。

「妳是個好女兒，」他說。「總是在留意家人。妳讓我們很驕傲。知道我們不會替妳操心實在是讓人鬆了口氣。」他笑了。「唉，妳弟弟就夠我們操碎了心了。」

我這時是可以提起他的信的，但我沒有。因為那一刻感覺像是如果我把自己放在我弟弟的對立面，就是對他最大的出賣。好養的孩子和難養的孩子。我不能再這樣對他了。

所以我回去了普林斯頓，那也是我最後一次看見我母親。再八週後她就死了。

我母親是在十月的最後一個星期二死的。我到現在仍痛恨自己讓她死前的幾週就這麼溜走，沒能察覺她不打電話來查勤了。但是我交了一個新男朋友，耗去了我全副心神，然後我甩了他，然後再交一個，然後我的成績下滑（又一次），因為談戀愛；再後來我需要遠離那一切，所以我就安排了一趟巴哈馬的週末之旅。等我回來，整個人曬黑了，也有一點腦袋空空，這才好不容易想起我母親失蹤了。即使如此，我還是又拖了幾天才打起精神拿起電話，彷彿我很怕線路的另一頭等著我的會是什麼。

她終於來接電話了，她的聲音就像是陰天，平平淡淡的，沒有感情，灰撲撲的。「妳父親有外遇了。」她說得就事論事，彷彿是在報告歌劇委員會的開會結果。

我的宿舍的樓下正在開趴，阿姆的歌震天響，連我腳下的地板都在震動，我不確定有沒有聽錯。「爹地？妳確定嗎？妳是怎麼知道的？」

「有一封信……」她把句子的後半段嚥住了，咕嚕咕嚕的我聽不懂。

走廊上女生尖叫大笑。我拿手掌蓋住電話，對著門大吼：「不要吵不要吵不要吵！」突然一陣死寂，然後我聽見她們吃吃笑。凡妮莎．利布林吃錯藥了。我不在乎。

外遇。難怪了：所以他才會上班日待在舊金山，而不是到磐石居去陪伴家人。搞不好他一開始把他們送到磐石居就是為了這個——隔開他們跟他的情婦。可憐的馬麻。怪不得她會委靡不振這麼久。

不過我並不吃驚，我當然不會。平心而論，我父親醜得嚇人，但是對某些女人來說一點也不重要。權勢就是催情藥。而且奪走已經死會的人，這份誘惑——甚至更強大。我母親的朋友大多離過婚，她們的丈夫都娶了更年輕的女人（拜金女／花瓶／低俗的婊子），而她們則靠著豐厚的離婚協定住進了四季飯店的閣樓。

所以爹地當然有外遇，這是無可避免的事。

「爹地現在在那裡嗎？」我問。

她笑了，笑聲恐怖，像石頭在空盒裡碰撞。「妳父親從來就不在這裡，達令。他把我們弄到這邊來腐爛，妳弟跟我，在這棟可怕的房子裡，這樣我們就不會再害他丟人現眼了。就像，那本小說叫什麼來著？簡愛。我們是他關在閣樓上的瘋子親戚。他以為壞基因是我娘家傳下來的，哼，他自己——」

我打斷了她。「他在舊金山嗎？」

「我覺得他在佛羅里達，」她說，毫不關心。「也可能是日本。」

樓下的音響又換成史努比狗狗了，用讓人昏昏欲睡的鼻音唱著。「馬麻，我可以跟班尼說話嗎？」

「喔，我覺得不太好。」

「什麼意思？」

「班尼不太對勁。」

「怎麼個不對勁？」

「嗯。」停頓。「就先說這一件吧。他說他現在吃素，不吃有臉的東西。他顯然會跟他盤子上的肉交談。」

我想到了他的信。天啊，那邊每個地方都出錯了。「我要回家來了，好嗎？」

「不，」她陰沉地說。「妳留在那邊，專心念書。」

我想把手伸進電話裡，用力摟住她，直到她又像正常的她。「馬麻——」

「凡妮莎。我不要妳來這裡。」她的聲音冷冽。

「可是，馬麻——」

「我愛妳，達令。好了，我要掛了。」她掛斷了。

我坐在宿舍房間裡，聽著四周的喧鬧，我哭了。我被驅逐了。我母親一向要我，她只要我。她怎能就這樣排斥我？她怎能奪走我的家？

現在回想起來，我能理解她是在做什麼：她想要刺傷我，不讓我靠近。因為她一定已經知道了，知道了她的計畫：她會在隔天早晨班尼去上學之後，把我們的遊艇「茱蒂鳥」解開，從碼頭駛往湖泊的中心。她會把錨丟下水，然後換上她那件有巨大口袋的絲質浴袍，口袋裡會裝進六本她從圖書室拿來的原版法律書籍。她會跳進冰冷翻滾的湖水裡，在裡頭淹死。

她不想要我在那裡目擊。即使是到生命盡頭，她也想保護我。

我當時就應該要知道的。我應該了解她打算做的事何時是玩真的。我卻做了不該做的事——打去我父親在舊金山的辦公室找他（他在東京談生意，他的助理告訴我的），又傳了簡訊給班尼

（他沒回覆）——我應該訂機票直接飛回家才對。但實際上，我卻拖了太久才整個人驚慌起來，搭上飛機飛到雷諾。等公車把我送到磐石居，我母親已經失蹤近一天了。

他們發現「茱蒂鳥」在湖中央漂浮，在我回來的幾小時後。我母親的袍子纏在船舵上。她沒有沉到湖底，而是在水面一臂之深的地方溺斃的，腳用力一蹬就告別了生命。

好了，現在你會替我難過嗎？我倒不是在討摸摸（好吧，也許我是，只有一點點；分享故事不就是為了要求人了解嗎？）如果沒有別的地方能讓我感覺像個人，那失去母親總可以了吧。說到底，我們都是有母親的人，無論我們有多聖潔或是多邪惡；而失去母愛就像地震，會永遠破壞你的根基。那是無法磨滅的損害。

而且，又加上這個：自殺。對，對，是沒錯，部分原因是因為生病，可是母親自殺會在你的腦子裡留下一個懷疑自我的耳語，再怎麼樣也躲不掉。會在你心裡留下一堆疑問，卻永遠找不到讓你滿意的答案。

難道我不值得她為我活下去？我有哪裡不對，我的愛對妳居然還不夠？我為什麼說不出那些可以讓妳想活著的話？我為什麼不及早趕到妳身邊，打消妳的死意？妳自殺是不是跟我有關係？

十二年了，我仍然會在半夜醒來，手足無措，而這些問題在我的心中回響。十二年了，我仍然很怕她的死竟然都是我的錯。

也許我是該當面質問我父親他外遇的事，可是在我母親死後的幾個月裡，他實在是太憂鬱了，我實在是不忍心。況且，還有更要緊的事情，譬如班尼的脆弱情況，現在拖都沒辦法把他拖到房子外，而且他死也不肯去北湖學校上學。（有時我躲在他的房門外，會聽見他跟某個隱形人低聲說話。）得有人決定要如何處理「茱蒂鳥」，現在放置在船屋裡，刺眼地提醒著我們發生的不幸。有人得收拾整理磐石居，讓我們搬回太平洋高地的房子去，但現在誰也不願意。這也表示有人需要幫班尼找一間新的學校，一間願意忽略他不穩的心理狀態的學校。

我完全不是合適的人選。感覺上我一直在高速駕駛，突然撞了車，完全靜止。有些早晨我醒來，看著湖面，想著我母親從「茱蒂鳥」的邊緣跳下去，也會感覺自己也想跳下去。

我父親的弟弟和弟媳來了，帶著學步的小娃娃和保母，來協助我們處理我母親的後事；我母親的私人秘書也被指派來處理危機；但即使是事後，我也沒辦法回學校去。剩下的學期我都請假，下午跟班尼坐在書房裡，百葉窗合著，默默看著「白宮風雲」重播。最後，我母親的一個朋友找到了南加州的一間寄宿學校，專精「馬術治療」，彷彿班尼就是需要大汗淋漓地騎一匹馬，就能甩掉他的哀傷以及初期的發瘋。差不多是病急亂投醫了。

我們在一月初離開了磐石居，臨行前一晚，露德做了千層麵。我父親、班尼跟我坐在正式的餐廳裡吃飯，水晶杯、銀器，是從我母親死後第一次一家人一塊吃飯。露德上菜時都哭了。

我父親把千層麵切成精準的方形，一個個叉進嘴裡，彷彿吃飯是件苦差事，必須堅忍不拔。他眼下的皮膚下垂，像洩氣的氣球；鼻子的側面有又紅又乾的月形紋，因為一直擤鼻涕而皸裂。

班尼隔著餐桌狠狠瞪著我父親，一口也沒吃。接著，「你殺了媽，」他脫口而出。

我父親的叉子停在半空中，乳酪絲懸盪著。「別胡說。」

「我沒有胡說，」班尼說。「就是你殺的。你摧毀別人的生活。你毀了我的，然後你又毀了媽的。你的生意，你做的每件事，都是在吸別人的血。」

「你不知道自己在說什麼，」我父親靜靜對著千層麵說。

「你有外遇，」班尼說，推開了盤子，連帶撞翻了水杯。水慢慢在桌面上擴散，流向我父親的盤子。「媽自殺就是因為你背著她偷吃。」

我父親把餐巾伸出去，謹慎地蓋住了那攤水。「不，你母親自殺是因為她病了。」

「是你害她生病的。這個地方害她生病。」班尼站了起來，細瘦的一條胳臂伸出去，在空中一揮，彷彿是要把磐石居一切兩半。「我發誓，要是明天以後你再把我拖來這裡，我會放一把火把這個鬼地方燒得乾乾淨淨。」

「班傑明，坐下。」但是班尼已經走了；我們能聽見他在木地板上小跑步，越跑越遠，被深邃的屋子吞沒。我父親又拿起了叉子，把一塊千層麵小心塞進嘴裡。他像在吞苦瓜，然後他看著對面的我。他的表情帶著一種陰沉的滿足，彷彿他等待了幾週（幾年！）讓人來打他，而那一拳終於來了。現在他可以鬆口氣，事情結束了，他可以繼續了。

「我看妳弟弟不在這裡會比較好。這個地方讓他太常想起你們母親了。」

我用力嚥下喉嚨裡的硬塊。一分鐘後，我問了我幾個月來都不敢問的問題。「那個女人——

你還跟她在一起嗎？」

「天啊，沒有！她只是逢場作戲。」他在手裡掂量銀叉子。「聽著，我對你們母親算不上是個好丈夫，我知道。我們有我們的問題，就跟別的夫妻一樣。可是妳得相信我，我盡了全力來保護她。我知道她……很脆弱。我做了我認為對她最好的事。」他拿著叉子比著我。「就跟我盡力為妳和妳弟弟做得最好一樣。」

我看得出我父親在打量我的臉，想要評估我對他的積怨有多少。也許我是憤怒（我是！我太生氣了），可是我已經失去了母親了。我受不了失去雙親。把我的怒氣導向那個沒有臉孔的情婦比較容易，那個在他的舊金山公寓裡的投機婊子，試圖（而且成功了！）把我們的家庭撕裂。

「我知道，爹地，」我說。戳著千層麵，醬汁噴得滿盤子都是，心裡想像著是他的情婦的腦漿濺在我的盤子上。

他盯著我凌遲我的千層麵一會兒，表情警戒。然後他放下了叉子，跟刀子並排。「我們得保持外在形象，小蛋糕。我們是利布林。沒有人能看見我們底下的情況，也不應該讓人看見；外頭有的是狼，都等著發覺我們的弱點，撲上來咬死我們。妳絕對不可以讓別人看見妳覺得不夠強的時刻。所以妳要回去過妳的日子，帶著笑容，繼續發揮妳的魅力，放開這件事。」他抬頭看著我，自我母親自盡後第一次，他的眼中有淚。「但是無論如何，妳都應該知道我愛妳。比什麼都愛。」

翌晨我們離開了磐石居，留下了蓋上防塵布的房間，窗戶都封死了，以免狂風暴雨。一批晶亮的骨董和無價的藝術品，一個不折不扣的博物館，會封存起來，未來十年都留在幽冥之中。我不確定我父親為什麼不出售磐石居——或許是為了緬懷利布林的歷史，對綿延不斷的祖先有個交代——反正他就是不賣。而我們三個都沒有人想要再去住，直到去年春天我領著一輛搬家卡車出現。

我母親的死打破了我們三個的什麼關鍵關係，接下來的幾年是一個危機接著一個危機。我回到普林斯頓，立刻就當掉了六門課；我被迫重修，又得讀一遍二年級。同時，舊金山那兒，利布林集團也遇上了市場崩盤，旗下的不動產價值如直線下降，我父親的董事長席位也不保，被他的弟弟取代了。

但是最不幸的還是班尼。可憐的班尼。他在寄宿學校差強人意（也許馬匹確實有幫助），可是他一到普林斯頓，他的病就又發作了。有時我會在校園裡監視他，他從頭到腳一身黑，像一隻迷途的烏鴉在學生群裡飛掠而過。他終於長到六呎六的個子，但是他彎腰駝背，幾乎只有一半高，咻地溜過，好似這樣可以讓他變成隱形人。我聽說他在吸毒：冰毒和古柯鹼。

秋季班才剛開學幾個月，班尼的室友就突然搬走了。我去他的宿舍，立刻就明白了原因：班尼的那一側貼滿了令人不安的素描，迷宮似的黑色塗鴉，像是一條不祥的隧道，暗處還潛藏著妖魔的眼睛。整面牆從上到下全貼滿了，班尼的夢魘活過來了。

我站在那兒看著這些東西，恐懼沉重地捶打著我的胸膛。「下次還是畫在筆記簿裡就好？」我建議道。「盡量不要把新室友嚇跑？」

班尼的眼睛在那些畫上來回閃動，彷彿那是他想要解開的謎團。「他聽不到，」他說。

「聽到什麼？」

他的眼角下垂，紫色的瘀血把他眼下的雀斑遮掉了。失望浮現在他臉上。「妳也聽不到，對吧？」

「班尼，你需要去看校醫。」

可是班尼已經回到書桌上，手裡拿了一枝鋼筆和一張白紙。我看到桌面上有又深又黑的刮痕，是他畫得太用力，透過了紙背。我離開他的房間後，站在走廊上好一會兒，驚惶失措，幾乎快哭了。正常的孩子在走廊上來來去去，不是去比賽足球就是去聽演唱會，他們經過班尼的房間都會閃得遠遠的，彷彿連他的房門都充滿了病菌。我的心都碎了。

我打給校園的醫療中心，要求跟醫生說話，卻被轉給一個語氣煩惱的護士。「除非他做出什麼傷害自己的事情，或是威脅要傷害別的學生，否則我們能做的實在不多，」她跟我說。「他得自願來找我們。」

兩星期後，校警在半夜被叫到班尼的宿舍。他走進了同一層樓的一個女生的寢室，爬上了她的床，還摟住了她，當她是隻泰迪熊，然後哭著求她保護他，別讓他被某個來抓他的東西抓走。她一醒就尖叫。他趁夜跑了。校警最後找到了他，他一絲不掛，在圖書館外的灌木叢裡胡言亂語。

醫院的精神科病房診斷出班尼患了精神分裂症。我父親搭他的私人飛機過來，把他帶回了灣區的家。他們把我留在紐澤西，我哭了，可是在我父親登機之前，他把我摟進懷裡，在我的耳邊說話，不讓我弟弟聽見。「妳得爭氣，小蛋糕。」

我沒有。

我有沒有說過我從普林斯頓休學了？不是我最風光的一刻。但是我反正也是會被當掉的，而我遇到了一個工程系的學生，他正要開創一家網路公司，需要金援。我反正有個現成的信託基金，所以我就想：我來當投資家！企業家！誰需要大學啊？等我證明了我在做生意上的聰明敏銳，爹地會原諒我休學的，我覺得；等我憑自己賺到了第一桶金，他會無比驕傲。

結果當然不行，不過那是題外話。

那一年開啟了我弟弟康復又復發的漫長十年：在舊金山的街道上遊蕩，最後在黑巷裡狂嗑安非他命；幾個月看似正常，只是會有幾次自殺未遂。一大群心理醫師為他調整再調整用藥，就是沒效；他往往一顆藥也不肯吃，因為藥物害他呆滯昏沉。最後，我父親把他塞進了一處豪華精神疾病照護機構，在曼杜西諾郡：歐爾森中心。

那時我已經放棄了網路公司，搬到紐約市了，但是我只要回加州就會去曼杜西諾看班尼。照護中心位在尤奇亞外圍，林木眾多，在曼杜西諾的海岸地帶，遍佈避靜休閒區和自由選擇裸體的度假勝地，有許多上了年紀的嬉皮在那兒泡礦物質溫泉。歐爾森中心的氣氛還不錯，是一家大型的現代機構，有連綿的草皮和山景。病人只有幾十人，白天會做藝術治療，照顧規模不小的菜園，由米其林廚師烹調美味三餐。這裡是像我們這樣的家庭把有問題的親人——厭食症的太太、失智的祖父、愛縱火的孩子——藏匿起來的地方。班尼正好適合。

他們給班尼的藥物讓他精神恍惚、脾氣溫和。他現在小腹凸出在運動褲的鬆緊帶上方。他白天主要的活動是在院區遊蕩，尋找昆蟲，捉進嬰兒食品塑膠罐裡。他的套房裝飾了長腳蜘蛛和蜈蚣的素描，至少他以前塗鴉的怪物成真了，而且不會跟他回嘴。看他變得這麼溫和雖然讓我心碎，但是至少我知道他在這裡是安全的。

我有時會想班尼的腦子究竟是哪裡出了錯，他的疾病又有多少是繼承自我們的母親。她的問題也跟他一樣嗎？我們在歐爾森院區裡散步，我會看著我弟像遊魂一樣閒晃，不知何去何從，我心裡就會被內疚扎了一下：為什麼是他不是我？

（然後，在內心深處悶悶地痛了一下，一個問題纏著我問：如果我也是呢，只是我還不知道？）

不過在開車離去時，我通常只感覺到憤怒。我知道——我現在知道了——精神分裂症是一種疾病，從出生就嵌入腦子了。但是班尼的人生一定能有個不同的版本，在那個版本中這一切都不會發生，他會是個正常的孩子，說不定情緒有點不穩定（跟我一樣！），但是至少能夠像一般人一樣生活。他的人生軌跡當然不可能就應該是這個樣子的，就像我母親的自殺也是絕不應該會發生的。

我打給班尼在歐爾森中心的醫生，提出了我的問題。為什麼是班尼？為什麼是現在？

「精神分裂症是遺傳的，不過外在因素也可能會刺激病情，」他說。

「比如說什麼？」我問。

我能聽見他在翻紙。「嗯，妳弟弟吸毒，吸毒本身不會造成精神分裂，但是卻能觸發有這種傾向的人的症狀。」聽到這裡，時間軸開始對上了：班尼第一次的發作剛巧就是他在太浩開始吸毒的時候。那個帶壞他的新女朋友——她叫什麼來著？妮娜。到底還是讓我媽說對了。我那天還給了他糟透了的建議：我應該要叫他遠離她，而不是鼓勵他去追求的。（瘋狂的愛——天啊，我那時是在想什麼啊？）

哎呀，說不定他會病成這樣還是我的錯呢。畢竟是我沒把班尼的行為及早向父母親報告，我沒把那些義大利文信件告訴我父親，也沒有親自開車帶班尼去找普林斯頓的醫生。我害怕會傷害班尼，卻反而害他傷害自己。

有時，我飛到西岸去歐爾森中心，我會想像我們兩個有不一樣的人生。在那段人生中，我的雙親都住在舊金山，我弟在為時已晚之前找到了一家治療的學校，我父親也沒有外遇。在那段人生中，磐石居的孤立並沒有把我母親和弟弟推下懸崖，害得他們爬不上來。也許有可能這一切——精神分裂症，自殺——就可以避免了（至少是減輕了！）。也許我母親就會還活著，我弟的問題會可以處理，我父親不會花心，我們就會都好好的。甚至還開開心心的！

當然是樂觀者的幻想，可是多年來它的根卻扎得更深：一個可以替換的宇宙中失落的可能，在主軸上正確地轉動，不會被我不太能理解的力量撞歪。

# 13

現代文化熱愛盲目崇拜危機，彷彿每個人的常態都應該要偏離常態。（歐普拉，勵志名言的守護聖者，如是說：人生中一個最大的危機就是不敢冒險。）隨便讀本暢銷自傳，你就會得到只要你去做什麼魯莽瘋狂的事，差不多就可以保證你是偉人的結論。但是大多數人避而不談的是危機其實真的只是一個選擇，而且你得要一開始就有好運氣。

有一陣子，我簡直是鴻運當頭。當個有錢人家的小孩其中一個最大的好處就是你有衝動行事的自由：萬一失敗了，反正底下有信託基金當軟墊接住你。所以我從普林斯頓休學後的頭幾年冒了一大堆險。可惜，沒有一次可以讓我接近偉大——我贊助拍片不成（兩片翻車，慘賠一千萬），我設計的皮包不行（不到一年就退出市場），我金援的龍舌蘭酒品牌不行（合夥人自行其是）。只有破產。

等我在曼哈頓下城的三角地區的某個節日遇見莎思姬婭．魯邦斯基時——是一場為某個兒童白血症基金會的募款活動，我的家族固定捐贈巨款——我正在，套用我在派對上的說法，沉潛待起階段。我在蘇活區有一間辦公室，我都跟別人說我是個「網路創新專家」，其實那個意思主要是上班時上網，尋找靈感。我父親偶爾會從舊金山飛過來看我，他會如旋風般進城來，宣稱我有多「消息靈通」以及「走在時代尖端」，可是我從他那麼大聲向任何願意聽的人誇獎我才華洋溢就知道他是太言過其實了。我能聞到失望從他的身上散發出來，從他不敢跟我對視的態度上看出來。

話說回來，我哪能怪他呢？也許班尼是被放逐到歐爾森中心遊手好閒，漫無目標，迷失無根，但是我的人生也沒有清晰的目標，我卻沒有好理由。

我覺得漂浮不定。身在八百萬人口的城市裡，我的親近朋友不多，雖然我有數不清的男朋友，他們只是我在社交圈裡偶遇的人。我常出門。曼哈頓是個糖果樂園，雞尾酒和美食、節慶和藝術展、閣樓屋頂天台的派對，應有盡有。跟有信託基金的公子哥以及避險基金經理人約會。

而這些活動當然就少不了採購。時尚很快就變成了我的一種鎧甲，一種保護我自己不讓無聊漏出來淹死我的束腰。我為伴隨著新裝上市的血清素上升而活：直接從走秀台上拿到的洋裝，一條垂墜完美的圍巾，讓別人在街上瞪著看的鞋子。比爾．康寧漢服裝。那個才是我真正的喜悅。我每個月花在古馳、普拉達和思琳上的錢耗盡了我的信託基金的分配額。

我說這些只是為了要說明莎思姬婭．魯邦斯基的銷售話術為什麼會讓我上鉤。

✦

白血症募款夜是在一處閣樓上舉行的，這裡可以鳥瞰下曼哈頓。侍者端著一盤盤的開胃小菜走動，小心避開拖在拼花地板上的長裙。燭台上蠟燭閃爍，頭頂上掛著一縷縷淡色雪紡綢。百老匯巨星重複為攝影師在一排白玫瑰牆前擺姿勢，雙手扠腰，一身贊助服裝。

在衣香鬢影之中，莎思姬婭格外顯眼。倒不是說她比別人漂亮（其實，在美化過的底妝下，她的五官小，臉孔太瘦削），也不是說她的衣著比別人華美（不過她的紅羽毛杜嘉班納也是全室數一數二的了），而是她有個哈巴狗似的攝影師跟著她，嚴肅地記錄下她的一舉手一投足。她在室內交際，把漸層染的頭髮撩到肩後，仰起下巴笑，在攝影師拍攝她的那一瞬間看著他。她是誰啊？我心裡想。顯然是什麼名流。會不會是南美的流行歌手？實境節目明星？

最後我發現自己跟她同在洗手間裡，派對上一半的女人都在這裡補妝，用亞麻毛巾擦拭腋下。莎思姬婭的攝影師守在洗手間外的走廊上，莎思姬婭對鏡檢查，小小吁了口氣，彷彿是在釋放什麼壓抑的壓力，準備再次上場廝殺。她發現我盯著她看，就朝我微笑。

我轉身打量她的側臉。「抱歉，不過我應該知道妳是誰嗎？」

她靠過來，拿衛生紙擦拭嘴唇。「莎思姬婭．魯邦斯基。」

我在心裡的社交圈名單上核查了一遍，卻遍尋不著。「抱歉。我沒有印象。」

她把衛生紙拋向垃圾桶，沒瞄準，也不去撿。我發覺了洗手間整理人員的眼神，就代莎思姬婭投去道歉的一眼。

「沒關係，」莎思姬婭說。「我在Instagram上很有名。妳聽過Instagram嗎？」

我當然聽過，我還有自己的帳號呢，不過我只有十來個追蹤者（班尼算一個），還沒摸透這玩意的真正目的。我的新狗狗的照片，我的午餐：誰在乎？從我得到的按讚數來看，一個也沒有。「怎麼個有名法？」

她微笑，彷彿我問的是蠢問題。「就這個啊。」她嬌媚地轉了轉手腕，把她的衣服、髮型、臉孔都圈了進去。「作我自己。」

她淡然的自信讓我深受打擊。「妳有多少追蹤者？」

「一百六十萬。」她緩緩轉身注視我。一眼望穿我的禮服（路易威登）、我的鞋子（范倫鐵諾）、盥洗台上的珠子手拿包（芬迪）。「妳是凡妮莎．利布林吧？」

以後我才知道莎思姬婭的真名是愛咪，出身真正的中產階級，住在奧馬哈，是波蘭裔，她跑到紐約來念時裝設計。她為「決戰時裝伸展台」❻試鏡過四次，從未中選。於是她自己開了個「街頭時尚」部落格，逐漸演變為Instagram的動態消息。一整年來她都不停機，不是拍時尚的陌生人，而是記錄她自己的超炫裝扮，而她的追蹤者數也直線上升。可以說*Instagram*時尚網紅這個詞就是她發明的。

莎思姬婭平均一天換六套衣服，而且多年來都不需要治裝費。她自封為「品牌大使」——編織涼鞋，氣泡水，保濕霜，佛羅里達休閒勝地，還有隨便哪家願意付錢給她來幫他們打廣告同時穿著名牌服飾擺姿勢的商家。她搭乘贊助商提供的私人噴射機周遊列國。她不算富有，但是在Instagram上也區分不出來。

莎思姬婭還有一件事：她不是偶然現身的。她參加這場社交盛會是多年來的研究成果：當然研究的是時尚，還有行銷，但同時也研究了出現在《紐約郵報》八卦版和《浮華世界》和「紐約社交日記」網站上的人士。她知道幾時摻上一腳是有益處的，可能就有人能當她向上爬的晉身之階。她有了名，她要的是尊重，而她以為接近像我這樣的人就可能得到。我一走進派對就被她盯上了。

說句良心話，你還真得佩服她的膽識。

「妳也應該試一試，很好玩，還能拿到一堆免費的東西。衣服、旅行、電子用品，我上星期還得到他媽的一張沙發呢。」她把沙發兩個字說得帶著好笑的不稀罕。「妳在Instagram上，對吧？」我點頭。「而且妳已經是號人物了。就是——出身望族，名門的生活型態，大家最吃這一套了，美國貴族之類的狗屁。」她把口紅丟回手拿包裡，利落地合上。「欸，我會在我的一些發文上標記妳。我們一起出去個幾次，不到一個月妳就會有五萬個追蹤者了。等著瞧吧。」

我為什麼會上鈎？我為什麼會把手機號碼輸入她的手機裡，讓她隔天打給我，約好到「咕咕」法式餐廳吃沙拉？我為什麼會跟著她從洗手間走出來，然後跟她一起在玫瑰牆前擺姿勢，高舉香檳，假裝聽見了什麼笑話而歡笑，讓她的攝影師拚命拍照？

喔，我相信你已經猜到了。我想要愛。我們不都是嗎？只是有些人選擇了比較彰顯的方式。我母親的愛消失了；我需要在別處找到同樣的滿足。（這是某個心理治療師跟我說的，一小時兩百五十元。）

❻「決戰時裝伸展台」（*Project Runway*）是美國一檔時裝設計真人秀，二〇〇四年開播。

但是也有別的理由。莎思姮婭的自信讓我自慚形穢。我是利布林，我才應該要讓人人欣羨，可打從我母親從「茱蒂島」上躍入湖裡，我就覺得……沒有了根。有時晚上我會醒過來沒辦法呼吸，抗拒著熟悉的、惶恐的感覺，以為我把一切都徹底搞砸了；以為我是個赤貧的窩囊廢，只是頂著一個好姓氏。以為摘了這個姓氏我就會離開地球表面，不留一點痕跡。我二十幾歲的光陰大多花在尋找什麼能鞏固我在這個世界上的生存的東西，而莎思姮婭做的事——嗯，感覺完全是在我的能力範圍之內。我可以證明我還是有所擅長的。

也可能是莎思姮婭的淡定優越感讓我覺得有需要在她自己的遊戲裡擊敗她。

也可能就只是很簡單的有何不可？

反正，隔天我醒來，我發現她在一連串的照片中標記了我（新閨蜜！女生之夜，幫助生病兒童，好好玩喔！#杜嘉班納#白血症#畢生好友）。不到八小時，我就得到了兩百三十二個新追蹤者。

於是，我找到了我所擅長的東西。

我也說不清我是如何從幾十個Instagram追蹤者成長到五十萬個的。這天妳上傳了妳的狗戴墨鏡的照片，另一天妳跟另外四個社交媒體「女孩兒」成員搭私人飛機飛到了科切拉音樂會，帶著十二個行李箱，裝滿了由某大時尚網站提供的服飾，還有一名攝影師來記錄妳的每一刻，而妳假裝在吃冰淇淋，同時穿著巴爾曼洋裝漫不經心地旋轉了一圈。

那幀巴爾曼照片會有四萬兩千零三十一個陌生人喜歡，而且看看留言（大美人！哇，超炫——凡妮莎我愛妳——漂亮寶貝），妳會覺得這輩子沒有這麼有存在感過：彷彿妳真的是那麼的光鮮，是富豪階級的時尚女王，有數不盡的朋友，壓根就沒有自我懷疑。妳得到了欣賞——甚至是寵愛——超出了妳最不羈的想像。妳是人生勝利組；人人都想要當妳，但只有最幸運的少數人才能跂及妳的萬一。

一個角色如果演得夠久，你是否就能在潛移默化之間變成那個人？你假裝的這個更快樂、更進化的人——是否就能在你的心裡定居？每一天，你為了數十萬（或是，咳，只有另一個人）崇拜你的觀眾粉墨登場，演著演著會不會就不再是表演，而變成是真正的你？

我仍然在找答案。

這種日子一晃就是幾年，數不清的時裝秀和魚子醬餐廳的深夜晚餐，跟一群我連姓名都沒理由記住的有錢男人在義大利科摩湖馳騁。等我拿下了三十萬追蹤者之後，我終於把我做的事告訴了我父親，他一點也不高興。「妳在做什麼？」他大吼大叫，而我盡力說明*Instagram*網紅是什麼東西。他太陽穴上斑駁的粉紅色皮膚因驚詫而皺在一起，他的鼻孔——血管都看見了，也因憤怒而出現微小的血粒——像生氣的公牛一樣僨張。「我把妳養大不是為了讓妳把妳的信託基金當老本啃的。凡妮莎——妳這樣實在不聰明。」

「我才沒有，」我抗議道。「這是真的事業。」而且的確是！至少，如果是用付出的努力來衡量的話：我的人氣指數一飛沖天，觀眾每天要求更新八次、九次、十次。我雇用了兩名社群媒體助理，主要的工作是挑出可以用在Instagram上的衣著和地點，搶在被網紅影響的鄉民找到，變成美國中級階層的老哏之前。可是盈利……說實話，我的報酬多數是商品而不是現金，而養員工的錢卻增加得飛快。

我的新朋友是一群社群媒體明星。除了莎思姬婭之外，還有崔妮，她是比基尼模特兒，祖先是德國貴族；依芳潔琳，一位時尚名媛，招牌外表就是那副黏死在臉上的墨鏡；還有瑪雅，祖籍阿根廷，以實況化妝教學以及吹噓粉絲比我們幾個加起來還多而聞名。我們經常受邀聯袂出席活動：時裝店會出錢送我們去泰國、去坎城、去火人祭，我們在那兒喝美酒吃美食，以廠商贊助的「樣貌」在風景如畫的地點尋歡作樂。這些女孩了解被拍攝的生活的彆扭步調：自發的時刻必須要一而再再而三複製，一直到攝影師正確捕捉為止。假裝喝一口濃縮咖啡，卻並沒有真的喝，因為會毀了口紅。花十分鐘走過五十呎長的草皮。

我盡責地研究過莎思姬婭的才藝：學習她如何像隻異國的小鳥一樣悠遊、整理外表，即使是最塵俗的事情；如何走向攝影機時扭絞我的頭髮，才能不顯得呆滯；如何歪頭來遮掩我下巴上的贅肉。文字說明中的驚歎號是很重要的，我學到了；還有對於生活中的美好事物的誇大欣賞；於是我網路上的形象是樂觀的、興奮的，#蒙福的。我接受了實況轉播時尚供稿的那一套，讓攝影機在我身上來回移動，同時以練習過的聲音不斷念誦：「鞋子是Louboutin，衣服是Monse，皮包是McQueen！」我口中的這些話只是經文，是一張安全毯，讓我不會受到我的轎車的黑窗戶外的世界影響，那些是我不想看到的東西。

我愛極了這種新生活的一點一滴，龍捲風似的活動讓我從早到晚轉個不停：時裝秀、異國假期、音樂祭、血拚之旅、雜誌社的節慶、電影開幕、快閃餐廳。社群媒體就像是情緒上的雲霄飛車，我每天都巴不得快點坐上去。它讓我覺得活著，每一條新的貼文（以及回應）都往熊熊的感激之火上再點燃小小的情緒。而且沒錯，我讀過那些老人家寫的批評，我知道在他們眼裡我只是一隻隨波逐流的小老鼠，等著下一波的腦內腓分泌。我在乎嗎？誰甩他們啊。

我有死忠粉絲，我會知道主要是靠他們的網路名稱和他們偏愛的情緒符號。我個人的社群！現在只要遇到低潮，我就會去瀏覽那些留言，傳送微笑和親吻符號，沐浴在最高級的讚譽裡。迷死人了。美豔了。羨慕嫉妒恨。超炫。女神。愛妳。我的新世界裡沒有不慍不火；一切都走極端。每個人都是閨蜜。

不過，這樣的日子過了幾年之後——或許也一定是免不了的——無時無刻的亢奮也退燒了。我陰晴不定的心情又回來了：在聖保羅跑趴一個星期後緊接著就是一個星期連床都不想下。我會從跳舞的夜店回來，看著二十八張記錄下我的#狂歡夜的照片，然後淚崩。那個女人是誰？我又為什麼不像她那樣快樂？有時，在威尼斯搭貢多拉，或是走在河內的街上，我會研究當地人，看著他們過著簡單的私生活；即使我知道他們在我無法想像的方面辛苦掙扎，我還是嫉妒得想哭。想想看，像那樣如隱形人般自由自在！我會這麼想。想想看不必在乎別人是不是在乎！

有時，我一個人的時候，躺在黑暗的飯店套房裡，身在陌生的國度，或是聽著私人飛機的空氣過濾器的聲響，我甚至會想：難道不是還有這個之外的生活？我是不是忘了活在當下的感覺了？誰在盯著我看？他們難道真的有一丁點在乎我嗎？暴雨雲當頭籠罩，毀了野餐。漸漸進入夢鄉時我跟自己說：也許明天我會把網路永久關閉。也許明天我會把一切都送人。也許明天我會變成更好的人。

但是又一天的太陽升起，而古馳邀我去預覽一系列的亮片飛行員夾克（剛推出的！），有人會花錢送我們到他們在巴貝多的度假別墅，還有五萬個陌生人會說我有多漂亮。憂鬱的心情就會來時一陣風，去時一陣風。

後來，幾年之後，我認識了維克多。

我那時三十歲了，漸漸意識到自己的賞味期快過了：我的追蹤者剛達到了破五十萬的巔峰，而現在有幾十個比我年輕十歲的女孩子越過我搶占了風頭。我走在社區裡，越來越多次發現自己渴望地盯著經過的寶寶看。他們的母親會對我會心一笑，隔著嬰兒車看著我，她們面前的人行道會淨空，彷彿她們知道什麼宇宙的秘密，而我卻遺漏了。她們有了一份她們可以到死都信任的愛，永生不變：孩子的愛。

我認出了那種奇特的拉扯——那種想要柔軟肌膚，讓人心裡癢癢的渴望。可能是我的生理時鐘，但不止如此：我想要建立一個全新的家，替換那個已經失去的。我缺少的就是這個；而這個可以驅逐掉我那種陰魂不散的厭倦感。我需要一個孩子，而且要快。說不定兩個、三個。

每星期都在不同的城市裡是很難記得日期的，但是我全力以赴，最後，我在派對上遇見了一個人，他叫維克多．柯曼。他母親是馬里蘭州的參議員，他在金融界工作，所以檯面上他是個黃金單身漢，我未來的孩子的優秀父親人選。在鏡頭前，他也挺拔出眾——他的臉孔如刀削斧鑿，輪廓如古典雕像，波浪狀金髮是完美的北歐人遺傳——不過起先我發現我主要是想要一個人獨占他，而不是讓我的如狼似虎的社群在留言裡吞噬他。

而他不擅長的地方：床上。我們在黑暗中冷淡地摸索，卻始終點燃不了激情之火。不過我們的關係在別的方面十分順利，我們的品味和作息配合得天衣無縫。我們一塊做世俗的事：遛我的狗「巴格斯先生」；吃典雅的早午餐，在床上看電視。感覺上我心目中的愛情一定就是這樣的。

維克多終於求婚了，在春天的一個早晨，我們漫步走過中央公園時。他在草皮上單膝下跪——「凡妮莎，妳明豔活潑，充滿了生氣，我想像不到還有更好的伴侶」——但是我幾乎沒聽見他說話，因為我的耳朵裡有高頻的嗡鳴聲。

我當它是腎上腺素的緣故。

「喔，漂亮，姑娘，」莎思姬婭聽見了我的訂婚消息後說。我們一塊坐在棕櫚泉水療中心的等待室裡，漫長的一個早晨在泳池邊穿著比基尼拍照（但是沒有人敢穿這套泳裝下水），我們準備要來個幹細胞臉部護理。我們的女攝影師在旁邊忙著敲筆電，盡責地修掉丘疹和贅肉，讓我們比實際上漂亮百分之二十五。莎思姬婭像個心急的孩子一樣鼓掌。「喔！這樣妳就有了一條新的故事線了。採購婚紗，捧花，選場地。喔，我們一定要辦一個訂婚趴！邀請社群媒體上所有的大咖，才能把事情炒大。妳的粉絲一定樂瘋了。還有那些贊助商。」

就在這一刻我明白了我有點討厭莎思姬婭。「反應錯誤，」我說。「再試一次。」

她茫然瞪著我。她最近接了貂毛假睫毛，長得她得刻意把眼睛瞪很大才看得見。她的樣子就像是一隻受驚的羊駝。

「恭喜？」

「好多了。」

「好嘛，愛生氣的大小姐。妳知道我為妳開心啊。我只是不知道我必須要說出來。」

「我要結婚是因為我愛他，不是因為可以變成很好的IG故事，」我說。

她迅速轉身去對向我們走來的美容師微笑，但是我敢發誓她翻了個白眼。「妳說得對。」她捏捏我的手，隨即站了起來。「那請妳說可以由我來挑伴娘的禮服？我在想我們去找艾利・薩博❼談一談。」

當然是莎思姬婭說對了，我的訂婚消息一上網就成了我的事業生涯上的人氣之作。我的追蹤人數又向上攀升。起初維克多並不反對，任由我把我的攝影助理一起帶到齊普利阿尼餐廳（Cipriani）和廣場飯店的接待室，可是在品嚐蛋糕的那天，我請他假裝把紅絲絨蛋糕丟進我的嘴裡，腦子裡已經想好了我可能會用的文字（為大日子預習！#結婚蛋糕#不准砸蛋糕），他卻不願意。他斜睨了我最新的攝助愛蜜莉一眼，她是個二十二歲的紐約大學畢業生，對準了相機準備拍照，對他鼓勵地微笑。

「我覺得像一隻訓練過的海豹。」他一副苦瓜臉。

「你不想做的話就不用做。」

「妳為什麼需要這麼做？」他一根拇指插進巧克力覆盆子慕斯糖霜裡，挖了一會兒，再舔掉。

我啞口無言。他以前從來沒有對我的事業表示過懷疑。「你明知故問。」

「我只是覺得……」他欲言又止，緩緩抽出口中的拇指，拿餐巾擦乾淨，壓低聲音不讓愛蜜莉聽見。「我只是覺得妳能做的遠遠不僅於此，凡妮莎。妳很聰明，又有現成的資源，妳想做什麼都可以。讓世界變得更好。找到妳擅長的事情。」

「這個就是我擅長的事情，」我跟他說。為了證明我的話，我把蛋糕拉過來，很有技巧地移向我的嘴唇，露出了一個十足狡猾的表情——我好酷，而且又接地氣，甚至沒在計算這玩意的卡路里——讓愛蜜莉拍攝。

紅絲絨蛋糕太甜了。糖直往我的臼齒裡鑽。

我們的婚禮還有五個月，我父親忽然打電話來說他快死了。「胰臟癌，小蛋糕，」他說。

❼ 艾利・薩博（Elie Saab, 1964-）是一位黎巴嫩服裝設計師，以設計高級訂製婚紗聞名。

「醫生說沒救了。我還剩幾個星期，不是幾個月。妳有辦法回家來嗎？」

「天啊，爹地。我馬上就回去。天啊。」

線路另一頭的他柔弱得不像他。「凡妮莎——我現在只想說——對不起。為了……每件事。」

我沒流淚，但是我無法呼吸。我覺得什麼在不斷地死命拉扯我的身體重心，要把我往下拖。

「別說了。你沒有什麼對不起我的地方。」

「以後可能會很辛苦，不過別懷疑妳的力量。妳是利布林家的人。」另一端有薄弱的咻咻聲。「別忘了這一點。妳得硬著頭皮撐下去，為了班尼。還有妳自己。」

我飛回舊金山，把班尼從歐爾森中心接過來，我們住進了太平洋高地的豪宅，陪侍在我父親的病床旁。我父親的器官快速衰竭，整天在睡覺，以嗎啡止痛，身體浮腫，我真怕用力擁抱他會害他爆裂。他打盹時，班尼跟我就漫無目標地在我們長大的屋子裡瞎晃，戀戀不捨地摸著熟悉的表面，等著即將到來的結局。我們的童年臥室，自從我母親自盡之後就沒變過了，變成了聖壇，獻祭給我們的雙親曾經相信我們會成為的人：我的普林斯頓旗和網球獎盃，班尼的滑雪獎章和棋盤。從前的我們這一家。

我弟跟我繼續一起照顧我們垂死的父親。有天晚上，他在睡眠中呻吟——以他與生命抗爭的同樣力氣來和死亡抗爭——我們並肩坐在沙發上，看著電視重播我們的青春：「七〇年代秀」和「六人行」和「辛普森家庭」。班尼看著看著睡著了，被疲憊和藥物放倒了，他向側邊滑，最後頭靠在我的肩膀上。我輕撫他毛茸茸的紅髮，彷彿他仍是我的小弟弟，儘管在這個節骨眼上，我也感覺到一種深刻的寧靜祥和。

我在猜我弟不知夢見了什麼，還是說他服用的藥物連夢都剝奪了。然後我想到失去父親會不會害班尼又發病。是的話，這次我要怪誰？

「別怕，」我低聲說。「我會照顧你的。」

他睜開一隻眼睛。「妳怎麼會以為需要照顧的人是我？」

然後他笑了，讓我知道他是在開玩笑，但是他的話還是讓我不安。就彷彿是班尼看出了我內心的什麼東西也在他的心裡，而且也在我們母親的心裡：而我只差一步就會偏斜到那個邊緣去。

我們的父親過世得很突然，胸口輕輕地咯咯響，四肢抽搐一下就走了。我本以為在他死前我們能有片刻時間的——電影的臨終場景，而我父親會跟我說他有多以我為榮——但是到頭來，他並不夠清醒。反而是我緊握著他衰弱的手，直到他的手變冷，被我的眼淚弄濕。班尼在床鋪的另一邊前後搖晃，雙臂緊緊抱住胸膛。

安寧照護的護士踮著腳尖來來去去，等著把我們推向不可避免的下幾步：葬禮指導、訃聞寫手、律師。

我惶惑無依，做了我最拿手的事：我掏出了口袋裡的手機，拍下了我們仍交握的手，在一切都消失無蹤之前記錄下這最後的一絲連結。我幾乎是不假思索就發到了我的Instagram上，#我可憐的爹地。（不假思索地想：看看我。看我有多傷心。用愛來填滿這個洞。）幾秒鐘之內，安慰的話開始湧入：好替妳難過——好感人的照片——凡妮莎私訊我要擁抱。親切的陌生人發來的親切文字，卻感覺像跟電影院的跑馬燈差不多。我知道不出幾秒鐘每個人就會又去發下一則留言，把我拋到腦後了。

我關掉了應用程式，足足兩個星期沒打開。

我們現在完全孤獨了，班尼跟我。我們只有彼此。

維克多飛來參加葬禮，在我哭時抱著我；但是他立刻又飛了回去，去參加他母親的政治募款會，她母親被拱出來競選下一屆的副總統。

我留在舊金山，處理我父親的資產，一星期後維克多打電話給我。幾分鐘的閒聊之後，他丟下了他的小炸彈：「欸，凡妮莎，我一直在想，我們應該要取消婚禮。」

「不，沒關係，我父親不會要我延後的。他會要我繼續過日子。」線路另一端一陣彆扭的沉默，我這才明白是誤會了。「等等。開玩笑，你要甩了我？我父親才剛過世，你就要甩了我？」

「我知道……時機不對。可是拖下去只會更糟。」他的聲音像被勒住。「我真的很抱歉，凡。」

我坐在我父母的臥室地板上，分類舊相簿；我猛地站起來，照片如雪片般從我的腿上飄落。

「搞什麼鬼？你是哪根筋不對？」

「我一直在想，」他才開口就又頓住。「我想要……更多？知道嗎？」

「不。」我的聲音冰冷，剛硬，憤怒。「我不知道。我不知道你到底在說什麼。」又是一陣漫長的停頓。他是在辦公室裡，我很肯定，因為我隱約聽見曼哈頓的吵雜聲在他窗外的下方響著，計程車猛按喇叭想在壅塞的城中交通中殺出條路來。「那張照片，妳爸死後的手？」他終於說。「我在妳的Instagram上看到了，害我心裡發冷。我很怕這就是我們以後的生活，知道嗎？每件事都要秀給全世界看。我們最隱私的時刻也拿出來展覽，被當作陌生人的點擊誘餌。我不想要那樣。」

我看著四周散落的照片。有一張是新生兒班尼從醫院回來的前幾天，我那時三歲，小心翼翼地把他抱在我的小膝蓋上，而我母親彎腰保護著我們。她跟我都掛著專注的表情，彷彿我們都知道生死之間的那條線只要手腕一滑就能會扯斷。「是你母親的意思，對吧？她就是覺得我對她的政治生涯有不良影響。太常拋頭露面了？」

「嗯。」他說。我能聽到另一邊有救護車的警笛，而我忍不住想到車裡的人，在生死關頭徘徊，救護車卻卡在尖峰時刻的車陣之中。「她沒說錯，凡妮莎，妳的生活型態……就……觀感不好。妳是個吃信託基金的孩子，因為衣著華麗在世界各地遊蕩而出名——不太能讓人認同。現在貧富差距的議題炒得那麼熱……我是說，妳也看到露易絲．林頓[8]的例子了。」

「媽的，我靠的是我自己！我有今天全都是靠我自己一個人！」（然而，即使我高聲對著話

---

[8] 露易絲．林頓（Louise Linton）是二〇一七年美國財政部長的妻子，在Instagram上貼出炫富照片，被譏為「金庫小嬌妻」。

筒大喊，我卻慚愧地記得每個月放在我在曼哈頓的書桌上的信託配額支票。）「怎樣，是你媽覺得她兒子不能被看到跟女繼承人搭私人飛機全世界亂跑，可是她卻可以眼都不眨就收下我爸給她的競選贊助金？虛偽。你不知道嗎？別人看我們眼紅，可只要有機會，他們會立馬就用他們的生活來跟我們的交換。他們想要是我們，他們如果能坐上私人飛機叫他們殺人都幹。不然你以為我為什麼會有五十萬個追蹤者？」

「隨妳怎麼說，凡妮莎。」他嘆口氣。「不只是我媽。如果我也決定要進政壇呢。這件事困擾我很長一陣子了。妳的工作，妳的生活，就是感覺……膚淺。空洞。」

「我打造了一個社群，」我熱辣辣地說。「社群是人類經驗裡的一個重要部分。」

「現實也是，凡妮莎。妳根本就不認識那些人，他們也只是一直在給妳灌迷湯。沒有一丁點的真實，只是日復一日做同樣可以預測的姿態——派對、服裝、還有哇塞她坐在那間四星級飯店的台階上不是很可愛嗎。洗掉，再重來。」

這句話一針見血，讓我不舒服。「那又怎樣？」我不客氣地說。「你在金融界工作，維克多，少跟我說什麼膚淺。怎麼，把我甩開，你就成了有見識的人類了？你是打算辭了工作，去莫三比克蓋公共廁所嗎？」

「其實呢。」他清喉嚨。「我的確報名了一個冥想課程。」

「喔，去死啦！」我尖聲大叫，把手機摔到對面。然後我扯掉了手指上的訂婚戒指，用力一丟。戒指滾到角落裡，幾天後我去找，一點蹤影也沒有。我滿確定是清潔人員拿走的。

好，我心裡想。他們想要就拿去吧。

隔週，我父親的遺囑宣讀了。爹地當然沒有把磐石居留給我弟。他怎麼會把那裡留給一個發誓會把它放一把火燒掉的人呢？不，房子現在成了我的負擔了：在我們家裡傳了五代的玩意，利布林的祖產，而我現在是負責照管的人。

但是磐石居也同時是一份禮物，我很快就了解了。因為等我終於回到紐約，我再也提不起勁來為「人生勝利組」搔首弄姿了。我不安排旅行拍照，不弄造型，反而窩在公寓裡，吃鹽味焦糖義式冰淇淋，卯起來在Netflix上追劇。我的貼文越來越少，間隔越來越長。當網紅的黃金守則就是別耗盡你的觀眾，但是我沒那個心情賣笑。莎思姬婭、崔妮、瑪雅發送給我擔心的簡訊——妳沒怎麼貼文，沒事吧？怎麼回事？擔心死了——但我從她們的帳號上知道沒有我她們的日子絲毫不受影響，另一個女生——二十一歲的瑞士流行歌手，名叫瑪雪兒——坐上了我在私人飛機上的位子，飛往坎城。

巴格斯先生在去布萊恩公園的路上被一輛計程車撞死了。

我的追蹤者開始對我的音訊全無不高興了，他們紛紛退群。漸漸的，我不再從諂佞的留言取暖，反而專挑那些惡意的看。少臭美了婊子。妳的戒指呢，被甩了嗎？哈哈。妳以為有幾個臭錢就酷得不得了，妳幹麼不把那件醜不啦嘰的衣服賣了，把錢捐給難民兒童？社群媒體就是這樣子：不是吹捧就是踐踏，不是馬屁精就是酸民。貼文和留言文化都只有短短幾字，剔除了中間地帶，大多數人的生活所在。所以我知道我不應該去注意這種空洞的噪音，叫囂的人根本就不了解我，但是我仍是身不由己。他們為什麼這麼厭惡我，我根本就是個陌生人啊？他們是以為我呼吸的是高高在上的稀薄空氣，所以不知道什麼是痛苦嗎？

每看到一句新的侮辱，維克多的話就會浮現在腦海中：就是感覺……膚淺。我想到了在我告訴父親我在做什麼時他的表情，他說的話：那個不叫事業，小蛋糕，那只是一個亮晶晶的玩具，很快就會變舊。

也許他們說得對。

我忍不住想：難道大家關注我只是為了要討厭我？我從無意變成特權的代言人，我會這麼做完全是因為可以自我感覺良好。現在卻不再是了。我看著我衣櫃裡的那一大堆衣服，沒穿過的洋裝上還掛著五位數的標價牌，我覺得很不好受：我是怎麼變成這個人的？因為我不覺得我想要再當她了。

我跟「人生勝利組」一刀兩斷了。我需要離開紐約，做點別的事。什麼事呢？

某個無眠的晚上我靈光一閃：磐石居。我要搬去那裡，真的為自己設下一個對世界不忮不求的目標，成為一個心態平衡又有自信的人。（具體的表現是我偶爾會引用的勵志名言，來填補我的帳號上的空檔：每日一句，各位！#泰瑞莎修女#寧靜#仁慈。）我會為磐石居注入生命，讓它再度變成一個適合居住、溫馨宜人的地方，一個我的孩子（將來）真的想要來玩的家。我可以改裝（至少可以重新裝潢！），擦去悲劇的痕跡，重寫利布林的故事！額外的好處是：可以有一個嶄新的社群媒體故事：凡妮莎．利布林為了追尋自我搬回在太浩的祖厝。

我打電話告訴班尼我的計畫，他沉默不語。「我是不會去那裡看妳的，凡妮莎。我沒辦法走進那個地方。」

「那我就來看你，」我說。「反正，也只是暫時的，等我想出下一步。」

「妳說是風就是雨，」他說。「先想一想再說：這個主意很餿。」

我知道我是狗急跳牆，可我也只能硬著頭皮跳了。一個星期之內，我把整個人生都裝進了箱子裡，包括我沒機會穿的那件婚紗；我開除了員工；終止了我的翠貝卡公寓租約。

莎思姬婭和依芳潔琳為我在唐人街的一棟公寓屋頂辦了餞別派對，請了一名DJ和半個曼哈頓的居民。我穿了銀色迷你洋裝，是克利斯蒂安．西里亞諾❾特地為我設計的，我到處送上親吻，邀請大家來祖厝玩。我把它說得像是在長島的漢普頓，只是環境更優美。「我們今年夏天就去！」瑪雅用顫音說。「我會把女生都帶去，我們還有贊助商，我們可以把它弄成一整個星期的遠離塵囂，像，躲起來做spa，對不對？」我也懶得跟她說磐石居附近沒有spa，沒有健身俱樂部，沒有餐廳會供應酪梨吐司。但是莎思姬婭卻好像自己猜出來了：派對最後她擁抱了我，像是在跟我永別。

❾克利斯蒂安．西里亞諾（Christian Siriano，1985-）是美國服裝設計師，在贏得「決戰時裝伸展台」節目第四季的冠軍之後成為時裝界的明日之星。

我巴不得快點離開。

隔天一輛搬家卡車就把我的人生運走了。我在卡車蹣跚離開時拍了一張卡車在鵝卵石地面上顛簸而行的照片，放到了Instagram上：我的新旅程展開了！「每一個偉大的夢都是由一個作夢之人開始的」——海倫．凱勒＃太正確了。

後來我會發現維克多喜歡這張照片，而我會好奇他喜歡什麼：正面的態度，或是離開。

✦

我抵達磐石居時，它就像個時光膠囊。打從幾年之前我們離開的那天起，一切都沒有改變。家具仍覆著白布，玄關的老爺鐘停在十一點二十五，食品室裡的肥肝罐頭在二〇一〇年過期了。屋裡沒有灰塵，各處也都維護得很好，多虧了管理人和他的太太，他們在我父親過世後、無人支付帳單之前一直住在莊園邊緣的小屋裡。不過，在我走過黑暗死寂的房間時，我這才明白我是搬進了一處墓陵。不論哪裡摸起來都是冷冰冰的。每樣東西都暮氣沉沉。

有時，我在屋裡走動——拉開防塵布，檢查書架——我覺得我會感覺到我母親的魂魄。圖書室那張沙發上的微凹，在她喜歡坐的椅墊上，而我坐進她留下的凹痕，我的頸背有一陣酥麻，彷彿有人輕輕對著我的背後吹氣。我閉上眼睛，努力回想被馬麻摟在懷裡的感覺，但我只感覺到腹部有個冰冷的結，從墳墓裡伸出來的骷髏手指想要抓住我。

有次我發現自己進了客房，麥森瓷鳥仍然凍結在櫃子裡，等著有人釋放。我拿出了一隻——黃色的金絲雀——在兩手裡轉動，想起了我母親手一偏就把鸚鵡砸碎在地上。我不由得猜想我母親是否覺得自己也像這些被困住的鳥，她的自殺是否是一種逃脫，不僅僅是逃脫她脆弱的婚姻以及有心理問題的孩子，也是逃脫她覺得被關進來的籠子。

我不會讓這棟屋子也殺了我的，我心裡想，然後敲打了自己一下，讓自己甩掉這種病態的想法。

可我只有自己一個人，實在沒有幫助。太浩市在地圖上並不顯得遠，感覺起來卻是另一個世界；我不確定在湖西這片寧靜的土地上要如何交朋友。太浩的人來來去去，湖岸度假別墅的燈光這個星期亮著，下個星期又暗了。主街上的雜貨店，本地人買咖啡和〈雷諾公報〉，看我一眼就掠過，從我的紐約衣著和賓士休旅車判斷我是過客。

所以我的日子過得孤單，在磐石居的房間裡閒晃，越來越感覺自己是一隻籠中鳥。我會在莊園裡踱步，從湖岸走到馬路再走回來，繞著圈走，走到小腿肚都痠痛，卻連一個人也看不到。天氣暖和時我會走到碼頭盡頭，滑水的人把平靜的湖面攪亂，我會盡責地上傳比基尼自拍照：愛我的#湖邊生活！天氣不好，我就躺在床上，窗帘合起來擋光，瀏覽我自己的Instagram檔案庫：成千上萬張照片，都是一個與我同名的陌生女人。社群媒體會餵養住在我們每一個人心裡的自戀怪獸，我會這麼想。餵養它，扶植它，最後怪獸篡位，而你被冷落到一旁，只能看著這隻怪物的照片，就像其他鄉民，懷疑你養育出了什麼，而它又為什麼過著你希望你在過的日子。

有時，即使是我都是很有自覺的。

有天早晨，我在莊園裡散步，我撬開了舊石頭船屋的木門，發現自己瞪著「茱蒂鳥」。我父親畢竟沒有把它賣掉，所以遊艇依舊過著它的水上生活，徘徊在湖面幾呎之上。管理人時時為遊艇加油，為電池充電，但它仍像是被遺忘了，是一隻孤獨的擱淺鯨魚。覆蓋的油布骯髒，蛛網遍佈，房簷下颯颯作響的燕子也排便在這上頭。

我站在船邊的木坡道上，冰冷的湖水在我的運動鞋旁拍打，我伸手撫摸船身，彷彿我能在玻璃纖維上感覺得到我母親的靈魂。船屋的木板嘎嘎響，在我腳下搖晃，因腐爛而脆弱。一時間，只是很短的一瞬間，我在想那是什麼感覺，真的，把「「茱蒂鳥」」開到湖中央，然後跳進水裡，我的口袋裡裝滿石頭。會是一種解脫嗎？彷彿是在夢裡，我一手伸向開關，按下去就能把船放到水裡。

然後我猛然收回了手。*我不是我母親；我不想當她。*我轉身離開了船屋，鎖上了它，發誓再也不會進去。

夏天到了，湖上到處是船隻，觀光客堵塞了道路。磐石居仍一切如常。後來，有一天，我從碼頭走回屋子，注意到空無一人的管理人小屋。我停下來從窗戶往裡看：我之前沒進去過。我意外地看見裡頭仍然家具齊全，乾淨整潔。我心裡冒出了一小簇火花，一個念頭漸漸成形：*我所有*

問題的答案就在這裡。我可以把小屋租出去！有何不可？可以為莊園帶來生氣，天知道除了管家之外我要再不找個人來說說話，我幾時就會發瘋。這樣可以給我一個焦點，讓我空無一物的目前生活有個目標。

兩星期後，我的第一批JetSet.com客人抵達了，是一對年輕的法國夫妻，喜歡整天坐在湖邊喝酒。做太太的有一把吉他，最後一抹夕陽餘暉照過湖面，她會唱流行老歌，歌聲夢幻，輕快活潑。我跟他們坐在一塊，談論著我們都愛的巴黎地區，我感覺到一股奇特的懷舊之情，想念才六個月前的生活。凡妮莎．利布林，環球旅行家、時尚名流、品牌大使、Instagram網紅。我想念當那個人嗎？也許有一點。但是我的心情因為他們的存在而昂揚，我們齊聲唱著〈當我六十四〉（*When I'm Sixty-four*），我覺得我窺見了一個全新的、比較有重心的人，興許是我真的可以成為的一個人。

法國夫妻之後是一對來自鳳凰城的退休夫婦，一群德國男士健行穿越內華達山脈，三名從舊金山來想要過個女生的週末的母親，和一個沉默寡言的加拿大女性，她的一隻行李箱裝滿了羅曼史小說。普通的人，過著普通的生活。我的有些客人不愛交際，但其他的都急於找個本地的導遊，所以我就帶他們去翡翠灣健行，去參加湖邊音樂會，去「火象星座咖啡店」享用班尼迪克蛋和熱可可。這讓我的日子多了一點目標，也沖淡了我的孤寂。也為我的照片流提供了不少材料。日子就這麼飛過。

但是夏天會結束，租屋的預定也一樣。空洞的日子又回來了，我腦子裡的耳語聲也回來了：

現在怎麼辦？妳要在這裡做什麼？妳能維持多久？妳到底是誰，而妳又要拿妳的人生怎麼辦？

十一月初有一天我醒來就看到我的信箱裡有來自「麥可和愛胥莉」的詢問。妳好！留言這麼寫道。我們是波特蘭的一對創意情侶，正在尋找一個安靜的地方住幾星期，或者更久？麥可是老師，正在休年假，準備寫書，而我是瑜伽教練。我們正在充電休息，我們覺得妳的小屋非常理想！目前有空房嗎？我們剛註冊JetSet所以還沒有什麼評論，不過妳願意的話，我們很樂意提供資訊！

我研究了他們的照片好久。相片中的愛胥莉站在麥可的前方，而他一條胳臂環著她的肩，下巴壓著她的頭頂，兩人都開懷大笑。他們看來聰慧、有魅力、理性，像巴塔哥尼亞戶外服飾廣告中的人物。我立刻就被他們吸引，他們的笑容散發出的自在自信，他們的幸福和諧。我還注意到他滿英俊的。至於她嘛：我用她的名字搜尋，在濾掉一千個其他的愛胥莉．史密斯之後，終於找到了她的網站：愛胥莉．史密斯瑜伽奧勒崗。她以蓮花姿坐在沙漠上，眼睛平靜地下垂，雙手舉向天空。「我們需要學會安於我們的所有，而不是去擁有我們的所求，」達賴喇嘛如是說。我相信我身為教師的責任——以及一個人類！——就是要幫助別人得到這種認知，從而找到他們內在的平靜。我們這輩子花了那麼多時間到處尋找的驗證唯有從內心去找才能找到。

感覺就像是專為我而寫的。我放大了照片，更仔細看，欣賞著她漂亮的臉上那種寧靜的會心的表情。她就像是我想要成為的那種人，那個我在社群媒體上假裝的人。我很好奇我能從她那兒學到什麼。

我覺得心裡有什麼變輕了：我的心跳，恢復了生機。於是我按下了「接受」，壓根沒有再多想想。

小屋目前空著，你們想住多久都可以，我回信道。期待能見面，多了解你們一點！

# 14

她來了。

愛胥莉在草地上練瑜伽，柔和的晨曦照著她的背。她的皮膚上冒出蒸汽，她的瑜伽墊像一條舌頭拍打著湖岸。瑜伽一直不是我的菜──我一向偏好高強度體能訓練營或是有氧飛輪課──可是我看著愛胥莉在那裡，做著拜日式，我猝然想到這也是我應該要改變的一個地方。看起來好定心。我從廚房窗戶望出去，愛胥莉就像是在空中游泳，只需要一踢腿就可以起飛。

還有──喔！光線非常適合拍照，而且距我上次貼文至少有十二小時了。（看我那時有多疏於經營我的動態消息啊。）我掏出手機，拍下了愛胥莉，她寧靜的臉孔被湖水襯托著，身體彎成三角形，雙手朝天。我上傳到我的帳號：我個人的後院戰士。#瑜伽#拜日式#早安。我也許該徵求她的同意的，不過能看得出是她的人有幾個呢？再說了，她真的會介意嗎？她就是以此為生的，這是搏版面的好方法。我按了更新，接著就有第一批人按讚了，我等著興奮感激生，那就會把我丟回活人的國度裡。有了。

然後我站在窗口看，被催眠似的，看了將近半小時，她做了各種的瑜伽體位，最後以大休息法結束。她平躺在有露水的草皮上那麼久，我還以為她是睡著了。但是她站了起來，猛地向後轉，而又一次，她逮到我在看她。她一定以為我是什麼變態偷窺狂。（我大概是有點像偷窺狂吧。）

我向她揮手，她也揮手。我做出「過來」的手勢。她收拾好墊子，走向後門，我端著咖啡等她。

她擦著額頭上的汗，我看出那是管理人小屋裡的浴巾。然後她對我微笑，露出左邊一顆迷人的小虎牙。「對不起，我應該先問問妳介不介意我在妳的草地上做瑜伽的。可是日出實在是太美了，我忍不住。白天在呼喚我。」

「沒關係，」我說。「其實我正在想我明天應該跟妳一塊做。」來不及了，我知道這句話聽起來咄咄逼人、自以為是。

但是她笑了。「好啊。」她指著我手上的杯子。「我可以跟妳討一杯咖啡嗎？小屋裡一滴也沒有。」

「當然！」我高興得不得了。「妳也不必用討的。」

她走進屋子裡，又來了，包圍住她的溫暖半影，是她的生命，她的光芒。她走進我的空間就像是有電流竄過，烘暖了我的背。

「麥可不跟妳一起做瑜伽？」我在廚房裡瞎轉，忙著弄那台我不是很熟的義大利咖啡機。

她低低一笑。「我要是這麼早就把他叫起來，他真的會把我的頭咬下來。」她接過我手裡的咖啡，喝了一口，從杯緣上方含笑看著我。「就說瑜伽是我的菜，不是他的吧。」

「啊。」我又給自己倒了杯咖啡，然後站在那裡，渾身不自在，忙著想出一個話題來。我上一次想交朋友是什麼時候？別人都聊什麼啊？我回想起在紐約的朋友——莎思姬婭、依芳潔琳、瑪雅、崔妮，我在檯面上的同伴和搭檔。我們太常膩在一起，卻太少深談。我們的交談主要是圍繞著品牌和飲食走向和推薦餐廳，在當時感覺讓人很放鬆——只需要掠過表面，不需要去思考底下的黑暗——但現在我卻覺得那是恐怖的膚淺的一種症狀。我父親過世時，她們傳簡訊卻不打電話。也許就是在那一刻我醒悟了，我的友情就像是湖面上薄薄的一層冰，是一個阻止你更深入的障礙。

也許愛胥莉會讓我著迷就是因為她是我當下唯一的朋友選擇，但她還有什麼地方，她好像和某種有意義的事情有連結的味道，而我發現這一點很清新。她在磐石居的廚房裡走動，輕觸各處，彷彿在測試是否結實，她好似沒發覺我對她的好奇。她知道我是把她當浮標一樣抓著，讓自己不致沉沒嗎？

拜託別討厭我。我知道我有很多地方讓人討厭。我虛榮，我膚淺，我享受特權；我沒有為改善世界付出過；我只注意我自己家庭的辛酸而不是廣大社會的；我沒有真的做個好人，只是忙著裝出好人的樣子來。可是這不是最好的起手式嗎？從外而內？教我我還應該做什麼。

「要不要到圖書室坐一坐？」我脫口而出。「那裡比較暖和。」

她的表情亮了起來。「好啊！」

我帶著她到圖書室去，這裡可能是全屋子最不讓人討厭的房間了。我已經生了火，沙發也是軟的，每一本書都訴說著分量。我坐下來，空出沙發的另一邊。但是愛胥莉卻在門口遲疑，眼光掠過書架，似乎是在尋找什麼，這才小心翼翼地在沙發上坐下。我猜她是不是怕瑜伽褲上的汗水會弄濕了天鵝絨面沙發。我想跟她保證我不在意。

她瞪著房間對面，神情古怪，彷彿是被定住了，我循著她的視線望過去，這才發現她看的是壁爐架上的全家福照片。「喔，那是我的家人，」我說。「媽，爸，小弟。」

她發出緊張的輕笑，彷彿是因為被發現瞪著照片看而難為情。「你們看起來……很親密。」

「曾經是。」

「曾經是？」她仍在端詳照片。臉上又掠過什麼表情。她走過來坐在我身邊。

「我母親在我十九歲時過世了，是淹死的。我父親是今年走的。」我這才發覺我有幾個月沒有說出口過，而傷心出其不意地在我的心中湧起，我竟哭了起來。大口大口喘著氣。愛胥莉轉過來瞪大眼睛看著我。天啊，她會以為我是個大寶寶。「唉，真是對不起。我不知道我還那麼傷心。只是……我還是不敢相信我的家人都沒了。」

她眨眨眼。「妳弟弟呢？」

「他有一堆問題，所以幫不上什麼忙。唉，真是太對不起了，在妳面前放聲大哭。」

「不用道歉。」我能看出矛盾的情緒在她的臉上閃過——她覺得反感嗎？我是不是全搞砸了！——但她的表情穩定下來，換上了溫柔安撫的神態。她伸過手來覆住了我的手。「妳父親是怎麼死的？」

「癌症。時間很短。」

我看見她吞嚥了一下。「喔。好可怕。」

「對，」我說。「那種死法一定是最痛苦的——像那樣，慢慢地，被吞噬。就像癌症偷走了他，然後把他的身體丟下來等死，一星期又一星期。而我得坐在那裡看著一切，想要他死掉，好讓事情有個結束，他就不會再痛苦，可是又懇求他再多活一會兒，為了我。」

我正打算再往下說，忽而發覺她的樣子有點苦惱，所以我就打住了。她抓著我的力道變大。「聽起來好可怕，」她聲音沙啞地說，自己也差點掉眼淚，我既意外又感動，我父親的死讓她這麼有感。她一定很有同理心（又一個我欠缺而應該有的特質）。

眼淚積在我的鼻翼上，我需要擦掉，但是我不願意拆散我們接合的手，所以我就任由眼淚滴落。淚水滴在天鵝絨上，是小小的哀傷水坑。

「我現在……非常……孤單。」我的聲音很小。

「我連想像都沒辦法。」她安靜了一會兒，接著說：「或者。我也許想像得到。」她的聲音起了一種突兀的變化，話說得更小心，彷彿不信任自己會說出什麼話來。「我父親也走了。而我母親……也病著。」我們的視線相遇，有一種痛苦尖銳的情緒在交流，一種沒說出口的了解，唯有我們這些太年輕就失親的人才懂：活在一個沒有他們的世界中有多麼悽涼。

「妳父親是怎麼死的？」我問。

她別開臉一會兒，等再轉過頭來，她的眼中有一種帶著嚮往的茫然，好似她是從內心深處挖出一段舊回憶來。她把手抽掉。「心臟病。來得很突然，而且破壞力很大。他是那麼……溫和的一個人。是牙醫。我們非常親近。就連我去念大學離開家，他也會每天打電話給我。別人的爸爸不會這樣。」她的肩膀上下起伏，幾乎像演戲，好像是在甩開一段記憶。「反正，就像我常說的：吸進未來，吐出過去。」

我喜歡這句話。我吸氣，再吐氣，卻還是想哭。「那妳母親呢？」

「我母親？」她快速眨眼，彷彿這問題嚇了她一跳。她的手落到沙發面上，用力揉搓。「喔，她很可愛。」

「她是做什麼的？」

「她是做什麼的？」她遲疑了。「她是護士，她喜歡照顧人。那是在她生病之前。」

「所以妳是遺傳自她？」

她在天鵝絨上留下了抓痕，但是我不忍心要她住手。「什麼遺傳？」

「照顧人啊。瑜伽——那是一種療癒的職業，對吧？」

「喔，對，對。」

我更靠近。「把時間花在照顧別人上，一定很有成就感。妳晚上一定睡得很好。」

她俯視雙手，手指掐進椅墊裡，輕輕一笑。「我睡得滿好的。」

「瑜伽教導我們去治療不需要強忍的傷痛，並且忍受不能治癒的傷痛。」我不假思索就說。

「我在妳的臉書上看到的。」

「喔，對，沒錯。我想是……艾揚格[10]吧？」她給了我怪怪的表情。「妳上網查過我？」

「抱歉，我應該假裝沒有嗎？我是說，妳一定也知道現代人都會這麼做。妳也找到了我的Instagram吧？」

愛胥莉的眼睛蒙上了一層陰影，幽黑難以判讀。「我不太用社群媒體。如果把你做的每件事都記錄下來，那你就不是為自己而活了，而是為了表演給別人看而活。你永遠都不是真的活在當下，只是在反應當下。」她略一猶豫。「怎麼？我應該要去看妳的Instagram嗎？」

「喔。」我發覺我出了個大醜，但是我別無選擇，只能硬著頭皮撐下去。我幹麼提起這個？她是不可能會覺得佩服的，恰恰相反，而且，天啊，她說得對。「我其實算是個Instagram時尚達人，我的動態消息大致都是受到全球文化的啟發。就是，展現夢想和創意。透過時尚。不過我最近轉向了，比較多大自然和充實性靈的東西。」我剛端上了一盤文字沙拉，油膩卻空洞。她絕對一眼就能看穿，明白根本就沒有內涵。

不過她又恢復了笑容，笑得露出了那顆歪歪的小虎牙。（我真覺得奇怪她父親既然是牙醫，怎會不幫她矯正。）「聽起來好有趣喔。改天妳得再多說一點。」我自己多年來在相片中作假已經厭煩透了，所以我當然會懷疑她的笑容只是客套；說不定我在她面前哭，又吹噓社群媒體的事，已經把她嚇退了，而她只是很擅於掩飾。緊接著她的笑臉也掛不住了，鼻翼微微擴張。「哎呀，妳礙於禮貌沒說什麼，可是我自己都聞到身上的臭味了，我得趕緊去洗個澡。」

她貿然起身，我想抓住她的手把她再拖回來坐下。留下來陪我，別讓我又孤零零的一個人。

但是我也乖乖起身，跟著她走向門口。

經過壁爐時，她忽然停在全家福照片前，一根手指摸著玻璃。她的指甲就刮在我父親得意的笑臉上。

「他是什麼樣的人，妳父親？」她說這句話的口氣像是在測試。我躊躇不答。我想到了他的不忠和賭性和粗心大意，但也想到了他在我們的母親過世後是多麼努力在彌補，想到他有多愛我和班尼，儘管我們有諸多缺點。我想起了他向每一個願意聽的人宣稱我是天才時臉上的笑容。

「他是個好人，」我說。「他總是在保護我們，尤其不讓我們為他自己犯的錯受過。他有時會在過程中做出很壞的決定，但是他的用心是好的。」

她的頭微向右歪，彷彿是想從另一個角度看照片。「父母大概都是這樣吧。我們這些作子女的也會在他們愛我們的名義下原諒他們做的任何事。我們不得不這麼做，將來有一天我們才能原諒自己也這麼做。」她看著我，但是我別開了臉，不喜歡在這件事上想太多。

我們匆匆穿過冰冷的走廊，來到了後門。快到廚房時愛胥莉停下了腳步。

「我把瑜伽墊忘在圖書室裡了！」她喊了一聲，轉身就跑，消失在屋子的深處。我站在那兒等她，感覺上等了好久好久。等她回來——腋下夾著瑜伽墊——她的臉孔通紅，帶著什麼情緒，也不肯直視我的眼睛。我忍不住想：她會不會是在哭？也許我太多管閒事了，揭破了還太新的傷

⑩ 艾揚格（B. K. S. Iyengar, 1918-2014）是一位印度瑜伽大師，艾揚格瑜伽的創始人，普及了瑜伽並推廣到全世界。

疤。她滑行過我面前，移動得太快，我感覺她可能會就此飄走。

我抓住她的手，攔住了她。「我真高興我們能像這樣子談一談，」我說。「我要跟妳坦白，我這輩子沒有很多女性朋友。這一切」——我另一隻手比了比，指的是磐石居，也指著我的整體人生——「讓交朋友變得不容易。再加上我的事業，我越來越習慣公開的宣告而不是私下的告解。風險比較小，知道嗎？比較容易。但是這才是我需要的，我覺得。坦誠。我這麼說妳聽得懂嗎？反正，要是我害妳不知所措，我很抱歉。」

我們仍站在昏暗的走廊上，旁邊是大理石邊桌，上頭擺了個華麗的時鐘，銀色鐘擺滴答作響。愛胥莉朝我眨眼睛，昏暗中很難看清她的表情。「沒事，真的。很遺憾妳過了這麼……難受的一年。」

衝動之下，我擁抱了她，吸入了她的發酵氣味，手下摸到她溫暖黏膩的皮膚。她僵住，彷彿是嚇到了，但是我感覺到她的內心有什麼鬆動了。她的雙手溜上了我的背，抓住了我肩胛骨，彷彿是在尋找支撐點好往上攀爬。

「謝謝妳聽我說，」我在她的耳邊低語。「我真的好高興我們會變成朋友。」

# 妮娜

# 15

她以為我們是朋友。

她的手臂像老虎鉗一樣夾著我，赤裸的渴望從她說的每個字滴下來，她吹在我耳裡的氣息甜膩難聞。狹窄的走廊，裝飾著冰冷的石頭；那座骨董鐘敲著令人幽閉恐懼的節拍。我覺得我要窒息了。我覺得我可能會勒死她。

她把我摟得更緊，要我也回擁她；儘管我滿心厭惡，我還是提醒自己我不是妮娜，我是愛胥莉，而愛胥莉當然會擁抱她。愛胥莉是個博愛、體諒、懂寬恕的人。愛胥莉為這個哭泣、緊張、一團糟的女生難過，為這個剛失去雙親的大寶寶可憐。愛胥莉是一個比我善良太多的人。

所以愛胥莉伸長手臂環住凡妮莎瘦弱的小身板——她就像是光禿禿的骨頭包在喀什米爾羊毛裡——也回擁她。

「我們當然是朋友，」我喃喃地說。我的喉嚨後面有什麼喀喀響。

我露出微笑，想起了我剛放進她圖書室的東西。

# 16

前一天

凡妮莎跟我想像中不太一樣。

她站到磐石居的門廊上，半隱在陰影中，身形一變得清晰我就知道了。她好小。在我心裡，她總是龐然屹立——想也知道，我花了那麼多時間研究她，她擴張開來，占據了我全部的想像。但是看到她本人，她可真是單薄，往她家祖厝的大樹幹支柱旁一站，瞬間像個小侏儒。感覺上門廊會合圍過來把她整個人吞沒，歷史活生生吃了她。

她移向我，我從車子旁邊踱開，轉身迎接她，已經掛上了笑臉。然後她戛然止步，注視著我。一瞬間，我被不理性的恐懼攫獲，以為她可能認出了我來。不過這種可能性極小：凡妮莎為什麼會記得一個班尼的朋友，十二年前她連頭都懶得抬起來打招呼呢。再者，即便她記得，那個妮娜——嬰兒肥臉龐，粉紅色頭髮，一身寬鬆黑衣的非主流女生——跟我長成的這個髮型時髦、身材姣好的妮娜沒有多少相似之處。跟愛胥莉的相似處就更少了，她可是渾身散發出運動休閒的光芒。

凡妮莎穿了牛仔褲和帽T，外面是一件夾克，一看剪裁就知道價格不菲。她的運動鞋是純白色的，好像是最近有人拿漂白水和牙刷洗過。但是儘管她修飾得十全十美——頭髮鬆鬆地披在肩上，化妝精緻無瑕——還是感覺哪裡不對。她的金髮顏色有點明亮，我能看出她的眼下浮腫。她的髖骨像刀片，牛仔褲掛在上頭，大腿部分鼓鼓的。

「妳確定不是管家嗎？」拉克倫在我後面咕噥。

「是凡妮莎。」

「沒想到是這樣，」他壓低聲音說。「時尚達人怎麼了？」

「我們是在太浩湖，不是漢普頓。不然哩？鑽石項鍊加晚禮服嗎？」

「基本個人衛生。這點要求算很多嗎？」

「你是那種最差勁的勢利眼。」我大步離開車子，走向門廊，擠出一個意外的表情，好像我才剛看到她站在門廊上。「喔！妳一定是凡妮莎？」

「愛胥莉對吧？喔太好了。喔太棒了。你們來了！」

她尖銳的假興奮害得我縮了縮。要命喔，我心裡想。這個女人沒有一點真心。我走上台階，她向我走來，突然間我們兩個就面對面了。氣氛彆扭，我看得出來她不確定標準程序是什麼：她是該跟我握手還是擁抱？一定要主導情勢；帶領，而不是被帶領——這是我們剛開始詐騙時拉克倫教我的一課。於是我立刻欺近，臉頰貼上了她的，給了她一個熱情的擁抱，捏了捏她的上臂。瑜伽教練愛胥莉對於肢體接觸是一點也不會覺得不自在的，因為她習慣了又戳又拉穿著萊卡布的汗濕身體。

「謝謝妳邀請我們到妳家來，」我靠近她的耳朵說。我能察覺到她在我的懷抱中輕顫，像一隻被捕捉的燕八哥；她身上散發出一股野性的麝香味。

我們互相寒暄，拉克倫走到我後面，兩手各提一隻行李箱。凡妮莎站得夠近，所以我能看出她打量拉克倫時起了變化；她的身體僵硬，像是一頭鹿覺察到一隻猛獸潛近。她抽開身，拉扯著夾克的袖口，盯著他悠哉游哉地朝我們大步走來。我轉身看見拉克倫綻開了他最大、最精練的笑容。

*嗯，原來是要這麼玩，我暗暗思忖。*

我提醒自己一切只是演戲。這裡沒有一點是真實的，連我都不是。我們都只是門面和偽裝。

我這輩子在磐石居裡頭的時間加起來大概不到一小時——我來這裡主要是去小屋——然而，這棟屋子在我的想像中總是龐然巨物。

我就是在這棟屋子裡學到什麼是*社會階級和遺產*，什麼是家具的價值比一輛汽車還貴，什麼是把祖先的肖像掛在壁爐架上方。走入磐石居，十五歲的我這才了解像這樣子的祖傳財富是一種永恆的贈禮——你不但永遠也不需要煩惱每日生活所需，而且你還會生存在一條不會斷裂的鍊子上，而這條鍊子延伸到過去，也接續著未來。我家裡只有兩口人，也沒有一個真正的家（甚至是真正的姓氏），我渴盼著這樣的一個錨。我聽著班尼埋怨他的家人——*掠奪成性、自命不凡的混蛋*——嫉妒得冒煙，即使我嚴肅地點頭附和。

磐石居改變了我。它給了我渴求的目標，也給了我怨懟的目標。它展示了我的人生跟這些統治世界的人之間隔著的深淵；它喚醒了仍蟄伏在我心裡的美感，就是這個緣故，我在大學選主修科時，我勾選了「藝術史」，而不是「經濟學」或是「工程學」等更實用的科目。它復燃了我心中的一股怒火，這麼多年過去了，我始終沒辦法撲滅它。

屋子裡的一切都和我最後一次看見的一樣。顯然這裡多年來沒有人想要改動一下裝潢，而豪宅就像是凍結在時光中。玄關同樣的一個邊桌，上頭擺著一對荷蘭戴爾夫特（Delft）瓷瓶；客廳的牆壁仍是手工上色的玫瑰圖案壁紙，微因歲月而發黃；同一座圓臉老爺鐘在樓梯平台上滴答計時。利布林祖先的肖像也仍嚴厲地從牆上俯視眾生。

在我的記憶中，磐石居遼闊龐大，像童話故事中的城堡；然而，十二年後我首次站到玄關上，我才明白它並沒有我記憶中一半大。是很宏偉，但是幾年來住在洛杉磯的豪宅把我寵壞了。現代的富人偏好玻璃，一望無際的風景，最少限度的牆壁，而屋子廣闊的占地才是真正的奢華所在。磐石居是另一個世代的產物。像個大雜院，眾多房間是為了掩藏忙碌的僕人、擦拭銀器、抽雪茄而打造的。屋子有一種黑暗密閉的特質，房間裡擺滿了超過一個世紀的家具和藝品，是五代利布林人的遺緒，品味各異。除了屋子的骨架之外，到處都讓人覺得不搭調，缺少規畫。然而。屋子又氣勢磅礴，不是現代主義的龐然大物所能比擬的。它感覺像是活的，好似它有自己的心跳，所有的秘密都封入了石頭之中。

十二年來我首次站在玄關裡，我覺得我又回到了十五歲。一個無名小卒，出身貧賤，身無長物。我驚愕得啞口無言。凡妮莎嘰嘰喳喳說著屋子的歷史，而拉克倫則繞著房間周邊行走，從門口審視客廳以及正式的會客室。我知道他在做什麼：尋找隱藏保險箱的可能地點。一幅畫的後面，也許，或是在櫃子裡，說不定是地毯下的暗室。

至於我呢，我瞪著周遭的美麗物品，我多年前看過的，在心裡列了目錄。那些戴爾夫特中國風瓶子，我記得小時候一面聽班尼大罵貴族強盜一樣端詳，覺得俗氣極了——這一對花瓶可以賣出兩萬五的價錢。當時我並不了解，但是我現在絕對是知道的。那座老爺鐘呢？我得靠近一點打量，但是我猜那是十八世紀的法國貨，至少值個十萬。

拉克倫站在一幅畫像前，是個肥胖的老婦人帶著一群過分裝飾的狗。「妳知道嗎，小愛？這棟屋子讓我有點想起城堡，」他開口說，就跟我們在上山的路上練習過的一樣。我在這時應該要隨口說出「麥可」是「愛爾蘭貴族」；可我都還沒能把台詞說出來，凡妮莎就已經上鉤了。

「什麼城堡？」她突然警覺，興奮地全身繃緊，活像是在釣線另一頭掙扎的鱒魚。

拉克倫說出了模稜兩可的答案。（我們做過研究：歐布萊恩家族擁有的城堡至少有十二處。）凡妮莎的全身都像放鬆了下來，她靠向我，臉上是毫不掩飾的放心：「那你一定能了解住在這種地方是什麼感覺。」

「那還用說。既是詛咒也是特權，對吧？」拉克倫的眼睛瞟向我，臉上掛著小小的傲慢笑容：這一票會很輕鬆。

「喔，對，一點也沒錯，」她嘆著氣說，我真恨不得甩她一耳光。詛咒？接受這一切，自己完全不需要出力；擁有這麼多華貴的珍寶，別人連看都看不到——妳叫這個是詛咒？她是特權，只有特權。真不要臉！

「住在這裡真的那麼可怕嗎？」我追問她。我想要聽她再多抱怨一點，鞏固我對她的痛恨。那就會讓做這一票變得容易多了。可一定是我臉上的表情讓她打住，她眨眨眼，露出了警覺的表情。

「啊，沒那麼糟啦。」她喃喃說。

拉克倫從凡妮莎的肩膀上方惡狠狠瞪著我，我立刻明白我表現得缺少同情心，甚至還在批評她，一點也不像愛胥莉。我放柔了聲音，用力眨眼，讓眼睛濕潤，擠出近似同情的淚光。「而妳一個人住在這裡？妳不會覺得孤單？」

「嗯，是有一點，對，有時候很寂寞。不過你們既然來了，希望以後就不會了！」凡妮莎笑得有點勉強，聲調高得連桌上的花瓶都在震動。她瞧了瞧我，看我是否注意到，臉上的渴求是那麼的明顯，活像是她剛剛打開了霓虹燈。她討厭自己一個人在這裡，我驀地明白了過來。她很寂寞，對，但只是部分原因。難道說她憎恨這個地方？拉克倫跟我來到這裡是否能嚇退過去的鬼魂？

儘管不關我的事，我還是好奇會是什麼鬼魂。

廚房沿著屋子的左後部建造，是在有廚子、廚房女僕和從不進廚房的夫人小姐的時代設計的。多年來顯然有人試圖把廚房改造成較現代化的廚房——大灶台如今擺滿了裝飾用的白樺木，一邊牆也放著一台維京（Viking）爐具。中島有一艘船那麼大，木台面上有切痕和歲月的污漬。發亮的銅鍋掛在中島上方的架子上，擦拭得光可鑑人。但是所有流理台的表面都光禿禿的，好像是清空過，為買賣房屋特意擺設過，很難想像在這麼大的地方做飯，更別說用那台八口爐做單人三餐了。

一張長早餐桌被推到牆邊，上方有一排景觀窗可以眺望湖泊。桌上還刻意擺了餐具：幾盤麵包餅乾，一套骨瓷茶杯，一隻銀托盤上有一套浮雕茶具，一隻水晶瓶裝著葡萄酒，剛插的切花。一切都做作得不得了，擺明了說她屬於頂層階級，感覺上幾乎是一種武器，意圖讓我們在她面前覺得渺小。

拉克倫和我視線交會，挑高了一道眉。裝腔作勢。

「我知道，我有點太誇張了，可是我忍不住。讓這些東西在這裡發霉也沒道理，」凡妮莎說，帶著我們走向餐桌。她緊張地笑，拿起一隻茶杯，在手裡轉動。骨瓷杯薄到幾乎是透明的，邊緣畫著一隻鳥。黃鶯或是麻雀或是椋鳥——我想唬誰啊，我對鳥類一竅不通。「這是我母親最喜歡的瓷器，她總是堅持要每天使用，而不是等特殊的場合才拿出來。」她忽然警覺地兩道眉毛往上飛。「喔，我不是要讓你們覺得你們不是特殊的場合！嗯，反正這套茶杯有一半都沒了，被我們打破了。我也有葡萄酒。我不確定你們喝不喝酒，你們想喝什麼只管告訴我。」

她像隻小鳥一樣嘰嘰喳喳，我只想叫她閉嘴。我都要開始懷疑她是不是有一點……精神失常了。

「那我喝酒，」我說。

她顯然鬆了口氣。「喔好，我也是。」

拉克倫站在桌邊，瞪著窗外，因為他終於能仔仔細細地看見了：湖泊，在我們的眼前展開。雨雲漸漸散了，最後的一抹夕陽篩過雲層，一束束淡淡的光照亮了底下的湖面。湖水是鋼灰色的，湖面縠紋陣陣——不是在太浩市的觀光明信片上那種寧靜的深藍色，而是更陰沉、更不祥。我對這座湖很熟，對它冰冷凜冽的美心裡早已有譜，但是拉克倫卻暫時被眼前的景色定住。不知道他是不是以為湖更小，是個讓人親近的小水池，有遊樂船，釣魚碼頭和聽著雷鬼音樂的救生員。

「你們以前來過太浩嗎？」凡妮莎仍捧著茶杯，當它是個小寵物似的。

我在餐桌坐了下來，伸手拿個司康，迴避她的視線。「沒。」

「真的嗎？嗯，從西雅圖來應該很不方便。你們是從那裡來的對吧？」

「其實是波特蘭。」

她搖頭，好像波特蘭和西雅圖在吸引力上來說都一樣微不足道。「那太浩這裡……」她往下說。「大多數的人都是夏天來。或是來滑雪度假。每年的這個時節，滿安靜的。我得警告你們，這裡沒有什麼事情可做，真的，除非你喜歡健行或是騎越野腳踏車。」她似乎放鬆了一點，聲音開始出現一種貴族式的拖音，用字也更活潑。「希望你們並沒有期待什麼更活力十足的事情。至於餐廳嘛——這裡是漢堡和炸節瓜的地盤。」她反胃的表情讓我好奇少了她習慣的魚子醬和肉骨清湯妝點二十四克拉金葉的飲食，她是怎麼活下來的。

「我們就是為尋找寧靜來的，」拉克倫說，在我旁邊坐下。「我正在休教學年假，準備寫書。所以我心目中的天堂就是一個小房間，有漂亮的風景，四周沒有人來打擾我寫作。」他哈哈笑。「當然愛胥莉是例外。因為她從來不會打擾我。再說，愛胥莉也是道美麗的風景。」

我很意外他像糖蜜一樣的聲音沒有害凡妮莎血糖飆高。「他現在這麼說，等早上我喝完咖啡以前再問他就不一樣了。」

拉克倫伸手握我的手，我輕撫他的胳臂。這麼幸福的一對，這麼配合良好的一對，這麼支持彼此的一對。我們在之前的工作上也扮演過相似的角色，我不會說我介意，我一臂之遙外的情人突然變成了模範男友。這是我過的這種怪誕的非傳統生活中一絲令人安慰的傳統。我看著拉克倫，看出他臉上的歡樂，就以自己的表情配合，霎時間，在我們的詐騙之中，我感覺到一股欣喜，欣喜於我們是聯手出擊，天衣無縫的團隊合作所帶來的快感。可能這是一種奇怪的牽絆，卻是我們兩個都懂的。凡妮莎看著我們對彼此微笑，我很好奇她看見了什麼。

「喔，麥可，原來你是作家！」她坐在我們對面的椅子上。「我最愛看書了。我剛讀完《安娜．卡列妮娜》！你寫的是什麼書？」

拉克倫跟我為這個排練了一遍又一遍。我認為準備一份現成的文稿是必要的，但是要讀起來讓人討厭、深奧難解，她才不會要求要看。拉克倫卻對我的想法嗤之以鼻。「那個女人除了衣服上的標籤以外什麼也不會看。妳難道真以為她會要我的手稿看？」

這下子他把玩著餐巾，眉頭緊皺了。「喔，偶爾寫幾首詩。目前我在寫小說。實驗性的，就是，內發式現實主義，類似博拉紐的風格。」他說得夠可信，不過我知道要不是我兩天前給他惡補過，他壓根就沒聽過羅貝托．博拉紐[11]。

她的微笑緊繃了一點。「喔，哇，我連你在說什麼都聽不懂。」她又玩起了袖口，拿指甲挑開線頭。我不由得疑心這樣的誇耀會不會下錯棋了。多年來我學到的教訓是有錢人都相信他們的財富是憑藉知識上或是道德上的優越而取得的成果，一旦你戳破了那個泡泡，暗示他們根本就沒有那麼聰明、那麼特別，就會有麻煩。最好是趕緊安撫他們，表現出適當的敬重，讓他們深信他們是站在食物鏈頂端的。

我越過桌面靠向她。「要不要聽個小秘密？我也聽不懂，而且我還聽他滔滔不絕講了一整年呢。」假裝自己這麼笨，我是有點傷心。

她笑了。神情又恢復了平靜。「那妳是瑜伽老師？我是說，我看得出來。妳的樣子好……健美。」

我其實並不特別健美，暗示的力量還真是驚人。「嗯，對。不過我相信瑜伽講究的是心靈的

---

[11] 羅貝托．博拉紐（Roberto Bolaño, 1953-2003）是智利著名小說家、詩人。其作品經翻譯後在美國大受歡迎，是少數能夠在美國掀起閱讀熱潮的外國作家。

平衡，而不止是身體的平衡。」

要是她知道我只是在學舌，搬用自助網站上的陳腔濫調，她也沒表現出來。「我很認同，」她大加讚賞。「趁妳住在這兒的時候，也許妳可以幫我上課。我當然會付費。妳的收費標準是？」

真不愧是有錢人，總以為四周的人都是有價錢的。我揮手謝絕。「喔，拜託，我很樂意教妳。我很感激有機會可以分享我的心得。」我靠近，像要說什麼秘密。「其實我跟麥可就是這樣認識的。他來上我的課。」

「結果證明我不是那麼喜歡瑜伽的人。但是我非常喜歡老師。」又是一句拉克倫跟我在路上排練過的台詞。

凡妮莎笑了，而拉克倫拿起葡萄酒，對著她輕揮。她東看西看，喃喃地說：「喔，可惡，我忘了酒杯。」

「妳母親說要用茶杯，對吧？」

她遲疑了一秒鐘，就舉起了茶杯。他倒了很多酒，接著又倒，再倒，最後都快要滿出來灑在她的牛仔褲上了。她耐心地等著他停止，手上的茶碟在輕抖，眼睛緊盯著越漲越高的酒水。拉克倫真是扭轉局面的高手。他在杯緣一毫米下停住，對她微笑。

「要加糖嗎？」

她瞪著他一會兒，隨即笑出聲來，嚇人一跳的嬌媚顫音；她一甩頭，活像有鏡頭對著她。

「我看起來像個兩塊糖女孩嗎？」她的胸部微微挺起，眼睛誇張地瞪大，好像是等著別人拍照。

這是「人生勝利組」的那個凡妮莎，我心裡想：表演的，從這一刻移到下一刻，不去多想兩者之間的空間。

拉克倫瞧了我一眼，再回頭瞧她。我們兩個都知道她在追尋什麼，她要人立馬給她按個讚，即使當下並沒有表情符號可以用，還是有其他的方式能滿足她的。「兩塊糖是最起碼的，」拉克倫說，瞇著眼睛，露出了隱約可見的酒窩。「最最起碼的。」

她臉紅了，脖子也泛紅了，那種樣子我太熟悉了，我全身發冷。或許是這種甜美的幼稚反應，或許是拉克倫如狼似虎的表情，反正我突然覺得良心不安。他那麼淡定，拉克倫，我為什麼覺得這麼熱？這個女人是我的敵人，不是他的。我才是那個應該有鋼鐵般的正義使者信念的人。可是她的臉紅，讓我一下子想起了班尼——他看著我時臉紅的樣子，粉紅色的胸膛寫著初戀。

但是我眼前的這個女人不是班尼，她並沒有愛上我，她愛的是她自己。她是個享盡特權的千金大小姐，是一個利布林，是他們在我的口袋裡裝滿毒藥，把我送上讓我今天來到這裡的道路。是她的錯，真的，我會來這裡都怪她。

於是我天真無邪地微笑，端起了裝著葡萄酒的茶杯就唇，一口喝乾。

# 17

管理人小屋仍然藏在莊園邊緣的松林裡，坐落在鳥瞰湖泊的懸崖上，被蕨類環繞。我們跟著凡妮莎，她現在有點頭重腳輕，順著黑暗的小徑前行（不過這條路我當然是蒙著眼睛也能走），然後有禮地看著她開燈，教我們使用暖氣機。然後，她仍站在小屋的客廳裡，彷彿在等人邀請。

「那，」她終於說。「我就讓你們休息吧。」

她走了之後，拉克倫轉身審視房間。「嗯，」他說，「管理人住這樣的地方還滿高級的。」

小屋裡東西很多，略帶一點霉味，但是被某人（最有可能是凡妮莎的管家）在石壁爐裡生的火給沖淡了。用餐的一角桌上放了一瓶葡萄酒和一缽上過蠟的蘋果，壁爐架上也插了一瓶鮮花。這些個人色彩是為了偽裝，因為小屋顯然是用作儲藏室，收存主屋多年來不用的家具。我現在看出來小屋是五代骨董收集者的倉庫。客廳裡，一張一九八〇年代的刺繡絲面沙發配上了兩張工匠風格史迪克利（Stickley）椅子，周圍是一個賓州東部的餐具櫃和一個裝飾藝術寫字櫃。用餐的一角擺著一張有爪腳的桃花心木桌，太大了，餐椅都抵著牆。牆上掛著蒙上灰塵的畫作，書架上堆著一批水晶碗，壁爐兩側則各擺著一隻巨型瓷甕（又是瓷器）。但是這樣的七拼八湊卻讓我笑了：沒有一樣是刻意為之，只是一堆乏人問津的物件在尋求注意和關愛。

我在小屋裡走動，檢查家具，一面清點浮現的記憶。那邊那張沙發就是我和班尼各占一端，四隻光腳相抵，畫畫念書坐的地方。廚房爐子在那兒，一台老舊的威治伍德（Wedgewood），我們會用有花押字的銀叉叉著棉花糖在爐子上烤，再把滾燙的糖塞進嘴裡。還有那個石榴紅的水晶碗，我們拿來當菸灰缸，現在仍被大麻菸的殘餘弄得黑黑的。

這間木屋就是我們全部的私人小宇宙，是讓我們在一個格格不入的世界裡能夠安身的地方。至少該這麼說，是我以為我能融入的地方，在他的家人把我拖出去，讓我知道我並不屬於這裡之前。

我在用餐桌上坐下，手指搓揉著桌上的疤痕：一連串的圓圈，褪色的水痕。會是我們多年前坐在這裡喝的啤酒罐留下的嗎？那時班尼跟我會坐在這兒抽大麻，抱怨自己的家庭。年輕又對永恆的傷害一無所知時還真是粗線條得可以。

拉克倫在我旁邊一屁股坐下，旋開了葡萄酒瓶蓋，研究著瓶身上的標籤，以手指挑起了標價牌：七元九九。「嗯，她並沒有特別為了我們去翻酒窖，」他說。

「我們是普通人。她大概覺得我們分不出好壞。」

「她覺得妳是普通人。我是世襲的貴族，記得嗎？妳能跟我在一起應該覺得很幸運才對。」

我拿起酒瓶，嘴唇對著瓶口就灌。酒又溫又甜，不過也行了。「至少她還滿友善的。」

「豈止友善。妳看到她的妝有多濃嗎？她可不是為妳化的，達令。」他歪著頭，在想什麼。

「不過如果把那層化妝從她的臉上刮掉，她還滿漂亮的。有一種葛麗絲・凱莉[12]的貴族金髮女郎的

[12] 葛麗絲・凱莉（Grace Kelly,1929-1982）是美國演員，一九五四年贏得奧斯卡影后，兩年後成為摩納哥王妃，即退出影壇。

味道。」

我一點也不喜歡他的表情，好像他正要把一個特別誘人的棒棒糖咬上一口。我又灌了一口酒。「可以專注在計畫上嗎？」

你可能會好奇是什麼計畫。

在我們的行李裡，深埋在一摞詩集和我的舊瑜伽墊下有十二個極小的針孔攝影機，每一個都只有螺絲釘那麼大，卻能夠從磐石居傳送高畫質的畫面到我們位在小屋的筆電裡，相隔一百碼之遠。曾經是前衛的科技，現在上網只要四十九元九九就能買到。

針孔攝影機會放置在磐石居裡不顯眼的地方，讓我們能追蹤凡妮莎的行動，找出保險箱的位置。最有可能的地方是她的臥室，或者是圖書室或某間辦公室。我們得盡量找藉口進入這些房間。我們跟凡妮莎越熟絡，查探起來就會越方便。

不過磐石居裡並不是沒有其他有價值的標的：光是我在客廳看到的老爺鐘就能支付我母親六次的癌症藥物。然而，只要艾弗蘭仍然失蹤，我們就沒有銷售骨董的管道。凡妮莎的保險箱中的現金比較省事，容易運走，也容易沖消。

只要等我們找到保險箱，弄清楚裡頭裝了什麼，再破解它的保全系統，我們就會退房，暫時到別的地方去。我們會在附近養精蓄銳，讓更多的房客來租用小屋，擦去我們在凡妮莎腦海中的記憶，抹去我們在網路上的痕跡。六星期之後，大約是聖誕節過後，如果她去看她弟弟，我們就會抓緊時機來個大豐收。

我閉上眼睛，一個熟悉的畫面浮現眼前：一處漆黑的庫房，一疊疊綠色鈔票用紙條捆著，散發著光芒。當然，太多地方都要靠運氣：密碼沒換，現金仍在。但我就是*知道*。利布林全都是疑心病和懶惰鬼。我記得班尼是怎麼說保險箱裡的現金的，活像大家都了解每個人都需要一個七位數的備用基金：威廉．利布林絕對是把他自己的神經病遺傳給他的子女了。我們不都會繼承父母的習慣嘛——無論好壞——還有他們的基因。

我讓自己想像等我們打開保險箱後還可能在裡面找到什麼。金幣？珠寶？我在舊金山歌劇祭的照片上看到掛在茱蒂絲．利布林的脖子上的鑽石項鍊？凡妮莎絕對繼承了那條項鍊，還有她母親的所有珠寶。很可能也在保險箱裡，塞在天鵝絨盒子裡，跟現金放在一塊。

*別貪心*。就這一次，我要允許自己不理會我自己立下的規矩？

拉克倫跟我坐在那裡，喝酒計畫，最後酒喝光了，我們也醺醺然，筋疲力盡。我急需要洗澡，所以抓起袋子就往臥室走。我一開門就發現自己站在門口，無法再向前跨一步。

因為那張床在那裡。那張四柱大床，多年沒有上蠟所以暗沉了，卻仍是一件足可供王孫公子睡臥的華麗家具。從前可能真的是。它也是我曾躺過，讓班尼剝下我的牛仔褲，笨拙地扯過我的小腿，而我則一直盯著牆上的畫。我躺在那張床上等著他脫掉自己的衣服，我的身體發抖，因為恐懼和欲望和我不知道如何形容的奇異情緒。

可憐的班尼。可憐的我。

不知道班尼會怎麼看我，要是他能看到現在的我的話。可能不覺得我有多好；可話說回來，我想他從來沒有真的看重我，一旦羞澀的初戀消退，他的家人又提醒他我是什麼人之後。

拉克倫來到我的後面，我能感覺到他的呼吸吹在我的脖子上。「往事湧上心頭了？」他說。

「對。」我決定不細說。因為我現在的這個成人愛人——那樣的摩登、奸詐、滑溜得像條泥鰍——感覺像是在斥責當年我曾在這棟木屋裡短暫體驗過的純真溫柔的初戀。我就是變成了這種人，對曾在一個瘦巴巴的十幾歲少年懷中顫抖的少女妮娜來說是個陌生人。對，現在的這個妮娜從來也沒有來過這棟木屋。

他從後面摟住我，雙臂在我的胸前交叉，把我拉過去。「我的第一次是跟我的保母，」他跟我耳語。「愛瑪．達諾戈。我十三歲，她十八歲。」

「要命，那是性侵兒童。」

「理論上來說大概吧，可是當時我感覺是天底下最快樂的事情。她的乳房早就是害我夢遺好幾年的配件了。可愛的愛瑪。我有好長一段時間都迷戀年長的女人，就是因為她。」

我在他的懷裡轉身，仰望他的臉，因為他聲音中的神往而意外，但是他的表情卻是好笑多過憂鬱。他一看見我的表情就發笑，吻了我的額頭，下巴抵著我的頭頂。「當然了，年輕的女人也可愛。放心好了。」我不由得猜想，而且不是第一次了，他是否跟我母親有一腿。他區分了我們之間的差異——我們之間差了十年——天知道這些年來我母親在誘惑年輕男人的戰績上也是不遑多讓。我不敢問。

拉克倫是那個在三年前找上我母親的人。他為了一場撲克大賽來找她，發現她昏倒在浴室裡，頭撞上了洗手台，頭破血流。拉克倫送她到醫院去縫合，結果又去照了磁振造影，多留院一天檢查。他們兩人後來聯手謀畫一場騙局——詳情如何，他們從沒說過；但是不用說，計畫沒能執行，反而是莉莉得了癌症。

要不是拉克倫從我母親那兒問到了我的電話號碼，打到紐約市找我，我就被瞞住了。當時他只是一個沒有形體的陌生聲音，帶著一絲絲幾乎難以察覺的口音。「我想妳母親需要妳，是癌症，」他說。「可是她太頑固了，不肯開這個口。她不想打斷妳的人生。」

我的人生。我不知道我母親是怎麼跟他說的，她八成仍在夢想著我的「遠大前程」已經出現，但是我的生活絕對跟她想像的不一樣。我從三流學院畢業，拿到了藝術史的學士學位，背負著六位數的學貸，然後我前往紐約，以為我能找在一家拍賣公司或是切爾西藝廊或是非營利的藝術組織找到工作，到頭來卻發現這些職缺少之又之，我很快就發現到都是保留給那些有背景的人——父母在博物館的董事會，家庭朋友是知名的畫家，常春藤聯盟名校舉足輕重的導師。我唯一能找到的工作是給一位室內設計師當三等助理，他專門為權貴人士重新裝潢在漢普頓的豪華度假別墅。

當時，我仍然決定要遠離我的童年。我修飾自己，讓自己的樣子變成我渴望的那種女性的翻版，我身上的快時尚讓我苗條光鮮。但是拉克倫打電話來時，我也一毛錢都沒有，靠油炸鷹嘴豆餅和拉麵解決三餐，跟三個女人合租在法拉盛的公寓。我在紐約和漢普頓行色匆匆，是幾千名薪水過低、懷才不遇的年輕女人中的一個，到處尋找客製窗帘的布料，設法將義大利沙發從閣樓窗戶吊進屋裡，還有最要緊的工作，為我的老闆買超大杯焦糖瑪奇朵。我對於「骨幹」、「象牙」、「蛋殼」等語言運用自如，我背下了蘇富比拍賣目錄的內容以及那些買下六千萬畫作和十四世紀鑲金寫字櫃的大老闆的姓名。我每天都在監督工人，盯著他們貼手繪壁紙，而那些屋主——社交名媛、避險基金經理人的妻子，俄國億萬富豪——立馬就會要求撕下來，因為就是感覺不對。

我的工作，我知道，是條死路。可是，有時候我會一個人在那些恢宏的房子裡，一個人欣賞這些美麗的東西，我可以假裝都是我的。我曾在一間浴室裡親眼看著一幅伊貢．席勒[13]的畫；也曾撫摸過一張十七世紀牌桌，手工鑲嵌珠母貝拼花；也曾坐在我在建築課上讀過的那張法蘭克．洛伊．萊特[14]扶手椅上。超越這一切的物件，幾世紀來不斷易主的物件，神秘美麗、歷史悠久，跟我們這個數位時代轉瞬即逝的本質完全相反。這些東西在我消逝後仍會存在，而我自認是個幸運的人，能夠在其間優游。

打從我母親告訴我該是專注在我的未來的時候了，轉眼已過去了將近十年，沒錯，我是受了教育——教育帶我進入了百分之一的人過的生活，我自己無論如何是過不起的生活。那就像是坐在百老匯秀的前排，巴望能跳上舞台去一塊演出，卻知道沒有樓梯能讓我爬上去。

所以電話另一頭的陌生聲音通知我我在洛杉磯的母親需要我，我立馬就辭了工作。當天我就收拾好了每一件便宜的黑洋裝，把鑰匙還給了室友，搭上了飛往加州的班機。我在離開紐約時告訴自己我完全是出於為人子的責任——我是她唯一的孩子，當然會去照顧她——不過我難道不也是在逃離我的失敗？

下飛機後，有個男人站在那兒等我，套裝外套斜披在一邊肩膀上，冰藍的眼睛掃描著抵達的旅客，最後停在了我的臉上。他掛著隱隱的笑容，英俊得沒天理：一看見他我就覺得迸出了一星希望的火花，心跳也開始加速。「妳跟妳母親像極了，」他說，溫和地掰開了我的行李箱。

「我們一點也不像，」我反駁他，仍緊抓著我一度那麼確定我有的「遠大前程」的殘骸。

然而，三年後我站在磐石居的小屋裡，我知道了我母親跟我其實比我想像中要像多了。

---

⓭ 伊貢・席勒（Egon Schiele, 1890-1918）是奧地利畫家，二十世紀初期重要的表現主義代表。

⓮ 法蘭克・洛伊・萊特（Frank Lloyd Wright, 1867-1959）是美國建築師暨室內設計師，所設計的落水山莊曾被稱許為美國史上最偉大的建築物。

# 18

於是就開始了。

翌晨，在晨光仍微弱的一個小時裡，我拖了墊子到大草坪上，刻意做了一趟瑜伽。湖泊是一片唱反調的灰，冷冽的十一月空氣穿透了我的運動衣，我雖然在出汗還是冷得發抖。這些年來我做過不少瑜伽，卻從不像這次，好像我得證明什麼似的。我的身體因為不自然的出力、不自然的時辰而畏怯，不過站在松樹下也讓人感覺清新，感受到大自然。清脆的空氣有植物的味道：讓我回到了童年，那時太浩對我來說就像是綠洲。

太陽式和半月式，狂野式和側烏鴉式。腳趾掐進大腿裡，雙手高舉向天：我想像著有人從小屋和主屋盯著我，在他們的目光下覺得強而有力。我是大地女神，最起碼也是裝得很像的一個。

做完之後，我把墊子捲起來，又故意秀了幾個伸展動作，這才轉身面對著磐石居。凡妮莎站在隔開廚房和花園的法式落地窗後，透過霧蒙蒙的玻璃看著我。她迅速後退，像是被逮到盯著我看而難為情，但是我在她消失前先揮手，然後向主屋走去。還隔著幾呎遠，她就推開了門，站在那兒，臉上笑容扭捏。她穿著粉紅色絲睡衣，外罩毛茸茸的喀什米爾開襟毛衣，兩手捧著一隻瓷杯。

「對不起，我應該先問問妳介不介意我在妳的草地上做瑜伽的。可是日出實在太美了，我忍不住。」汗珠從我的臉頰往下流，我用毛巾輕點。

她用一隻手拉緊毛衣，抵抗冷空氣。「我很佩服。我才剛醒。」

「我起得很早。黎明是一天中最好的時光，那麼寧靜，充滿了希望。」我在瞎扯。如果是在家裡，只要有可能我都會拖到中午才下床。但是昨晚我睡不著，因為回到管理人小屋，那麼多的回憶讓我喘不過氣來。每次我睡著，都會夢到一條龐大的身影，伸出手來把我從被子下拽出來，我會赫然驚醒，一顆心跳到嗓子眼。然後我會躺在黑暗中，聽著拉克倫柔和的鼾聲，懷疑自己是誰，做了什麼，為什麼回到這裡。同時也想著我在洛杉磯的母親，被癌症緩緩吞噬，一面等著我帶錢回去給她治病；也回想著她穿那件藍色亮片雞尾酒服曾是多麼美麗，一張臉笑成了粉紅色。

清晨四點左右，我終於放棄睡覺了，走到廚房去拿筆電研究瑜伽教學。

這時凡妮莎喝了一口咖啡。少了昨天的濃妝，她的面色蒼白憔悴，活像有人拿橡皮擦把她的五官一夜之間擦掉了；而我這才明白她的美貌有多少是唬人的。「也許我明天可以跟妳一塊……」她說。句子沒說完，像是試探性的問號。

「好啊！」我等著她邀我進屋去，沒等著，我就朝她的杯子比了比。「我可以跟妳討一杯嗎？」

她低頭看著手，好像很驚訝手裡有東西。「妳是說咖啡？」

「小屋裡一滴也沒有，」我有意地說。「早上要是沒攝取咖啡因，我會脾氣很大。」這可是實話。我已經感覺自己在計算我跟她說的真話和假話了，自己也不知道有多快就會全混在一起。

她仍杵在那兒，好像聽不懂我在說什麼。「小屋裡沒有咖啡，我們還沒機會去雜貨店。」

「喔！當然。妳不需要討，我應該要提供的。」她微笑，把門更拉開一點，向後退。「廚房裡有一壺。進來吧。」

與管理人小屋的擁擠相比，磐石居冷死人，儘管我聽見古老的鍋爐在光亮的木地板下哼哼唧唧。我跟著她進廚房，一台義大利咖啡機正給一壺咖啡保溫。「我還沒摸熟這台機器，」她說，一面為我倒了杯咖啡。「我住在紐約太久了，都快要相信咖啡只有酒吧才有了。」

我倒是知道凡妮莎・利布林的咖啡不是來自酒吧，她喝的咖啡一般都是特調的拿鐵加上花俏的裝飾，而且不是在紐約的格林威治村就是在巴黎的瑪萊區的露天咖啡座上喝的。（她的咖啡習慣都詳盡記錄在她的動態消息上。）我猜她是以為把自己降格為那些買裝在紙袋裡的爛咖啡的普通老百姓會讓我更喜歡她。要是她保持她的特權，而不是假裝跟我一樣是貧民，我會少討厭她一點。

微笑，我提醒自己。我需要進入磐石居，我需要她喜歡我。但是我們兩個站在這裡，彆扭地向彼此說謊，感覺上我們之間是不可能會形成什麼共識的，無論是真是假。我們禮貌地啜飲著咖啡，緊張地向對方微笑，最後凡妮莎打破了沉默。

「那，麥可不跟妳一起做瑜伽？」

「哎唷，我要是這麼早就把他叫起來，他真的會把我的頭咬下來。」一半的實話。

她點頭，活像她能感同身受。「妳要不要……坐一會兒？我們可以到圖書室去，那裡比較暖和。」

圖書室。我仍能看見利布林太太坐在那張天鵝絨沙發上，四周堆滿了室內設計雜誌。「好啊。不然的話我就得在小屋裡偷偷摸摸，免得把麥可吵醒。」

凡妮莎幫我們倆再把咖啡倒滿，然後我跟著她到圖書室去。這裡還是我上次來時的老樣子——愀然不樂的廮療，沒有書衣的巨著，綠色天鵝絨沙發，狀況都更差一些。凡妮莎在沙發的一角坐下，那一塊的天鵝絨特別扁平，她扯過一張毯子蓋著腳。我跟著她，卻發現自己停在一幀銀框相片前，相片就擺放在壁爐架上，十分顯眼。是利布林的全家福，我之前沒見過，一定是在我遇見班尼之前一年拍攝的，因為站在中央的凡妮莎戴著方帽、披著袍子，剛從高中畢業。她的父母立在她兩邊，她母親穿一件樸素的黃洋裝，繫著絲巾，她父親一身訂製套裝，方形口袋的顏色則和他太太的衣服一樣。我被他們臉上的真誠笑意嚇到，他們顯然是一對極感光榮的父母；在我的記憶中，他們兩個老是皺著眉，是長著獠牙的惡魔。

班尼站在這支漂亮的三人組的邊緣上，一件扣領襯衫和圓點蝴蝶結，好像渾身不自在，是四個人裡唯一笑得很勉強的。他的樣子比跟我認識時年輕一些，臉頰飽滿柔軟，一雙耳朵顯得過大。讓他走入巨人國度的生長旺盛期還沒開始，他的父親仍然比他高得多。他只是個小孩子，我赫然驚覺。我們只是小孩子。我的心裡響起了鋼琴聲，是淒楚的小調。可憐的班尼。我忍不住好奇他在療養中心過得怎麼樣。

「妳家人啊？」我問。

短暫的遲疑。「對，媽，爸，小弟。」

我知道我應該到此為止，我是在拿短棍戳刺蟻丘，但我就是管不住自己。「跟我說說他們，」我說。我在她對面的沙發上坐下。「你們看起來很親近。」

「曾經是。」

我沒辦法不去看照片，雖然我知道我在瞪著看；我瞧了一眼凡妮莎，她在盯著我看。我忍不住：我臉紅了。我想要問班尼的近況，但是我怕我的聲音可能會害我露了餡。「曾經是？」

「我母親在我十九歲時就過世了，是淹死的。」她的眼睛閃向窗戶，外頭就是一片湖景，然後又轉回來。「我父親是今年走的。」

說完她就哭了起來。

我僵住了。

我記得我是在上網搜尋時看見新聞的，多年以前：**茱蒂絲．利布林，舊金山藝術贊助者，行船時意外溺斃**。報導並沒有詳細說明她的死因，卻側重描寫她的種種慈善事業：不僅僅是舊金山歌劇祭，還有笛洋美術館，拯救灣區，以及（多少有點讓人心痛的）加州心理健康協會。我那時很難把附隨的照片中這個好人好事代表——站在市長旁邊，紅髮飛揚，笑容亮眼——跟我在磐石居中遇見的那個愛發牢騷的隱士聯想在一起。她是罪有應得，我當時這麼想，隨即關閉了網頁。這是在我知道班尼被診斷是思覺失調症之前，我並沒有花時間去思索失去母親對她丟下的這個家會有什麼影響。

但是我聽著凡妮莎哭，忽而想到利布林家的孩子可能也經歷了不該承受的悲劇。我想到凡妮莎垂死的父親的那隻手的相片，即使那張照片看得我火冒三丈——感覺很沒人性，好像她是在利用他的死來搏版面：看我有多傷心！——可現在我坐在她旁邊，我很不自在地意識到她的傷痛是發自內心的。父母親都走了，一個弟弟住進了療養院。如果我是個比較善良的人，我會為這個坐在我旁邊傷心哀痛的女人難過，重新考慮我的計畫，但我沒有。我是個膚淺，一心一意想報仇的人。我是個壞人，不是好人，而就在我跟這股討厭的同情心奮戰的時刻，我強迫自己去想保險箱。我環顧室內，猜測會在哪裡：藏在書架上的一片鑲板後面？還是在那幅畫著某個利布林祖先的得獎馬，腰腿肉過大，尾巴剪短的畜牲的油畫底下？

但是我身邊的凡妮莎仍在哭——同時喃喃道歉——我實在是於心不忍，就伸出手按住了她的手。只是想讓她別哭了，我告訴自己，然而我卻覺得胸口有一個空洞慢慢地填滿了對這個半陌生人的憐憫，這個我計畫要劫掠的人。「他是怎麼死的？」我想不出還能說什麼。

「癌症。時間很短。」

要命啊。我最不願聽到的病；我不想跟她有共同點，無論是在哪個方面。「好可怕，」我軟弱無力地說，而她開始說起她父親臨死前幾週的悲慘情況，激發了我自己最可怕的惡夢。

「我現在……非常……孤單。」她喘著氣說。她為什麼要告訴我這個？我要她不要說了。我想討厭她，可是她的眼淚滴在我的手上，很難討厭她。

「我連想像都沒辦法，」我輕聲說，希望能結束這段對話，同時輕輕把手收回來。但是她看著我的樣子，好像在這世上她唯一想要的就是有人能了解她，讓我重新思索我的回答。因為，可惡，我真的了解。我想到了凡妮莎那張她垂死父親的手的照片，我看到了我自己的母親皺縮的手；我想像著如果癌症在我能救她之前就帶走了她，我們那棟屋子裡的寂靜會多麼令人窒息。我知道她如果這次死了，我就會永遠永遠的孤單孤單孤單。就跟凡妮莎一樣。我的眼睛濕了，我的嘴巴自動張開了，我聽見自己說：「或者。我也許想像得到。我父親也走了。而我母親……也病著。」

她的眼淚不流了，她看著我，表情急切。「妳也是？妳父親是怎麼死的？」

我忙著拼湊答案，因為我知道正確答案不是喔，他沒死，我媽只是拿獵槍把他轟出去了，因為他打我太多次了。所以我想出了一個替代的過去，一位溺愛的父親，陪我玩紙牌，而不是喝龍舌蘭把自己喝到不省人事，把我往空中拋不是為了要害我尖叫，而是想逗我笑。「心臟病，」我說。「我們真的很親近。」我發現自己在想到這個想像出來的父親、他對我的父愛、我在他強壯的懷抱裡感受到的安全感時喉嚨哽咽。

「喔，愛胥莉，我真的好遺憾。」她不哭了，她在給我這種表情，我覺得有點反胃，知道了她掉進了我的陷阱：我們的共同經歷讓她覺得我們是姐妹。

我可不能自己也掉進去。

我沒做過像這樣的詐騙。我從來不會這麼徹底地進入另一個人的生活，滲透他們的家，脅迫他們變成我的朋友。我大多數的騙局都是在暗處進行的，以狂歡作樂為掩護：派對、夜店、飯店的酒吧。我慢慢習慣了假裝喜歡我私底下憎惡的人。半夜四點時這種事很容易，那時你的標的正灌下了一公升的芬蘭伏特加，你也不必去看他們噁心的門面下的真面目。可是這一次——這一次卻完全是另一碼事。你要如何拒絕一個真心想要跟你有連結的人？你要怎麼端著咖啡直面他們，卻讓自己保持距離？

從遠處批評是最容易的。所以網路才會把我們都變成了扶手椅上的批評家，冷漠地拆解姿態和音節，自以為是地嗤之以鼻，安全地躲在螢幕之後。在網路上我們可以自我感覺良好，證明我們的缺點並不像別人的那麼壞，優越感絲毫沒有受到挑戰。道德高度是個讓人很樂於占據的地方，即使事實證明看出去的風景是相當有限的。

可是要去批評一個站在你面前的人，一個脆弱的人類，那就難多了。

跟凡妮莎又閒聊了十多分鐘——編造有關我母親、我的瑜伽生涯、我的療癒力量（嗨，我是聖妮娜！）的謊言——我簡直是虛脫了，腦子都快糊掉了。該是切入正題的時候了。最後，我找個藉口，說需要洗澡，讓凡妮莎帶我從走廊回到屋子後部。

快到廚房時，我猝然止步。「我把瑜伽墊忘在圖書室裡了，」我尖聲說，在她阻止之前就往回跑了。

回到圖書室後我輕手輕腳從褲腰裡掏出一個橡皮擦大小的針孔攝影機，掃描了房間一圈，就側身走向我剛才就注意到的書架，這個書架擺在角落裡，角度正好可以橫掃房間。我把攝影機塞進兩冊褪色的書之間——《我，克勞迪亞斯》和《理查·威考夫股票技術分析方法》——調整好角度，再後退檢查成果。除非你是刻意去找，否則攝影機完全是隱形的。我從沙發底下抓出瑜伽墊，那是我趁著講話的時候踢進去的，然後我再回到走廊上。

我小跑步回去，臉紅氣喘。凡妮莎就在原地等我。

「妳找到了。」

「在沙發底下。」她瞪著我，我不由得想*她知道了嗎？*當然不可能。她一點概念都沒有。流貫我全身的腎上腺素讓我更加生氣勃勃、自以為是，比做一整個小時的瑜伽還要有效。*這一票會成功。這就是我來的原因。*

所以她張開雙臂摟住我時，我愣了好一會兒才明白她不是在慶祝我的小小勝利，而是把我當成了她的新閨蜜。「我真的好高興我們會變成朋友，」她對著我的耳朵輕聲說。

*她以為我們是朋友。*

在她的懷裡，我是妮娜，然後又變成愛胥莉，然後又變回妮娜，我的身分就如同被風吹得飄搖不定的雲朵。這樣的事情再多一點，我可能就會失控。

「我們當然是朋友，」愛胥莉喃喃跟凡妮莎耳語。

我仍然討厭妳，妮娜心裡想。

然後我們兩個一塊回擁她。

回到管理人小屋，拉克倫躺在沙發上，筆電放在大腿上，四周都是麵包屑。我進門時他抬起頭來。「妳起碼可以幫我弄杯咖啡來。」

「太浩市有一家星巴克，又沒人攔著你，」我說。一屁股坐在他旁邊，拿起了咖啡桌上吃了一半的司康。不是現烤的。可是我餓壞了，還是吃了。

拉克倫敲著鍵盤。「我看著妳在外面，知道嗎，妳的瑜伽做得還挺不賴的。要是這一票沒得手，說不定妳可以考慮一下轉換行業。」

「你知道瑜伽老師賺多少嗎？」

他從眼鏡上沿看著我。「不夠多吧。」

我想到了我母親的癌症治療，在心裡計算了一下我要教多少每堂三十元的瑜伽課才能付得起醫藥費。「差得遠了。」

「妳看，」他說，把筆電轉過來讓我看他在忙什麼。是我剛藏在磐石居圖書室裡的攝影畫面。畫質很差——粗糙黑暗——但是角度正確，所以我們可以看見圖書室的三面牆以及之間的空間。那頭標本熊在壁爐邊威風凜凜，角落有暖氣機在發光。拉克倫跟我一起看著凡妮莎回到圖書室——絲睡衣仍舊沒換——沉坐在沙發上。她倒進枕頭裡，從開襟毛衣口袋裡掏出手機，迅速瀏覽。我不用看到她的螢幕就知道她是在看她的Instagram動態消息。

「一架攝影機，做得好，」拉克倫喃喃說，伸出手來捧著我的臉頰。「我就知道妳行，親愛的。」

我盯著凡妮莎茫然的臉，被螢幕的光微微照亮。手指頭動了動，她打了幾個字。手指頭又動了動。我在想她的每天是不是都這麼過：研究別人都在別的地方做什麼，然後拿來跟自己的生活做比較，再決定是否值得按讚。多可悲啊。先前那個脆弱的、痛苦的凡妮莎消失了，從現在開始，她又成了一個空洞的軀殼，我可以帶著鄙視來觀察。我幾乎是鬆了口氣。

「她上網搜尋過愛胥莉，」我說。「她引用了我的假臉書帳號裡的話。你覺得我們夠小心了嗎？」

他回頭盯著螢幕。「她只會看到她想看的東西。她就跟木頭一樣鈍，開不了竅的。」

我暈陶陶的，勝利的熱力仍在我的體內流貫；我汗濕的瑜伽褲乾了，黏著我的大腿。照這樣子下去，再一、兩週我們就能把攝影機全部安裝到我們想要的位置上，然後就能輕鬆擺出我們的老鼠夾，等待凡妮莎直接走上去了。

在年底之前我們八成就能回洛杉磯了。一月之前我母親的新療程就可以進行一部分，走向緩解之路了。到時——天啊，要是我們從那個保險箱裡撈得夠多，我搞不好再也不必做這一行了。那可就是天大的福氣了；從這裡慢悠悠離開，直接走入嶄新的新生活，一切債務都付清，還有一點剩餘。利布林家至少，總算，可以給我這一點。

我盡量不去想正在監視我在回音公園的家的警察，等著我回去好逮捕我；或是我的信箱中堆積的帳單；或是我瀕死的母親孤零零躺在醫院裡，沒有人握著她的手。我盡量保持信念，認定這幢恐怖的、污染的豪宅——把我的人生撕裂的同一棟屋子——會是將一切都黏合回去的神奇膠水。

在拉克倫的筆電上，凡妮莎仍在滑手機。看著別人的人生縮減成螢幕上的螢幕，那份悲哀讓我不忍卒睹，我別開了臉，胃也因為酸溜溜的厭惡而扭絞。*我們打算對這個女人怎麼樣？*這個想法自行冒了出來。*我們應該離開，現在。*這是一種熟悉的感覺：這種揮之不去的感覺，好像我是透過一面傾斜的鏡子在看世界，要是我把鏡子轉過來看著自己，就會被我看到的景象嚇壞。

✦

我對我做的事很拿手，但未必見得我做得很開心。我有本事編織謊言，套入新的身分，慫恿並且欺騙別人——對，我很愛腎上腺素飆升跟那種報仇雪恨的興奮。但是有時我也會覺得胃裡像被什麼壓住，是又甜又重的秘密，雖然刺激卻也讓人反胃。*我怎麼能做這種事？我應該做這種事嗎？我是喜歡或是討厭這種事？*

我頭一次跟拉克倫搞詐騙（一個有古柯鹼毒癮的動作片製片，還有一長串性騷擾前科和一組罕見的皮耶・江耐瑞〔Pierre Jeanneret〕椅子，價值十二萬），事後我病了三天，整晚嘔吐，全身發抖，只能臥床息。我的身體就像是在排除感染的毒物。我發誓再也不會有下一次。可是一個月後拉克倫打電話給我，我能感覺到毒物仍在：是一種熾熱的衝動，流在我的血管裡，害我覺得頭暈。可能它就是在我的血液裡。

拉克倫當然是這麼相信的。「天生的騙子，妳就是——不過妳當然會走上這條路。那是在妳的基因裡，」他這麼說，在我們聯手幹完第一票之後。原來這就是我母親在詐騙得手之後的感覺，我那時這麼想。或許也沒那麼壞。花了一輩子逃離我母親的生活之後，棄械投降，轉過頭來向它奔去幾乎是一種解脫。

然而，我並沒有去尋找詐騙的機會，是機會自己來找我的。

我回到洛杉磯的第一天，拉克倫就直接把我從機場送到醫院去看我母親。我有快一年沒來看她了，被她的外貌嚇到了：褐色髮根讓她的金髮變暗了，眼睛下有黑眼圈，假睫毛在眼皮的尾端剝落。她憔悴瘦弱，皮膚鬆弛蠟黃。雖然往日的美貌仍沒有完全消失，但是從我上一次見到她之後的幾個月裡，她從一個把世界拿捏在手掌心的人變成了一個被世界毀滅的人。

「妳為什麼不告訴我？」

她伸出兩隻手來包住了我的一隻手，我能感覺到她的骨頭撞在一起，我難過得受不了。

「喔，寶貝。這沒有什麼好說的。我有一陣子不舒服了，可是總覺得沒有那麼糟。」

「妳不應該拖這麼久才看醫生的。」我眨回眼淚。「搞不好就可以在第三期之前發現。」

「妳也知道我討厭醫生啊，寶貝。」這句話聽來不夠坦白，更可能的實話是：我母親只有最基本的保險，她很怕聽到醫生的診斷，所以才忽視她的症狀這麼久。

我看著病床對面的拉克倫，好像他對這個情況可能有什麼真知灼見似的。他注意到我的目光，穩穩地回視我。「那，」我說。「你是怎麼認識我媽的？」

「撲克巡迴賽。她很厲害，妳這個媽。」

我警戒地注視他，又一次發現他剪裁利落的套裝，那種會心的笑容，野狼似的好看五官，還有一支我母親會喜歡偷的昂貴手表。「撲克巡迴賽」——我知道我母親都在那裡尋找標的。他是標的嗎？

「她這樣子很久了嗎？你們為什麼沒有想到要早一點通知我？」

拉克倫搖頭，露出隱隱的道歉笑容。「妳媽很頑固，」他說，伸手拉平她腿上的毯子。「她只做自己想做的事。而且她很會裝，我相信妳也知道。」

我母親使出僅有的電力朝他嫣然一笑，但是我看得出她的虛張聲勢，驚慌悄悄溜上了她眼睛四周的細小皺紋裡。她突然間變老了，比實際年齡還老。我想起了醫生跟我說的話，想起了她有多虛弱，癌症擴張得有多快。「對，她很會裝。」

我母親捏我的手。「別當我像隱形人一樣說我，」她責罵道。「我是有點病了，可不是腦死了。還沒有。」我討厭她拿這種事說笑。

拉克倫站在病床的另一邊打量我。「知道嗎，妳母親跟我說了很多妳的事。」

「她卻沒跟我說一件你的事。」我俯視我媽，她正坦誠地對我微笑。「她都說了什麼？」

他拉來一張椅子，坐了下來，左腿架在右腿上。他有種懶散的氣質，好像是從冷水裡滑過。

「說妳拿到了某間高級學院的藝術史學位，」他說。

「沒那麼高檔，」我反駁他。

他一根拇指撫過我母親的手臂內側，動作輕柔，像是作父親的在安撫睡眠中的孩子。我覺得心裡有一陣騷動，渴望那根手指能按在我的肌膚上。「說妳很懂骨董。說妳這兩年來都在讓昂貴的屋子變漂亮。說妳經常接近有錢人。億萬富翁。避險基金經理人之類的。」

「而你覺得有興趣？」

「我用得著妳這樣的人。我目前在從事的項目。一個別具眼光的人。」我能感覺到拉克倫評估的眼神，在研究我，我猛地了解了：他是個騙子，就跟我媽一樣。這就說明了他冷靜的態度，他似乎能管制我母親的隱形力量。*他是在多狹窄的法律邊緣遊走？*我心裡想。無論他在玩什麼把戲，顯然他都很拿手。

我母親勉強坐了起來，對著他搖手指。「拉克倫，住手。別把她扯進來。」

「嗄？我問一問也不能怪我啊。誰叫妳把她捧得那麼高。」

「妮娜是有事業的。」我母親的笑容照耀著我。「我聰明的女兒。她是大學生。」

最後這三個字被她念得像是咒語，可以保護我們兩個，我聽得差點心碎。我很高興我母親從沒看到我為老闆買豆漿拿鐵，從沒去過我在法拉盛的寒酸公寓，或是目睹我幫億萬富翁擦拭鍍金洗屁股盆。「我在考量這邊的幾個選項，不過謝了，」我跟拉克倫說謊。「我不確定你的項目會是我的菜。」

「妳憑什麼以為妳知道我的項目是什麼？這麼自以為是。」他的笑容沖蝕了他的憤怒，我看到他的牙齒雖白卻歪斜。我想到了自己的歪牙，都是因為小時候看不起牙醫，忍不住想我們是不是有這一個共同點。我發現自己也回以一笑。他站了起來，拍拍我媽的手。「我得走了。」

「你不會是要走了吧？」我母親的眼睛倏地睜大，而且滿眼懇求。

「妳如果需要什麼，隨時都可以打電話給我的，莉莉美人。」他靠過去輕輕吻了她的額頭，當她是什麼稀世珍寶，稍一用力就會壓碎。我想在心裡築起一道鋼鐵圍牆，用來抵抗這個男人，可是這一吻的溫柔移除了我的防備。我不由得想他照顧我媽多久了，會不會覺得心煩。若是說對他有什麼好處，我實在看不出來。我母親破產了，又生了病；從她這裡撈不到好處。他似乎是真心喜歡她。

「他是個好人，」我母親跟我低聲說，抓緊了我的手。「不要管他的外表，他其實心腸很軟。我真不知道沒有他我會怎麼樣。」

或許就是因為這個原因，在他離開房間時，我接受了他塞進我手裡的紙條，上頭寫著他的電話號碼。「萬一妳改變主意，」他跟我附耳低語。或許就是因為這個原因我沒把紙條丟掉，而是塞進了皮包裡。

我帶我母親出院那天，皮包裡裝著一把處方簽和一張化療時程表，拉克倫的電話仍放在裡頭。我抵達我母親在中城的住處，發現了她竊占的公寓時，紙條還在；第一張五位數醫院帳單寄達時，它還在；我母親第一次化療後吐血，而我明白了照顧我母親會是全職工作時，它還在；我到二十四家當地的藝廊、美術館、家具店求職失敗時它還在。

這兩年來我並沒能在我母親身邊照顧她，我決定要彌補；可是我沒有辦法。我母親沒有安全網：我就是她的安全網，然而她最需要的東西我卻一個也沒有。沒有錢，沒有工作，沒有朋友，沒有前景。只有債務和決心。

我領出銀行中僅存的五十元來支付我母親的瓦斯費的那天，我在皮包裡找到了拉克倫的電話。我用兩根手指夾了出來，看了很久很久——看著他寫的豪邁的數字整齊列在白色的銅版紙上——然後才撥號。我想到了他把嘴唇貼著我的耳朵時我感覺到的那股欲望的輕顫。他接了，我告訴他我是誰，他沒有一絲遲疑，好像他早就知道我會打。

「我還在猜得要等多久妳才會明白過來呢。」

我硬起頭皮。「這是我的規矩：只對那些擁有太多的人，只對那些罪有應得的人。」

他咯咯笑。「唉，那是一定的啊。我們只拿我們需要的。」

「沒錯。」我覺得好多了。「而且只要我媽病好了，我就退出。」

我幾乎能聽見他微笑。「行。妳對Instagram懂多少？」

# 19

隔天早上我重複同樣的作息——在草坪上做瑜伽——等著凡妮莎拿著瑜伽墊出現。一個小時之後，我的肌肉已經累得發抖，凡妮莎卻不見蹤影。我面對屋子做眼鏡蛇式，以便盯著窗子，但是窗帘後卻沒有動靜。回小屋時我隨意在附近漫步，也沒看到一條人影。車庫的大木門緊緊關著，窗戶的燈光都是熄滅的。車道上出現一輛破舊的轎車，但我雖然在附近徘徊，還是沒看見駕駛是誰。

我回到管理人小屋，打開了圖書室的攝影機。一會兒之後，一名稍年長的婦人進入畫面，頭髮綁了個馬尾，圍裙口袋裡插著一支舊式的雞毛撢子。大概是管家。我略緊張地猜想她會不會發現攝影機，但是她完全沒碰書架，只是隨便移動了咖啡桌上的幾樣東西，把沙發上的靠枕拍鬆，就離開畫面了。

管家離開後凡妮莎進入圖書室兩次，卻沒有停留，只是晃進來，像條幽靈，像是不知道何去何從。她一手死揝著手機，活像是小孩子的破舊絨毛玩偶。

拉克倫進來從我的肩膀看。「真是個廢柴，」他說。「她難道什麼都不做？她是不是連靈魂都沒有啊？」

他的語氣讓我不悅，我發現自己居然很護著她。「不知道她是不是有憂鬱症。」我研究著凡妮莎夢遊似的步態。「也許我應該去按門鈴，想辦法讓她高興起來。」

拉克倫搖頭。「讓她過來找我們。不能太心急了，對吧？這樣我們才能占上風。放心好了，她會過來的。」

她卻沒有來。又兩天過去了，同樣坐立不安的模式——草坪上做瑜伽，在莊園散步，在一哩路外的雜貨店午餐。我們大多數的時間都待在小屋裡，假裝是在寫書。拉克倫把書和文件散置在屋裡，以防凡妮莎上門來，但他主要是盯著筆電追劇，看真實的犯罪節目，表情全神貫注。我買了一摞小說——我打算看完維多利亞時代，從喬治．艾略特開始——可是一個人一天最多也只能看幾個小時，然後就會覺得腦子在融化。時間就像是漏水的水龍頭一樣一滴一滴流逝，我不禁懷疑我們要在這三個房間製造的熱氣中關多久。

第五天，我開車到太浩市的「省很大」超市（Save Mart）去採購日常用品，然後我在市區留連，這裡的活動可以緩解磐石居的死寂。我到席德的店去買貝果，雖然我不餓，結果發現十幾年了這裡幾乎沒有改變。用粉筆寫的菜單上方掛著的小彩燈換成了簌簌響動的小旗子，公告欄上釘著的傳單寫著新一輪的青少年保母和走失的狗。但是留馬尾的經理仍在，他的頭髮變灰了，肚皮也鬆弛了。他不認得我，我雖不意外，卻也惴惴不安，好像我一直都是隱形人，只是現在才發覺。

我點了咖啡，然後就走向沙灘上的野餐桌，以前我跟班尼的老地方。我想著這十二年來的變化，最後實在受不了了，就收拾好垃圾，開車回磐石居。

我回到小屋後發現裡頭空蕩寒冷。拉克倫不見蹤影，他的大衣和運動鞋不見了。我出去站在草坪上，仰視著豪宅的燈火，琢磨著是否該去敲門。但什麼阻止了我。結果我一個人坐在陰暗的小屋裡，心情壞到谷底。

幾分鐘後拉克倫推門而入，興奮得像帶電。「哎唷喂呀。」他大聲吐氣。「她有神經病，那一位。」

「你不是說應該要讓她來找我們嗎。」我的聲音有點暴躁，我這才發覺我不喜歡被晾在一邊。還是說我嫉妒他又進入磐石居而不是我？或甚至是——這個想法很奇怪——我急著套上愛莉的皮囊，那麼的簡單善良，完全沒有內心的混亂？

「我這不是去散步嘛，就遇見了她，她就邀請我進去了。」他脫掉外套，披在沙發上。「我又放了一個攝影機，可是她像隻鷹一樣盯著我，所以只有這樣。」

「哪裡？」

「遊戲室。」

我都不知道磐石居還有遊戲室——不過想也知道，像磐石居這樣的豪宅絕對是拿來當作休閒娛樂的紀念碑的。拉克倫打開筆電之後，就出現了一張撞球檯，一個木製吧台配上有厚墊的椅子和蒙塵的威士忌酒器，還有一面牆上擺滿了高爾夫獎杯。最遠的牆上掛著骨董劍，至少有三十來把，而環繞著壁爐上方的顯著位置上則有一對雕花手槍。

「那不是遊戲室，是軍械庫。天啊。你進去那裡幹什麼？下棋？」

拉克倫皺起了眉頭。「妳的心情很差。」

「你們兩個都談了什麼？」

「只是稍微眉來眼去。討論我家族的城堡之類的。她喜歡我。」

「她喜歡我們兩個，」我說。「可是我不覺得有多大幫助。照這種速度，我們會在這裡一整年。」

「我設下誘餌了，」他跟我保證。「就安心等著她上鈎吧。」

他說對了。隔天一大早小屋外就傳來噹啷聲，拉克倫跟我愣住了，看著彼此。他關閉了正在看的監視畫面，我打起精神，深吸一口氣，搖身變成愛胥莉。我掛上開朗的笑容打開門，就看到凡妮莎穿著健行褲站在外面，臉上是精心描畫過的妝容，名牌墨鏡架在豐厚、吹整過的頭髮上。她的樣子就像是維他命水廣告的模特兒，我立刻就想要一巴掌打掉她頭上的墨鏡。

「是妳啊！」我卻只這麼說。我伸手把她摟進懷裡擁抱，用溫暖的臉頰去貼著她冰冷的臉。我向後退，好好地看了她一遍。「我們還要一塊做瑜伽嗎？我很期待唷。我每天早上都在外面做，卻沒有妳。」

她臉紅了。「我知道。我感冒了。不過我現在覺得好多了。」

「那就明天吧。」我靠著門框，發現她手上拿著背包。「妳要去哪裡嗎？」

她的眼睛從我的肩膀溜向拉克倫，他仍躺在沙發上，被紙張包圍。「我要健行到望高寮。我在想你們也許會想一塊去。」看他仍盯著筆電不抬頭，她就轉回頭看我。「天氣預報說會有暴風雪，明後兩天。所以這可能是你們最後的機會了。去健行。」

「好啊，」我說，轉向了拉克倫。「甜心？休息一下？」

拉克倫緩緩把眼睛從螢幕上扯開，眉頭深鎖，好像整個心思都沉浸在深奧的知性內心辯論裡，非常不願意被拉回俗世中。要不是我知道他只是在看「犯罪心理」的重播，我自己也差一點就被唬住了。

「我正寫到一半——」他說。

凡妮莎臉色發白。「喔，你在寫書，對不起，我不是故意要打擾的。」

「喔，沒事，沒事。去健行啊？」他坐直了，伸個懶腰，T恤稍微往上撩，露出了強健的腹肌。他朝我們兩個亮出炫目的笑容，好像對健行這個主意高興到不行，即使我知道健行在他喜歡的事物清單上是墊底的，其次是繳稅和浪漫喜劇電影。「我不介意伸伸腿。反正這一段我也寫得很不順。」

二十分鐘後我們坐進了凡妮莎的車子，是一輛賓士休旅車，全新的，連組裝廠的氣味都還沒散。我們沿著湖岸向南行駛，經過了飽經風霜的汽車旅館，霓虹燈亮著「仍有空房」；一家木瓦頂雜貨店，主打潛艇堡和冷啤酒；A字型房屋，車道上停放著遮覆住的船；再遠離千萬富翁的度假別墅，進入寧靜的國家森林。凡妮莎話很多，幾乎像個瘋婆子，為我們介紹經過的地方。

「我們快要到他們拍攝『教父II』的地方了，不過現在全都是公寓了。看，那艘船再過去？那是弗雷多被殺害的地方。」

「從那條車道進去就是錢伯斯碼頭，有一家歷史悠久的酒吧，一八七五年就開張了，不過現在的客人主要是兄弟會的成員，猛往肚子裡灌錢伯斯潘趣酒。」

「那個上面有一棟很迷人的北歐小豪宅，就像是直接從挪威的峽灣搬過來的。大蕭條時期我的曾祖父都跟屋主一塊打牌。」

我記得有些故事是我住在這裡時聽到的。每個地方都有它的民間傳說，但是太浩市尤其念念不忘它較獨特、較輝煌的時代，那時它並不僅僅是一個供舊金山科技新貴在週末來滑雪的價格過高的休閒區。我瞪著窗外，看著森林飛逝，覺得來山上真不錯，遠離都會生活的喧囂忙碌和那些促銷欲望的閃爍燈光。我想像著把我母親帶到這裡來養病。新鮮的空氣可能有療效，讓我們兩個能逃離都市生活絕對會有好處。

緊接著我想起了拉克倫跟我一旦離開這裡，帶著凡妮莎的錢，我們就永遠不能再回來了。

拉克倫跟我專心聽著凡妮莎機關槍似地說話，在適當的時候發出讚歎，表現得像是參加旅遊團的熱切觀光客。「妳一定真的很愛住在這裡，」拉克倫最後說。

他的觀察所得似乎出乎她的意料。她抓緊了真皮方向盤，一個急轉彎，搽著唇蜜的嘴唇一角露出了完美的白牙。「我並沒有選擇這個地方，是它選擇了我，」她終於說。「我繼承了這裡。跟愛不愛無關，而是榮譽。不過，對，這裡實在很可愛。」

她加速，最後等於是飛過彎路，然後她打開了收音機，一首布蘭妮的老歌飄送出來。拉克倫在後座上呻吟。「你不喜歡布蘭妮？」凡妮莎緊張地問，又看著我。「你們都聽什麼？」

瑜伽老師會聽什麼？印度的西塔琴？鯨魚唱歌？要命，太老套了。我回答得太慢了。她的手在收音機上懸浮，準備轉台。

「我真的只聽古典樂和爵士樂，」拉克倫在後座上打岔，察覺到了我的遲疑。「在愛爾蘭的城堡裡長大，只能聽這些。唱片，連個CD播放機都沒有。我祖母愛麗絲是史特拉汶斯基的好朋友。」

我忍住笑聲。他也把那個假貴族知性主義演得太離譜了吧。我伸出手把音量調大，只是為了要惹惱他。「他是個勢利鬼，」我跟凡妮莎小聲說。「流行歌曲沒關係。」

拉克倫用力戳我的肩膀。「我寧可妳用美學家這個說法。妳一定會懂的，對不對，凡妮莎？妳像是個有極高品味的女性。」

「我得承認，我對爵士樂一竅不通。」

拉克倫往後一靠，一隻腳伸在中控台上，運動鞋是全新的，白得晃眼，對一位詩人教授來說太過時髦。他忽略了這個小細節。「我並不是說爵士樂是必要的。我只是覺得妳是那種藝術型的人，有那種氣質。四周都是精緻的物品。妳有眼光。」

凡妮莎臉紅了，相當自得。她相信他假惺惺的奉承，真是個虛榮的傻瓜。「過獎了！對，沒錯。可是我還是喜歡布蘭妮。」

「看吧。」我瞪了拉克倫一眼。「你要是想找跟你一樣勢利的人，那你就找錯人了。我們是不會換電台的，對吧，凡妮莎？」我伸過手去占有似地握住她的手臂，她看著我，滿臉是笑。她很享受我們為她爭辯，我們讓她的自我膨脹到像風船那麼大，她可以飄浮在我們上方，志得意滿。

拉克倫兩手往上一拋。「我寡不敵眾，我投降。」

但是爭辯沒有結果，因為凡妮莎突然向右轉，進入停車場，在小路的盡頭猛地停下。「到了！」她歡聲說。

我們下了車，接受凡妮莎從背包裡拿出來的燕麥棒和瓶裝水，然後就邁上小徑。這是一條泥土路，只有幾呎寬，在松林間蜿蜒。樹木夠濃密，遮得住陽光，越往裡走越是黑暗潮濕，空氣有苔蘚和土壤的味道。這裡好安靜，我只能聽見微風拂過樹梢，古老的樹木在風中吱呀，松針被我們的腳踩壓。

小徑陡峭，我發現我走不動了。我因為做太多瑜伽而肌肉痠痛，而且我也不適應這裡的海拔，很快我就會後悔來健行了。拉克倫慢吞吞地走動，小心避開石頭和樹枝，好像是生怕弄髒了鞋子。不出幾分鐘，他就落後了。凡妮莎陪著我，緊緊黏著我的一側，害我的手老是撞到她的手。我發覺她的手背上全都是傷痕。

爬了一半，我們來到了一處空地，可以俯瞰湖泊。太浩湖向四面八方擴展，今天是各種的藍色，水波就像是剛被撩撥的豎琴。頭頂上，積雲向天際延伸，下方是茂密的松樹，綠油油的一片，邁向地平線。這個風景讓人眼熟，我驀地明白了原因。我爬上來過一次，跟班尼。我們就站在同一個地方，整個人飄飄然，瞪著一片的藍。我記得我感覺世界在我們的眼前展開，就和湖泊一樣又深又不可知。我記得我感覺好想衝進那片空無，消失在它冷冽的湮滅之中。

我停步。我無言以對，喘個不停，小腿劇痛。

凡妮莎轉頭看著我。「沒事吧？」

「只是在欣賞。我想我大概要停個一分鐘來」——我召喚出愛胥莉——「冥想。」

她好奇地注視我。「冥想？這裡？」

「這裡正是一個人應該冥想的地方，妳不覺得嗎？」我有點淘氣地說。

她緊張地微笑。「我也希望我可以，可是我的腦子卻不肯閉嘴夠久。就像是，我想讓每件東西都靜下來，可是我的腦子卻反而溢流出來，就像小學生做的火山實驗，泡沫流得到處都是。妳是怎麼做到的？全都關掉？」

「練習。」

「喔？比方說呢？」她期待地看著我，等待更多答案。

天啊，她真是窮追不捨。我這輩子就沒冥想過。「就——」我就此打住，閉上眼睛，努力裝出我的心靈一片空白的樣子。我聽見她的腳在松針上挪動，煩躁地劃圈。說不定她會走開，讓我在這裡休息一會兒。

但是我睜開眼睛，就看到她掏出了手機，對準了我，以熟練的眼神端詳螢幕。她一手護著螢幕，查看結果，又開始打字。而我立刻就明白了她在做什麼：她在把我的照片傳到她的Instagram動態消息上。我的耶穌基督啊，絕對不行。

「不！」我飛身過去搶下了她的手機，快得像一條攻擊的蛇。果然沒錯，我在上面，肖像模式，我閉著眼睛，陽光柔和地照著我的臉。我一副……安詳貌。未寫完的文字說我的新朋友愛胥莉是。我忍不住好奇句子的下半段是什麼：愛胥莉是什麼？我刪除了照片，關閉Instagram，而凡妮莎瞪著我，眼睛好大，眨也不眨。「對不起我這麼堅持，可是……我是個非常重隱私的人。我知道社群媒體是妳的嗜好，可是我真的寧可不要妳把我的照片放上網。」

「真的很對不起，我不知道。我只是假設……」她的聲音發抖。我傷了她。我幾乎感到慚愧。「只是，只是這張照片真的很漂亮。」

我也在發抖——好險——我輕輕把手機塞進她手裡。「妳哪裡會知道。都怪我不好。我應該要早點說的。別擔心，好嗎？」

她退開了，眼睛瘋狂地到處看，就是不看我的臉。我嚇到她了，甚至更糟。「我應該去把麥可弄過來，」我說。「他可能會到處晃，結果迷路。」

「我在這裡等，」她說。

我往回跋涉。拉克倫在四分之一哩外，靠著一棵樹，只是瞪著鞋子。他一看到我是一個人就皺起眉頭。

「凡妮莎呢？」

「在上面等。」

他伸手要我的水，發現已經空了，又大皺眉頭。「在炫耀妳的運動能力嗎，愛胥莉？」

「起碼我還盡力了，麥可。」

「對了，妳們兩個都在哈啦什麼？我好像聽到妳在吼叫。」

我看不出把照片的事跟他說有什麼意思，反正已經刪除了。「沒什麼。她要我教她怎麼冥想。」

他冷哼一聲。「我相信妳有很多可以教的。喂，這些個健行狗屁——根本幫不了我們。我要催著她邀請我們過去吃晚餐，我們可以把她灌醉，然後請她帶我們參觀磐石居——整棟屋子——然後我們可以把剩下的攝影機裝好。我們兩個一起比較容易，一個可以分散她的注意力。」

「好。」我抬頭看著小徑。「我應該回去了。」

「不必。她大概在上面自拍，那個膚淺的傻屄。」

我用力推了他一把，出乎我的預料。「住口。你的嘴太壞了。」

他怪怪地看了我一眼。「要命喔，妮娜。妳幾時這麼心軟來著？妳現在真的喜歡她了？她不是妳的死敵嗎？」他皺眉。「我告訴過妳幾次了，不要牽扯到感情？」

「我沒有。我只是反對你的用語。這是在歧視女性。」

他靠過來，逼近我，在我的耳朵低語。「我只喜歡妳的屄。」他的嘴唇，濕潤清涼又帶著鹹味，找到了我的。

「你真恐怖，」我咕噥著說，把他推開。

但是他用鼻子拱我的脖子，輕咬那兒的神經，弄得我大聲喘氣，身體扭動。「屄屄屄。」

我從他的肩上看到凡妮莎走下來，她發覺我們在擁抱，就在松林的另一邊停住：她以為我沒看見她？我從拉克倫的肩上盯著她，感覺到他的唇在我的鎖骨上快速移動，我的汗水濕透了衣服。我看得出她雖然禮貌地退後了一步，眼睛卻離不開我們。然後她的眼睛終於溜上來和我的視線交會，她僵住，我們就這麼望著彼此，有一種奇怪的淡定的默契，即使拉克倫的雙手在我潮濕的T恤下捧住了我的乳房。我看得出她在衡量我的欲望，像是觀光客在博物館的展覽之前。我看到她自己的生猛渴望也反彈回來。感覺親密得出奇，好像我們兩個才是分享這一刻的人，而拉克倫壓根就不在現場。

最後，她眨眨眼，消失在松林裡。我閉上眼睛，回吻拉克倫，最後我的皮膚輕顫，脈搏隨著吹過樹林的微風歌唱。

等我再張開眼睛，凡妮莎就站在我旁邊。我嚇了一跳，從拉克倫身邊跳開。「喔，妳來了！」我喊了一聲。凡妮莎因為氣惱而五官揪結，她看了看拉克倫，又看著我，又看向他。她不喜歡我們沒把重心放在她身上，我恍然大悟。

拉克倫一手緩緩擦著嘴唇，樣子相當自大。「啊，真棒，對吧？」他說。「小隊自行重組了。沒有傷亡。」

凡妮莎轉向我。「妳怎麼了？」她質問道。「我還以為妳會回來找我。」我很詫異她的語氣那麼尖銳。她還在氣照片？還是吃醋？拉克倫到底跟她調情到什麼程度？我讓自己顯得溫馴、道歉、不帶威脅。「我的腿抽筋了。對不起。」

她歪著頭，一臉迷惑。「真的？我很意外。我是說，妳是瑜伽教練，對吧？而我卻大部分的時候都坐在沙發上。還真奇怪。」

「肌肉群不同，」我說。

「嗯，我呢，我累壞了，」拉克倫打岔說。「不過我們應該繼續，對吧？那朵暴雨雲的樣子很像是要下大雨了。」

「氣溫下降了。我冷死了，」我說。我知道不應該，可我忍不住。只是為了要證明一件事，我抓緊了拉克倫的手臂，掛在我的肩上。「讓我暖起來，甜心。」

凡妮莎看著我們的互動，眼神評估，但眼睛立刻變得清亮，好像是有一陣風吹走了一團雲。「喔，小愛，來——穿我的衣服。」她把衣服脫掉，塞給我。

我離開拉克倫，把衣服套在頭上。這件運動衫又厚又軟，還帶著她的體溫。甚至有她的味道，像昂貴的乳液和薰衣草香袋；她存在在我的身體上讓我覺得暈頭轉向，好像我們兩個之間的界線變薄了。我真後悔穿她的衣服，但是我還是微笑，因為愛胥莉就會微笑。「妳真好心。」

「沒什麼，」她說。酒窩又回來了，而且突如其來的裂痕好像是全都撫平了，但是我也注意到我們往山下走時，因為她把衣服給了我，所以她如願把拉克倫跟我分開了。

# 20

我才剛洗完澡就下雨了。我赤裸地站在小浴室裡，聽著屋頂上不祥的滴答聲。我不想去磐石居吃晚餐，我想要生個火，縮起腳來看書，任屋外的狂風暴雨肆虐。可是這當然是不可能的：這是我們從抵達之後就在尋尋覓覓的機會。（而且到頭來，機會竟是唾手可得！拉克倫在健行後的回程上說了句話——「我們明天到妳家吃晚餐吧？」——事情就敲定了。）

可是我覺得坐立不寧，而我也不確定是為什麼。我瞪著鏡子，想要召喚愛琵莉，可我只看到一個女人頭髮滴著水，眼下有黑圈，因為一次當太多人而筋疲力盡。孝順的女兒，搭檔兼女友，老師兼老千，朋友兼騙子；而我又在哪裡？

拉克倫把頭探進浴室來，已經穿上了喀什米爾毛衣和簇新的牛仔褲了。他上上下下看我。「妳就穿這樣？有口袋的衣服比較實際，除非妳是想把攝影機藏在屁股裡。」

「很好笑。」

等我們把口袋都裝滿了攝影機，又擬出了一個計畫之後（拉克倫會跟她打情罵俏，分散她的注意力，由我來放置攝影機），已經風狂雨大了。我們打開了小屋的門，門被風捲住，重重向後甩，門把砰地撞上了牆，我還以為門會撞碎。我們沿著小路跑向磐石居燈塔似的燈光，雨像針一樣刺著我的臉，離門廊還有一半的路我已經濕透了。

凡妮莎端著馬丁尼在等我們，看她臉上的紅暈，她可能已經先喝了一杯了。我擦掉眼睛裡的雨水，急忙喝了一大口酒。酒很烈，而且是鹹的，因為橄欖汁。「我的天啊，妳的酒調得可真烈。」我咳嗽。

凡妮莎一臉擔心。「我應該幫妳弄點別的嗎？抹茶？蔬菜汁？」

「喔，不用。很好喝。」我對她微笑，又喝了一口，卻在心裡罵自己。愛胥莉會喝馬丁尼嗎？天啊，我露餡了。可也來不及了。我又喝了一口，這次比較大口，讓酒安撫我的神經，減輕我的緊張。

凡妮莎在做某種法式燉菜——今晚不會用正式的餐廳，因為廚房的餐桌上已經擺好了盤子——而且廚房充滿了大蒜和酒沸騰的氣味。她忙著弄這個鍋子那個鍋子，丟進香料，調整爐火，手法熟練，同時像機關槍一樣說個不停。

「要做出道地的紅酒燉雞就一定要用老公雞。可是你們一定不相信這裡的肉販有多壞，根本就沒有自由放養的雞，而且絕對沒有公雞，所以我只好用雞胸肉代替。而且，當然一定要用法國酒，薄酒萊……或者是勃艮第。可以的話，燜個四小時，不過我覺得六小時更好，多就是好，對吧？哈哈！」

原來她會做飯，我還真沒想到。我記得露德在這個廚房裡作牛作馬，烹煮班尼的母親根本不吃的東西：是露德教會凡妮莎烹飪的嗎？

拉克倫緊緊跟在她後面，看著鍋子裡，問她的刀法如何，殷切又黏人。我獨坐在餐桌上，默默啜飲馬丁尼，越來越氣惱。據我所知，拉克倫對做飯一竅不通，可是他有本事把自己的淺薄說得很深奧，這一點總是讓我很驚訝。我已經因為琴酒而有些暈陶陶的了，而煸脂肪的味道害我反胃。

最後我打斷了凡妮莎向拉克倫說明的煸焦方法。「有機會參觀一下磐石居嗎？我真的很想看看屋子其他的部分。」

凡妮莎以手背撥開眼睛前的一綹頭髮，瞧了瞧我手上近空的酒杯。「當然。我這邊快弄好了，所以也許等晚餐後。看來妳的馬丁尼喝完了——要來點葡萄酒嗎？我開了一瓶在酒窖裡找到的樂華（Domaine Leroy）。有點灰塵，所以希望沒有跑味。」

「樂華！那可是好酒。我在霍克海姆堂住的時候喝過，跟萊斯特伯爵。妳認識他嗎？不認識？喔，他的酒窖真是壯觀。名不虛傳，」拉克倫一口氣說，眼睛瞪得老大。伯爵。拜託。他太明顯了，我不敢相信她會照單全收。可是我微笑點頭，好像我也知道這是什麼意思，雖然我自己的酒都是在本地酒商的十元區買的。凡妮莎把一隻酒瓶拿到餐桌上，連同我們的晚餐，幫我們各倒了一杯。拉克倫誇張地轉酒，喝了一口。「啊，凡妮莎。我們配不上這麼好的酒。」

「說哪裡話。」她顯然因為能讓他佩服而覺得高興。「如果跟朋友吃晚餐還不值得開瓶好酒，那我就不知道還有什麼值得了。我是說，不然的話，我會一個人自己喝掉，那不就太可惜了？」

「這話說得真好。」麥可舉起酒杯。「敬新朋友。」

她凝視他，眼中略帶淚，我不禁想她會不會又要在我們面前一把鼻涕一把淚了。我覺得頭暈，我對這件事的興趣越來越小，真希望能回小屋去。我今晚沒力氣當愛胥莉。說不定我是喝太多琴酒了。

我沒想到舉高酒杯還得那麼費力氣。「也敬妳，凡妮莎。有時候宇宙會把某人帶給妳，而妳就是覺得你們注定要認識。」聽起來夠有愛胥莉那種空洞的感性了。

凡妮莎朝我微笑，眼珠子在燭光下轉來轉去。「那就敬宇宙。以及很罕見的邂逅。這支酒——妳喜歡嗎？」

也許我就不是個行家，我只覺得葡萄酒入口像汽油。我喃喃說了欣賞的話，隨即把注意力轉向面前的食物：雞肉在油脂裡浮沉，一坨馬鈴薯泥、吸飽了油膩的醬汁、周邊是粉紅色的；軟趴趴的蘆筍上澆著淡淡的蛋黃醬。我咬了一小口馬鈴薯泥，覺得頭重腳輕，胃立刻就激烈抗議。

我的額頭蒙上了薄薄一層汗——這裡是幾時變得這麼熱的？而且餐桌上方的吊燈亮得讓人受不了。我把椅子向後推，想呼吸新鮮空氣，但是這個動作卻害我的內臟抽搐。我發現我快吐了。

「浴室在哪裡？」我勉強出聲。

凡妮莎盯著我看：我一定很狼狽。她站了起來，指著走廊，說了什麼，但我聽不見，我急著離開廚房。我及時進了走廊上的洗手間，立刻就把午餐都吐了出來。我吃了什麼？喔，對了，超市買來的鮪魚三明治。麵包的邊緣都硬了，而且腥味很重，我應該要先查看是否過期的。洗手間在旋轉，冰冷的大理石抵著我的膝蓋，瓷磚抵著我的臉頰，我的食道有一種發酸的臭味。

我嘔吐了一兩次，直到吐得只剩膽汁。

有人輕聲敲門，然後拉克倫矗立在我面前。他蹲了下來，輕輕撥開我臉上的頭髮，握在手裡。「怎麼了？」

「大概是鮪魚三明治。」我轉向馬桶，再一次乾嘔。

「要命喔。妳吃壞肚子了吧。幸好我吃的是火雞肉。」

馬桶是舊式的拉繩，我的手根本沒法往上伸，所以我乾脆往下滑，讓臉貼著大理石，閉上了眼睛。「我今晚沒辦法，」我咕噥著說。「到此為止吧。」

拉克倫拉了一張衛生紙，幫我擦額頭。「沒關係，我自己來。把攝影機給我。妳回小屋去，我待在這兒。」

「你不回來照顧我，她會覺得奇怪。差勁的男朋友。一點也不討人喜歡。」

拉克倫把衛生紙捲起來，捏成扁扁的一片，再往垃圾桶丟。「其實呢，我覺得她會很樂意跟我來個一對一相處。妳就說不要我跟著回去，稍微發點脾氣。說不想破壞了凡妮莎的晚餐，妳就變得又體貼又暖心，對吧。」

「隨便。」我把自己撐起來，覺得又熱又暈。拉克倫把我扶回廚房，凡妮莎在餐桌上等我們，瞪大眼睛，完全沒動杯裡的酒，好像她太關心我了，連喝酒都忘了。

「愛胥莉需要休息，我們得回小屋去讓她躺下來。」我們停在餐桌前，拉克倫輕輕放開了我的腰，輕拍我的背，似乎在說：往下演啊。我倒怕一開口就會吐在餐桌上。

「不，你留下來，」我勉強說。「別浪費了凡妮莎做的好菜。那就太可惜了。」

凡妮莎搖頭。「喔，不，不，麥可，沒關係。愛胥莉需要你。」

「我沒事，」我喘著氣說。我並不是沒事。「我只需要睡一覺。」

拉克倫以誇張的蹙眉看著我。「那，既然妳這麼說。我不會待太久。妳說得對，浪費這些太可惜了。」

我已經走到門口了，儘可能斜靠向濕冷的空氣，以免看見凡妮莎對這件事的反應——看她是否滿意地笑著讓他留下來，或是為我擔憂地皺著眉。這一刻，我壓根就不在乎。我一頭衝進黑暗中，雨水打著我的臉，讓我聯想到我母親清涼的手摸著我的額頭。我踉蹌向小屋前進，時光也向後退，我變成了黑暗中的一個孩子，尋找著解脫，呼喊著媽媽。

回到小屋裡，我爬上了床，卻睡不著。我的身體因發燒而顫抖，每次我端起水杯來清洗口腔中的可怕味道，內臟就會抽搐。我下床去廁所，來回了六次，最後心裡的弦終於繃斷，我哭了起來。我脫水，吐空了胃，並且孤零零的一個人。我當初幹麼要來這裡？我發現我的手機夾在被子裡，被我雙手的汗弄得黏答答的，我撥給了我母親。

「媽，」我說。

「我的寶貝！」她的聲音像熱水，像薰衣草浴鹽，清除了我腦子裡的爛腐。「妳沒事吧？妳的聲音怪怪的。」

「我沒事，」我說。然後：「其實，我有事。」

警覺讓她的聲音變得尖銳，讓她的話精簡。「出了什麼事？」

「食物中毒。」

短暫的沉默，接著是輕輕的咳嗽。「喔，達令。就這個？不算太糟嘛。喝點薑汁汽水。」

「這裡沒有，」我說，讓自己沉浸在幼稚的使性子裡：這一切都太不公平了。我忽而想到我母親不知道這裡是哪裡，但是她在另一頭發出安慰的聲音，沒問細節。「我不會有事的。我只是需要聽妳的聲音。」

背景有模糊的叮叮聲，是冰塊在杯中旋轉。「我很高興妳打電話來。我一直在想妳。」

我猶豫了，不敢開口。「警察還來嗎？」

「來過一次，」她說。「我沒應門，他們就走了。而且家裡電話也一直響，可是我也不接。」

我的頭腦亂轉，發燒又迷糊：他們抓住了我的什麼把柄？萬一他們追蹤我到這裡呢？我還能再回家嗎？但是我當然會回家。我不回去不行。「妳怎麼樣？」我問。「感覺怎麼樣？」

她又咳嗽，聲音模糊，好像是拿袖子遮著。「我沒事。只是沒胃口，而且又浮腫了。我主要是一天到晚覺得好累。就像是剛跑完馬拉松，全身無力，結果一抬頭才發現你又站到了另一場馬拉松的起跑線上，而你沒有選擇，只能跑下去。知道嗎？」

我又一陣抽搐，但是我盡量不理，在我母親更大的病痛之前堅毅忍耐。「喔，媽，」我低聲說。「我應該在那裡陪妳的。」

「絕對不行。妳這次就好好照顧自己，好嗎？」她說。「霍桑醫生非常和氣，他要我感恩節過後去開始治療。第一輪的放射線治療。然後是新的療程。可是也許我不應該……我不知道。」

「天啊，媽，為什麼不去？」

「可是，妮娜──醫藥費。我不知道妳在哪裡──我也不打算問，達令。合理推諉那些事我全知道──可是妳顯然把這裡的骨董店放著不管，所以……我們要怎麼湊出那筆錢來？五十萬哪，加上放射線治療和那些新藥，還有看醫生，居家照護和住院費。我又跟保險公司談過了，他們還是拒絕支付基本化療以外的費用。說這是『實驗』療程，他們不認可。」又一聲模糊的咳嗽，她的聲音變得虛弱，好像說電話累壞了她。「我可以只作化療，可能就沒事了。」

「不行，」我說。「化療第一次就沒用。所以醫生建議妳做什麼妳就做什麼。到年底我就會有錢了，也許還會更快一點。全部的醫藥費。妳只要──聽他的話。開始療程。」

她沉默不語。「甜心，我希望妳一直很小心，無論妳是在做什麼。我希望我至少教會了妳這一點。妳應該要總是超前想到三步。」

我想說什麼讓她放心的話，但是我的消化道卻非常不對勁，需要立刻處理。我喘著氣向我母親道別，踉蹌奔向浴室，又吐了一次，再崩倒在床上，發著燒，睡著了。

我夢到我在太浩湖底，慌張地游過凍死人的湖水，朝上方的微弱光線游去，我的肺快爆炸了，可是水面卻一直在倒退。我的上方有個人在游泳，襯著藍色的水只是一條黑影，我努力要呼救，卻發覺他們不是來幫我的。他們在那裡是為了不讓我浮上去。等我驚醒時，我全身都是汗，分不清身在何方。可是我的胃不再揪結了，只是我仍然覺得全身發抖，嘴巴很油膩。

我躺在床上聽著小屋四周暴風雨呼嘯。雨水變成了冰雹，打在窗上，力道猛烈，我真怕玻璃會打破。我伸手拿手機看時間，發現已經過了三個小時。拉克倫呢？他們在做什麼？

我最後才想到用膝蓋想也知道答案。我下了床，搖搖晃晃來到客廳，找到了拉克倫的筆電，隨後倒在沙發上，打開了電腦。

螢幕一亮我就看到現在有十一個監視畫面了。有一個我認出是樓下的辦公室，有一張總裁用的辦公桌。另一個是在樓上的玄關，角度剛好可以拍到所有的走廊。其他的則是圖書室，還有遊戲室，正對著撞球檯；加上前面的客廳，還有幾間我不熟的房間。最後的一個畫面一定是主臥室了。我仔細研究：我還沒見過那棟屋子裡的主臥室。就跟磐石居的其他各處一樣幽黑雄偉——一張有頂篷的大床，鋪著猩紅色亞麻床單，一張正式的天鵝絨面沙發，一個跟坦克車一樣大小的衣櫃。石頭壁爐的兩邊各立著一隻銅獵犬，文風不動的看門狗不懷好意地瞪著對面的床鋪。這個房間是為十九世紀末的金融寡頭設計的，並且偽裝為皇族。

在這個可以放進博物館的場景裡只有一處刺眼：最遠的那邊牆下擺放的褐色搬家箱，堆了三層，至少有十二個。我拉近來看著以整齊的黑色簽字筆手寫的標籤：大衣：思琳＋范倫鐵諾。裙——百褶裙。手拿包＋迷你包。輕毛衣。雜項。盧布丹。絲質上衣。我立刻就想到了兩點：一，凡妮莎的衣櫥可以裝滿一整家服飾精品店，而且在網路的代售店上搞不好可以賺一筆。二，凡妮莎在這裡住了幾個月了，卻顯然還沒有把家當整理好。

我看著這個畫面一會兒，等著拉克倫或是凡妮莎穿過螢幕，卻沒等著。他們一定是在廚房裡。屋子的其他部分空洞得像墳墓。拉克倫找到了什麼話題可以跟她聊上整整三小時？我發現自己在希望我們替攝影機裝了收音效果，那我至少就能聽見視線之外的回音。

最後我在沙發上睡著了。我不確定睡了多久，只知道一醒來就發現拉克倫立在我面前。他的呼吸帶著甜膩的霉味；我能聞到他身上的酒氣。「我都放好了。所有的攝影機，」他說，微微搖晃，我這才明白他喝醉了。

「我看到了，」我說。「玩得很開心是吧？」

「別吃醋，達令。妳這樣很難看。」他朝臥室走，避開到處都有的家具。

我坐起來，他的筆電仍在我的大腿上。「你不想看看嗎？」

「早上再看，」他大聲說。「我累死了。」

我聽著他在小屋裡跌跌撞撞，咒罵那些骨董，然後是他倒在床上的聲音。臥室裡傳來深沉吵嘈的打呼聲。小屋吱咯響，夜越來越冷，而我想著來襲的暴風雨。

被拉克倫吵醒之後，我就睡不著了，所以我打開了筆電，點開監視畫面。凡妮莎就在那兒，在她的臥室內移動，好像在找東西。她消失到浴室裡，再出來後站在床尾瞪著看了好久。我猜不出她是在看什麼。她穿著內褲和一件小可愛，我能清楚數出她的肋骨；她的眼睛下方貼著新月形的眼膜，讓她像隻厲鬼。最後，她爬上了床，拿起旁邊桌上的手機，滑了起來。可是她又改變了主意，關掉了燈，躺在枕頭上，瞪著天花板，一動不動。

在那張四柱大床上她好嬌小，像個躺在真人尺寸的床鋪上的玩偶。不知道她能不能感覺到之前躺在那兒的每一個利布林。她真的該買張新床，我心裡想。我看著她的胸口緩緩起伏，然後起伏得稍微快一點，還有古怪的小停頓；然後凡妮莎伸手蓋住了臉，我這才明白她是在哭。起初只是輕聲哭泣，但很快她的身體就開始起伏抽搐，哭得很傷心。她的金髮披散在枕頭上，她放聲大哭，相信黑暗中只有她自己一個人。我從來沒見過這麼赤裸裸的絕望。

這時我覺得噁心，不是因為她。我想像著從外部看著我自己，像是有人在他們的監視器上看著我。而我看到的是一個可悲的偷窺狂，監看一個女人最私密的一刻。是個情緒上的吸血鬼在利用陌生人的傷心來為她自己的厭惡加油添柴。

我是怎麼變成一個住在陰影中，看著世界，只看到獵物和標的的人的？我為什麼憤世嫉俗而不是樂觀進取，只知奪取而不知施予？（我為什麼不更像愛胥莉？）我突然恨我自己，恨我變成的那個卑小鄙陋的人；這份恨比我對利布林和他們的同路人的恨還要強烈。

並不是他們把妳變成這樣的，是妳自己把自己變成這樣的，我心裡想。

我關閉畫面，告訴自己我不會再看了。我要這整件事結束。我要回到回音公園的家去陪我母親。我要從這一票撈到足夠的錢，讓我可以金盆洗手。我要這樣，而且我想要更多——我想要一個全新的機會，讓我做那個我曾以為可以做的人，那個有光明遠景的人。

就在畫面變黑之前，凡妮莎拿開了手，她的臉孔瞬間出現，襯著猩紅色的被單蒼白朦朧。黑暗中我幾乎分辨不出她的五官，但是她的臉不知是什麼讓我愣住了。因為我敢發誓，在螢幕黑掉的半秒裡，凡妮莎完全不哭了。

凡妮莎在笑。

# 21

一夜之間雨就變成了雪。我醒來後走到客廳的窗前，看到了半呎深的雪粉覆蓋在大地上，軟化了我們的視線。綿密的雪默默地飄落，每一片雪花都有一毛硬幣那麼大。大草坪消失了，埋在了一張銀白毯子下。

我有多年沒看過這麼大的雪了，我發現自己穿著睡衣褲站在門階上，吐出舌頭。拉克倫來到我背後，雙手捧著一杯茶，肩上裹著被子。他形容枯槁又宿醉，眼睛下的柔軟皮膚浮腫起皺。他終於出現了他這個年紀該有的樣子——一個四十歲的男人——卻讓人一驚。

「妳把冷空氣都放進來了，」他說，然後看著我穿的衣服。「要命喔，妮娜，妳再不小心一點會凍死的。」他把我拉進被子裡，用他熱呼呼的身體貼著我。他渾身臭味，像汗味加口臭。

「你覺得我們會被雪困住嗎？」我問。

「但願不會。」他用被子把我們兩個包得更緊，打了個冷顫。「從我離開都柏林之後，我就發誓不要再住在天氣冷的地方。我小時候老是很冷，我父母付不起暖氣費，所以每年冬天我們就凍得要命。我猜他們是希望十一個孩子擠在三個房間裡，我們靠體溫就能熬過去。」他陰鬱地看著飄落的雪花。「我戴著手套寫作業，以免在自己家的客廳裡得凍瘡。我的老師總是因為我的字寫得醜給我低分。」

而我想要跟他說的是純潔的雪給我的感覺像希望；是我記得青少年時就在這同一個地點眺望，感覺我是走進了什麼童話世界中的仙境；也許換作別種情況，我在山上這裡可以過得很開心。但是我一句話也沒說，只是從他的臂下溜出去，回到溫暖的小屋裡。「沒時間傷感了，」我說。「上工了。」

一會兒之後，我跋涉過白色的原野到磐石居去。我的靴子踩碎了一層新雪，露出了底下被壓平的草，而雪花在我留下的腳印裡融化。我爬上屋前的門廊，敲了三次門凡妮莎才終於出現在門口。她朝我眨眼睛，兩眼充血浮腫，臉上掛著顫巍巍的微笑。她昨晚顯然也是喝多了。

「妳已經好了嗎？」驚訝赤裸裸地寫在她的臉上。「真快。」

「一陣子就好了，」我說。「身體有時很奧妙，不是嗎？即使你花一輩子去了解，還是常常會被驚訝到。」

「喔！」她的額頭皺起來，解析我的話。「妳覺得是怎麼回事？食物中毒？」

「大概是我買的鮪魚三明治。」

「哎呀，妳要是問過我，我會建議妳別買那邊的三明治。他們的冰箱非常不可靠。」她仍然站在那兒瞪著我，好像不相信我能直挺挺站著。「咳，昨天的晚餐少了妳。」

「我錯過了也覺得好可惜，妳花了那麼多功夫。我希望妳會願意再請一次客。」我笑著說。

她看著我的肩後，小屋的方向，我能感覺到她在心裡盤算——同伴和這麼快又請客會有的麻煩。「好啊，」她說。

「幾時？」

她的眼睛閃動，詫異於我的緊迫盯人。「明天吧。」

「太好了。」我把腳趾插進門裡。「嘿，我能進來烘乾一下嗎？我想請妳幫個忙。」

廚房裡活像是暴力犯罪的現場，一堆髒鍋子散置在流理台上，深紅色的汁液噴在防濺瓷磚上，酒杯裡有沙子似的猩紅色殘留。餐桌上仍擺著昨晚的殘餘：幾盤凝固的燉肉浸在黃色的油脂裡，銀叉的齒尖上有殘渣，白色餐巾染上了口紅，綠蔬沙拉在醬汁下凋萎。

「看來妳昨晚過得滿精彩的，」我說。

她注視著一團狼藉，好奇地轉頭，好像那是別人造成的。「今天早上管家是應該要來整理的，可是她被雪困住了。」聽她的口氣活像天氣不好都是管家的錯。她從流理台上拿起了半空的酒杯，朝洗碗槽移動了五吋，好像她只能整理到這樣了。

「我叫麥可來洗碗。這一團亂他也有份，」我說，很開心拉克倫會多恨我這個主意。

「天啊，拜託千萬不要。我相信雪很快就會停，鏟雪車最後會過來的。」她看著窗外的湖泊，雪面反射的陽光害她瑟縮，然後她沉坐在椅子上。「妳說要請我幫忙？」

我拉出了她旁邊的椅子，深吸一口氣，讓自己變成愛胥莉。「嗯，我不確定麥可是不是告訴妳了——他有時候非常重隱私……」我朝她羞澀地一笑。「可是他跟我求婚了。我們訂婚了。」

她悶悶地瞪著我半秒鐘，像是時間延遲了。然後她的臉亮了起來，她發出刺耳的尖叫聲。

實在是太做作了，她簡直就是在醜化自己。她當然不可能會為了我們這麼興奮。「太好了！太棒了！他沒跟我說！多棒啊！」她靠過來，酸臭的呼吸吹在我臉上，她的雙手在心窩上緊握，像是喜不自勝。表演得也太浮誇了吧。「喔，快點跟我說。在哪裡，怎麼求婚的，還有，喔，給我看戒指！」

「我們到這裡的第一晚，其實就在小屋的台階上。我們在外面看湖上的滿月，他單膝跪下，然後……嗐，妳能想像得到。」我慢吞吞拉掉一隻手套，把左手伸給她看。我的無名指上戴著一隻裝飾藝術訂婚戒，枕形切割翡翠有我的大拇指指甲那麼大，周邊鑲著小長方鑽。如果是真品，至少值個十萬元。不過這是一隻絕佳的贗品，是許多年前我母親在百樂宮酒店從一個喝醉的女人手上偷走的，從那兒之後就放在我的珠寶盒裡，在需要的時候就會派上用場。

凡妮莎抓住了我的手，發出咕咕聲。「經典款！是傳家寶嗎？」

「以前是麥可的祖母的。」

「愛麗絲。」她用大拇指輕輕揉過寶石。

我愣了愣才認出這個名字。「對，愛麗絲。我愛死這隻戒指了。我是說，妳看有多漂亮。」我舉起手來欣賞寶石，戒指敲著我的指關節。「可是看吧？太大了，我的手指掛不住。我不敢戴，除非是拿去調整過。可是就算調整過，妳不要跟別人說喔，戴這麼華麗的東西我還是有點害羞……」我裝出臉紅的樣子。「說真的，我是個滿低調的人。我在教瑜伽的時候又不能戴著這個。如果由我作主啊，我會把它捐出去，換個小一點的。」

「喔，我相信。」她點頭，非常嚴肅，好像她能有同感，不過我從Instagram上知道對於凡妮莎・利布林來說沒有哪個寶石會過大。

「可是我也不願意把它就放在小屋裡。我大概是有疑心病吧，可是小屋感覺好暴露……」暗示可能會有強盜摸黑在白雪皚皚的湖岸徘徊實在是神經病，可是她皺起了眉頭，好像在認真思索這種可能。我希望我沒把她嚇壞到安裝更好的保全系統。「所以呢，我在想——妳這裡有保險箱嗎？」

她放開了我的手。「保險箱？有啊。」

「妳會介意嗎，幫我把戒指放進去，在我們住在這裡的時候？」我脫下了戒指，放進她的手掌心，不讓她有機會考慮。她直覺地收緊了手指，像嬰兒抓著玩具。我伸手覆住了她的拳頭，感激地壓了壓。「我如果能知道戒指放在一個我不需要擔心的地方，真的可以讓我安心一點。我從來沒有過這麼棒的東西。我只是覺得……」我遲疑不決。「嗯，我只是覺得我可以信任妳。」

她的視線落在我們的兩隻手上，輕輕地緊握在一起，而其中是她相信我最寶貴的財產。「我完全了解。」她抬起眼來迎視我，我詫異地看見她的眼中含淚。又來了。這一次她又哭什麼？

但是我想起了她貼在她的「人生勝利組」動態消息上的訂婚戒，她透過指縫看著鏡頭時臉上燦爛的笑容。各位：我有消息。那枚戒指現在不在她的手上了，又一個可憐的凡妮莎的個人悲劇。是發生了什麼事？我在心裡納悶。可能是因為我仍在扮演愛胥莉，也可能是因為我心底的什麼人性想要跟她心裡的人性連結；反正不管是什麼原因，我都覺得有需要問。

「妳今年年初的時候訂過婚，對吧？」我柔聲問。

她一臉驚愕。「妳是怎麼知道的？」

「妳的Instagram。」

她微微張開嘴，思緒似乎向內捲。看樣子她是想要找出她準備好的一篇講稿，一句激勵人心的名言，可以表現出她是多麼的有韌性、多麼會反省。但就是找不著。她的一隻手放開，露出了掌心中我的戒指，來回滾動，讓它對著光線，拿著一枚不屬於她的戒指做這種事，占有欲還真是大得奇怪。「他不是非常喜歡我的生活型態，」她最後說，看著戒指閃爍光芒。她的聲音變了，變得平直。「他想像他媽媽一樣進軍政壇，他認為我對他的生活目標是一種阻礙。我的『觀感』不好。公務員搭乘私人噴射機，尤其是在當前的環境下，不成體統。給人膚淺的印象。所以。」她聳聳肩。「我不能說我怪他。」

我沒想到會是這種答案。我還猜是因為劈腿，說不定是吸毒的問題——什麼可鄙的醜事。我也很驚訝，發現了她有少量的自覺。膚淺？打死我也想像不到這句話會從她的口裡說出來。「他一直等到你們都訂婚了才這麼決定？」

「他在我父親過世後兩個星期決定要甩了我。」

我還沒有那麼沒心肝，感覺不到這種事的沒人性。我靠得更近。「會做那種事的人不值得妳浪費時間。我這麼說也安慰不了妳，可是從長遠看，妳像是逃過了一劫。」我說的是真心話。

「那妳就是因為這樣才離開紐約的嗎？」

「那是我搬過來的原因，」她說。環顧亂七八糟的廚房。「我需要換個環境，就跑到磐石居來了，當時似乎時機很恰當。爹地把它留給了我，我以為……回到這裡，我們的祖宅，說不定能有一點安慰。我以為那是一個機緣。」她抬頭看著我，我看到她的眼神也像外頭的湖泊一樣冷漠。「結果，我忘了我討厭這棟屋子。我的家人在這棟屋子裡發生了恐怖的事情。」從她口裡說出的每個字都像是冰塊。「磐石居只是紀念我悲慘的家人的聖壇：發生在我母親、我父親，我弟弟身上的每一件壞事都是從這裡開始的。妳知道我弟有精神分裂症嗎？是在這裡發病的。而我母親也在這裡自殺了。」

我被這個新的凡妮莎弄得啞口無言：不是圖書室裡愛哭的、需求的、憂鬱的那個；不是急於取悅的那個輕浮的女主人；而是全新的一個，冷漠憤怒，苦澀又有見識。還有——她母親是自殺的？這倒是新聞。「我的天啊。自殺？」

她用那雙木然的綠眸好奇地瞪著我，好像是在我的臉上找什麼。這一次，要表現同理心真的不需要費力。然後她低頭聳肩。「報紙上當然不是這麼寫的。爹地把真相瞞住了。」

行船意外。報紙上是這麼說的。我從來沒想過要去懷疑一個中年婦女是怎麼會在遊艇上死於意外的。我想問的是：她為什麼要自殺？但是我知道不能這麼問，愛胥莉是不會這麼問的。「她一定有很多煩惱，」我輕聲說，想起了那個坐在圖書室沙發上的冷淡的、貴族似的女人，猛地起了疑竇。我那天沒看出來什麼？「真的很對不起。我不知道。」

「妳怎麼可能知道。」她用力地抖了抖肩。「別人怎麼可能知道。我是個他媽的利布林，我是凡妮莎．利布林，是主題標籤女王，妳以為我不知道嗎。我是不准抱怨或是感到痛苦的，不然我就是身在福中不知福。別人認為我應該要為我的好運氣一輩子懺悔。無論我做了什麼，就算我把錢全都捐出去，對一些人來說還是不夠。他們總是能找到理由討厭我。」她瞪著手心上的戒指，轉過來捕捉光線。「也許他們是對的。也許我是有要命的缺點，也許我是不值得同情。」

拋開我來此的目的不提，我真的為她感到一陣心痛。有沒有可能是我太苛刻了？我對她的討厭是誤會，而拉克倫跟我這一次挑了一個罪不致此的獵物？畢竟，她並不是那個把我光溜溜拖下床的利布林，她不是那個把我和我母親驅逐出城的利布林。她甚至不知道我的存在。也許我把父母的罪怪到孩子頭上是有失公平。

她期待地看著我，好像在等我說什麼安慰的話，愛胥莉在面對悲劇時會有的平靜處方。但是我現在沒辦法。「把它捐出去，」我反而這麼說。我的聲音不同，比較尖厲；我有所醒悟，是因為說話的人是我。「這地方對來妳說像毒藥？妳受夠了批評？那就走出去，把它丟在腦後。妳不需要這個地方。放棄磐石居，到一個沒有包袱的地方重新開始。關掉照相機，活在寧靜裡。天啊，妳一定得打起精神來。還有別再請別人告訴妳妳並不是一無是處。妳何必在乎他們怎麼想呢？去他們的。」

「去他們的？」我看到希望掠過了她的臉，她的眼中也出現了契機。隨後那雙眼睛迎向我。「妳是開玩笑的，對吧？」

我這才醒悟到我險些就要害自己穿幫了。我是想要證明什麼？「對。」我尋找一句老掉牙的安慰話，愛胥莉可能會說的話。「欸，聽起來妳今年真的很辛苦，妳應該要考慮愛惜自己。我可以教妳一些正念運動，妳想學的話。」

「正念運動。」她瞪著我，好像被我的建議嚇到。「那是什麼？」

「就像洗滌心靈。」我知道聽起來很弱，要是別人給我這種建議，我會很討厭。「就是，活在當下。」

她收回了手，我看得出她後悔談到這件事。「我是活在當下啊，」她木然說。突然後退，拉開了和桌子的距離。「那，我會把戒指放到保險箱裡。有盒子嗎？」

「盒子？」我明白了自己的錯誤——戒指當然會放在天鵝絨盒子裡。「哎呀，我忘在小屋裡了。」

「沒關係，」她說。「妳在這裡等。」

她從廚房消失，我聽見她在屋子裡走動。我仔細聽她的腳步聲，但是屋子吞沒了她的聲響，我甚至沒辦法分辨她是否上樓了。我坐在廚房裡，心跳加速，希望我們的攝影機放對了位置。這棟屋子有四十二個房間，攝影機卻只有一打。

她幾分鐘後回來，立在我面前。「好了，」她說。似乎又恢復正常了；她的髮際線濕了，像是往臉上潑過水。

我站了起來。「我真是太感激了。」

「喔，沒什麼。我至少可以幫朋友這一點忙。」她的聲音又回到了那個輕軟、貴族的口吻。

「妳想要的時候跟我說一聲就行了。」

我想把另一個凡妮莎拖回來，那個剛才被我偷看到隱藏在這個膚淺的、輕如羽毛的騙子底下遍體鱗傷的譏誚犬儒。我伸出手去握住了她的手。「說真的，」我說。「我真的很遺憾妳在這裡不快樂，妳真的應該考慮考慮離開這裡。」

她朝我眨眼，然後縮回了手。「喔，妳大概是誤會我的意思了。我確定我回來這裡是有原因的。事實上，」她說，露出了二十二顆完美的牙齒。「我知道有。」

等我回到小屋，甩掉頭上的雪，我發現拉克倫坐在餐桌上，筆電架在面前，螢幕上流過一個又一個的實況監視畫面。他看見我站在門口，就把雙腿架到旁邊的椅子上，向後一靠，露齒而笑。

「賓果，」他說。「保險箱在辦公室的一幅畫後面。」

# 22

三名成人——一名金髮女郎，一對深髮情侶——坐在一間山中豪宅的餐廳，人單勢薄的三個人占住了可供二十人用餐的桌子。

餐桌的擺設是正式的多道餐點筵席，掐金絲骨瓷盤堆疊得像俄羅斯娃娃，每一層都等待著裝盛菜餚。有花押字的銀餐具擺放在瓷器的一邊，頭頂的水晶大吊燈折射出七彩光譜。房間裡有燃燒木頭的味道，還有餐具櫃上的玫瑰香。

那名金髮女郎，宴客的女主人，使出了渾身解數。

她穿著綠色薄紗古馳禮服，有可能是為了烘托她的眸色，但是那對情侶，全身不自在，穿的是牛仔褲便服。他們沒料到是這麼盛大的宴會。他們也沒料到廚房裡會有外燴公司的人員忙來忙去，穿制服的女侍倒酒，管家等著掃走麵包屑和殘渣。從前一次的請客後，四十八小時內起了變化，但是他們兩個都不知道金髮女郎為什麼突然需要搞這麼大的排場。

但是交談卻是友善活潑的，徹底避開了可能的敏感話題（政治，家庭，金錢）。他們談的是有時代精神的話題，而且三個人都熟悉：最新的熱門電視節目，名人離婚，三十天全食療法的價值。葡萄酒接連斟滿，湯送上來了；葡萄酒再接著倒滿，然後是沙拉。他們全都有些醺醺然，不過注意看的話會發現那對情侶喝酒的速度比金髮女郎慢多了。偶爾，兩人的視線隔桌交會，再匆匆分開。

主菜——冬季柑橘搭配鮭魚——剛剛上桌，宴會就被電話聲打斷了。深髮女子急忙在牛仔褲口袋裡掏手機，皺著眉看著螢幕。交談立刻中止。她向用餐同伴默默說了一個字——媽——他們點頭，表示了解。她站了起來，無奈地聳肩道歉，離開了餐廳，一面跟線路另一頭的人說話。

留在餐桌的兩個人彆扭地笑笑。金髮女郎低頭看著排盤精緻的主菜——他們應該等嗎？——可是男的已經開動了，好像是餓得要命，所以最後女郎也放鬆下來，拿起了叉子。褐髮女子的鮭魚冷了，盤子裡出現了油脂。

這時，她快速穿過豪宅，穿過冰冷黑暗的房間，越是離餐廳的聲響遠一點，感覺就越黑暗。她一直大聲聊天直到拉開了安全的距離，這才突然卸下偽裝。這通電話自然是假的，有應用程式。

女人發現自己來到了豪宅的前客廳，一臉不以為然的已故財閥從肖像畫上睥睨世人，然後她穿過客廳到辦公室去。辦公室是在圓形砲塔的底層，是豪宅的頂樑柱，所以房間是圓形的，有弧形牆壁，立滿了木書架。每一處的壁龕都陳列著一件物品：一隻青瓷甕，一隻瓷牛，一座球形檯燈，一個雕花老爺鐘。書桌是晶亮的桃花心木，空蕩蕩的，只有一套老式的墨水組和一幀銀框照片，照片中是一個母親帶著兩個年幼的孩子，幾十年前照的。

女人走向書桌，緩緩轉圈，研究著房間。她聚焦在書桌對面牆上的一幅畫上：是幅油畫，英國的打獵場景，一群獵犬在石南叢裡追逐一隻狐狸。她走過去細看。這幅畫只凸出於壁面一丁點，而且鍍金框有一處微微磨損。女人從口袋裡掏出一雙乳膠手套，戴上之後才抓住畫框的同一點。輕輕一扯，畫就轉開了，露出了後面的保險箱。

女人暫停，留神傾聽，但是屋子一片安靜，只有偶爾的笑聲，像一根針穿透寂靜。她研究保險箱。有電視機那麼大，跟覆蓋的畫一樣大，相當摩登，是電子鍵盤鎖。不過不是太摩登，並不是最新版的。

女人戴著手套小心按了一組生日數字，是她最近在網上的出生證明資料庫裡找到的：〇六二八八九。她等待著，等著喀一聲，然後解鎖。但是什麼動靜也沒有。她再試一次，同樣的數字，三種不同排列——〇六一九八九，二八〇六八九，一九八九〇六——還是失敗。她一隻耳朵貼著保險箱的金屬表面聆聽，像是舊竊盜電影裡的賊，但是就算是聽到了什麼，她也不明所以。她的手指戳著鍵盤，越來越沮喪。她讀了夠多的保險箱資料，知道她會有五次機會，然後保險箱就會偵測到不對，切斷之後的嘗試。

她打起精神，甩甩手，又試了一次：八九二八〇六。

保險箱發出一聲不悅的電子聲，鏘的一聲打開了。女人握著的門變鬆了，她用力拉開，看著漆黑的內部。

空的。保險箱是空的。

我瞪著裡面，不敢相信。那枚藝術裝飾假訂婚戒在裡頭，就在保險箱的前半部。凡妮莎把它放進了一個小銀碗裡，在昏暗的光線下它就像個可憐的玩具被遺忘在香皂盤裡。可是後面卻是空空如也。沒有一捆捆的鈔票，沒有天鵝絨珠寶盒，沒有貴金屬硬幣。

我一陣暈眩。我們白忙了半天。

不——不是真的，保險箱不算全空。塞在後半部的是一束文件和一疊可張開的檔案夾。我輕輕拿起了一個，掰開來看，卻只是一些文檔，許多都泛黃了。我翻了翻——一摞生意合同，房契，政府公債，出生證明，各類已失效的法律文件，我沒那個時間也沒那個興致去翻閱。這些文件可能包含了磐石居及其居民的歷史紀錄，但是對我卻不值錢。

我把檔案夾放回去，再小心地把那疊鬆散的文件拉到保險箱的前半部。還是一樣，沒有值錢的。只是舊郵件。

不過，我還是翻了翻，只是想確定。這時，有封信吸引了我的目光。是一張三洞畫線紙，美國各地的學童的活頁夾裡很普遍的紙，手寫的筆跡。是女人的字，用原子筆一筆一畫寫的。

我的心裡忽然打了個突。*我知道這張紙。我知道那手字。*

我把紙張抽出來，就著我的手機手電筒看。*是妳自己在胡思亂想*，我告訴自己，同時讀了起來。但是感覺卻像是一條蛇纏住了我的胸膛，而且在漸漸收緊。

二〇〇六年十月十五日

威廉，

我知道你以為我這一走事情就了結了，可是你知道嗎？我改變主意了。我發現我的沉默太廉價了。我的價碼可不是只有你六月給我的那麼一點。

你也知道我有我們外遇的證據——照片、收據、信、通話紀錄。我提議用五十萬賣給你。我說的是包括我收藏的照片樣本，好讓你知道我是真心的。如果你不付五十萬，那我就寄給你太太。然後我會把影本寄給你的董事會上的股東，我還會把影本寄給報社和八卦網站。

限你在十一月一日之前把錢匯進我在美國銀行的戶頭裡。

這是你欠妮娜跟我的。

祝福你，

莉莉

那條纏住我胸口的蛇收緊了，勒得我沒法呼吸，整個房間都在打轉。

我的腦袋裡警鐘大作，但其實只是老爺鐘在報時。我離開餐廳將近八分鐘了。我把信塞回去，藏在那疊文件的中央，然後以發抖的手關好保險箱。我盲目地在漆黑的屋子裡移動，循著說話聲，努力把我的過去一片片拼回去，卻辦不到。一點道理也沒有，或者應該說剎那間每件事都說得通了。

我母親。我想像她當時的模樣，一身藍色亮片禮服，性感美豔，然後我想像她被威廉・利布林鬆軟的胳臂抱住。我打了個哆嗦。

我需要跟她談一談。我需要見她。

最後我蹣跚回到餐廳，壁爐的熱氣、突如其來的光亮害我猛眨眼。兩雙眼睛盯著我，我勉強裝出我希望是平靜、令人放心的笑容來，但是拉克倫看得出不對勁。他一見我的表情，下巴肌肉就收縮，幾不可辨，戴上了警覺的面具。

凡妮莎似乎沒有注意到。「妳來了！麥可在跟我說他的小說，我等不及要看了。我能不能先偷看一點？」她朝拉克倫甜甜一笑，看他沒有立即反應，她趕緊重新調整，把視線轉向我，皺起了眉頭。「等等，愛胥莉，有什麼不對嗎？」

鮭魚的味道瀰漫了我的鼻子，害我想吐。桌上的蠟燭被我帶進來的風吹得明滅不定。我打量凡妮莎，不曉得她知不知道那封信；我覺得暴露又脆弱。凡妮莎瞪大眼睛看著我，修飾得就像一隻純種家庭寵物那樣天真無邪。然後我想起來了：我是愛胥莉。即使凡妮莎在父親的舊物裡翻到了那封信，她也沒有理由把「莉莉」這個名字跟站在她眼前的女人聯想在一起。我用愛胥莉的保護衣裹住自己。我大方地發抖，臨場發揮。

「是我媽，」我說。「她住院了。我得回家去。」

✦

拉克倫氣炸了，在小客廳裡踱步，頸上青筋暴突，兩手亂耙頭髮，把鬈髮抓得根根倒豎。

「天啊，妮娜——空的？那，東西都跑哪兒去了？」

「我不知道，」我說。「最有可能是藏在別的地方了。另一個保險箱裡。或是保管箱。或是銀行。」

「我操。妳還說得那麼篤定。」

「對不起，可是那是十二年前的事了。事情是會變的。我們都知道機會渺茫。」

「妳可沒說過機會渺茫。妳說的是十拿九穩。是我們的大豐收。」

我好想拿椅子砸他。「至少密碼還能用，讓我可以打開保險箱看。」

他一屁股坐在沙發上，一臉不快。「那現在呢？」

「這個地方又不是沒有值錢的東西。那棟屋子裡的東西有的值幾十萬。那座老爺鐘。我會再回來列個清單，挑選幾項。我們不會空手而歸的。」

他把一張臉拉成苦瓜臉。「那又得費一番功夫。得想辦法把東西弄出去，再找一個他媽的收贓的賣掉，扣掉佣金，我們只能賺到一點零頭。這一票本來是應該可以輕鬆賺飽的，結果現在又變成了小零錢。」他氣沖沖地瞪著我。「還有妳為什麼又要去看妳媽了？」

「這可以讓我們的說辭更牢靠，讓那通電話很可信。」我看得出來他不相信我，但我是不可能把那封信的事告訴他的。況且，跟我們現在做的事又有什麼關係？一點也沒有。雖然我覺得有什麼變動了，好像我這麼多年來泅泳其中的道德正確水池突然被抽光了水，而我看著光禿禿的四周，懷疑自己究竟是在哪裡。

我在他旁邊坐下，一隻手按住他的大腿。他不理。「喂，我真的擔心我媽。我們說好了我可以回家看她，所以我們才會停在加州的，記得嗎？」他還是不吭聲。「我只去幾天。」

「凡妮莎會認為我會陪著妳。我現在是妳的未婚夫了，記得嗎？」

「不，你留下來，進行B計畫。我相信你能想出一個理由解釋你為什麼得留下來。跟她說我不要你中斷了寫作。跟她說我母親病得並沒有那麼重。」

外頭仍在下雪，把小屋籠罩在寂靜中。古老的溫度調節器滴答響，然後停頓，吹出一陣燙人的風。拉克倫皺眉，把毛衣脫掉。

「要命，妮娜，」他嘟囔著。「妳不在這兒叫我做什麼？我已經無聊得快瘋掉了。」

我聳聳肩。「你是個大人了，會想出事情做的。」

# 23

翌晨我開車到洛杉磯。先慢慢駛過白雪紛飛的頂峰，輪胎吃力地咬著路面，擋風玻璃被噴上了褐色的雪泥。然後下山到下雨濕滑的山谷，一處處的車陣慢慢穿過濃霧。再往南走，我駛過了幾哩的冬眠的農地，終於爬過了一片灰蒙蒙的格雷普維恩山陵。開了九個小時，但感覺上卻像是我在太浩湖眨個眼，再眨一次我就停在了我在洛杉磯的房屋前面了。

小屋裡有甜膩的腐敗氣味。我母親的香水殘留，也可能是餐具櫃上凋謝的百合花。小屋一片漆黑，潮濕的夜從翹曲的木窗縫隙滲透進來。我才出去了幾個星期，雖然我知道我母親不會在這麼短的時間裡病況急轉直下，我還是發現自己屏住呼吸，生怕會發現她仰臥在床上，全身萎縮，已經撒手人寰了。

不過廚房傳來了聲音，門打開來，我母親站在那兒，背後有長條形的光。屋裡這麼黑，她一定是並沒有一眼就看見我，因為她默默向我走來，一身月色綢睡袍，像蒼白的幽靈。

「媽，」我喊了她一聲，那隻鬼的嘴裡冒出恐怖的聲音。砰的一聲，杯子砸碎了，然後頭頂的燈光亮起。我母親站在那裡，在電燈開關旁愣住，腳下是閃閃發光的碎玻璃。

「天啊，妮娜。妳這樣子偷偷摸摸的幹麼？」她的聲音比我預期中尖銳，被嚇到了。她小心翼翼退後，用腳趾把玻璃渣挪開，清出一塊空地來。

「來，別動，妳會割傷的。」我衝進廚房裡拿掃把畚箕。我回來時，她仍站在原處，身體輻射出緊張。我抬頭看她，一面把玻璃渣掃進畚箕裡。她臉色蒼白，額頭上有薄薄一層汗，我發誓她比幾個星期前瘦。是淋巴瘤又回到她身體裡的跡象。我責備自己沒打電話給她的醫生加快她的治療。她不應該再等一個星期再化療，她現在就需要。

那個空蕩的保險箱所衍生的結果在我回家後變得越來越真實了：我兩手空空回來，沒有錢能支付我母親的醫藥費。一劑Advextrix＝一萬五千元＝黑市一隻台夫特花瓶。我想像著磐石居裡的寶藏，被遺忘在冰冷的房間裡。我需要回去再看一遍。那隻老爺鐘，客廳的兩把椅子，一些銀……我一面掃玻璃渣，一面在心裡走過磐石居的房間，在家具上放價目牌，拿來跟我母親的性命比較。當然，拉克倫跟我可以想個辦法偷出一些東西，不靠艾弗蘭銷贓；一定有別的仲介可以用。

不過我們會拿太多。會比我們之前幹過的幾票都更冒險。我們要怎麼把東西弄出磐石居？我們要如何在過程中不被發覺？

*我們會想出辦法來的*，我告訴自己。非想出來不可。我沒有主意了。

我害怕抬頭迎視我母親的目光，害怕她會看到失敗寫在我的臉上。

我母親的雙手按住了我的肩膀，把我從蹲姿拉了起來。我站了起來，這才發現我的牛仔褲被她杯子裡的液體弄濕了：聞起來像琴酒。

「妳不應該喝酒，」我說。「妳就要開始放射線治療了。」

「怎麼，喝酒會害死我嗎？」她哈哈笑，但是我看得出她緊張，她的睫毛不斷顫動，一隻手牢牢抓著睡袍的衣襟。

「會讓妳死得快一點。」

「少批評我，達令。我很寂寞。這裡沒有妳好安靜，我需要給自己找點事做，這樣時間可以過得快一點。」她把我拉進懷裡擁抱，涼涼的臉蛋貼著我的；我能聞到她的月見草乳液，她呼吸中的琴酒味。「我好高興妳回來了。」

她向後站，打量我的臉。「妳花了點時間在戶外，我看得出來。妳忘了搽防曬油了。」但是她沒問我去了哪裡，我能感覺到她心裡在仔細盤算。她的眼睛溜過我的肩膀，凝視黑暗的房間。

「拉克倫跟妳一起來了嗎？」

「他沒來。」

「不過他陪妳回洛杉磯了吧？」

「沒有。」

「喔。」她蹣跚走向客廳，行進中抓著家具。我看不出她是因為虛弱或是有點喝醉。可能是兩者都有吧，我想。她打開了檯燈，癱倒在沙發上。椅墊微微嘆了口氣，彈簧也吱呀抗議。我在她身邊坐下，側身斜倒，把頭靠在她的大腿上，像個孩子。直到現在我才發現我有多累。幾週來我第一次感覺是自己。她的兩隻手落在我的頭髮上，撫平粗糙的髮絲。

「我的寶貝。妳為什麼回家來？」

「我想妳，」我低聲說。

「我也是。」我真希望能緊緊抱住她，可又怕會把她折斷；她感覺像是我身下的一顆膨風的蛋，既脆弱又空洞。我拿起她的一隻手，貼在臉頰上。「達令，」她慢吞吞地說。「妳確定妳回來安全嗎？我很高興看到妳，可也許妳不應該回來。警察。」

我急著回來找她，都快忘了這件事了；但是此時此刻它感覺無關緊要，只是在我的腦海後部一個隱隱約約的危險。

「媽。我得告訴妳我去了哪裡，」我說。「我去了太浩湖。」

而我感覺到了，就在這一秒，她在我身下變化，她全身僵硬，呼吸突然卡住。我坐起來看著她的臉，我能看到她的眼睛，來來回回閃動，尋找安全的地方下錨。她正盡全力迴避我。

「媽。」我讓聲音保持溫和，即使內在的急迫如火花一樣亂噴，死命想宣洩。「我住在利布林的房子裡，在磐石居。」

我母親眨眼。「誰？」

她以前是個高明的騙子，我母親；對一個陌生人來說，她可能仍舊是，卻騙不了我。「別假裝妳不知道我在說什麼，」我說。「而且我有一些問題。」

她向咖啡桌伸手，好似能找到杯子，但是雙手卻抓了個空。最後她把手收回到大腿上，纏絞睡袍的衣帶。她沒看我。

「媽，」我說。「妳得告訴我是怎麼回事，在我們住在那裡的時候。妳跟威廉．利布林。」

她的目光落在電視螢幕上，就在我的肩膀之後。房間很安靜，只有她喉嚨裡不規律的呼吸聲。

「媽？妳可以跟我說。那些都是陳年舊事了。我不會生氣的。」只不過，我是生氣，我忽然發現。我生氣，因為那是瞞著我的秘密，而且還形塑了我這十年來的人生觀。我生氣因為我以為我們很親近——我們兩個聯手對抗世界——但我驀地領悟到我們不是。我的人生有多少部分是她為我寫好的小說？

我往後坐，雙臂抱胸，盯著她的反應。

她一逕盯著漆黑的電視，下巴頑固地緊繃著。

「好吧，換個方法好了。」我快沒耐性了。「我們住在太浩市的時候，妳跟威廉・利布林搞外遇，對嗎？」

她的眼睛閃向我，聲音只比耳語大一點。「對。」

「那我猜你們是在……學校認識的？在開學日？」她的臉上隱約掠過有趣的表情，我這才發現我錯了——學校的活動是茱蒂絲的主場，不是威廉的。我再猜：「不對，你們是在賭場認識的。高額賭客室？他來賭博，妳幫他送飲料。」

她眼睛眨得太快，我看得出被我說對了。「妮娜。拜託。不要。別管這件事，真的不重要。」

「怎麼會不重要，媽。」我打量她，一想思索。「妳那時是有什麼計畫？」她緩緩搖頭，眼睛盯著我，評估，等待，看她能瞞我多少。「竊盜身分？信用卡？」她又搖頭。「好吧，那是什麼？你們做了什麼交易？」

「沒有交易，」她不服氣地說。「我喜歡他。」她把衣帶緊緊纏在手上，手心都發白了。

「胡扯，」我說。「我見過他，媽。他是個混蛋。妳不是喜歡他。」

她露出苦笑。「唉，我絕對是喜歡他幫我們付帳單。」

我想起來了，那年春天我們的缺錢問題突然就解決了；我還以為是因為在芳拉克的高額賭客室拿到的高額小費呢。不過，我還是不太相信。就只是詐騙一名商界大亨幾百塊錢來付瓦斯費？她的目標不會訂得這麼低。

「還有呢？」她遲疑不答。「說嘛，妳在設陷阱套他，對不對？」

她的眼光邪惡地閃了一閃，我看得出她巴不得能跟我說，說她為什麼對自己很得意。她的嘴唇露出笑容。「假懷孕。我威脅要留下孩子，稍微嚇他一嚇，好讓他為了擺脫孩子，讓我離開付一筆錢。」

我好想哭。多俗氣又可悲的騙局啊。「怎麼騙呢？那妳不就需要假的驗孕結果和超音波？」

「我在賭場有個同事，她懷孕了，需要現金。她把尿液給我，以防他要我驗尿，證明我真的懷孕了。而且她會去診所，假裝是我，頂替我的名字照超音波。事成之後我是會給她五千塊的。」

我終於抓到了關鍵：是會給。「可是妳半途而廢。」

「事情……有了變化。沒想到。」她嘆口氣。

我回想著那幾個月，想起了她脖子上的絲巾，她回家晚的幾晚，因為在賭場值「晚班」，她髮色的微妙變化。然後我想到了另一個可怕的事情。「在那段時間妳知道我和班尼的事嗎？」

她搖頭。「那是在我知道你們兩個的事之前開始的。而且我一直不是很確定，達令。妳從沒跟我說過，妳是那麼的……難以捉摸。那麼難懂的青少年，那麼多秘密。那天在咖啡店裡看到班尼，我懷疑過——你們兩個對看的樣子——但是我不知道。一直到……」她住口不說。

「直到利布林夫婦打電話給妳？直到他們把我們趕到外地去？」

「不是。」她沉默了一會兒。「是在磐石居……」她的眼神又變得幽暗遙遠。在磐石居？然後我明白了，清楚得讓人噁心：班尼的父親在小屋逮到我們的那天，他沒事怎麼會跑到那裡去？難道他到小屋去是為了他自己見不得光的事情？「妳那天跟威廉．利布林在一起，在磐石居裡，對嗎？就是他逮到我跟班尼在一起的那天。妳在那裡。」

她眨眨眼。眼裡都是淚。

「天啊，媽。」我覺得想吐。我想像我母親躲在管理人小屋外的灌木叢裡，聽著威廉．利布林痛斥我。我想起了在一個陌生、強勢的男人面前一絲不掛有多麼的脆弱——妳什麼也不是，直接甩在我臉上——而我突然很憤怒，她居然沒有衝進小屋來護衛我。我從沙發上站起來，在咖啡桌前來回踱步。「妳為什麼不阻止他？」

她的聲音好小，我幾乎聽不見。「我覺得丟臉。我不要妳知道我跟他在一起。」

這句話讓我停步一會兒。「那妳為什麼去那裡？」

她又沉默了。

「喔，拜託，媽，別再玩你問我答了。直接告訴我。」

她瞪著緊緊纏在手上的衣帶，把它拉得更緊，隨後又放開。等她再開口，她的聲音遲緩刻意，好似她在拿茶匙衡量每一個字。

「他太太出城了，」她開口說。我點頭，想起來了。「他帶我去的，去小屋。那是我頭一次去磐石居，可是他不肯帶我到主屋去。我那天正打算要告訴他，說我懷孕了。我帶了驗孕棒，和我朋友的尿液，以防他不相信我。可是他打開了小屋的門……我們立刻就聽見了你們的聲音。」她講話微微破音。「我往外跑，以為他會跟上來，結果沒有。所以我就躲起來等。可是，達令——我發誓。我不知道是你們在裡面。」她懇求的眼神尋找著我的眼睛。「最後他出來了，氣得要命。」

「氣我？」

她的喉嚨上下聳動。「氣我們兩個。他以為……妳跟班尼……以為是妳跟我的詭計。我們兩個聯手，鎖定了他的家庭。他有疑心病。在那之後，我就沒辦法假裝懷孕了。」她的音調裡帶著指控，我猛地驚覺她可能真的怪我破壞了她的騙局。「反正，就是這樣了。我們完了。他甩了我。」

「而且逼我們離開。」漫長的沉默。「對吧，媽？所以我們才會忽然搬走？是他逼我們離開太浩市的，因為他想要阻止我跟班尼在一起。」但即使我嘴上這麼問，心裡卻知道了真相；根本就不是這麼回事。我想起了我母親在我們離開那天好像藏著掖著什麼，不肯說明利布林夫婦做了什麼逼我們離開。不是為了要保護我，而是要保護她自己。

她仰起頭看著我，滿眼是淚。「我們需要錢。妮娜……帳單。沒有他——我沒辦法……太難了。」

我重重坐在沙發上，沙發吱吱叫，微微噴出一團帶著灰塵的空氣。當然了。那封信：我發現我的沉默太廉價了。我的價碼可不是只有你六月給我的那麼一點。「我們會離開是因為妳勒索他？天啊，難怪之後班尼不肯跟我說話！」

「妮娜。」她縮在沙發一角，縮成一個球。「班尼的事我很抱歉。可是妳跟班尼——是不會有結果的。」

「妳得到了什麼，媽？」我在對她吼叫，而且我相信隔壁的麗莎都聽得到，但是我遏止不了怒火噴發。「妳跟他要了什麼？」

一滴眼淚流出了她的眼睛，從她凹陷的臉頰流下。「我說……我會把我們的事告訴他太太。我有照片，是我預防萬一偷拍的，在我們……」她沒把話說完。「總之，我說我會離開，只要他給我錢。說妳不會再纏著他的兒子。」

我回想那天我回家來發現車子裡塞滿了行李，還有我母親的道歉：事情沒按照我的計畫。說謊。而且我也是第一次明白我們不是被一個認為我們配不上他們的家庭報復，被趕出去的。我們是逃走的，夾著尾巴，因為我媽就是沒辦法清清白白做人。因為她貪婪。是她害我們被放逐的，不是他們。

他們大概是對的：我們是配不上人家，一點也不配。

「多少錢，媽？」我問。「他給了妳多少錢？」

她的聲音只像蚊子叫。「五萬。」

五萬。這麼一點錢，就把女兒的前途給賣了。我忍不住納悶我的人生會是什麼樣子，要是我待在太浩湖不走，在北湖中學的溫暖懷抱以及它的進步理念裡。如果我沒有在那一年走開，以為自己是個魯蛇，一個沒人要的，一個什麼都不是的人。

「天啊，媽。」我坐在沙發上，雙手抱著頭好久。「然後妳寄了封信。幾個月之後，在我們回洛杉磯之後。妳跟他勒索更多錢，這次是五十萬。」

她一臉震驚。「妳怎麼知道？」

「我看到了妳寫給他的信。還放在磐石居的保險箱裡。」

「妳看到了？在磐石居裡？」她的語音含著痰，卡在喉嚨裡，而就是在這段交談之中我明白了我還沒有充分說明我最近為什麼會去住在磐石居。「等等——妮娜——」

「我等會兒再解釋。可是，媽——妳又勒索他？」

她緩緩轉身瞪著我，表情含糊遙遠，好似從水族箱的底部看著我。「我是又勒索他了。可是他沒理我。」

他當然不會理。我仍清楚記得我們從太浩離開後住的賭城的公寓，只是個浴缸不能用的小鞋盒，廚房散發霉味。要是我母親口袋裡揣著五十萬，她會搬進百樂宮酒店的閣樓套房，在六個月內就把錢花光。「就這樣？妳就放棄了？」

「嗯，我從報上看到……他太太的事。說她死了。」她緊緊盯著我。「我就想，我的機會沒了。再說我那時也覺得有點對不起他。」

「可是在妳把我從我唯一開心過的地方拖走的時候，妳顯然不覺得對我不起。」我知道我的話充滿了怨懟。

「喔，甜心，我真的好抱歉。」我們的這番談話似乎耗盡了她的力氣。她閉上眼，又縮回殼裡。我看著又一滴淚從她閉著的眼皮下流出來往下滴，最後落在她的下巴上，停在那裡，顫巍巍地抖動。我忍不住了——我伸手用指尖去接。淚珠就掛在我的指尖上，映照出房間，還有其中的我們兩個。接著我用衣袖擦乾我母親的下巴，動作溫柔，像照顧寶寶。因為我母親現在就是個寶寶。我母親一直都是：一個孩子，照顧不了自己，照顧不了我，迷失在世界裡，因為誰也沒能好好訓練她如何導航；一個太小的孩子，看不到地平線外，看不到她的行為後果在等著她。

這就是人生最恐怖之處：錯誤是永久的，無法彌補。你沒辦法真的回頭，即使你想要追溯你的腳步，走另一條路。路已經在你的身後消失了。所以我母親盲目地向前闖，不停加碼，希望她或許能出現在一個更好的地方，即使她作的決定只會保證讓她淪落到今天這個地步：癌症纏身的騙子，名下沒有財產，只有她的女兒會管她的死活。

她突然又睜開了眼睛。「磐石居的保險箱，」她說，好像終於聽懂了我的話。「妳打開了他們的保險箱？」她向前傾，瞳孔亮著熾熱的火花。

我在這時明白了我的啞謎終於解開了。因為我母親知道——始終知道——我這三年來是靠什麼謀生的：她連一秒鐘都不相信我是個合法的骨董商，藉著偶爾賣掉一個海伍德韋克菲爾餐具櫃就能優游人生。該是坦誠以對的時候了，對她，也對我自己。我是妮娜·羅斯，莉莉·羅斯的女兒，一個騙子，一個有才華的西貝貨。我就是世界所塑造的那個人。我也不能追溯我從前的腳步。

我靠過去低聲說：「媽——我進了磐石居。凡妮莎，利布林家的大女兒，班尼的姐姐？她現在住在那裡。我直接走進了她的生活裡。她打開門邀請我進去。我進去了，而且打開了她的保險箱。」

我說這話時，感覺到一股情緒——是成就感，因為我母親是個小賊，我相信她從沒有想像過如此膽大包天的事情。可是這種情緒卻在我的心裡扭曲，我這才發覺其中也潛藏著報復心，因為我也想讓我母親知道我變成了她不想讓我變成的人，而這都是她的錯。

我不知道我是以為會在我母親的臉上看見什麼，但絕不是我看到的東西：好奇？或是困惑。我也說不上來。「妳還在保險箱裡找到什麼？」她問。唉，想也知道，我心裡想。我母親，骨子裡就是個投機分子，會想知道我得到了什麼。

「什麼也沒有，」我淡淡地說。「裡頭是空的。」

「喔。」她突然站了起來，膝蓋有點軟，但是她扶著沙發臂穩住了自己。「那拉克倫——他還在那兒？」

「對。」

「妳還要回去嗎？」

這是個好問題。有那麼一瞬間，短暫美妙的一瞬間，我想像自己不會回去。我不會坐上汽車，回到磐石居去完成我的詐騙，我反而是駕車到機場，搭上班機，飛往……天知道哪裡。我會把銀行戶頭裡僅剩的錢交給我母親，跟她說這一次她得靠自己了，讓她自己去面對癌症。我會把自己從過去釋放，讓自己自由。

如果我不需要再照顧母親，我會是什麼樣的人？別的不說，我知道我不再想要當現在的我。我想像自己整理好這棟屋子，駕車離開洛杉磯，找一處安靜的地方，重新開始。一個綠意盎然，安詳幽靜，生氣勃勃的地方。太平洋西北岸。奧勒岡，愛胥莉的家。一個我真的可以當她的地方（至少可以跟她一樣）。也許那種日子也不算太壞。

那拉克倫呢？我心裡想。但我已經知道我會怎麼做了，我知道了一段時間了。我不再需要他了，我也不想要他了。我想到他仍在凡妮莎那裡，良心就過不去。我會打電話叫他取消計畫，我暗想。我會找個藉口要他離開磐石居，離開凡妮莎的人生。向我的死敵遞出橄欖枝。慢著，她還是我的死敵嗎？十年來她為我演進了：她不再是一個被扭曲的漫畫人物，被掛上我所有的怨恨，而是一個普通人，在我的肩上哭過。她有她的缺點——她膚淺，這一點不用懷疑；她犯下了濫用特權和過度浪費的罪——但是她未必罪大惡極到活該被我們設計。尤其是現在我知道了利布林家並不是我的生命中所遇到的一切壞事的根源之後，至少不是我曾經相信的那樣。

但是我沒有機會打電話給拉克倫，或是開車到機場，因為這一刻門鈴響了。

我母親轉向我，臉色變白。「不要管，」她嘶聲說。

我愣在沙發旁，離門口有幾步遠。我聽到門廊上有腳步聲，至少四隻腳在吱嘎亂響的木板上移動。我的距離太近，都能看到前窗玻璃起了霧氣，某人雙手罩在玻璃上向內窺視。我的眼睛迎上了某個警察的，他盯住我不放，對那個仍在敲門的人輕聲咕噥什麼。

「跑，」我母親低聲說。「走就是了。這邊交給我。」

「我不能走就是了。」

我移向前門，像是磁鐵甩脫不掉磁性吸引，我的感覺是什麼？是自知之明嗎，因為我終於看到了我的行為後果，準備要面對了？是恐懼嗎，害怕我被拉向的未來？抑或是某種奇異的解放，欣喜於這個或許不是我選擇的道路，但至少我就要從我踏上的道路上被解放了？

我扭開了門把，而我母親則吱聲抗議。

我家台階上站著兩名穿著制服的警察，一隻手鬆鬆地按著槍，不過扣扳機的手卻毫不懈怠。一個留著兩撇小鬍子，一個沒有，除此之外，兩人還真像雙胞胎，而且兩個人都看著我，眼神冷靜懷疑。

「妮娜．羅斯？」小鬍子說。

我一定是肯定回答了，因為他們突然就在宣讀我的權利，其中一個解下了皮帶上的手銬，另一個抓住我的胳臂，把我轉過去。我想抗辯，但是我的聲音太過驚慌狂亂，一點也不像是我的；而在騷亂中我們聽見了客廳裡傳來恐怖的尖銳呻吟，像是受傷野獸的哀嚎。是我母親。人人都愣住了。

我轉向小鬍子。「拜託，警官，讓我跟我母親說句話。她有癌症，我是她的主要照顧者。我保證我會乖乖跟你們走，先讓我跟她說幾句話。」

兩人互望了一眼，聳聳肩，但是小鬍子放開了我的胳臂，跟著我進客廳。他站一邊盯著我擁抱我媽，我媽變得僵硬無聲，彷彿尖叫徹底掏空了她。我一手摸著她的臉安慰她。

「沒事的，媽。我會儘快回來的。打電話給拉克倫，告訴他出了什麼事，好嗎？叫他來保釋我。」

她在我的懷裡扭動，呼吸又快又亂。「這樣不對。怎麼會發生這種事？我們不能——妳不能。」

「哪兒也別去，好嗎？」我吻了她的額頭，露出笑容，好像我只是去度個小假，沒有什麼好擔心的。「我愛妳。我會儘快跟妳聯絡的。」

她的表情扭曲。「我的寶貝。」

警察拉扯我的胳臂，把我拖出門，而我母親則喘息著朝我說出溫柔的愛語，然後我就被拽出屋子了。我被上了手銬，金屬咬進了我的手腕；警車的門開著，等著我坐進去。

我看到麗莎站在她家車道上，穿著男性睡衣，張口結舌看著眼前的一幕。她變灰的鬈髮披散，她的表情驚愕，或是神情恍惚，也可能兩者都有。她朝我們靠近，光著腳小心地越過泥巴地面。

「妮娜？沒事吧？這是怎麼回事？」

「問他們，」我說，朝最近的警察歪頭。「我什麼也不知道。我相信一定只是一個天大的誤會。」

她皺眉，停在安全距離之外。「有什麼需要幫忙的就告訴我。」

警察一隻手按著我的頭頂，輕輕把我往下壓，但在我鑽進車子後座之前，我設法對麗莎大喊：「就……幫我注意我媽，」我說。「一定要她開始放射線治療。我會儘快回來，我保證。」

我這輩子說過的那麼多謊裡，這一個是我從來沒打算說的。

# 24 凡妮莎

第一週

我一醒來就變成人妻了！

我一醒來就變成人妻了，而我根本還迷迷糊糊的，一開始是，因為我的大腦在燒，我的嘴巴好乾，我還能嚐到我喉嚨裡有龍舌蘭。昨晚我忘了拉上窗帘，所以是晨光弄醒了我，太早了，亮得刺眼，因為屋外的新雪反射。我在這種狀態醒來已經是很久之前的事了（是哥本哈根？邁阿密？），我愣了愣才搞清楚狀況：我躺在磐石居主臥室的天鵝絨四柱床上，是我父母親睡過，我的祖父母、曾祖父母以及一百多年來的歷代祖先睡過的地方。

我不禁納悶他們有沒有哪一個也是像這樣醒來的：痛得眼花，仍宿醉未醒，腦袋一片空白，完全想不起昨晚的事。

不對——並不是完全想不起來。

我倏地睜開眼睛。記憶浮現，恐怖的生物從暗處浮升。我翻身查看我的記憶是否正確。果然，他赤裸地躺在我旁邊，早已清醒，笑望著我，彷彿我是一杯溫熱的拿鐵，而他正打算喝掉。

我的先生。麥可・歐布萊恩先生。

我醒來就變成了人妻，我到底是做了什麼？

「早安，親愛的，」他的聲音仍充滿睡意。「老婆。」

昨晚的某個片段湧回，是我們說我願意之後；我記得這個，我也記得我回了什麼話。「老公，」我低聲說。兩個字在我的嘴裡怪怪的，卻也令人舒心，像是一床羽絨被蓋住我的四肢。然後我吃吃笑，因為在我這輩子一時衝動所做的事情裡，這一件絕對是冠軍，而笑似乎是最適當的反應。

噢。笑會痛。

我一皺眉，他就用一根拇指撫過我的額頭。「妳沒事吧？」他問。「妳昨天可讓我大開眼界，出乎我的預料之外。不過我可不是在抱怨。」

原來是真的。昨晚我們喝龍舌蘭和香檳，喝個大醉，而他向我求婚，我們叫了輛計程車來把我們載過邊界到雷諾去，午夜之前在一間叫「松林教堂」的寒酸小地方結婚了。有一個穿紫色尼龍法衣的司儀牧師跟一名職業證婚人，在我們說出婚誓時她還在織嬰兒襪呢。我好像記得我們在笑，笑得很厲害。

他要我嫁給他！

還是說我們是互相求婚？

我記不清楚了。

我們昨晚有拍結婚照嗎？我盲目地摸索手機——枕頭下面？床鋪旁邊？——我是想用社群媒體的動態消息來填補記憶的空白。（要不是有主題標籤，我會遺忘多少姓名、臉孔和不能遺忘的時刻啊？）但我隨即想起了在我們坐進計程車之前麥可要我把手機留在磐石居；他輕輕拿開我手上的手機，一面低聲說：「我要這一刻只屬於我們兩個，只關係我們兩個。」我心裡冒出了一個驚慌的氣泡：如果我們不把結婚的事記錄下來，如果它不在我的照片串流上，那它真的發生了嗎？

我望著床鋪邊緣外，看到地板上一堆衣服。我顯然是穿著牛仔褲和有污痕的Yeezy運動衫結的婚。（那沒有照片也許我是慶幸。）儘管在牆邊那些箱子裡擺著一件婚紗，訂作的Ralph & Russo，從沒穿過。另外，我也相信我是在〈溫柔愛我〉（*Love Me Tender*）的旋律中走上紅毯的。這可不是我夢想中的婚禮。（「哈囉，」計畫趕不上變化。）

我在乎嗎？

「妳好安靜欸？」他後退打量我的臉孔。「喂，我知道我們是有點瘋狂，但是我不後悔。妳呢？」

我搖頭，突然害羞起來。「當然沒有。可是我們不是應該談一談？談談以後的事？」

「以後的事完全看我們想要它怎麼樣。我們就兵來將擋，水來土掩。」他的眼眸是那麼清澄的藍，那麼透明，坦坦蕩蕩，凝視著我，眼神剝走了我的一切。他用嘴貼著我的耳朵，低聲念詩，愛爾蘭口音連我的骨頭都隨之震動：「我們終將是兩個人，我們終將是妳跟我單獨在地球上，開展我們的新生活。」

而我心裡想：真的有關係嗎，是誰跟誰求婚的？結果是一樣的：我不會再孤單一人了。我三十二了，有了丈夫。我就要再建立一個全新的家庭了；而事情完全沒有按照我的想像發生，可我還是結婚了。有人愛我，無論好壞。有什麼在我心底用力鼓翅，像是鴿子突然獲釋，最後我覺得我可能會迸裂。

我想到了在紐約市的朋友，不禁好奇等她們發現我嫁給了一位學者兼作家，一位詩人，而且是愛爾蘭的古老貴族出身的，她們不知會說什麼。這個人我只認識了十八——不，十九天！她們一定會吃驚得合不攏嘴！（喔，莎思姬婭：用這個來當讓人意想不到的敘事線。）我尤其是想到了維克多，而且還懷著一種報復的愉悅。你說我膚淺又一成不變，哼，你再說啊。

屋外又下雪了，我從臥室窗能看到的松樹也蒙上了一層白紗。磐石居又冷又靜，只有我們在樓上有天鵝絨裝點的房間裡。才在幾星期之前，這個地方還是個墳墓；而現在，有了麥可跟我在床上，這裡感覺像是新生活的開始。我覺得也許我在這裡還是能夠快樂的。我已經快樂了！

麥可的胳臂環住我，把我拉向他毛茸茸的胸膛，我窩在那兒，等著我腦袋瓜裡的刺痛配合他緩慢平靜的心跳。他吻上了我的額頭，雙手插入我的頭髮，彷彿全部的我現在都屬於他。而——沒錯，沒錯，沒錯，沒錯。

「我愛你，」我說，而且我是真心真意的。

我醒來就變成了人妻，而且我真的歡喜得快滿出來了。

我的左手無名指上有個什麼沉甸甸的陌生東西，我舉起手來瞧，看到一隻骨董訂婚戒，長條形鑽石圍繞著一枚奢華的翡翠。大概有五克拉；裝飾藝術設計；以骨董來說太過華麗。戒指從我的指頭往下溜，我用小指指尖來回推它，讓寶石捕捉光線。很漂亮，不過讓我自己挑選我會選比這個樸素的。另一段回憶從混濁的昨夜浮現：我們兩個跌跌撞撞進去我父親的書房，手裡握著一瓶唐胡立歐龍舌蘭（Don Julio），麥可在我後方微微迂迴穿行，我打開保險箱，拿出我藏在裡面的戒指。麥可在我面前跪下，把戒指套在我的手上。也可能他根本沒跪下，只是把戒指套在我手上，同時深情凝視我的眼睛。

也可能是我自己戴上的，連問都沒問。有可能。

麥可一隻手覆住我的手。「等我有機會，我會幫妳買一枚新的，一個沒有包袱的。我們到舊金山去，找個珠寶商，訂作一隻。多大都可以。十克拉，二十克拉。」

而我記得第一次是在她的手上看到這枚戒指的，她抓得死緊，好像是一根救命繩索，能把她從她低下的小日子裡拉上來。它對她的意義顯然極其重大，而現在是我的了。所以，即使依照利布林家的標準，它只是一枚不算出色的戒指，我也知道這個就是我想要的戒指。馬麻會贊同它代表的意義的。

「這是你的傳家之寶，我很喜歡。我不介意是她先擁有。」然後我想到他的用話——包袱——重新考慮。「只要它不會太常讓你想到……她？」我沒辦法說出她的名字，我甚至不確定我要用哪個名字。

我緊盯著麥可的臉，看是否有悲傷或悔恨，但是他的表情深不可測。可能是憤怒。也可能是認命。說不定就只是愛。他靠過來吻我，非常用力，幾乎弄痛了我。

「一點也不會，」他喃喃說。

我醒來就是個人妻，而我心裡想：我贏了。

# 25

愛胥莉讓我感覺好真實，在那一刻。那天早晨我們坐在圖書室裡，我相信了她眼中的同情，我哭時她握著我的手，她淚盈盈地說著她自己父親的死。我在沙發上緊抓著她——告訴我當一個療癒者是什麼感覺！——她筆直看著我的眼睛，說她晚上睡得很好。她還擁抱我！跟我保證我們是朋友。

哼，好假。真會說謊。

而，啐，諷刺的是我在她面前是那麼的畏縮。她的冷靜超然；她淡定的姿態；她似乎在磐石居飄浮，高高在上，偶爾用那抹會心的微笑向我施恩。那天早晨，在我向她哭訴爹地和馬麻後，我真的覺得難為情！我站在窗前，看著她走去管理人小屋，她的瑜伽墊夾在腋下，我讓自己相信是我把事情搞砸了。因為我注意到她在門廳擁抱我時有點猶豫。於是，在她走開時，我讓自己相信她是對我亂七八糟的情緒、我的需索、我對我的Instagram名氣覺得反感。

我讓自己相信她比我優秀。

我真傻。

我們在圖書室談過之後幾天，我在磐石居裡悄悄走動，極其敏感地意識到麥可和愛胥莉就在山坡下的小屋裡，緊張得不敢去敲他們的門。確信我會壞事。幾乎沒有下床，漆黑的恐懼又一次帶著自我厭惡的帘子罩了下來。偶爾，我偷看愛胥莉在草地上做瑜伽，或是他們兩人在莊園裡散步——裹著連帽大衣，走路時互相碰撞——我好想出去和他們一起走。

我硬逼自己待在屋裡，我的皮膚冒出焦慮的疹子，我一直抓，抓到都流血了。

要是他們朝妳過來，妳就會知道他們是真心喜歡妳的，我這麼告訴自己。

但是他們沒有。

他們住進小屋的第四天——我和愛胥莉談過之後兩天——我在床上躺了大半個早晨，盯著陰影隨著太陽劃過天空在房間裡移動。我看到自己出現在房間一側的巨大雕花衣櫃的鏡子裡，我的樣子（頭髮油膩，既蒼白又虛弱，說是人還不如說是鬼）讓我想要打破什麼；於是我終於下了床，打開了衣櫃門，只是為了讓討厭的鏡子消失。

而，喔，我母親的毛衣。我都忘了還在衣櫃裡，美麗的粉彩色喀什米爾毛衣折疊得整整齊齊。（露德實在是個洗衣高手，我們愛死她了。）我父親始終沒有清理磐石居裡的衣櫃，我也懶得動手，所以衣服就還在這裡，馬麻最後的痕跡，裝滿了骨董雕花衣櫃。我摸了一件：又薄又軟，跟她一模一樣。

我拿下了架上的一件淡粉紅色安哥拉開襟毛衣，貼在鼻子上，希望能有她的味道，但是已經沒有她的香水味了。而是霉味。我把衣服攤開來，前襟上有被蟲蛀的洞，領子附近有一處污痕，馬麻絕對不會容忍。一股挫折感：也不過就是一件破舊的毛衣嘛。我把第一件毛衣丟在地上，又抓了一件——這一件是褪色的藍色，狀況也不好——然後是又一件，而就在我伸手去抓下一件時，某個又硬又方的東西從衣服裡飛了出來。

我彎腰去撿：是一本日記，紅色皮革封面鑲金邊。

日記。我怎麼都不知道我母親有寫日記的習慣？我翻開第一頁，一看到我母親精修學校的字跡，那麼的齊整勻稱，我的心就活了起來。（「妳可以從女人的字看出她是不是受過教育，」她總是這麼跟我說。當然了，那是在電腦發明，大家都不寫字之前。）第一筆日記的日期是八月十二日，就在他們為了班尼念三年級搬到磐石居之後。

這棟房子是我沉重的負擔。威廉要我把它看作是一個機會，可是，親愛的上帝，我只看到沒完沒了的工作。可是我們是為了班尼來的，而且說真的，我也受不了舊金山的人是怎麼看我們的了——每個人都背著我們在臆測他的問題，幾乎是幸災樂禍地看著我們受苦。所以我會微笑，表現得像個小賢妻，即使我是在心裡尖叫這個地方會害死我。

我快速翻閱。有些條目很短，只是敷衍了事，有些又長又凌亂，更多的是寫到一半就停筆了，彷彿她仍不確定是否該寫下來。班尼的成績進步了，可他還是對什麼都不感興趣，只愛那些恐怖的漫畫，我一直在想——。或是：我在威廉的新秘書那兒留了三次話，他還沒打給我，所以他要不是跟那個秘書有一腿，而她在拿我開涮，就是他為了別的原因在躲我，也就是說——。

我兩腿發軟，重重坐在地上，靠在一堆亂拋的毛衣上，我過世的母親包圍著我。我知道我不應該讀她的日記。這樣不是違背了她的信任，侵犯了她的隱私嗎？可我當然阻止不了自己。我再次翻閱，偶爾會看到我的名字。凡妮莎似乎在普林斯頓念得不錯，不過我們當然知道會這樣（我喜歡！）而且凡妮莎放假會回來，太好了，可是我忍不住注意到她實在是太沒有安全感，太急著得到肯定了——我的，她父親的，還有一般的世人（這一點我就不喜歡了），我希望凡妮莎能更常回來，不過我猜孩子上大學大概就會這樣；他們終究會忘記你。（喔，想到這個我就一陣慚愧！）

不過，日記最主要是在寫班尼和我父親和她自己。

班尼開始跟那個女孩子鬼鬼祟祟的，她叫妮娜．羅斯，算有禮貌了，卻怪怪的，而且沒素質。單親媽媽（在賭場端酒，天啊），沒有父親。（我猜他可能是墨西哥人？）她的穿著就跟那個在柯羅拉多校園槍擊案的孩子一樣，說實話，我很擔心。我們連根拔起，搬到這個地方來可不是為了讓班尼交上這種損友的。我不懂他怎麼偏偏會看上她，可是我總覺得這是在嗔怪我，像是他想要對我的關心表示不屑。所以他每天下午都跟她在小屋裡，我真的不敢去敲門，唯恐看到他們在做什麼，因為如果是壞事，我不覺得我有辦法能告訴威廉，因為他會把一切都怪到我頭上。班尼的失敗就是我的失敗，從來不是他的。簡直就不公平，可是我早習慣了，因為我的婚姻就是這樣的。

幾頁之後：

醫生給我開了丙戊酸治療我的情緒不穩，可是我吃了藥兩個星期就重了三磅，所以我把其他的都丟了。反正大多數的日子我都沒事，只有幾天我會想要把自己從這個世界上抹掉。所以也許我是應該要吃藥的，給班尼當個榜樣——當他的好母親！——可是我怕變胖也會害我變憂鬱；所以何必呢？反正威廉覺得我在服藥，我只要一直跟他說我沒事就行了，因為他想聽的就是這個，而天知道我們已經很習慣假裝了。

再幾頁之後：

我覺得我前天在班尼的衣服上聞到了大麻味，所以我趁他上學翻了他的房間，在他床底下找到一包大麻，我不知道該怎麼辦，因為毒品對他的情況太不利了，醫生是這麼說的，我恨不得殺了那個叫妮娜的女孩，居然給他毒品（他一定是從她那兒弄來的）。他不需要這個，尤其是他現在似乎終於有了很大的進步。我告訴班尼他不准再跟妮娜見面了，他說他恨我，而現在他不跟我說話了，我好難過，但是我能受得了，因為那是為了他的健康著想，雖然他暫時不能了解。

之後，間隔了三個月——我猜她是在馬里布的水療中心——又記了兩天。第一篇很短很可怕：

班尼從義大利回來了，狀況不好，我覺得可能來不及醫治了。

以及最後（喔，我就知道我不應該讀的，特別是這一篇，可是我忍不住）更可怕的一篇長文：

正以為人生再憋屈也不過如此了，結果威廉又搞出外遇來了。一封信送到了磐石居，收件人是他，我一看到是女人的筆跡就知道了。反正也不是第一次了。所以我就拆開了信，是某個女人的勒索信，說如果我們不付她五十萬，她就要向八卦報紙揭發他（我們！）而且她還裝了一些噁心的相片，他們兩個全裸，各種動作——我一看到就跑到洗碗槽嘔吐。最糟的是我猜出了那個女人是誰——就是去年春天跟班尼交往的那個恐怖的女孩的恐怖母親。莉莉．羅斯，在威廉揮霍掉我們的財富的賭場裡端酒的服務生。威廉怎麼會這麼蠢，招惹上那種騙子？而同時班尼仍是螺旋式墮落，因為那個毒蟲女兒，我真想殺了她們兩個，母親和女兒。她們兩個隻手毀了我們，而我真不懂她們是為了什麼跟利布林家過不去。威廉根本就不在這裡，所以只能靠我來收拾爛攤子了，不過我反正也愛莫能助，因為我們壓根就沒有那樣一筆現金可以付封口費，因為威廉太任性魯莽了。我實在是丟臉丟到家了。到頭來到底是為了什麼？搬來這裡，假裝一切都可以處理，可實際上卻是殘破不堪，而且現在比以前還要殘破。要是那些照片上了報——我會死，我會變成整個西岸、全美國的笑柄。我乾脆自己了斷，省得讓莉莉・羅斯來幫我了斷，因為天知道我在這裡一點用處也沒有，就連凡妮莎和班尼少了我都會更好。

接著是——空白。

我沒法呼吸。我合上日記，丟到一邊，兩手發抖。莉莉・羅斯。不是什麼舊金山的花瓶嬌妻，而是本地的一個端酒女侍——一個女騙子？班尼的瘋狂之愛的母親？而且——天啊，勒索。難怪我母親是那麼的心煩意亂。醜事公開是我母親應付不來的一件事：全世界都會知道她的婚姻實際上有多不堪，奪走她丈夫的女人有多低賤。沒錯，她是情緒不穩——但是這件事，這件事，當然會逼她走上絕路。莉莉・羅斯根本就等於是親手把她從「茱蒂鳥」上推下去的。

我想到我父親的話：我們是利布林。誰也不能看到我們地下室裡有什麼，誰也不應該看到；外頭都是餓狼，一看到弱點就會把我們拖倒。那時他顯然已經遇上餓狼了，而她們的名字就叫莉莉和妮娜・羅斯。

我努力回想那天我在咖啡店裡看到的那對母女的臉孔，卻早已模糊不清；我只記得那個女兒的陰沉的妝容，而那個低俗的金髮女人就是她的媽。她們？我父親和弟弟怎麼會被她們迷得團團轉？那兩個無名小卒怎麼會這麼快、這麼有效率地摧毀了我們家？

我站起來，撿起了落在床邊的日記，再翻回最後一頁，一讀再讀。十二年的疑問，而最後我有了答案。我有了代罪羊（而且是兩個！），可以把我家的全部問題都怪到她們的頭上去。她們是那股把我的世界從軸心打歪的邪惡力量。（我母親的自殺，我弟弟的精神分裂——都不是我的錯！是她們的錯！）

莉莉和妮娜．羅斯。看見我母親優雅的字跡寫下她們的名字，我的心裡就升起了一股暴戾之氣，洶湧得讓人承受不了。我抓起了筆，忿忿地塗掉那兩個名字，但是她們在我母親日記中的存在感覺仍像是侵犯。所以我把最後一篇撕掉，把紙張握成一團，再從衣櫃裡拿出一隻鞋子，使盡全力捶打，一直到把紙團打成稀巴爛，鞋底也打裂了。我這才把碎片撿起來，大步走到圖書室，丟進壁爐裡。

憤怒占據了我，我也不想讓它消散。接下來這一天我在磐石居裡走動，全身燃燒著一團毀滅性的熾烈怒火，拿書往地板上摔，把酒杯砸碎在洗碗槽裡，每一個聲響都不足以讓我洩恨，我真正想要砸碎的是那兩個女人的臉。我在屋子裡繞圈，一遍又一遍，彷彿繞得夠多我就能夠把十二年的光陰都倒回來。

然後我崩潰了。因為，情緒有好有壞，而憤怒是屬於壞的。我知道。愛胥莉的首頁上不就有一句這種名言嗎？我點開了她的網站——果不其然。佛陀說：你的嗔恨不會使你受罰，是你會被自己的嗔恨懲罰。我覺得丟臉，羞愧，然後——好像愛胥莉能從小屋裡看到我似的，而且她知道我做不到。

我爬回床上，躲進天鵝絨被子下，為了懺悔，我讀勵志名言，沒什麼用，最後我吃了三顆安眠藥，睡掉了剩下的晚上。

隔天早晨我醒過來，幾乎又感覺到平靜，只要我不要太用力去想「茱蒂烏」仍停在湖濱的船屋裡。

但是，麥可和愛胥莉沒來。

他們住在小屋的第五晚，我從臥室窗看著那輛寶馬慢慢駛向鐵柵門。愛胥莉駕車，車窗搖下來，微風拂動她的頭髮。我納悶她能去哪裡。然後沒一會兒，有人敲門。麥可？我輕拍臉頰，一直拍到刺痛紅潤，再把沒洗的頭髮綁成馬尾，再跑去應門。

他就站在後門廊上，身體微微搖晃，兩手插在口袋裡。一陣午後的風從湖面吹來，捲起了他的鬈髮，他的頭上像戴了個光圈。

「我還在想妳是不是還活著呢，」他說。有催眠力量的藍眸掃過我的臉，他的額頭微皺，表達出關切。「那妳沒事吧？」

對！我現在沒事了。我並沒有忽略掉他的言下之意，這表示麥可一直在想著我。我也沒有忽略掉他是等愛胥莉不在的時候才來敲我的門。「只是有點感冒。我現在好多了。」

「嗯，我們以為妳是在躲我們。愛胥莉尤其擔心是不是她冒犯了妳？」

「喔，沒有，怎麼會。」我的胸口頓時一陣輕鬆。浪費那麼多時間在鞭笞自己上面！我為什麼老是這個樣子？「她不高興嗎？愛胥莉？」

「沒有。她只是以為妳會跟她一塊做瑜伽，妳沒出現她有點小意外。」

「跟她說我明天會去。」

他的眼睛閃過我的肩膀，掃描我的廚房，笑容有點緊張。「那妳是要不要邀請我進去啊？愛胥莉去買東西了，而我很想要暫時拋下工作一會兒。」

「喔！對！要不要坐個幾分鐘？我可以泡茶。」我招呼他進來到餐桌坐下。

他猶豫了，低頭看著一盤凝結的炒蛋，昨天留下的。「換個房間吧。這是一棟大房子。我很想參觀每個地方。」他打量著從廚房看出去的六扇門，各通往屋子的不同地方，然後就朝最遠的那扇門走去，似乎是隨便選中的。我追上去，他打開門，然後，一臉詫異，笑了一聲。「這是什麼地方？」

「遊戲室。」

我跟著他進去，打開了燈。這也是一間我從不使用的房間，因為沒有同伴的話，遊戲室能幹麼？這世上最絕望、最孤單的事莫過於一個人遊戲了。我環顧房間，將撞桌檯和角落蒙上灰塵的銀色棋子收入眼簾，盤算著是否應該建議打撞球。但是麥可已經走向對面的牆，那兒的壁爐上方掛著一對黃金加珍珠母手槍。

他靠過去細看。「這兩把槍有子彈嗎？」

「沒有！子彈鎖在櫃子裡。這好像以前是泰迪・羅斯福的槍？還是富蘭克林・羅斯福[15]的。」

[15] 泰迪・羅斯福和富蘭克林・羅斯福分別是美國的第二十六任與第三十二任總統。

「可是還能用吧？」

「對。我記得有一次我叔叔用一把槍射掉了樹上的一隻松鼠。」就是這一個叔叔後來發起了一場董事會叛變；也許我們早該預見到會有那種事。「我弟弟氣壞了，他以前吃素。」我糾正自己：「他吃全素。」

麥可把視線從手槍上收回來，轉而看著我。「我不知道妳有弟弟。妳們的感情很好嗎？」

「對，不過我不常看到他。他住在療養中心。思覺失調症。」

「啊。」他點頭，彷彿是在把這個訊息歸檔，留待以後之用。「一定很不容易。」

「非常不容易。」

一陣強風把窗戶吹得嘎嘎響。「吹吧吹吧，冬天的寒風，／你的心不無情，不像有人毫不感激。」他對我微笑。「知道嗎，我想起了愛爾蘭老家。我家的城堡在海邊，風會吹上懸崖，力道之猛，站在城垛上都可能會被風刮落，摔死在底下的岩石上。」

「你的家人現在住在哪裡？」

「世界各地。我年輕的時候我父母就死於車禍，我的兄弟姐妹跟我各走各的路。大家為了繼承權翻臉了。」他走向棋盤，拿起了一枚棋子，在手上掂量。「所以我才離開了愛爾蘭。我討厭為了錢大吵，決定靠自己的本事闖一闖，到一個我的姓氏不會有那麼多包袱的地方。我想要做一點真正的好事，教導那些弱勢的孩子。妳懂我的意思吧？」

我靠著一張撞球檯，有點頭暈。「懂。」

「喔？我想妳一定懂。」他斜睨了我一眼。「我們非常相似，妳跟我，對吧？」對嗎？我讓這個想法在心裡翻滾，發現很愉快。（不必解釋自己！有人懂！大家不都是想要這樣？）「你家的城堡在哪裡？我小時候全家去過愛爾蘭，一定參觀過一百個城堡，也許我看過？」

「不太可能。」麥可突然放下了棋子，走向壁爐的兩邊，那兒陳列著刀劍，起碼有三十把，是某個酷愛軍事的祖先留下的。他拿下了一把劍——一把沉重的銀劍，劍柄有雕花——在手裡掂量，隨即拿著劍指著我，前刺，用法語喊：「就位！」

劍尖刺過空中，就停在我的胸前，千鈞一髮。我尖叫一聲，手忙腳亂退後，心臟就要從嗓子眼蹦出來了。麥可瞪大眼睛，手上的劍顫抖，隨即劍尖朝下。「喔，靠，我不是故意要嚇妳的。我以前會擊劍。對不起，我沒用腦子。」他把劍放回架上，再伸手抓我的手腕，握得緊緊的。我能感覺到他的拇指輕探，在感覺我狂亂的脈搏。「妳還真是個敏感的小東西，那麼容易受驚嚇。所有的情緒都寫在妳的臉上。」

「對不起。」聲音出來是沙啞的低喃。我幹麼要道歉？我極其清楚地感受到他的拇指摩挲著我手腕上的柔軟肌膚。

「不需要道歉。」他的聲音低沉，眼睛盯住了我，深深凝視。「我喜歡。有那麼多的表情。愛胥莉，嗯，她就不……」

他沒說完，眼神落向地毯，定住不動。我們之間的空隙似乎充滿了靜電。我能感覺到他的體熱穿透了他的法蘭絨襯衫，我能聞到他的汗味。霎時間我不禁納悶麥可和愛胥莉是不是合適的一對：一個瑜伽老師和一位學者？一個中產階級的美國人和一位愛爾蘭貴族？現實中怎麼配合？

也許他們的關係是建立在床上。我回想起第一天他們在車上的熱吻，覺得自己的臉紅了起來。可現在麥可的拇指按在我的手腕上，還有哭倒在愛胥莉臂彎裡回憶，以及大風吹打著窗櫺的聲響。突然間太親密、太混亂。我的口腔又乾又酸，是背叛的味道。

窗外的樹林間有金屬光閃動：一輛汽車駛上了車道。是寶馬。我立刻跳開，手腕滑脫了他的掌握。「愛胥莉回來了！她會需要你幫忙拿東西，對吧？」我衝向門口。

麥可猶豫了一下，隨即跟上來，但動作慢吞吞的。他繞著遊戲室走，不時停下來查看高爾夫獎盃和賽船獎盃，拿起照片，看一會兒才放下。我的脈搏仍然慌亂，但就算他跟我一樣感覺愧疚——如果他認同我們剛才是有過一刻動情——他也沒表現出來。

到了後門廊上的門，他停下來凝視草坪，再延伸到湖邊，湖水灰暗冰冷，不斷翻湧。「那，現在妳不會再見外了吧？」他的嘴角突然掛著笑意，隨性得很，但是就在他轉身下台階前，他豎起兩根手指比著眼睛，再比著我。

「我看著妳呢，」他輕聲說。

是嗎？感覺很危險，可是天啊，也總覺很棒。

當晚我幾乎沒睡，翻來覆去，既欣喜又沮喪。等我終於飄入夢鄉，我夢到我是一根鵝毛，被風刮過湖面，飄飄蕩蕩，沒辦法落地。我醒來躺在黑暗中，討厭自己。我不想要當那種女人；他有女朋友，一位我欣賞的女朋友。然而，我在他身邊時感覺到的那種拉扯卻是否認不了的——難道是要我當不知道？

說不定我們身為人類最大的優點也是我們最大的弱點，我心裡想。對愛與被愛的需要。

等到太陽升起，我已經決定要主動走向愛胥莉，給這個奇怪的等式恢復一點平衡。七點之前我就穿上了瑜伽服，站在窗前等待。可是氣溫隔了一晚卻驟降，草坪覆上了一層霜。愛胥莉沒邁出小屋。

我整個早晨在屋子裡踱步，構思藉口去敲他們的門。

我在午餐之後站到了小屋的門外，手上拎著背包，緊張得胃都打結。可是愛胥莉一開門，滿臉歡欣，好像她整個星期都在等我。（我猜應該是，不過並不是我當時想像的那種等。）她張開雙臂，把我摟進懷裡擁抱。

「妳來了，我好想妳，」她低聲說。她溫暖的臉頰貼著我，麻痺掉了麥可的拇指按在我脈搏上的回憶，即使我敏感地知覺到麥可正在對面的沙發上凝視著我。我閉上眼睛，讓自己沉浸在她安全的懷抱裡。

今天我會補償愛胥莉，我跟自己說。今天我會向自己證明我是她的朋友，不是她的敵人。我會更喜歡這樣的自己，這才是我想要當的人。

要是我早知道，我就不會費那個事了。

但是我不知道，所以我把背包拎起來：「要不要去健行？」我問。

我們南下駛向湖岸的路上，我全神貫注在愛胥莉身上；她似乎對我連珠砲似的民間傳說深感興趣，她也跟著我唱布蘭妮的歌。（我好高興她喜歡流行音樂！）麥可在後座上埋怨愛胥莉的音樂品味，感覺上我好像是現在才發覺到他也在。我很意外他最後還是決定要一塊來。（我有嗎？我看著妳。我時不時就會想到他的話，而且總是一陣輕顫。）

可是到停車時，我開始覺得恢復了平衡。我們踏上了往望高寮的小路，麥可落在後面，愛胥莉和我一起走。她一邊走一邊輕聲低哼，表情遙遠。她在這裡似乎很自在，我在心裡想。甚至比我還自在。我傻傻地以為是因為她的體能，是她對自己的身體很自在，是她在世間的淡定心態。（天啊，真是諷刺！）

我從回來太浩市之後就沒有去過望高寮了。也許我在躲避那兒是因為那裡是我們的地方，班尼跟我的；每次我們全家在暑假來看望祖父母，那兒都是我們最愛的健行目的地。我跟班尼倒不是有多麼熱愛健行，爬上望高寮主要是可以躲避那棟讓人幽閉恐懼的屋子，我母親和祖母總像是兩頭母獅一樣繞著彼此踱步。最頂端有一塊平扁的岩石，可以俯瞰湖泊，我會穿著比基尼躺在上面，聽隨身聽，而班尼坐著畫畫。我們會待到太陽非常低斜，這才慢吞吞折返，回去吃等著我們的正式晚餐：穿著硬挺制服的僕人，瓷碗盛的奶油濃湯，我父親喝太多琴通尼，而我祖父母則對著銀器上的水漬皺眉。

我很愛跟我弟弟一塊健行。在上面，我們默默凝望山峰，感覺班尼跟我暫時變得心有靈犀，總算能夠有一次同時體驗同一件事。那種時光很稀罕，尤其是在班尼開始發病之後。

往山頂的小路跟多年之前差不多，一路上仍然有木頭裂開的路標，褪色黃油漆寫的里程數。但是松樹卻更茂密，岩石也變小了，好似這些年來我在世界上占據的空間變多了。有麥可和愛胥莉相陪，我覺得更龐大；我覺得活著。

但是愛胥莉在我旁邊呼吸越來越急促，腳步不穩。（也許我早該注意到，同時心中起疑，但是我仍然一心一意要當她的朋友。）來到山頂附近的一處空地時，她停下來，一手按著樹幹。

我轉身等待。麥可在後面已不見蹤影。「沒事吧？」

她上下撫摸樹幹，仰望著樹枝。平靜的笑容忽然非常像是鬼臉。「只是在欣賞。我想我大概要停個一分鐘來冥想。」

她閉上了眼睛，把我摒擋在外。我等待著，眺望著風景。暴雨雲在聚集，一朵格外陰沉的烏雲就掛在湖泊對面的山峰上，湖面被風吹起了白浪，向南吹向內華達岸的賭場。

她是打算在這裡站多久？她是要我也冥想嗎？那份寂靜害我神經緊張，我直覺地去拿手機，舉高來拍下愛胥莉背襯湖泊的輪廓。她的臉頰因為出力而粉紅，睫毛輕輕顫動。好漂亮，我拍下了照片，加了一點濾鏡。我正在打「我的新朋友愛胥莉」，手機突然就從我的手裡飛了出去。

「不行！」

愛胥莉站在我面前，臉色紫脹，戳著我的手機鍵盤。（我的手機欸！）「對不起我這麼堅持，可是……我是個非常重隱私的人。我知道社群媒體是妳的嗜好，可是我真的寧可不要妳把我的照片放上網。」她把手機還給我，把整張照片都刪除了。

我眨掉湧上眼眶的眼淚。我已經有八百輩子沒跟不想拍照的人相處了：出現在別人的動態消息上是最棒的認證，是一面旗幟，標識出你在一個不是你自己策劃的世界裡的位置。但愛胥莉顯然不做如是想。「對不起，」我喃喃地說。

「不，都怪我不好。我應該要早點說的。別擔心，好嗎？」她微笑，但卻是拉緊下唇露出牙齒。我很明顯是失禮了。

她轉過身去，看著山下。「我們下去找麥可吧。我快覺得我們可能會把他弄丟了。」

我點頭，但是我心裡想的是幾天前我拍下而且已經上傳的那張照片，愛胥莉草坪上做瑜伽的那張。我需要刪除，以免她看到會不高興。「妳先走，」我說。「我再待一會兒。我會追上妳的。」

她一走出視線範圍我就又把手機打開了，點進了Instagram，愛胥莉的照片仍然是我的串流的第一張：一萬八千零五十二人按讚，七十二則留言。那一張照片確實拍得好——藝術上看，是我來到太浩之後拍的照片中數一數二的好——所以我猶豫了，有點天人交戰。說真的，有多少人認得她？我迅速瀏覽留言，只是想看我的追蹤者有什麼話要說。如詩如畫／這個瑜伽辣妹是誰啊？／還不錯，可是妳幾時要再拍時裝啊？／受夠了大自然照片，撤粉。

而就在最底下，我看到了一個長期追蹤者的留言，班尼肖肖。班尼肖肖，哈哈，這個笑話我從來就不覺得有趣。歐爾森中心顯然是又允許班尼使用手機了，這個特權他們只有在他穩穩甩開偏執階段之後才會給他（否則的話，他就會陷入什麼Reddit陰謀論螺旋裡），所以這對我弟弟目前的心理狀態是一個正面的訊號。我被這個想法分了心——也因為犯了重大錯誤的感覺揮之不去——所以我花了一會兒才完全看懂班尼在照片底下寫的文字。看懂之後，我頓時覺得整座山好像要在我的腳下崩塌了。巨巖搖晃轟隆，硬生生脫離土壤，只為了齊刷刷滾落山坡，砸毀底下的一切。

凡妮莎妳怎麼會和妮娜·羅斯在一起，也沒找我？

我站在山頂上太久，努力消化我弟弟的留言。妮娜·羅斯？又是這個名字。起先我以為八成是我想像出來的，是我母親的日記留下的痕跡。但是我又看了班尼的留言一遍，妮娜·羅斯四個字仍在上面，而且仍然莫名其妙。班尼一定是又在幻想了，因為愛胥莉·史密斯絕對不可能是妮娜·羅斯。

可是班尼可以使用手機。班尼只有在神志清楚時才有這個特權。

妮娜·羅斯長得什麼樣子？我只在那家咖啡店裡匆匆一瞥，回憶極模糊。她不是……粉紅色頭髮？不是胖嘟嘟的？滿臉青春痘的哥德族，自尊低下。一點也不像那個在山下等我的身材健美、自信的女人。然而……都十二年了。只需要適當的飲食和改頭換面，這是很容易就能改變的。（就跟莎思姬婭一樣。）

有可能嗎？

我以麻痺的手指撥了我弟弟的手機號碼，在冷空氣中一半身體變僵，心臟怦怦跳，害我以為會迸破我的胸口。

第一聲鈴我弟弟就接了，上氣不接下氣，而且聲音尖細。「真的，凡妮莎，搞什麼鬼？妮娜．羅斯！我的天啊。她在那裡幹麼？她有問起我嗎？她回去多久了？」

「她不是妮娜．羅斯，」我說。「是我的房客。她是瑜伽老師，叫愛胥莉，跟她男朋友麥可一起，是個作家。她是波特蘭人，爸爸是牙醫。」我以篤定的語氣把這件事說成是真的。

「那，她也許改名字了。這也不稀奇。說真的——去問她啊！」

「喂，不是她，」我說，聲音有點太尖銳。「對不起，班尼。你大概是記錯了，都多久以前的事了。你真的記得妮娜．羅斯長什麼樣子嗎？」

「當然記得。我都還有她那時候的照片呢，而且我已經確認過了，因為我知道妳會說是我瘋了。來，我傳一張給妳。」我能聽到他在按手機，他的衣袖擦過麥克風，一會兒之後，我的手機響了，有簡訊。

是一張畫質不良的自拍照，用早期的手機拍的。畫面粗糙，但是我立刻就認了出來，心頭一緊：是在管理人小屋裡拍的。班尼跟一個少女並排躺在金色織錦沙發上，兩人緊緊貼著臉，對著鏡頭作鬼臉。他們看來年輕自然，自得其樂，像小狗一樣滾成一堆。

女孩子是深褐色頭髮，髮梢是褪色的粉紅色，描著濃濃的黑眼線。她的皮膚上有少許的疤，下巴柔軟，不過絕對不是我想像中的超重。不過在表象下還有別的：一塊粗胚，將來可以雕塑出一個較冷硬、較精明的女人。

班尼沒說錯。躺在那兒的女孩是愛胥莉。（或者：愛胥莉是妮娜？）多年過去了，而她變了許多（她進步了很多，從美學上來說）；但基本的樣子還在，在她的笑容裡，在那對大眼睛襯著橄欖色的皮膚，在她凝視著鏡頭的自信裡：妮娜・羅斯。

而旁邊是班尼，躺在她身邊，仍是個孩子；他的眼神清澈，紫色的瘋狂陰影還沒有染指他的皮膚。我記不得幾時見過他這麼開心過，這麼無憂無慮，這麼清明。

天啊，難道這麼多年來他還念念不忘那個恐怖的女孩子？我想到他在我的Instagram照片下的留言，不是妳怎麼會跟妮娜・羅斯在一起？而是妳怎麼會和妮娜・羅斯在一起，也沒找我？

我心如電轉，快得害我頭暈。這個女人為什麼會來這裡？她為什麼會謊報身分？她想從我這裡撈到什麼？我怎麼和她說？還有：天啊，要是班尼知道妮娜・羅斯在這裡，對他會有什麼影響？他會又發作嗎？

「好，我看到了，確實是很像，」我慢吞吞地說。「不過不是她，我發誓。她說她沒來過這裡，這種事她何必要說謊呢？」

「因為她覺得妳可能不會對她太客氣？因為我們全家對她家很壞？」

我想要說的是：應該是反過來吧。她們勒索我們，班尼。妮娜的母親把馬麻逼上絕路，而妮娜害你吸毒，她們母女兩個聯手毀了我們家。可如果他並沒有早就知情，那現在知道了對他又有什麼好處？別的不說，他的病可能又會發作。我始終不知道究竟是什麼事情會觸發他的病，但是把從前的醜事挖出來可絕對沒有幫助。「聽著，」我安撫他說。「我百分之九十九確定不是她。說不通嘛。可如果能讓你安心，我會問她。」

「妳會嗎？」他的聲音像小孩子一樣懇求，我為他心碎；我想要用氣泡把我的小弟包起來，再也不讓他受到一個無法預測的世界的種種邪惡侵擾。

太陽落在西邊的山頭下了，陰影罩上了底下的湖泊。狂風吹過山巔，我真覺得我可能會被吹過斷崖。「我得走了，班尼，我再打給你，好嗎？」

「我等妳。」我掛掉了電話，耳畔是他沙啞、興奮的呼吸回聲，我知道他是不會罷休的。

我快步下山，滿腹疑雲，仍在努力說服自己全都是誤會。也許愛胥莉只是恰好跟她長相酷似，而她會來這裡也只是某種奇特的機緣。或者她是妮娜失散多年的雙胞胎！（很荒唐，我知道，但不無可能？）或者，如果她真是妮娜，她假裝是陌生人也許有個合情合理的理由。

但是我知道。我盲目地移動，視而不見，只看到照片中那個女孩自大的臉孔，準備要把我們的世界撕裂。是他媽的有多苦大仇深才會讓妮娜．羅斯又回到這裡來？我在岩石和樹根間磕磕碰碰，一小時前我還能輕鬆越過呢，我的平衡感消失了。然後，我繞過一叢松樹，看到麥可和愛胥莉在前方的空地上。

他們沒聽到我過來，一點也沒有。兩人緊緊相擁，激情熱吻，活像是巴不得就在山徑上剝掉彼此的衣服。

我猝然止步，藏在樹後。

我盯著麥可用嘴唇刷過愛胥莉的頸側，彎腰咬她露出來的鎖骨。她緊揪住他的脖子，把他拉近，另一隻手去抓他汗濕的上衣，而我心裡有什麼在翻攪。難道是——吃醋？我回想起麥可的身體，他的手指測試我的脈搏，害得我感覺既赤裸又需要？（當然是了，但也遠非吃醋而已。）

冷不防間，愛胥莉睜開眼睛，從麥可的肩頭筆直看著我。而就是這樣我確定了。因為她並沒有難為情地臉紅，並沒有拘謹地退開，如果是我認識的愛胥莉就會。她反而冷靜地跟我維持視線接觸，即使她的男朋友正把一隻手伸進她的上衣底下。她要我看到她有性感，我恍然大悟。她要我覺得不自在，要我嫉妒。我看到了，她跟我視線交會時眼中閃過殘忍的黑影，是潛伏在優雅瑜伽姿態表面下的那個真正的人。

麥可這時捧著她的乳房，而她仍然看著我；我幾乎不能呼吸。她的嘴唇移動，幾乎無法察覺，咧成小小的冷笑：我看著妳。現在我既然是刻意搜尋線索，我就知道錯不了。這個女人不是第一次來太浩市，也不是偶然來到我家的。她是妮娜．羅斯，而她非常清楚我是誰。

她非常清楚我是誰，而且她恨我——有可能跟我恨她一樣多。

她為何而來？

我被憤怒點燃。我想到了我母親的日記：我真想殺了她們兩個，母親和女兒。她們兩個隻手毀了我們。在我對面的那個女人要為我們家的滅亡負責。我非得做點什麼不可，為了馬麻，為了班尼，為了她們密謀毀掉的所有利布林家的人。

我發現自己在設想一切可能跟她對質的場面，讓我可以揭穿她的道德高度。那她明白了我知道她的真正身分，她是不是會震驚——羞恥！甚至是害怕！我吸口氣，正打算用她真正的名字叫她：妮娜．羅斯，妳個婊子！

可就在這時她閉上了眼睛，而這一刻就消逝了。他們吻個不停。她知道我在看，簡直是不要臉。我更靠近，滿心不耐。地上有根樹枝，我踩上去，踩斷了它，很用力。麥可倏地睜開眼睛，迎上了我的視線。他向後躍開，一隻手把愛胥莉（妮娜！）推開。

她眨眼睛。用手指擦了擦濕濕的嘴巴，然後對我微笑，那張熟悉的面具又戴回去了。「喔，妳來了！」她歡聲說，又甜美又輕快。愛胥莉回來了，但是現在我能聽出她聲音中的嘲諷了。那個笑容，那麼大，我都能看到她的虎牙了——我怎麼會以為她是真心的？

她喋喋不休地道歉——她的腿抽筋了！跟瑜伽用的肌肉群不同！真是對不起。而我心裡想：妳個騙子。妳搞不好根本就不是什麼瑜伽老師。妳到底是誰？想從我這裡弄到什麼？

我猜不透。她難道是回來找班尼的？可話說回來，又何必偽裝？是她在這裡留下了什麼嗎？最有可能的情況，我暗想，是她回來做完她母親開頭的事情：她要錢。也許她覺得我也可以被勒索？

我醒悟到我現在有一個優勢：我知道她是誰，她卻不知道我知道。我有時間能構思我要怎麼做。

而這時，麥可不看她改看我，又回頭看她，關切地皺著眉。他必定是能察覺到我們之間有什麼變化吧？

「抱歉掃了興，可是我累死了，」他說。「我們趁著凍僵以前下山吧。」

「來不及了，」愛肾莉說，往麥可的身側貼。「好冷。」她躲進他的胳臂底下，向我炫耀。他越過她的頭頂看著我，我看得出他對她這種小小的占有表現覺得不自在。抱歉，他以嘴形跟我說。但是我才是那個替他難過的人：他不知道。

我的心裡喀噔了一下，不禁納悶她向麥可捏造了什麼樣的過去。她既然跟我說謊，一定也跟他說謊。那她是想從他那裡弄到什麼？答案很明顯，不是嗎？他很有錢。她是為了他的錢。有其母必有其女。我可能是她短期的標的，但他是她的長期飯票，她會一路拖著他。

我的心飛向麥可。也許我應該為自己害怕，可是我卻覺得異常的鎮定。磐石居是我的，我隨時可以叫她走。我已經沒有什麼輸不起的了，也沒有什麼真正愛戀的了。但是他呢？敏感，體貼，知性的麥可：他絲毫不知道她有多危險。我需要警告他。

怎麼做呢？當面對質可能會適得其反。我沒有證據能當面拆穿她，只有一張十二年前的模糊照片。她會矢口否認，然後就會帶著麥可匆匆離開磐石居，一點損失也沒有。我又會變成一個人，舔著自己的傷口。

我想做的是把這個女人跟她的母親從我這裡奪走的一切都搶回來：家人，安全，快樂，心智健全。

愛。

突然間，我知道我要怎麼做了。我要拯救麥可。而且在過程中，我要把他變成我的。

憤怒是一種令人盲目的強大力量。一旦踏進了它熾人的光束之中，就沒有辦法看到光外面的東西。理智消失在外面的黑暗裡。你在盛怒之中無論做什麼都會覺得是站得住腳的，無論有多卑鄙、多微小、多委瑣、多殘忍。

重點是憤怒讓我覺得活著，讓我飄飄然。

那天晚上，回到磐石居，我在屋子裡走動，把每扇門都鎖好。我把一樓的窗帘都合上（抖出了一磅的灰塵和一大堆死蜘蛛。）然後我拿下了遊戲室裡的一把手槍，在一個上鎖的抽屜裡找到子彈，給手槍上膛，塞進枕頭下。

對，我是憤怒，卻不害怕；但是我也不打算愚蠢。

# 26

於是：晚宴。扮演高雅女主人的時候到了。

我把切割雞肉的每一刀都想像成是在砧板上割她的脖子，而我的刀就是斷頭台。我給馬鈴薯削皮，想像成是在剝她的皮。我點燃了巨大的爐子，我想像著把她的手塞進火焰裡是什麼感覺。我整天在做飯，憤怒也隨著爐子上的燉肉一起沸騰冒泡。

五點時磐石居已一片黑暗。風停了，湖面上水波不興。我能聽到野雁在水邊高聲抗議，準備要飛離即將來臨的風暴。

我用我父親的酒吧準備了三杯馬丁尼，冰冷的琴酒調入大量的苦艾酒和更大量的醃橄欖汁：不是完美的馬丁尼，是故意調得這麼差的。酒精和醃汁可以掩蓋我在一隻杯子裡額外添加的佐料：一整瓶眼藥水。

紅酒燉雞快好了，一道簡單的沙拉正在冰箱裡冰鎮。我喝光我的馬丁尼，等待著馬鈴薯熟透，順便再給自己調了一杯。大雨如砲彈擊中窗戶，我一驚，抬頭就看到愛胥莉和麥可從小屋跑過來，舉高外套遮雨。

我到後門去迎接他們，兩手各端著一杯馬丁尼，面帶笑容，看著他們像落湯雞一樣衝進門。我已經很慶幸喝了第二杯了。琴酒讓我放鬆下來，愉快地模糊掉整個超現實的努力，所以我不需要忽略這一刻——馬丁尼，閒話家常的客人，以及愛胥莉喝了第一口酒之後訝異的皺眉：「哇，妳的酒調得可真烈。」

「我應該幫妳弄點別的嗎？抹茶？蔬菜汁？」要裝我也會裝。我的嘴巴咧得不自然，露出了牙齒：妳個冒牌貨。

她聽見我的話似乎有些警覺。「喔，不用。很好喝。」

我恨不得甩她一耳光。

麥可晃到爐邊，掀開蓋子，聞了聞。「好香啊，凡妮莎。可是我們卻兩手空空就來了。」

他跟著我在廚房裡轉，詢問我的廚藝，偶爾翻閱流理台上有污漬的食譜。他對我更有興趣，而不是那個不耐煩地坐在餐桌上的女朋友。她把濕髮攏到後面去綁了條馬尾，注視著廚房，沒多久就喝完了馬丁尼。我用日常的盤子來擺餐桌（她才不配用利布林的花押字瓷器），而且她打量餐具，擺正了一支叉子。

「我們今天不在餐廳吃飯嗎？」她問。

「太正式了，」我說。

「對，這裡比較溫馨。不過有機會能參觀磐石居嗎？」她瞄向廚房門和門外的漆黑走道。「我真的很想要看看房子的其他部分。」

想也知道，我心裡想。我想像著她的手貪心地撫摸我的傳家之寶，我就忍不住想打哆嗦。她是把算趁著我不注意的時候把銀器藏到口袋裡嗎？我絕不容許那種事。「晚餐之後吧？我快弄好了。」

不過我一點也不著急，我把馬鈴薯搗成泥，往燉雞裡加鹽，同時以眼角盯住她。等我把食物都端上桌時，她正喝完最後一口馬丁尼。

我們坐下來，我倒酒——是我在酒窖裡找到的一瓶樂華。一支富挑戰性的酒，煙熏味加皮革味，唯有品味高雅的人才有可能欣賞（賭場雞尾酒服務生的女兒恐怕是不懂的）。麥可拿起杯子，向我舉杯：「敬新朋友。」他的眼睛從酒杯上緣往外望，與我視線交會，許久許久不動，感覺愛胥莉不可能會沒注意到。

但是愛胥莉似乎渾然不覺。她越過桌面，用力跟我碰杯，我真怕杯子會敲碎。「宇宙會把某人帶給妳，而妳就是覺得你們注定要認識，」她說，虛假的真誠從舌頭滴下來。我巴不得吐她口水，但是我沒有，我反而甜甜地笑。她喝了一口葡萄酒，露出苦瓜臉。小老百姓。

我們開始進餐，餐桌不聞交談聲。愛胥莉只吃了幾口臉色就發白了，抓起餐巾按著嘴唇。我淡淡地看著她推開椅子站起來。

「浴室在哪裡？」她問。

我指著門。「往走廊裡面走有一間洗手間，右邊第三道門。」

她衝出了廚房，彎著腰，腳步踉蹌，一手按著肚子。

我裝出適切的擔心表情，轉向麥可。「希望她沒事。希望不是因為我做的菜。」我以科學的挑剔眼光查看我的叉子上的燉肉。

麥可注視著她的背，臉上微顯困惑。「我看應該不是。我就沒事。我馬上就回來。」他站起來，消失在走廊上。

我又喝了一杯葡萄酒，然後伸手去拿愛胥莉的酒杯，把杯裡的酒倒進我自己的酒杯裡。何必浪費一支好酒？反正她也不會喝了。幾分鐘後，他們兩人出現在門口；愛胥莉蒼白發抖，額頭冒汗。「我覺得我得回小屋去躺下來，」她喘著氣說。

「怎麼回事？」我的聲音既柔滑又甜蜜，就跟我存在冰箱裡要當我和麥可的太妃糖冰淇淋一樣甜。我打量她，心裡想：根據網路上的說法，她可能會出現七種副作用。顯然她已經吐過了。還有嗜睡、腹瀉、心跳變慢、呼吸困難呢？我下的劑量剛好可以害她生病，讓她離開我的房子，卻不足以使她昏迷。我很確定。（不過，是的，我確實考慮過。）

麥可站在她身旁，扶著她的腰，而她又因為痙攣而彎腰。他跟她耳語了什麼話，可是她搖頭。他轉頭看我。「實在對不起，不過我想我們只好提早告辭了。」

喔。這可不是我的計畫：應該是她離開，他留下的。「可是這一桌的菜……麥可，你能不能等一會兒再回來？」

但是愛胥莉甩開了他，勉強站直，拿下了門邊鈎子上的外套。「不用，麥可，你留下來吃飯。浪費了凡妮莎做的一桌好菜太可惜了。我反正也是回去睡覺。」

麥可看看她，又看看我。「那，既然妳這麼說的話。我不會待太久的。」

愛胥莉的皮膚變綠了。她甚至懶得去管麥可的回應，直接拉開門就衝進了夜色。我們透過窗戶看著她，在雨中歪歪斜斜回到小屋。就在她消失之前，我看到她彎著腰，對著一叢冬眠的杜鵑吐了起來。我縮了縮，心裡想麥可會不會去照顧她，不過或許他沒看見，因為他動也不動。

也或許：他是看見了，而他就是不在乎。

然後就剩下我們兩個了，麥可跟我。我轉頭朝他微笑，忽然覺得像是害羞。我伸手去拿另一瓶酒，抓起開瓶器。

「那，」我說。「你想參觀一下嗎？」

麥可跟著我走遍了豪宅的每個房間，手裡端著酒杯，而我暈陶陶地說著磐石屋的歷史，每一則流傳下來的家族傳說。「屋子是在一九〇一年起造的，聽說我的高祖父找來了兩百個工人，為求在一年內蓋好。當時這棟屋子是湖邊最大的房子，利布林家只在夏季才會來，卻有十一名全職員工來維護管理房子。」我打開了每一個房間的電燈，希望能讓屋子看來活潑溫馨一點，但是昏暗的舊壁燈卻無法照亮陰影幢幢的角落。有很多房間我自己都沒有進去過，看來管家也沒有。厚厚的灰塵落在櫃子上，舊育嬰室裡有股霉味，一間客房的窗帘上有烏黑的污漬。

但是麥可似乎不會嫌棄磐石居的疏於維護，反而對看見的每樣東西都很著迷——甚至還能說出來歷；大概是因為他的悠久家族。他小口喝著酒，跟著我穿過走道，問我特定家具的問題和出處——我祖母的手繪路易十六椅子，樓梯間上仍活躍的老爺鐘，書房裡的黃金及雪花石膏鐘。他在每個房間裡流連，仔細欣賞畫作，撫摸牆上的鑲板，注視門後和櫃子裡。有時，我會話說到一半轉過來發現他仍在我已經離開的房間裡，研究骨董。

我不想討論骨董。

我把我的臥室留到最後。我帶著麥可到大木門前：「看到了嗎？那套有公豬頭和彎刀的徽章？是我在德國的祖先留下來的。」起碼凱瑟琳祖母是這麼說的。我始終懷疑是不是真的，但是利己的力量是能極輕易就把迷思打磨成真相的。

麥可伸出一根手指描摹雕花。「這棟屋子有很多歷史。」

我們並肩而站，欣賞著門。流連盤桓，這一刻充滿了緊張（進入閨房了！床鋪就在門後！），我忍不住想，有點暈眩：我是現在告訴他呢，還是等一會兒？我要如何揭露我跟他女朋友的過去而不會把他趕走？「那，」我聽見自己說。「你跟愛胥莉在一起很久了嗎？」

他側目看我，一臉詫異。我確定我看出了他的想法：妳為什麼偏偏挑在這個時候提起她？「很久？沒有，大概，喔，半年吧？還是八個月？」

「你對她很了解嗎？」

「這種問題還真奇怪。我對我的女朋友很了解嗎？」他皺眉，一直在撫摸木門的質地。「妳怎麼會這麼問？」

「只是好奇。」我真的好奇！我就是忍不住想知道。我梳理了我想要知道的愛胥莉／妮娜的所有事。她這些年來都在哪裡？是幾時假冒愛胥莉．史密斯這個身分的，又是為什麼？她跟她母親一樣是騙子嗎？那她母親呢？莉莉．羅斯仍在世嗎？沒有被逮捕過？喔，我想要莉莉．羅斯受罪。可也許她有呢？愛胥莉曾在圖書室裡說過她的故事，說她「生病的」母親。她又是在說謊嗎？不知怎地，我覺得不是。她說的方式──那些眼淚，感覺很真實。（但話說回來，我一直被她騙！）

「你認識她的家人嗎？愛胥莉說她媽媽病著，我忍不住想她是生了什麼病。」

「她跟妳說的？」麥可皺眉。「嗯。說真的，我也不是很確定，好像是什麼慢性病吧。」

原來是真的，要不就是她連他也騙。「你沒見過她？」

他搖頭，仍盯著門。「沒有。她住得遠，我跟愛胥莉認識之後一直擠不出時間一塊去看她。我們打算要聖誕節去。」他一手放在門把上，揚起一道眉。「我們現在可以進去了嗎？」

然後他推開了門，猝然止步。臥室像洞穴一樣，是整棟屋子脈動的紅色天鵝絨心臟。牆壁覆蓋了桃花心木鑲板，飾以相同的徽章；石壁爐比我的頭還要高；而房間的壓軸是那張雕花大床加天鵝絨頂篷，有皇室的氣派。一整面牆都是窗戶，俯望湖泊，通常景色極美，但此時此刻卻只看到傾盆大雨和一片漆黑。

麥可笑了。「這是妳的房間？」

「不然呢？」

他搖頭。「我以為是比較摩登、比較女性化的。更像……妳。我想錯了。」

他想像過我在我的臥室裡！這一點倒是耐人尋味。「這棟房子不是。這裡一點也不摩登。」

我看著麥可在房內走動，查看書架上的小擺設和壁爐上方的那幅維納斯與火神赫菲斯托斯的畫，打開立在一邊牆壁的核桃木鑲嵌雕花櫃。他走向堆在牆腳的搬家箱，歪著頭看標籤。「妳還沒打開？」

「何必呢？反正裡面的東西我都不需要。我一直不覺得有什麼理由要把東西拿出來。」

「妳仍在找理由離開。」他喝完了最後一點酒。「或是留下來。」

「也許你說得對。」然後，覺得膽子大了（也或許我有點醉了？）：「你能給我一個理由嗎？」

「幹麼的？離開，或是留下？那可不一樣。」他轉身望著床鋪，把它的華麗巨大收入眼底。我忍不住想他是否在想像我們兩個躺在上面，一絲不掛，包裹在天鵝絨中。（我就在想！）屋外雨變成了冰雹，擊打屋頂；一陣風刮得樹枝擦過窗戶，好像是想要進來取暖。麥克閉上眼睛，念了幾句詩，聲音好輕，我得伸長耳朵才聽到。

「西風啊，你幾時吹，
好讓細雨下下來？
喔，我的愛人在我懷裡，
也又在我的床上。」

他睜開眼睛，與我視線交會，就在天鵝絨床單的另一邊，而且又是那種表情，那種好像能夠看穿我的腦子的表情。馬丁尼和葡萄酒害我頭暈，但是這絕不是我想像出來的，在我們兩人之間滋滋作響的靜電。「是你寫的嗎？」我問。

他沒回答，只是繞過床鋪，直接向我走來，淡色的眼眸仍緊盯著我。我的身體與四周房間的界線變得模糊，我因期待而全身震動。來了，他要吻我了。可就在只剩幾呎之隔時，他的視線轉移，突然不是看著我，而是越過我看著門口。只兩步，他就跟我擦身而過。第一波的興奮消散了，留下了一團失望的死結。那一切，只是我一廂情願？

可是。他擦過我時是那麼靠近，我能感覺到他身上的熱力——是嗎？是的，是他的手刷過我的手，只有一根指尖碰到我的小指頭。他的手指在那兒停了意味深長的一秒，然後他發出喟嘆——是破碎的心在嘆息，嘆息人生對你不公——隨即溜逝。

不是我的想像，當然不是。是他自己告訴我的，兩天之前，在遊戲室裡：我看著妳呢。

（可如果他那時看著我，那就表示他看到了我最糟糕的一面，不可能會有人喜歡的一面。）

（也可能是他看見了，卻還是喜歡我？）

那一刻結束了，我需要表白。「喂——我有件事要告訴你，」我開口說。但是他在瞄手表，而且我的聲音太小、太怯懦、太充滿了酒意。他沒聽見我說話，只伸手打開了門，傷感地笑一笑，向我一鞠躬。「女士先請。」

我遲疑了，隨即走過他面前，走出了房間，被困惑、欲望和酒精弄得頭腦不清。我下樓梯下到一半才想起他並沒有緊跟在我後面。他在上頭做什麼？希望的火星冒了出來：也許他是在給我留話。

但幾分鐘後，他出現在平台上。「抱歉，凡妮莎，可是已經幾小時了。我真的應該回去看看愛胥莉是不是沒事，不然她可能會吃了我。」

他急忙下樓，朝屋後走。我追上去，斥責自己錯過了機會。笨蛋！膽小鬼！然後，他就走了，拿外套遮著頭，消失在潮濕漆黑的花園中，只留下了散落的冰雹，因為我把門開太久，看著他走。

他走了之後，屋子又變回荒島，我又一次被放逐在島上。我把剩下的燉雞刮進垃圾桶裡，擦乾地板上融化的冰雹，把杯盤留下來給管家明天早上清洗。這些事都做完之後我才允許自己回房間去查看麥可是否留下了什麼給我。

並沒有草草寫下的紙條來詳述他禁忌的欲望：天鵝絨被子上沒有留下什麼，壁爐架上沒有放什麼，浴室鏡子上沒有用眼影寫的字。然而：我看著床鋪，心跳小小的停頓了一下。枕頭上有凹痕，我確定之前並沒有。

他躺到我的床上，想像和我同床共枕嗎？

我爬上床，睡在枕頭上，吸氣——沒錯！」我能聞到他，菸味和檸檬。他的洗髮精，在我的被單上裊裊不散。

我閉上眼睛，笑了。

隔天早上我醒來，光的質量變了，一夕之間，冰雹變成了白雪。寂靜籠罩住磐石居，彷彿是有人用毯子蓋住了屋子。我下了床，薄睡袍冷得我發抖，我打開了窗。白雪輕輕柔柔地飄著，在我窗外的松針上披上了一層精緻的蕾絲。底下的草坪是一床沒有特色的喜被，點綴著冰凍的蕨類。湖泊灰白靜止。我吸氣，冷空氣刺痛了我的肺。

腳下的樓梯感覺很危險，我宿醉得厲害。樓下的廚房仍像是災難現場，我的管家發簡訊來通知我她今天不能來上班，因為大雪阻路。我泡了杯咖啡，到圖書室去躺在沙發上，思索著我的下一步。

我的手機響了，是班尼的簡訊：怎樣？是她嗎？妮娜？

沒機會問。

後門廊上沉重的敲門聲嚇了我一跳：麥可。我到廚房去透過落地窗看，意外看見是愛胥莉站在外頭，顯然完全康復了。

我打開了門。「妳已經好了嗎？」

「像健康寶寶，」她說。「無論是什麼毛病，都好了。」她的臉色恢復了平常的顏色，頭髮也剛洗過；她容光煥發，健康又年輕。她的模樣比我的感覺還好，實在是太不公平了。她怎麼會恢復得這樣快？我應該要多給她下點藥的。

「是食物中毒嗎？」

她聳聳肩，透過長長的睫毛看著我，我忍不住想她是不是懷疑什麼。「誰知道呢。身體有時很奧妙，不是嗎？」

「嗯，我很高興妳沒事了。昨天晚餐我們很想妳。」我們不想，一點也不想。

「麥可跟我說他過得很愉快，」她說。「我錯過了也覺得好可惜。我希望妳會願意再請一次客。」

我看著她的肩後，小屋的方向。麥可會主動來找我嗎？我需要給他理由回來，才能讓他一個人。「明天吧。」

她微笑。「嘿，我能進去嗎？」

我猶豫了。我不確定想不想跟她單獨在一起；我想到我藏在枕頭下的手槍。「我去換件衣服。」

「喔，拜託不要為了我麻煩！只是——我有件事需要跟妳談一談。」

腎上腺素激升：等等，她是要向我坦承她的真實身分嗎？我把門拉開，邀她進來。愛胥莉踢掉靴子，站在後門邊，雪從她的大衣滴下來。她看著亂七八糟的盤子和空酒瓶。「哇，你們昨晚還真的過得很開心呢。我走了以後你們喝了幾瓶酒？麥可回來的時候都茫了。我現在知道原因了。」

喔，吃醋啊。哼，妳是該吃醋。「管家今天應該要來的，可是她被雪困住了，可憐。我還沒整理餐桌呢。」我拿起了最靠近的酒杯，拿到洗碗槽去。

她盯著我，嘴上掛著笑，好像她非常清楚我是不打算親自動手清理的。「我叫麥可來幫忙。

這一團亂是他製造的，他應該要幫妳整理。」

我搖頭抗議，其實私底下我在想：喔對，拜託叫他來，拜託給我們更多時間獨處。我的頭在痛，活像是有人拿鉗子在夾我的腦袋，把我的腦子往外拔。她的樣子並不特別焦躁。她到底是不是要認罪？是的話，我還能恨她嗎？我跌坐在椅子上，一指按著太陽穴，等待著。

愛胥莉在我旁邊坐下，坐得太靠近，我們的膝蓋幾乎相觸。她神秘兮兮地靠過來，我等著她說：我需要跟妳說實話。我的名字不是愛胥莉．史密斯。「嗯，我不確定麥可是不是告訴妳了——他非常重隱私，有時候……」她臉上有一抹奇怪的笑容，我瞬間了解了這不是我期待的懺悔。「可是他跟我求婚了。我們訂婚了。」

我的眼睛瞎了，眼前全是紅點。訂婚？他為什麼會那麼做？是幾時發生的？為什麼是她？她等著我的反應，笑容變得僵硬，我這才明白我的反應太慢了。我張開嘴巴，發出的聲音像恐怖的尖叫。「太好了！太棒了！」

我一點也不覺得有什麼好。

但是我喜悅的尖叫一定是演得很像，因為她開始說啊說啊說個不停。她跟我說他是怎樣在抵達的第一晚在兩人站在管理人小屋的台階看湖水時單膝跪下；他又怎樣有一枚屬於他祖母的傳家戒指，在他交給她時她還哭了。她把一隻連指手套拉掉，一隻手戳到我的面前來，手指上就戴著那枚戒指，鑲鑽的一顆枕形切割大翡翠，看色澤並不是原石，不過也夠漂亮了。

該死。來不及了，她已經套住他了。

她說個不停，說她有多害羞，華貴事物和金錢讓她有多不安（喔，聽妳在放屁！）。我盯著戒指從她的手指上往下掉，幾乎沒在聽，心裡想的是：可他根本就沒那麼喜歡她啊。我很肯定。他們根本沒有共同點。他喜歡我。怎麼會這樣？她仍在說話，說她很怕戒指會掉出來，需要拿去修改，在那之前她不能戴，因為，喔，她好擔心會弄丟喔。所以我能不能放到保險箱裡？幫她保管？

「我的……保險箱？」

她點頭。

我當然有保險箱。在書房裡，我父親總用來存放他的跑路錢。他是這麼說的，幾年前的那天他把我叫進書房來，打開保險箱給我看擺放得整整齊齊的一捆捆鈔票。「小蛋糕，哪天妳需要現金，就來這裡找。這裡有一百萬。應急用的。另外一百萬放在太平洋高地的房子裡。」

我為什麼會需要那麼多現金？我那時還在納悶。他是覺得我會惹上什麼樣的麻煩？班尼以前都會來偷拿錢，活像那是他自己的小豬撲滿。

當然，保險箱已經空了。就跟利布林家的錢一樣，早就沒有了。

喔，我沒提到那一年是吧？我破產了，身無分文，貧苦交加。別讓外表騙了你：在我父親死後，信託管理人坐下來跟我對帳，我才驚覺我父親瀕臨破產邊緣。看來早在我母親死前他就投資不當，又砸錢下去補坑，其中之一是德州海岸的一家大型賭場，卻被颶風吹得片瓦不留。另外還有賭債：撲克牌，我父親輸了百萬元的賭注，週復一週，從我在他的書桌裡找到的黑皮帳本上看到的。

我想起來了，同時，我從暖氣管聽到的我父母吵架：你的癮頭就要把我們都毀了。女人、打牌，還有天知道你還瞞著我的別的事。

我跟班尼提取零用金的信託基金幾乎全空——被班尼的私人療養院和我高昂的IG生活型態耗乾了，而且只出不進。就連我們家在利布林集團的持股也不值錢了。公司並沒能從衰退中復甦，債台高築，利布林家族的持股也被一代一代切割，現在每個分支擁有的都只是小零頭。班尼跟我就算想賣也賣不掉。

爹地死後我們得到的是在太平洋高地的房子，磐石居莊園，以及屋內的一切。班尼繼承了前者——我們立刻就把房屋出售了，所得用來支付班尼的生活費——而我（你們也知道）繼承了後者。這可不是一棟小屋子，書面上仍然是一筆財富，只是比我當初的想像要少多了。

不過，維護磐石居的費用並沒有算進去——上個春天我一到太浩湖就發覺了這個現實問題。光是打掃就是全職的工作，還有一般的維修、景觀整理、冬季除雪。老舊的石頭船屋需要修理，屋頂需要更換，外牆的鑲板在腐爛。水電瓦斯費用驚人。還有財產稅！加總起來，維持磐石居每年就要花掉我六位數的金額。

而我的「人生勝利組」贊助商紛紛逃散，我也沒有了穩定的收入。

我是可以把磐石居裡的藝術品和骨董賣掉——我知道我應該要這麼做！——可我每次動手列

清單要寄到蘇富比，我就裹足不前。這些東西，這棟房子——是我的傳承，也是班尼的（也是利布林家族裡那些叔伯姑姨、表親堂親的，我雖然和他們極少聯絡，卻還是覺得有種責任）。要是我把東西都拍賣了，甚至賣了房子，我是不是拔除了自己的歷史？

而要是我拔除了那個，我還剩下什麼？

所以，我才把管理人小屋出租，一次解決兩個問題——孤立以及收入——因此而引發了害我在這裡，在磐石居的廚房裡，看著妮娜・羅斯的訂婚戒，同時氣得冒煙的下場。

總而言之——保險箱，我查看過，搬進磐石居後的第一件事，而我記得的那一捆捆鈔票已經沒有了。怎麼可能會有呢？說真的，那堆現金可能只是我父親的賭本；他搞不好全都輸在越過邊界的賭場裡的高賭注牌局上了，就在那兒莉莉・羅斯為他送上雞尾酒以及後來的勒索。他留在保險箱裡的只有一摞舊檔案和房地契，外加我母親最後的幾件珠寶，我立馬就送到經常往來的拍賣商那兒了。

這個女人難道是以為我們的保險箱裡藏著什麼珍寶？她就是為了這個原因來的？是的話，那她可要大失所望了。要不是我在努力忍住眼淚，我是會笑出聲來的。

我的手上有個沉甸甸的東西：我低頭看到愛胥莉摘下了戒指，放在我的掌心裡。意外之下，我收緊了指頭。「我相信妳可以幫我收好。」

我低頭看著拳頭，再抬頭看她，覺得筋疲力盡、難以置信又迷惑不解。然後——天啊，不，不要又來了！——我竟然在哭。哭我的父親，他為我們盡了力，卻仍是丟下了一個爛攤子；哭失去的一切；但最主要的是哭人生不公平，居然是她要嫁給他，而不是我。

我一抬頭就發現愛胥莉瞪著我看。那副苦惱的表情是真心的關懷嗎？還是在以我的不快樂為樂，從中獲取什麼變態的快感？我看著她遲疑，考慮什麼，接著向我伸出一隻手。「妳今年年初的時候訂過婚，對吧？」她的聲音低沉溫柔。「出了什麼事？」

她以為我是為了維克多在哭。我差點笑出來。「妳是怎麼知道我有未婚夫的？」

「妳的Instagram。要猜出來並不難。」

「喔。對。」我掙脫了她的手，把臉擦乾。她犯了個錯誤：她已經跟我說她不上社群媒體的。顯然她一直在追蹤我：多久了？什麼目的？我想像著她仔細地看過我的照片流，用我的人生細節當娛樂，我就覺得噁心。在社群媒體上要忘記外頭那些隱形的人實在是太容易了，那些人默默觀察，從來不會讓你警覺到他們的存在。不是關注者，而是那些旁觀者。你絕對沒辦法知道你的觀眾群裡有誰，不知道他們看著你是有什麼動機。

「妳就是因為這個才搬來這裡的？因為解除婚約？」

「那是我搬過來的原因，」我開口說。什麼也別告訴她，我跟自己說。別讓自己脆弱好欺負。可是我覺得那麼的……迷惘。話就自己衝出了口。「我需要換個環境，就跑到磐石居來了，當時似乎時機很恰當。爹地把它留給了我，我以為……回到這裡，我們的祖宅，說不定能有一點安慰。我以為那是一個機緣。結果，我忘了我討厭這棟屋子。我的家人在這棟屋子裡發生了恐怖的事情，不應該發生在我們身上的事情。」這時我的情緒太激動了，我太坦白了，可是我好像管不住自己。我控制不了，這股累人的衝動，想要被看見被了解，即使對方是（尤其是！）我的敵人。

但不止如此：我要她知道她和她母親做的好事，我要她知道她們是怎麼樣毀了我們家的。我要她為我感到抱歉，同時痛恨她自己。

「磐石居只是紀念我悲慘的家人的聖壇：發生在我母親、我父親，我弟弟身上的每一件壞事都是從這裡開始的。妳知道我弟有精神分裂症嗎？是在這裡發病的。而我母親也在這裡自殺了。」我指著窗外的湖泊。

愛胥莉的臉色變得蒼白。「天啊，我不知道。」

喔，妳當然知道，我心裡想。（不過有可能她不知道嗎？）

我仍然說個不停，我停不下來。多年的痛苦、不安全感、自我懷疑爭先恐後湧出來；天底下的人那麼多，我為什麼偏偏要告訴她？可是感覺很好，太好了，能夠撕下門面，揭開當我這個人的真相。「我是個他媽的利布林，我是凡妮莎・利布林，」我聽見自己說。「也許我是有要命的缺點，也許我是不值得同情。」

我轉臉看她，愛胥莉從坐在我面前的女人臉上掉落了，換上來的是妮娜，像蛇一樣盤起來，眼神黑暗，緊迫盯人。我等著她嫌惡地彎起嘴唇，或是冰冷地算計。結果，她卻靠過來，以我沒聽過的聲音說話。「打起精神來。還有別再請別人告訴妳妳不是一無是處了。妳何必在乎他們怎麼想呢？去他們的。」

她的話就像一桶冰水，潑得我啞口無言。沒有人跟我這樣子說過話，連班尼都沒有。她是真心的嗎？（她說得對嗎？）「去他們的？」我愣愣地跟著說一遍。

她在椅子上欠動，俯視著我掌心裡的戒指，似乎在心裡計算什麼。等她再抬頭，妮娜消失了，愛胥莉又回來了；那抹小小的笑容，她的假同理心，她淡而無味的平靜處方。她開始嘮叨什麼正念和愛惜自己，突然間我一句也聽不下去。她是什麼東西，居然敢教我要怎麼有重心、怎麼平靜？

我驀地站起來。「好，我去把戒指放到保險箱裡，」我說，只是為了提醒自己不應該把戒指摔到她的臉上。

保險箱藏在我父親書房的一幅畫後面，陰暗的畫面是英國的打獵場景，冷酷的貴族戴著假髮和羽毛帽子，他們的狗撲向一隻嚇壞了的狐狸。我把畫掰開，按了我弟弟的生日，密碼鎖就解開了。

訂婚戒指在我的手心裡熱熱的，我拿起來，一面轉動，但是壁燈的光太暗，寶石完全沒有反射光芒。我把戒指放進保險箱，再把門關上，心裡有種小小的滿足感。

我拿了她的戒指，再來就是拿下她的未婚夫。

又一個晚上，另一次與敵人共餐。

但是這一次不同。我受夠了這齣啞謎了：該是戳破這層紙的時候了。（或者該說：打起精神來。）為了讓這個騙子有自知之明，我決定要使出渾身解數，擺出一場足以讓所有利布林家的人驕傲的盛筵。我找了南太浩湖岸的一家外燴，端上六道菜的晚宴；我雇用了一群人來上菜整理，因為我當然不會親自為妮娜．羅斯端盤子，或是擦洗水晶酒杯上她的口紅印。

我是磐石居的女主人，該是我表現得像個女主人了。（不會再談什麼要命的缺點！不會再覺得不配！）讓妮娜看見她沒有一點比得上，讓她嫉妒得眼紅，無論她有多少陰謀詭計，她都當不了利布林。等到甜點推過來時，我會揭穿她的真實身分，奪下麥可。

在他們前來赴宴之前，我把臥室角落的搬家箱拖出來打開。我翻找那些有一年不見天日的衣服：晚宴服和連身裙，休閒裝和俱樂部裝，白天的、晚上的、以及介於日夜之間的每一刻的。我把衣服一件件拉出來，攤在房間四處。一堆堆的絲綢和薄紗和亞麻，粉紅色的、金色的、萊姆綠的，七彩繽紛的顏色堆在床上和長沙發上，最後也堆在地毯上。衣服為這間發霉的老房間注入生氣，就彷彿我打開了窗戶，放進了新鮮空氣。我為什麼沒有早點整理？每件衣服都是個老朋友，每一件都會喚起某一段的視覺回憶，烙印上了日期和時間，記錄在我的Instagram動態消息裡：我在波拉波拉島海灘上穿的那件網眼針織洋裝；我在雅典娜廣場酒店我的套房陽台上吃早餐的那件袍子；哈德遜碼頭上那件亮片直筒洋裝。

我挖出了一件及地長的綠色薄紗禮服，我穿去參加義大利波西塔諾的一次古馳晚宴——我們在搭船過去的途中拍了照。（兩萬兩千個讚！差一點就破紀錄了！）那真的是一年半前的事嗎？

感覺像過了一輩子。

我把這件古馳禮服套過頭，對鏡端詳。我比以前瘦，早沒有了人工日曬劑的膚色；不過，她又回來了，而我很高興看到她回望著我。「人生勝利組」凡妮莎，時尚達人，錦衣玉食，過著美好生活，#蒙福的，回來了。不，我不會請別人跟我說我值得：我知道我值得。

晚餐的氣氛彆扭又緊繃。我喝了太多酒，講話太大聲。愛胥莉太安靜，拿著叉子推盤子上的食物。只有麥可似乎一派輕鬆，舒服地懶在椅子上，跟我們說他在愛爾蘭的童年，一面大啖每一道擺在他面前的美食。

我注意到愛胥莉和麥可不看彼此。三不五時兩人會視線相觸，然後給對方漫長的一眼，神秘難解。我在猜他們是不是吵架了。（這種可能讓我很興奮。）

服務生打開了一瓶法國香檳，是在磐石居的酒窖裡拿出來的。麥可跟我都由他斟酒，但是愛胥莉卻用手擋住酒杯，不讓他倒酒。（「還在從食物中毒中恢復，」她說。）菜一道道送上來：開胃菜，接著是海鮮拼盤，接著是沙拉和番茄濃湯。我們已經吃了一個小時，卻還沒上主菜；我仍是得設法讓麥可落單。愛胥莉一直在瞄餐具櫃上的鐘，活像她在活受罪，巴不得快點結束。這種排場有點太過了，我知道，可我很享受愛胥莉臉上的不自在，看著她不知該用哪支餐具。麥可似乎對這麼正式的場面不為所動，也難怪，他也是富貴人家出身的啊。

等她走了之後我會數銀器，以防萬一。

主菜終於上桌了，烤野生鮭魚和血橙。餐桌暫時一片安靜，我們都舉起叉子，預備要跟又一條魚對戰。

隱約的手機聲打破了寂靜。愛胥莉臉色發白，掉了叉子。「哎呀，我忘了關鈴聲。」她伸手到牛仔褲後口袋裡，掏出手機，喃喃道歉；但是一看到來電顯示，她就張大眼睛，猛地站起來。「真抱歉，可是我得接這通電話。」她倒退著離開餐廳，手機貼著耳朵，給了麥可一個明顯的表情，以唇語說：媽。

莉莉，我心裡想，心臟小小地抽了一下。

然後她就不見了。麥可跟我獨處了。我們能聽見愛胥莉的腳步聲越來越深入磐石居，喃喃的說話聲消逝了，接著是一片安靜。

「是怎麼回事？」我問。「她媽媽？」

「我也不是很清楚。」

我的薄紗洋裝貼著我的皮膚振動，我這才明白我在發抖：愛胥莉回來之前我們有多少時間？

他清喉嚨，彆扭地朝我微笑。「咳，我還沒跟妳說過我任教的學院吧？那裡的學生太優秀了，雖然是弱勢族群，卻是那麼的好學不倦……」他滔滔不絕說起了為年輕心智啟蒙的快樂，獨角戲唱得既冗長又宏亮，顯然他是為了不冷場。

「麥可，別說了。」

他閉上了嘴巴，拿起刀叉，低頭看著盤子，表情果斷，把蘆筍切成整齊的小段，我聽見他的刀子撞著瓷盤。喀、喀、喀。

「麥可，」我又開口。

他仍專心切鮭魚，活像是怕眼睛一移開，魚就會從他的盤子上游走。「今晚的這頓飯真是豐盛，」他僵硬地說，叉起了一小塊鮭魚。「我有好多年沒吃得這麼好了。在波特蘭要找到能欣賞正式晚餐的人實在是太少了。」

我靠近，近到幾乎不用拉高嗓門他就能聽見。「別這樣吊我胃口。我們兩個對彼此有意思，對不對？我並沒有瘋。」

他叉著的鮭魚停在半空中，輕輕抖動。他看著門口，好似愛胥莉可能會躲在外頭，然後他轉過來，終於筆直看著我。他俯身向前。「妳沒有瘋。可是，凡妮莎……沒有那麼簡單。」

「我倒不覺得有你想的那麼複雜。」

「我訂婚了。」他一臉落寞。「我先前沒跟妳說。我是個守信用的人，我不能這樣對她。」

終於，我一直在等待的機會來了。「可她並不是你心目中的那個人。」

他的手一歪，鮭魚就從叉子上掉了下來，撞到桌面，粉紅色的肉末噴在他的大腿上。他拿餐巾漫不經心地擦拭，我盯著他看，只見他的臉上閃過一連串的情緒：迷惑、警覺、否認。「我可能不懂妳是什麼意思，」他最後說。

我正要揭開整件見不得人的事，為他細數十二年的舊事，卻沒有時間，因為我們聽見愛胥莉的腳步聲在走廊上響起。「喂，我們需要談一談，私底下，」我趕緊低聲說。他仍瞪著我，表情迷眩，而愛胥莉也出現在門口了。她的臉色很紅，用力抓著手機，指關節都泛白了。

麥可立刻站了起來。「小愛？出了什麼事？」

她慌張地看了看四周，彷彿是剛睡醒，不知道自己為什麼會在這裡。

「我母親住院了，」她說。「我得回家去。馬上走。」

愛胥莉在黎明時離開，我看著寶馬沿著前面的車道離去，在新下的雪面上滑行。怎麼回事？是結束了嗎，就這樣？我幾乎覺得……失望。部分的我想知道她究竟在打什麼鬼主意，而我是否能夠拆穿她。

而麥可呢？在愛胥莉宣佈了消息之後，事情就像連珠砲一樣一個接著一個來——甜點和咖啡一起省略，英式蛋奶醬遺忘在我的冰箱裡，他們兩人匆忙回到管理人小屋去商量——我根本沒機會問他們是否會兩個人一塊走。

如果他陪她去，就表示他選擇了她，我告訴自己。要是他留下來，他就是為了我。

現在，我站在門廊上看著汽車漸行漸遠，我看得出老寶馬的前座上只有一個人。她一個人走。

我贏了。

松樹包圍住汽車，她轉彎，就此消失。

我上樓去，拿出枕頭下的手槍，下樓到遊戲室。牆上掛的劍反射著舞動的光線，我把手槍放回原處。我不會再需要這玩意了。（她走了！我贏了！）

我的手機發出簡訊聲：又是我弟弟。

不要再把我當小孩子。是不是妮娜？

我仍因勝利而飄飄然；告訴他似乎是滿安全的，反正她已經撤離了。

你說對了，是她。可她不在這裡了。那個女人不是個好東西，班尼。她走了對大家都好。

等等，我不懂，她走了？她說了什麼？她為什麼來磐石居？是在找我嗎？

不知。她沒跟我說她真正的身分。不過無所謂，因為她走了。而且她不會回來了。

她走了？跟她男朋友？

她男朋友沒走，還在這裡。

所以還有機會。

什麼機會，班尼？

我的機會。她在波特蘭？

靠，班尼。我不知道她去哪裡。事情都已經過去了，對我們都沒有好處，最好是放下，向前看。別害你自己為了這個發瘋。拜託不要迷戀一個童年認識的不可靠的女孩子，好嗎？她對你不好。以前跟現在都是。我愛你。

我的手機立刻就響了起來，來電顯示是班尼。我不接，反而套上了雪靴和大衣，搽了一點唇蜜，打開後門，走進後院。又下雪了。冷空氣迎面襲來，刺痛了我的皮膚，但是我一點也不介意，因為我的臉頰會因此而通紅，而有生氣。

我在雪地上留下了一條整齊的腳印，一路延伸到管理人小屋。湖泊在我的面前伸展，沉睡灰蒙。野雁飛走了，松樹被雪壓得輕顫，我從樹下經過，身上落滿了柔柔的雪花。

麥可開門的動作極快，我都懷疑他是不是在等我了。

「你沒走？」我說。

他朝我眨眼。「我沒走。」

我呵著雙手，搓手取暖。「她的名字叫妮娜．羅斯，」我說。「不是愛胥莉．史密斯。我認識她，很多年前，就在這裡。她是個騙子、冒牌貨，她要的是你的錢。就跟她想要我的錢一樣。她們家毀了我們家。你不能相信她。」

他看著我肩後的湖泊，眼珠子轉來轉去，好像是在水面上尋找什麼。然後他嘆了口氣，伸出手，雙手按住我的肩膀，抓得好緊，抓痛了我。

「我是豬，」他對著在我頭上舞動的松樹說。

接著他吻了我。

✦

暴風肆虐，風聲淒厲，樹木吱呀搖晃，而在磐石居的四牆內，一切就要翻轉了。很快麥可就會知道我對他的未婚妻所知的一切。很快他就會打電話給她，通知她婚約取消了，而且他不要她回太浩市。（我會在六個房間之外聽見他對著手機大吼。）很快他就會把東西搬出管理人小屋，搬進磐石居。

很快——非常快——我們會結婚。

# 27

## 第二週

我的先生！我喜歡在他不注意時看著他：把小徑上的雪推到碼頭，每一鏟他的肌肉都會僨起。坐在窗邊敲筆電，忙著寫書，冬天的光照亮著他。亂糟糟的黑髮隨意別在耳後，淡色眼珠盯著螢幕。他就像是從珍．奧斯汀的小說裡走出來的，成熟世故。（還是勃朗特？我上英國文學時應該多用功的。）

我沒辦法不看他。

他已經儼然像是在磐石居住了一輩子了。他穿著鞋子躺在絲面沙發上，一點也不在乎鞋底會在布料上留下黑印。他把啤酒瓶放在鑲嵌桃花心木邊桌上，留下了可怕的白印子，永遠擦不掉。他在迴廊上抽菸，因為我沒有菸灰缸，他就用骨瓷盤來擰熄香菸，盤子上還有燙金押花字L。

我的凱瑟琳祖母看到他這種行為一定會嚇死，可我卻很振奮。他給這棟屋子帶進了煙火氣，主宰它，把它變成他的，我卻永遠也做不到。

我們已經結婚十四天了，一年多來覺得被困在磐石居，突然間我一點也不想要離開了。我們討論了一下度蜜月的事，選個溫暖熱帶的地方。（波拉波拉！或者是巴哈馬的伊路瑟拉島？現在大家都去哪兒啊？我不在那個圈子裡太久了。）可是外頭又下雪了，我們在圖書室裡烘著火喝馬丁尼，太舒服了，我實在看不出有必要去度蜜月。我花了太多年的時間飛來飛去，我大概是在尋找我自己也說不上來的東西，而現在我終於找到了，是能夠待著不動的安適感。

我的腦子裡總是喋喋不休的聲音——那些個累人的高低起伏——完全消失了。我覺得我真的活在當下。（喔，假愛胥莉一定會以我為榮的！）

我也完全不用Instagram了，從我們結婚的那天起，一張照片也沒發。是麥可的關係，他把我的手機拿走了。不過沒關係！我發現我再不需要五十萬個陌生人按讚了。我只在乎一個人的看法，而他就坐在我身邊。坦白說，放開那一切實在讓人鬆了口氣：那個空白的小框框使勁把我往裡拽，那種把自己放上舞台、要求別人批評的累人手段。

看到了吧？你們再也傷不了我了，因為我不再在乎你們是怎麼想的了。

「也許我們應該去愛爾蘭，」麥可跟我說。「我可以把妳介紹給我的姑媽阿姨。我們可以去看城堡。」我要他把城堡的歷史告訴我，古老的歐布萊恩寶座，比磐石居還要森嚴的堡壘。他謙虛地說只是一座「適中」的城堡——「愛爾蘭有幾千個城堡，差不多每個人的家族史裡都有。」可是，我仍忍不住覺得他見多了恢宏的房舍，所以磐石居才一點都不會讓他畏懼。

還有其他一長串我們的共同點。他的雙親，跟我的一樣，都早就過世了——一輛奧斯頓．馬丁跑車，有天晚上他在我的耳畔哀泣道，一條漆黑的鄉村小路突然冒出了一群羊——而他的手足不是因為酗酒問題就是關係冷淡而逐漸疏遠。他知道早晨在驚慌中醒來是什麼滋味，感覺就像是有人趁晚上把你的錨割斷了。像是你可能有一天失蹤而根本沒有人會注意，因為那些最愛你的人已經沒有了。

我不必再有那種感覺了。

跟我相像的另外一點是：他的家庭也在之前就破產了，家族不動產逐漸縮小，因為繼承人太多，支出太多。

不過他還不知道我們有這一個共同點。

我們的新生活是這樣的：我早上很晚起床，麥可會在十點左右幫我端咖啡來。我們做愛，有時兩次。中午時，麥可忙著寫書，我畫畫。我們愉快地靜靜做著自己的事。十二月天黑得早，所以我們就在下午三、四點休息，套上雪靴，沿著湖濱散步。我們會經過船屋，走上白雪覆蓋的碼頭，然後坐在盡頭的長椅上，欣賞靜謐的湖水。有時我們會帶著一壺熱茶，坐在那裡，心滿意足卻不說話（可不是因為我們無話可說！）直到太陽躲在山峰後。

然後回到磐石居，也許再寫書的寫書，畫畫的畫畫。我會為我倆做飯，挖出我在廚房找到的舊法國料理食譜，翻找出我覺得喜歡的：嫩煎魚排、紅酒燉牛肉、里昂沙拉。我的牛仔褲漸漸變緊了。在紐約還過著舊生活時，我會立刻就彌補，去上背對背飛輪課，可在這裡，我不在乎。穿不下我的聖蘿蘭皮褲壓根就不是什麼大事，反正我也沒有地方穿。

然後：在壁爐邊喝調酒，更多的性愛，更多的調酒，也許兩人躺在床上用我的筆電看老電影。

日子一天天流逝，充滿了情欲和酒精，兩人黏在一塊，愉悅新鮮。

我的素描簿慢慢地畫滿了：打褶上衣像風吹過湖面一樣蕩漾；精美的亞麻布洋裝自肩部外擴，有如烏鴉的翅膀；繡著羽狀小刺的外套，讓人想起松針。起初，繪畫的手法生澀，但是漸漸變得大膽：簡單粗重的線條描繪出一個輪廓，再用粉彩填補細部。我都快忘了繪畫的感覺有多好了；自從在中學上過美術課之後，在這個月之前我連鉛筆都沒有握過。那時我畫得很不錯，足以受邀進入學校的美術資優班，可是我父母不鼓勵我繼續：利布林家是應該要收藏藝術的，而不是自己畫。另外，我也有自知之明，我是有一點天分，可是還不夠。班尼才是那個急須在紙上宣洩的人，而我卻缺少成為一名真正的藝術家所需要的眼光。就算我繼續學畫，我也只會是個半吊子，畫出夠多的風景畫，朋友礙於人情會購買，卻絕對掛不進美術館裡。

所以我就放下了。

然後，麥可出現了。我看得出妳有藝術家的靈魂，即使妳並不知道該拿它怎麼辦。有天早上他在床上這麼跟我說，就在愛胥莉離開後不久。我笑了，但是他的話卻縈繞在我心頭。所以那天稍後（又是一個慵懶的山中一日；悠閒的生活確實會無聊，尤其是沒有手機可以讓你分心），我就想：有何不可？我已經花了大半年的時間呆呆坐在磐石居裡一事無成，滿腦子只想著永遠也不可能會發生的重新裝修，因為我沒有那個錢，我的荷包越縮越小。盡責地、無聊地在社群媒體上按讚。

那天下午，我從書房的深處找出了蒙上灰塵的筆墨組，坐在陽光室裡，看著一片銀白的草地和後面的湖泊。可等我拿起筆，出現在紙上的卻不是風景，而是一件洋裝。柔和的白色舞會禮服，胸圍線不對稱，裙子像雪花一樣飄揚飛散。

我坐在那兒端詳我畫的東西，我感覺到麥可的呼吸吹在我的後頸上。「很漂亮，」他說，一邊靠過來細看。「妳以前設計過服裝嗎？」

「我會穿，卻不會設計。」

他一隻手指按在紙上，就按在胸線的中央。「妳現在會了，」他說。

我哈哈笑。「得了，我算哪門子的時裝設計師。」

「有何不可？妳有平台。妳有品味。妳有資源，而且顯然妳也有才華。難道以前都沒有人跟妳說過？」

我瞪著畫，想用他的角度來看。會不會我也有可取之處？這麼些年來都埋沒了，沒有人願意費那個力氣把小小的火星搧成火焰？

*打起精神來，一個女性聲音在我的腦海響起。別再請別人告訴妳妳不是一無是處。*

現在的人不再花時間去仔細看著彼此了。我們住在一個表面形象的世界裡，匆匆掠過彼此，只注意可以讓你歸類和貼標籤的地方，隨即移向下一個閃亮的事物上。只有極稀少的某個人——麥可！——會停下來用心看，去思索框架外可能有什麼。

或許我是破繭而出了！或許我是在改頭換面的邊緣。或許我會把名字改成歐布萊恩，從此脫下利布林的皮囊。

我已經在半路上了，何不索性走完？

# 28

## 第三週

麥可把我叫醒，面色凝重。「我得回波特蘭幾天，」他說，把一杯咖啡塞給我。

我坐了起來，背靠著雕花桃花心木床頭板。床鋪散發著性愛和灰塵的味道：頭頂上的天鵝絨篷罩絕對變成了一堆死蜘蛛和蒼蠅的家。又一件我必須指點管家做的事情，我敢說她一定是每週都會悄悄略過一處清潔點。有時候覺得磐石居是想要恢復自然狀態：一幢在好萊塢主題公園中的鬼屋。

我喝了一口咖啡，皺著眉頭，好像我沒聽懂。但是我早就知道會有這一天，魔咒會打破，真實的人生會闖入。麥可是來太浩度假的，從沒打算要戀愛結婚，定居下來。到了某一個時候，他當然是要回家的。

「你要去拿你的東西嗎？」我問。

他點頭，爬上床躺在我旁邊，躺在被子上。被子在我的腿上收緊，像一件緊束衣。「對，另外也要告訴行政人員我秋季班不教了。」

我微笑。咖啡有柑橘和巧克力的味道，舒服地燙著我的舌根。「真是的。這麼跋扈。」

「我的意思是，妳寧可住在這裡也不願意跟我一塊回波特蘭吧？妳的屋子大多了，又隱密……」他用鼻子拱我的脖子，吻我的嘴角，即使我的氣息一定很臭。我哈哈笑，他卻停下來，往後退。「不過還有別的事，吾愛。我有一點不好意思說。」

「什麼事？」

「她……跟我——唉，回想起來，這是我做過最愚蠢的事。罵我太天真吧，可是我很容易相信別人是吧？我絕對想不到……到現在我還是很難了解……」他一臉茫然，一手玩弄著被子的褶痕。「好，是這樣的：我聽信了她的話，開了一個聯合帳戶，就在夏天的時候，在我們去旅行之前。所以我們有一張共用的信用卡，還有一個家用帳戶連接到我們的個人帳戶，而她把帳戶都清光了。刷爆了信用卡，拿走了所有現金。現在我需要回去處理。」

賤女人。上個月她冒雪開車離開，我還以為我們就此擺脫她了呢。我還以為我阻止了大災難，但顯然我的動作太慢了。「喔，甜心。多少錢？」

「很多。」他搖頭。「妳說對了。我還是不敢相信。我怎麼會跟個白痴一樣？」

「我也一樣白痴。」我握住他的手。「我也相信過她，有一陣子。我還是不知道她是想從我這裡撈到什麼好處，可是我猜我是逃過一劫了。」

他聳肩，捏捏我的手。「沒事的，我知道。我只是需要回去跟銀行的人談一談，也許找個律師。我早該在幾個星期前就處理的，在妳跟我說她……她的真實身分……」他沒辦法說完，喉嚨像被勒住。「不過目前呢，我實在不願意跟妳開口……」

我忽然明白了他是想要說什麼。「你需要錢。」

「只要夠我來回波特蘭。」他像個小男孩一樣低著頭，顯然是羞於必須啟齒。「我會還妳的。」

我把咖啡放在旁邊的桌子上，旁邊的訂婚戒指就在小銀盤裡閃爍著光芒。我看得迷住了，他居然這麼難堪。「別胡鬧了，」我說。「你是我先生，我的就是你的。」

他閉上眼睛，似乎是深受感動。「我並不想要這樣子開始我們的婚姻。立足不平等。我把話說在前頭，我知道我們還沒有討論這一點，不過：在愛爾蘭有個家族信託金，規模不像從前了，可是在我名下還有幾百萬。問題是，我現在住在美國，要直接提取比較困難。首先我需要找個信託律師談一談，簽署一些文件。也許等到我們去玩——也許明年夏天，愛爾蘭沒那麼冷。我會把事情都處理妥當，在這邊開個帳戶。」他把被子拉緊，撫平我被子上的褶子。「我大概幾年前就該這麼做了，不過錢一直都不是那麼重要。我也不怎麼上心，知道嗎。只要我有書，有一枝筆，有咖啡……」

「跟我。」

他笑了。「當然。還有妳。可是現在」——他靠過來吻我，很用力——「現在我只想把錢都花在妳身上。」

「喂，」我說。「我等會兒打個電話，幫你辦個副卡。讓你能動用我的帳戶可能得多花一點時間，我得打電話給律師，讓他們擬定一些文件。」

「啊，凡妮莎，不急不急，」他趕緊說。

「怎麼能不急。」

「等我們回來再處理吧？」他說。「我先把過去處理乾淨，然後我們再來談將來。」

我拿起了訂婚戒指，套上手指，緩緩來回轉動。麥可跟我默默看著戒指，最後他終於握住我的手，把戒指藏在他的拳頭裡。

「妳有話想說，」他說。「知道嗎，妳想問什麼都可以。」

「你回去之後會跟她見面嗎？」

「她？」

「愛胥莉。妮娜。」

我沒看過他這麼憤慨。「胡說什麼哪？我幹麼要自討苦吃？」他又捏我的手，有點太用力，隨即放開。「在我來說，根本就沒有一個叫愛胥莉的人。我們全部的關係就是一場騙局，她是個騙子，我一點邊都不想跟她沾上。我甚至不想說她的名字，無論是哪一個。」他的太陽穴上有一根細細的青筋爆了出來，憤怒地搏動著。「再說了，我從我們共同的朋友那兒聽說她幾星期前就離開波特蘭了，帶著我的錢跑了。早就不見人影了。」

我點頭，外頭松樹搖曳，沙沙作響。這星期有好幾天天氣很好，初雪大半都消融了，只有松針上還有冰，車道上有雪泥。另一場暴風雪在假日之前會來襲，就在一週之後。

「還有一件小事。」他閉上眼睛，難堪得不敢看我的眼睛。「她離開這裡的時候，把車開走了，對吧？所以……」

麥可在隔天下午駕車離開，是一輛嶄新的銀色寶馬休旅車，我們幫他在雷諾的代理商那兒買的。換作是從前，買這麼一輛車——小玩意！——我連想都不會多想，可現在這筆花費卻像是揮霍。我獨自開車過山峰，提醒自己我得學習量入為出。麥可不會在乎的，對吧？他只需要書和咖啡，和我。

回家後，少了他屋子感覺寂靜地讓人窒息。我在空洞的房間走動，收拾麥可亂丟的東西：我拿著一件毛衣貼著臉，聞到香料和香菸的味道；他的手機充電器，接在床邊牆上的插座上；一隻杯子，杯緣還有他的唇印，我把嘴唇貼上去，像個痴迷的女學生。

我在圖書室裡坐下，這裡是全屋子裡最溫馨的房間。麥可這一走（是去找妮娜？儘管他信誓旦旦，我還是擔心），我的內心交戰又開始了，自我懷疑的低喃又回來了。我拿出素描簿，翻閱我畫的時裝，現在卻扁平無生氣，了無新意。這些真的好嗎？萬一麥可只是因為不想傷害我所以哄著我玩呢？

我把素描本放下，去找我的手機，發現是藏在客廳的一個櫃子的抽屜裡。我忍不住：婚後第一次點開了Instagram。一進去我就看到即使我的人生來了個一百八十度的大轉彎，世界仍舊在飛速運轉。瑪雅和崔妮和莎思姬婭和依芳潔琳跑到杜拜去了，穿著Zuhair Murad夏裝，騎在駱駝上擺姿勢。莎思姬婭上傳了一大堆她自己穿著豹紋比基尼的照片，身後是擎天的哈里發塔；有十二萬二千八百七十五人按讚，留言有一長串。水啦——爽啊——身材真火辣——小妞，妳太辣了，可以跟我聯絡嗎？

我打開我自己的動態消息，看到我的追蹤人數又減少了，三年來頭一次落到三十萬以下。鐵粉變得煩躁——嘿，小凡，最近怎麼了？在齋戒嗎？我們要衣服——我這才明白我快要被遺忘了。

我在乎嗎？我等著感覺在嫉妒我的老朋友，或是覺得失去了什麼有意義的東西，結果我什麼也感覺不到。不——我是感覺優越。我終於學會了關掉照相機，活在閑靜裡。（又來了，她的聲音！我真希望它能消失，即使說的是對的。）

我強迫自己把手機放回抽屜裡，一分鐘後，我又拿了起來，撥了班尼的號碼。

鈴聲響了很久班尼才接。我正納悶他們是不是又沒收了他的手機，但是他終於接聽了。他的聲音濃濁模糊。他們又給他加藥了嗎？「班尼，我有消息要告訴你。」

他不理我幾個星期了，我的簡訊全都已讀不回。他仍在氣我，他仍以為我把他的畢生真愛（要命喔）趕走了。

「妮娜的消息？」

「不是。拜託，班尼，忘了她吧。」

我能感覺他在噘嘴。「那好吧，怎麼？妳終於醒腦子了，要從那個毛屎坑出來了嗎？把磐石居放一把火燒了？」

「不盡然，」我說。「我結婚了。」

「結婚了。」長長的沉默。「跟誰？維克多？我不知道你們兩個又復合了。太好了。」

「不是他，天啊，不是。是麥可。」

又一陣漫長的沉默，最後他說話了：「難住我了。誰是麥可？」

「那個作家？來住在管理人小屋的那個？」毫無反應。「愛爾蘭人？歷史悠久的家族？我跟你說過他。」還是沒反應。「拜託，班尼，他就是那個跟愛胥莉——跟妮娜一塊來的男人。她離開了，他沒走。我們……嗯，我們戀愛了。我知道聽起來很奇怪，可是我真的很快樂，班尼。真的。很久以來我最快樂的一次。我只想要讓你知道。」

這次的停頓漫長到我都要懷疑他是不是睡著了。

「班尼。」我的心裡裂開了一個洞，隨著每一分鐘的沉默都變得更寬。

「我聽到了。」

而我知道他是怎麼想的，因為他是我弟弟。而他無聲的懷疑低語戳穿了我一直在迴避的恐懼。「班尼……？」

線路的另一頭有種奇怪的聲響，像是噎住的咳嗽，也可能是笑聲。「妳嫁給了一個妳完全不了解的人？」

「我了解得夠多了，」我說。「我知道我自己的感覺。」

「凡妮莎，」他慢吞吞地說。「妳是白痴。」

我提醒自己是班尼的疾病在說話：就是同樣的悲觀、偏執和念舊才害得他的人生四分五裂。然而，他的話卻像是毒藥，滲透了我的快樂，威脅著要摧毀它。妳嫁給了一個妳完全不了解的人？

是嗎？除了麥可跟我說的事之外，我知道麥可的任何事嗎？不知道。我沒見過他的家人，也沒跟他的朋友說過話（只除了她！）。然而我也不能忽視他給我的這種了解與被了解的感覺：他是唯一見過凡妮莎・利布林的真面目的人，剝除掉我顯赫的家世以及公共形象。這股真實的情緒護航了他未經證實的自傳。

然而。在匆匆掛斷了班尼的電話之後，我發現自己坐在電腦前面，偷偷摸摸搜尋我的新婚丈夫。我鍵入麥可・歐布萊恩，搜尋結果是……零。或者該說是：太多筆了。有幾千個麥可・歐布萊恩，甚至是上萬個：牙醫師、音樂家、心靈治療師、財經顧問、派對小丑。加上一些條件（教師、作家、波特蘭、愛爾蘭）之後，我找到了他的領英個檔，列出了他教過的一些學校，還有基本的個人網站，上頭有他寫的詩，一張黑白大頭照，和一個連結鍵。跟我在我們見面之前在谷歌上的搜尋結果相同，一點不多一點不少。

我再搜尋歐布萊恩和愛爾蘭和城堡，像吃了定心丸，確實有一座城堡屬於高貴的歐布萊恩部族。事實上，城堡多達十七座，所以不清楚究竟是哪一座歐布萊恩城堡屬於他這個分支。就這麼多。要是網上還有他的什麼消息，也都淹沒在一片麥可、麥克・歐布萊恩之海中了。

他沒有臉書，沒有Instagram，沒有推特，但是這一點我早就知道了。他跟我說過他沒興趣把自己的人生公佈給別人看。我懂，我真的懂！（我現在懂了，起碼懂了一點。）想要隱私權不應該是讓人懷疑的理由；隱私權曾經是大家極重視的東西，在很久以前。

我瞪著貶個不停的搜尋欄，覺得黏膩骯髒。我察覺到網上有脆弱空洞的東西，要是我不小心，很可能就會打破。所以屋子前部傳來鏘鎯聲，幾乎讓我鬆了口氣，接著我聽見麥可喊我的名字。他回家來了，提早了一天。我把電腦關掉，急急忙忙離開，懸崖勒馬。

他在那裡，我的先生。他停在屋外的新車裡塞滿了紙箱，他伸開雙臂，把我緊緊摟在胸前，廢氣以及休息站速食的味道殘留在他的衣服上。

「奧勒崗如何？」

「慘不忍睹，」他說。語氣沮喪。「要把事情處理好得花上比我預期還久的時間。我的信用完全毀了。她把我掏空了。我不知道該怎麼辦。」

「你會重新開始的，」我喃喃說。「有我陪你。放心吧。我的錢夠我們兩個用。」一陣子，我這麼想著，卻沒說出來。

我能聽見他緩慢有節奏的呼吸，他穩定的心跳。「我真的覺得好丟臉，小凡。我真的很抱歉把妳也拖了進來。」

「又不能怪你，」我對著他柔軟的法蘭絨襯衫說。「是她的錯。她是妖怪。」

「妳救了我的命，真的。要不是妳揭穿了她是騙子，我真不敢想像事情會壞到什麼地步。要是我真的娶了她呢？」他打哆嗦。然後他仰起我的頭，端詳我的臉。「妳是我的救命恩人。這個地方就像天堂。我巴不得快點回到妳身邊來。」

看吧？我沒有什麼理由要懷疑他。

# 29

## 第四週

麥可越來越多時間花在筆電上，寫個不停。他從圖書室裡他最愛的那張沙發，我的旁邊，搬家了，搬到了我父親的舊書房。「最好是讓我的背靠著真正的椅子，」他說。（我懂！我真的懂！）他也把一台暖氣爐搬了進去，關上門以免熱氣散逸。我經過時都會聽見鍵盤聲，還有他喃喃念著字詞。晚餐時他心有旁騖，彷彿是大部分的他還留在過熱的書房裡。我喊他，他一臉驚愕。

「抱歉，甜心。我應該先告訴妳的，我一開始寫作就會像這個樣子。」但是他伸手過來捏捏我的手。「不過這樣子是好事。我滿腦子靈感。是妳給我的靈感。我的繆思女神。」

我一直就想要當繆思女神！

有天早晨我晃進書房，發現他沒開燈。他整張臉都埋進了螢幕裡，太過專心，沒注意到我沒穿鞋子走進了書房。我就快繞過書桌了，他才發現我就在一呎外。他一驚抬頭，螢幕的藍光照亮了他驚詫的臉，然後他立刻就把筆電合上了。

他用一隻手按著筆電，牢牢按在書桌上，再皺著眉頭看我。「不准偷看，」他說。「我是說真的。」

我滑上他的大腿，頑皮地去掰筆電。「別這樣嘛，」我說。「只看一章？一頁？一段？」他動了動，讓我滑下他的大腿，站在他旁邊。他的五官都蒙上了陰影，但是我看得出來他不高興。「我是說真的，凡妮莎。別人讀我寫作中的文稿會害我緊張，然後我就一個字也寫不出來了。我需要在真空中寫作，沒有別人的批評或是意見。」

「連我也一樣？」我討厭自己在撒嬌，可我就是忍不住。

「尤其是妳。」

「可是你也知道你無論寫什麼我都會喜歡啊。我愛你寫的詩。」

「看吧？這就是我的意思。妳什麼都會喜歡，也就是說我最後會懷疑能不能相信妳的意見，然後我又要開始懷疑自己了。這只會雪上加霜。」

「好嘛，好嘛，我懂了。我就不打擾你了。」我轉身要走，卻被他抓住手腕。

「凡妮莎。」他的聲音哄慰。「不是針對妳。」

「可是她就讀你寫的東西。是她說的。」我很意外語調是那麼怨恨。

他的手收緊了，抓痛了我的手腕。我是不是太任性了？我是不是一副吃醋的怨婦口吻？我真巴不得能收回來，但是太遲了。「妳為什麼還在擔心她？凡妮莎，妳得放下。還有，她並沒有讀我正在寫的東西。她看的是舊稿，怪我一時沒想清楚，但是我現在的稿子裡多了很多新的東西。」

我把手收回來。「忘了我說的話吧。」

他的聲音放軟了。「妳不應該嫉妒一個根本就不存在的人，知道嗎。尤其是她。真的不值得為她生氣。」

「我沒有。」我在說謊，我很難過，他把我阻擋在外。這種事不應該發生的，對吧？尤其是戀愛時，尤其是妳被看見時？

他不是傻子，所以他也知道我說的不是實話。我重重走上樓，直接爬上床，即使還不到八點，他當然能從中得知我在生氣。我等著他來找我，但是他沒有。這是我們要好以來第一次沒有同時上床。

我躺在冰冷的被子下，瑟瑟發抖。我們的第一次吵架：是我的錯嗎？是我太尖銳，太愛控制？我把事情全搞砸了嗎？我知道我應該去道歉，懇求原諒，但是一種熟悉的惰性當頭罩下。黑暗的帘子落在床鋪四周，我發現我提不起興致起床，所以我就蜷縮在天鵝絨被子底下，哭著睡著了。

等我醒來，屋子裡伸手不見五指，老鬧鐘隱約的輻射光讓我看到快午夜了。屋外刮起了冬風。我躺在床上，因為哭泣而眼睛又痠又腫，我聽著松濤，聽著冰雪擊打著窗櫺。我能聽到風刮過屋角，模糊的高調哨音就像是遠處有列火車劃破黑暗。

而在那個底下——緩慢的、穩定的人類呼吸聲。我翻身去摸麥可，但是床鋪是空的。直到這時我才知覺到落在我身上的影子，黑暗中像幽靈一樣，默默在對面盯著我。我坐了起來，緊緊抓住被子，心裡想——鬼！

但是當然，只是麥可。他緩緩走過來，兩手緊緊抓著筆電。

「你嚇死我了，」我說。

他在床沿坐下來，打開了筆電。螢幕的淡藍光照亮了房間。「謝罪禮？」他說，筆電往我面前伸。

我小心翼翼接下。「你改變主意了。」

「我剛才很不講理，」他說。「可是妳得了解，我被愛胥莉傷得滿深的。」

「妮娜，」我糾正他。

「看吧？我甚至不知道該怎麼叫她。」他皺皺鼻子。「妳這下子知道我為什麼會那麼不敢再相信別人了吧？可是我也不想讓妳覺得我有什麼事瞞著妳。我們的關係不是這樣的。妳不是她，我需要時時刻刻提醒自己。所以……」他打開了一個檔案。「讀吧。只是片段，不過……妳還是可以看出個大概。」

筆電在我的手裡熱熱的，彷彿是在我的手裡活了起來。「謝謝你。」我有點想哭：這才像話。好，什麼都原諒了。

他站在一邊讓我讀，緊盯著我的臉。

我的愛——喔吾愛吾愛。我看著她，她的綠眸在那張貓一樣的臉上顧盼，思潮（各種宇宙）在我的心海翻攪。我的美人我的愛我的救主。我飄泊了一生，是她讓我停歇。人生以我們為軸。一個共有的中心，兩人一點，忽裡忽外，但總是我們我們我們，而我們也只需要如此。

文章大致都是這樣，一段又一段。我的第一個反應是有點沮喪。寫得不是非常……好，對吧？一點也不像他在臥室中吟誦的優美詩句，一點也不像我想像中的諾曼．梅勒式[16]的巨作。但是我停下來，照老習慣自問：只因為文章有點怪怪的，一點也不合我的品味，我就嫌棄？（後現代文學：又一門我在普林斯頓當掉的課。）我覺察到麥可在研究我的反應，我臉上小小的抽動被螢幕光照亮了；直到此時我才能夠凝聚出唯一重要的了悟，讓我對他寫作才華的判斷變得無關輕重。

「是在寫我嗎？」我低聲說。

我並沒能真的看到他的臉，只感覺到他冰冷的手摸著我的臉頰。「當然是妳。我的繆思，忘了嗎？」

「我很感動。真的。」可是我正想要往下看，他卻把筆電抽掉，責備我：「其餘的妳可以等我寫完再看。」

他的話存留在我那晚作的夢裡，隔天醒來仍不消散。我的愛——喔吾愛吾愛。我飛快下床——又活了！——趕去找他。

他卻不見人影。我在廚房的咖啡壺邊找到了一張字條：去買報紙。他的筆電就放在廚房中島上，發出輕微的聲響。我雙手拂過上蓋，感覺到硬碟在我的掌心下震動。我不應該這樣子。他信任我！

可我抗拒不了——我把上蓋打開。只看一眼嘛！如果打開的是那一篇，那我就只讀一頁，我這麼跟自己說。只是看他還寫了我什麼。這樣總算不上是背叛吧。

但是螢幕鎖住了。我的手指懸浮在鍵盤上，猜測著密碼，忽兒明白我壓根就不知道他的密碼可能是什麼。一個人的個人史上那些重要的姓名、日期、數字——我一個也不熟。我不知道麥可母親的閨名，或是他童年養的寵物，或是他最愛的姐妹的生日。我愣在當場，這才發覺我的丈夫仍是個謎。

（會不會我這次真的太衝動了？我是不是一點準備也沒有就跳進了什麼坑裡？我站在那兒，懷疑自我，頭暈眼花。）

但是數字和姓名並不代表什麼，我提醒自己。這些東西給我們一種虛假的安全感，讓我們相信可證實的事情是能扛住失愛之痛的中流砥柱。又不是說知道了你最喜歡的老師是誰，你母親的星座，你破處的年紀，那個人就一輩子都不會離開你。造就我們的身分階梯的事物短促易逝——

⓰ 諾曼・梅勒（Norman Mailer, 1923-2007）是美國自二次大戰之後最傑出的作家之一。

而且這架梯子最終又通往哪裡？我們表現得彷彿它極其重大，但是它卻一點也不能訴說我們的情懷。

我和麥可真正擁有的，目前是信任。而且我信任他！真的！我不信不行。

我合上了筆電。就算可能我也不會偷看，我告訴自己。

（還是反過來？）

# 30

## 第五週

假日漸漸來臨，突然之間一個星期後就是聖誕節了。有天早晨我醒來就發現麥可在客廳裡豎了一棵樹，一棵歪歪的松樹，他用凱瑟琳祖母用過的金銀裝飾品點綴。說來也巧合，樹的位置居然跟凱瑟琳祖母擺放的地方一樣：在望向門廊的窗前，像邀請客人從車道過來。看著它，我突然又回到了六歲，而且很怕會挨打。

我站在那兒瞪著樹，這個從過去來的幻覺，麥可來到我的身後，摟住了我的脖子。「我上星期在附近散步的時候看到了這棵樹，我就想到了聖誕樹，」他說。「妳一定不知道我還滿會用斧頭的。」

「我有斧頭？」

「當然有啊。怎麼，妳沒用過？」他吻了我的臉頰，好像覺得我很可愛，是他寵壞的小公主，接著才退後欣賞他的傑作。他瞇眼看著樹，笑容消退。「唉，歪了。」

「不會，很完美。你是在哪裡找到裝飾品的？」

「在樓上一個我們從來不進去的房間的櫃子裡。」他察覺到我的遲疑。「沒關係吧？我想給妳一個驚喜。我們第一個共度的聖誕節，我覺得應該會很特殊。」

我還說不上來是什麼事情讓我介意。是他背著我在屋子裡閒逛？是他突然之間比我知道更多磐石居的秘密？但是這又為什麼會害我擔心？我要他在這裡感覺像在家一樣。

「很漂亮，」我說。「但是我應該要早點跟你說的，我們需要去尤凱亞過聖誕，跟班尼一起。」

麥可微微歪頭，彷彿是在心裡扶正松樹。「聖誕節在精神病院裡過有點詭異吧？」他伸手調整一件飾品，卻害它掉到地上打碎了，金色碎玻璃四散。我們都愣住了。

我彎腰去撿。「那裡跟你想像中不一樣，環境滿優美的。欸，你還沒見過班尼。他很棒，你見過就知道。有點古怪，可是很棒。」我的胸口熱熱的，有什麼在扭絞。

麥可按住我一邊肩膀，不讓我動。他從我的手裡拿走一片玻璃，捧在手裡。「別割到了，」他說。「我來就好。」

我看著他蹲在地板上，輕輕用掌緣把玻璃渣掃到一處，那種動作讓我想起了馬麻，以及那隻小玻璃鳥——我心中一痛。「我們何不讓班尼過來這裡？」他問。

「班尼不肯來。他恨死這裡了，忘了嗎？再說了，我還是需要過去幫他申請外宿，他沒辦法自己離開那裡。」

「對。」他抬頭看我。「萬一妳出了什麼事，他是下一個繼承磐石居的人嗎？」

多奇怪的問題啊！「當然是。除非我修改遺囑，指派另一個信託人。」

「喔。只是——」他皺眉。「妳跟我說過他說他想要燒掉這個地方，而且他也不是很理性，對吧？」

「哎唷，好病態。我們能不能不要談那種事？」

麥可點頭。爬過木板去撿落在牆邊的玻璃渣，拿了起來，坐在那兒一會兒，背對的我。我看到他的呼吸起伏得有點過快，看樣子他好像是不高興。我說錯了什麼嗎？

「我只有班尼這一個家人了，」我柔聲說。「我不能丟下他一個人過節。」

「我現在也是妳的家人了，」他說，語氣受傷；是我傷了他。我連想都沒想過。我從來沒想過結婚就需要把你的優先順序重新洗牌，配偶居首，父母和手足居中，你自己的需要墊底。（那孩子要擺在哪裡？我好奇地想。我們甚至沒討論過我是不是想要孩子，是早還是晚。只我假設他也想要孩子，是我錯了嗎？）

我站在那兒，下巴上下動，不確定該作何反應。最後他轉過來，滿手閃爍的碎片，看著我。我能看到他在衡量我有多難過，我也看出他的表情變化，在作決定。他也在洗牌。他軟化了，向我求和。「我想讓妳快樂，如果去找班尼會讓妳快樂，那我們就去。就這樣。」

✦

原本是會就這樣的，不料原定出發的那天早晨，我的車子都裝滿了禮物了，麥可一醒來卻不舒服。他躺在床上，牙關相格，說全身都痛，而且發燒。「怪了，我是怎麼會得流感的？」他嘟囔著說，而我正往床上堆更多毯子。「我幾個星期來幾乎都沒出過門。」

我終於在育嬰室裡找到了溫度計（古老的水銀溫度計，大概可以回溯到一九七〇年代），拿回我們的臥室，給麥可一量，三十八度九，而且他的額頭都是汗。我知道我埋怨（或是更壞：懷疑）他病的不是時候是不公平的，可我想到班尼在尤凱亞等我，我好想哭。

我站在床邊，看著他縮在被子底下，睫毛因為發燒而抖動。「我們不能去，」我喃喃說。

他睜開藍眸，盯住了我。「妳可以去，」他說。「妳應該去。」

「可是你需要人照顧。」

他把毛毯塞到下巴下。「我沒關係，」他說。「妳弟才是現在最需要妳的人。這是妳爸過世後你們第一次過聖誕節吧？你們兩個應該要在一起。我們還有很多假日可以一起過，妳跟我。」

我心裡湧起感激之情：他能看出這個決定的正確，而且願意犧牲我們共度的第一個節日，讓我能跟我弟弟在一起。他了解！我原諒了這個不識時務的流感。

「我只去幾天，」我跟他保證。

「妳想去幾天都沒關係，」他說。「我又不會跑。」

歐爾森中心為了過節氣氛使出了全力——員工都穿了聖誕毛衣，接待區洋溢著〈平安夜〉歌聲，門口掛著松枝花圈（不過當然不會有有毒的聖誕紅或是冬青果實）。每個房間都有一棵樹，草皮上有巨大的燈台，還為訪客準備了節日餐，有火腿、鴨子、十六種餡餅。

可是我在聖誕節前一天抵達療養中心時，班尼卻一點也不符合過節的狀態。我們上次通過話之後，他不知在何時又陷入癲狂，所以藥劑加重了，手機也被沒收了。

我發現他在一間交誼廳裡，施打了鎮定劑，整個人昏沉沉的。他坐在沙發上，戴了頂聖誕帽，蓋住了他不聽話的紅色鬈髮，正在看海綿寶寶特別節目。

他的主要精神科醫師把我拉到一邊。她是個整潔漂亮的女人，滿頭銀髮。

「有事情觸發了他，可能是過節，」她跟我說。「我們發現他想要闖出去，他偷了一位護士的車鑰匙，正要過那道矮柵門時被我們攔住了。他大喊大叫說什麼要一路開到奧勒崗去。」她皺眉。「他一直都恢復得很好。我們本來正打算跟妳討論讓他重新融入社會的。」

奧勒崗：他媽的妮娜．羅斯。她為什麼要陰魂不散？她為什麼還要纏著我們？我走向班尼，他垂頭喪氣窩在沙發上，彷彿是想要縮進椅墊裡。他正在吃一盒草莓優格，可是這個姿勢卻害他把優格都滴在毛衣前襟上。他瞧了瞧衣服，一根手指抹過一坨特別大的優格，舔個乾淨，再回頭看電視。

我坐在他旁邊，把一堆禮物放在他的腳邊。

「奧勒崗？班尼，你得把它忘了。」

他不理我，用湯匙指著電視。「這個節目真的很好笑，」他說，但是話說得又慢又死氣沉沉。

「真的，班尼。那個女的有毒。」

這句話似乎讓他從怠惰中醒了過來。他坐直了，搖頭，彷彿是要讓頭腦清醒，而我瞥見了潛藏在藥物之下的瘋狂在閃光。「她是我唯一愛過的女生。她也是唯一愛過我的人。」

「我愛你啊。」愛得那麼多，他難道看不出來？

他恨毒地看著我。「妳明知道我的意思。」

「拜託，班尼。你那時才十六歲，只是個孩子。你根本就不知道她的真面目，她母親——」

「她母親跟爸有一腿，而且還想要勒索他。」

我瞪著他。「你都知道？」

「我當然知道。信送來的時候我也在。爸叫我不要說，所以我就沒告訴妳。再說了，我猜妳知道了一定會氣昏頭，然後一輩子都為了這件事生悶氣，而不是去當個有用處的社會一員。」他眨了幾次眼睛，又吃了一口優格。「可是妮娜不是她母親。妳想想：她有對妳怎麼樣過嗎？因為她對我唯一做過的事就是在別人都沒興趣的時候跟我作朋友。而媽跟爸卻把那個毀了。」

「你想一想，班尼。她害你沾上毒品，結果害得你萬劫不復，觸發了……嗯，這個。」

他打個哈欠。「放屁。在我給她大麻之前，她根本就沒抽過。」

這句話讓我一句話堵在喉嚨裡。不是她？我母親弄錯了？「等等。是你給她大麻的？可是馬麻說——」

他呻吟。「媽的腦子糊掉了，根本搞不清楚。真的，小凡，根本就沒有氣妮娜的理由。她媽媽不是東西，這是真的。可是妮娜根本就沒有把我怎麼樣。我會在這裡就跟媽死了是同一個原因：我們都有基因不對勁，破壞了我們腦子裡的化學平衡。完全不是別人的錯。」

是嗎？我的下巴動來動去，努力想出另一個討厭妮娜．羅斯的理由。我覺得迷失，好像我放開了一條繩子，而我一直在走的路消失了。當年她究竟是做了什麼？除了沒辦法變得跟我們一樣。（怪怪的，而且沒素質，我記得馬麻是這麼寫的。喔。）

螢幕上的人物尖叫哀嚎。「可是，你不能否認她冒充愛胥莉．史密斯。她要不是心裡有鬼，何必要假冒別人？還有別忘了她偷了麥可的錢！」

他挑高一道眉。「妳確定嗎？」

「這是什麼意思？」我的心裡打了個突。他是疑心病，我告訴自己。他是瘋子。可是他一點也不像瘋子，反倒相當正常。

「我只有一句話要說，我並不覺得妳會看人，姐。」

「現在的問題不是我，」我說。「是你的健康。而執迷於她對你的健康不好。」

他把吃了一半的優格舉向我，湯匙插在裡頭。「說到我的健康，顯然我連叉子都沒資格用了，除非有人監督。二十九歲了，卻連自己切食物都不行。」

我環住他。即使他像這樣，在我眼裡他還是班尼；那個黏答答的、暖洋洋的學步小娃，是我必須保護的人。「你要不要來跟我一起住？」我聽見自己說。「你願意的話，我會非常開心。」

我能把他帶回磐石居一起生活嗎？或許不是那麼的難以想像。我老是覺得我一個人應付不了班尼，可是現在我有了麥可啊！我們可以一塊照顧他。又是一家人了，終於！

「不好吧。」他聳聳肩，頹然向後坐，向身體裡的藥物降服。「歐爾森這裡也不算太差。很安全。沒有說話聲。」

「喔，班尼。」我不知道還能說什麼。

他把頭靠在我肩上。「見鬼的聖誕節快樂，姐。」

✦

兩天後我回到磐石居，發現麥可的病好了，可是心情卻莫名其妙的差。廚房一團亂——我讓管家放假去過節，而麥可顯然使用了每一個鍋子。我們忘了要給聖誕樹澆水，枯萎的松針落得到處都是。我走過屋子尋找我的先生，松針被我踩得沙沙響。

我在圖書室的壁爐前找到了他，窩在大皮椅上，筆電架在大腿上。他圍了圍巾，戴著帽子。我等著他站起來，把我摟進懷裡，說幾句想念我的話，可是他差不多連頭都沒動。「一路順暢嗎？」他問，活像是我只是出去採買雜貨。

「嗯。」

他是在懲罰我丟下他一個人過聖誕節嗎？我不太明白是怎麼回事。我指著他的毛帽。「你不覺得有點誇張嗎？」

他伸手去摸，好像忘了自己戴著。「這裡頭好冷。妳確定這地方有中央空調嗎？我把恆溫器調高到二十七度，還是沒感覺。」

我想到下個月的暖氣帳單，忍不住縮了縮。「鍋爐已經使用了六十年了，」我說。「而且屋子差不多有五百多坪。」

他對著螢幕做了個鬼臉。「那我們應該要把鍋爐換掉。」

我以笑聲回應。「你知道那要花多少錢嗎？」

這下子他總算看著我了，而且一臉不信。「真的假的？妳在擔心中央空調的費用？」

我從沒聽過他的這種語氣：譏誚又卑鄙。我驀地醒悟，或許誠實地糾正他我有金山銀山的錯誤想法就在現在，但是我被惹毛了。「哼，付帳單的人又不是你，」我平淡地說。「你愛圍圍巾戴帽子隨便你。反正我回來了，要我幫你拿條毯子來嗎？還是來杯茶？來瓶熱水？」

他似乎明白他惹我不高興了，因為他的表情變化，放軟了身段。他伸手握住我的一隻手，把我拉到大腿上。「對不起，我只是覺得這種天氣弄得我很不舒服。那麼冷，那麼沉悶。」他把我拉得更近。「我討厭一個人過節。我想妳。沒妳在身邊，我就變得愛生氣。不要再離開了，好嗎？」

他的味道，香料和香皂；他的皮膚在我手底下的溫度。每對夫妻都會有齟齬，我提醒自己。我們只是發現了自己也有，沒關係。我可以繼續生氣，但是迎合他對寬恕的要求比較簡單。

「好，」我對著他的袖子說。

然而。那晚我正把袋子從車子裡拿下來，我頓住了，看著停在旁邊的銀色寶馬。仍是煥然如新，這份我送給我先生的縱容、衝動的禮物。我為什麼不敢跟他說我沒有他想像中那麼富有？是因為我怕他就不會那麼愛我了嗎？怕他不再相信我們是同樣的人？因為我仍在擔心如果我不是女繼承人凡妮莎·利布林，我就什麼都不是？

我坐進了前座，吸入他的氣味，皮椅上仍留存著他這個月駕車出門時的味道。他把鑰匙留在儀表板上，代表他自在，也可能純粹是懶惰。我打開收音機，意外地聽見播放的是響亮的嘻哈音樂。我的先生，鄙視流行文化的勢利鬼——他是怎麼說來著？一個美學家——會喜歡肯德里克·拉馬爾？我敢發誓他說他只聽爵士樂和古典樂。

說不定這小小的一個意外就像是聲納上的一個聲響，定位出我對他的了解地圖上的裂縫，所以才會引發我去找汽車的GPS控制面板。我叫出了先前的定位紀錄，一隻眼睛盯著屋子，迅速瀏覽。列表上並沒有很多地址，汽車沒去過很多地方。超市，五金行，一些太浩市的地點。我忽然明白我是在找麥可的波特蘭地址，那會是他在取車之後第一個去的地方，所以我一根手指一路劃到最底下。

接著我猝然打住，手飛快掃過螢幕，手指亂彈，像觸了電。因為我的先生開著新車去的第一地方根本就不是奧勒岡。

而是洛杉磯。

# 31

第六週

「你去洛杉磯幹什麼？」

麥可停在廚房門口，一手拿著早報，頭髮上還有雪。這成了他早上的例行公事，開車到雜貨店去，買一疊報紙，最後報紙會四散在椅子和桌子上，只讀了一半。我忍不住留意到他臂下夾著的一份報紙是《洛杉磯時報》。

他把報紙小心地放在廚房中島上，就在昨天的報紙和昨晚裝冷凍披薩的盤子旁邊。我們兩個都不願整理，而管家這個星期又幾乎都休假。

「洛杉磯？」他每個字都發得很清楚，彷彿是在說什麼異國地名。「妳怎麼會覺得我去過洛杉磯？」

「我在你的車子的定位紀錄上看到的。是紀錄上的第一個地址。」

斑駁的紫色陰影籠罩了他的臉。他瞪著我，下巴往裡縮。「他媽的，凡妮莎。妳查我的勤？妳在監視我？」他繞過中島，最後走到我這一邊，站得太近，挺起胸膛，像要打鬥。「我們結婚才一個月，妳就已經要變醋罈子了？下一步呢，妳要開始看我的簡訊和電郵嗎？他奶奶的。」他兩隻手握成拳頭，抖個不停，好像是巴不得想出手。

「麥可，你嚇到我了，」我低聲說。

他俯視拳頭，鬆了開來。我看到他的手指掐進掌心留下的白印子。「妳才嚇死我了。我還以為我們的感情很特別呢，凡妮莎。要命，不是說好了要信任嗎？」

「我們的感情確實很特別。」我做了什麼？滿心的歉意害我說話結巴。「不，我發誓，我沒有監視你。我只是誤打誤撞。只是……我不了解，因為你說你要去波特蘭……可是紀錄上寫的是洛杉磯。」我好想哭。

他呼吸沉重。「我是去了波特蘭。」

「可是波特蘭不在紀錄上……」

「因為我不需要導航！我知道怎麼開車回我自己的房子去！」

他仍然威風凜凜地俯視我，我在他的憤怒之前覺得好渺小。而且我心裡想的是：要是我惹火了他，他可能會離開，那我就又變成一個人了。「好嘛，」我說，很討厭自己的聲音可憐兮兮的。「可是我不懂為什麼定位紀錄上會有洛杉磯。」

「拜託，凡妮莎。我、不、知、道。」他重重坐在高腳凳上，把頭埋進臂彎裡。我站在那兒，手足無措。我毀了一切嗎？廚房寂靜無聲，只有我們費力的呼吸聲。接著，他突然就抬起了頭，他在微笑。他抓住我的一隻手，把我拉上他的大腿。「知道嗎？我懂了。這輛車大概是在洛杉磯生產的，對吧？然後他們才運送到雷諾來。妳看到的地址八成是洛杉磯的寶馬經銷商，或者是那些經銷管道之類的。」

「喔。」我心裡一塊大石頭落了地。「OK，那倒說得通。」

他哈哈笑。「傻丫頭。妳是怎麼想的？以為我在洛杉磯金屋藏嬌？以為我過的是什麼雙面人生？」他一手捧著我的臉頰，好笑地搖頭。我是怎麼想的？我想的是妮娜在洛杉磯，而他是去找她的。我想的是他回來帶著滿滿一車他的物品，但是東西卻壓根不是在波特蘭。而那就意味著……什麼？他的過去也是謊話？

但是我喜歡他的解釋，即使感覺上實在是太湊巧了。

我覆住他的手，緊緊貼著我的臉頰。「我對你的了解不是很多，你知道。我們仍然是陌生人。」

「我的凡妮莎，我們一點也不陌生。」他把我的下巴往上仰，讓他能筆直看著我的眼睛。「我對妳沒有隱瞞，吾愛。我光明磊落，我發誓。如果妳有什麼擔心的，直接問我。不要在我的背後偷偷摸摸的，好嗎？」

「我不會的，」我保證。我把臉埋進他的脖子，因為那似乎是最安全的地方。他又把我的臉抬高，吻了我，接著把我横抱起來，上樓到臥室裡。就這樣，這個話題結束了。我們都鬆了口氣，可以繼續前進了。

一切都好。一切都好。一切都好。

我們調馬丁尼，我們做飯，我們聊著明天的除夕計畫。我們決定要出門去，換個新花樣，去找一家餐廳慶祝新年。生活在變動，我們漸漸形成了一種新的模式，準備要破繭而出，直面更寬宏的世界。我們微笑，我們大笑，我們做愛，一切都好。

我以為。

除夕夜。我又拉出了一件退休的衣服，一件Alexander Wang毛衣加皮飾。緊身內搭褲，及膝高長靴。不會太過華麗：這裡畢竟是太浩。餐廳的客人可能大半是穿牛仔褲。

麥可從他奧勒崗帶回來的行李袋裡挖出了一套套裝——非常時髦的Tom Ford，倒叫我意外。套裝貼合他的肩胸，剪裁完美；他手腕一抖，袖口就露出在外套袖子外，活像天生就會穿正式服裝，而不是他平常的伐木工人打扮。我覺得我看見了他嶄新的一面，瞥見了他出生的貴族家庭。誰知道我的學者先生還追著男性時裝潮流走呢？（我承認，我只有一丁點開心！）

我們好像在玩打扮遊戲，為了首次的公開露面扮演夫妻。他幫我拉好拉鍊，我幫他調整領帶。我們因為自己是那麼的傳統，那麼的居家而大笑。我香檳喝多了，興奮開心：自從我母親過世，我弟弟住進精神病院以來，這是磐石居感覺上最圓滿的一次。這就是我渴望多年的東西。感覺像個家。

我們訂了太浩市的一間湖濱餐廳，有現場演奏，可以跳舞。我坐進他的寶馬。我鍵入地址到導航系統，發現定位紀錄全部刪除了。我往後坐，沒說什麼。麥可打開收音機，輕柔的爵士樂從立體聲音響傳送出來。他伸手握住了我的手，我木然微笑，望著擋風玻璃；車子倒出車庫。

定位紀錄被刪除了。那個洛杉磯地址消失了。

但是它並沒有消失，因為我早就背下來了。我早就背下來了；而且昨天下午，麥可在性交後睡著了，我把地址輸入了谷歌地圖，所以我早就知道根本不是什麼寶馬經銷商，而是在東洛杉磯山上的一棟被蔓藤爬滿了的小樓房。

我發現新年派對是在一間家庭式的餐廳裡，我為什麼會鬆了一口氣？我們坐在長形共享餐桌上，兩邊盡是友善的陌生人，他們灌飽了葡萄酒，對我和麥可非常好奇，剛好讓我們不必一對一談話。我有太久沒跟別人聊天了，麥可和班尼不算之外，這種人與人的連結讓我極為興奮。

麥可始終緊緊摟著我的肩膀，得意地告訴每個願意聆聽的人我們是新婚燕爾，是一見鍾情，是他在旋風式的浪漫中抱得美人歸。（妮娜在其中的角色悄悄被丟進垃圾桶了。）對一名文學作家來說，他還真愛用陳腔濫調。他要我在餐桌上張開手指，炫耀鬆垮垮地戴在我手指上的戒指。「是傳家之寶，我在愛爾蘭的家族代代相傳的財產，」他得意地宣佈。

當臉紅的新娘，讓人人艷羨，感覺真美好；平息了在我心底呢喃的懷疑。也許一切是很好！也許是我自己扭曲的腦袋把各種跡象都解釋錯了。

坐在我旁邊的年長婦人是一名創業投資家的妻子，來自加州帕羅奧圖——自己就掛滿了鑽石——把我的手拉過去細看，隨即向我古怪的一笑。「結婚後的頭兩個月是最美好的，在床上玩得渾然忘我，」她對我說，輕捏了我的手一把。「能享受就盡量享受。因為甜頭過了，妳再看見的東西就沒有那麼美了。」我看著她，心頭一驚——她怎麼會知道？——不過她的眼神平淡，客客氣氣的，又是我自己的恐懼在我的耳朵邊咕噥。

我喝了更多酒來壓抑它。

食物美味，雞尾酒很烈，同伴愉快。麥可幾乎像是人來瘋，叫侍者再給同桌的每位客人一杯尊美醇（Jameson）窖藏威士忌，然後又帶頭敬酒祝賀我們的婚姻。接著他又點了一輪酒。我們隨著搖擺樂跳舞（麥可的舞技相當高明——又一個讓人意想不到的地方！），而就在時鐘快要敲響之前，侍者繞行室內送上免費的氣泡酒。我喘不過氣來，喝到頭重腳輕，放縱自己隨著管樂搖曳，任由我先生抓著我繞圈，越繞越失控，而我則又笑又叫。一切都好！然後就午夜了，舞池的每個人都在歡呼。麥可把我緊緊抱在胸前，吻了我。「告別過去，迎向未來。妳是我的未來。從現在到永遠。」

或許是因為混喝了便宜的氣泡酒和昂貴的威士忌，也許是因為跳了舞，可是在他又抓著我轉圈時，我覺得快吐了。「我覺得我需要回家了，」我嘟囔著說。

麥可把我拉出舞池。「沒問題。我來買單。」

侍者帶著帳單過來，麥可伸手拿皮夾。「兩千四百零四十二。要命，也許我不應該請大家喝第二杯。」他哈哈笑，似乎無憂無慮，但是伸手到口袋一半時卻僵住。「哎呀，我忘了。我的信用卡，我不得不停用。因為……就，她的關係。」

我去拿我的晚宴包。「我有。」我簽了帳單，覺得我的胃被這個天文數字給捏住了，忍不住又在納悶我要怎樣開口告訴麥可我們的經濟狀況。因為儘管他說他不在乎錢，我卻漸漸懷疑他是口是心非。我們需要早一點去愛爾蘭，好讓他能取用他繼承的財產，不能再拖下去了。

我把信用卡遞給侍者，看到那位創投家的太太一直在對面盯著我們。她淡淡一笑，別開了臉。

外頭在下雪。麥可去取車，以免我得穿著名牌鞋子跋涉過雪泥。我在餐廳的門廳等待，看著窗外冰封的馬路，汽車緩緩經過。我覺得有人走到我的後面，就轉過頭去，發現是那位創投家的太太。她握住我的手，舉了起來，讓我們都能看著我手上的戒指。

「不是真的，」她小聲說。「不是真的，不是骨董。是很高明的仿冒品，不過絕對不是什麼傳家之寶。」

我瞪著戒指很久。*也許他不知道？*「妳確定嗎？」

她用雙手包住我的手。「甜心，我很不願意殺風景。不過，我確定。」外頭寶馬默默進入眼簾，我等著麥可下車來接我，但是他只是坐在車裡。我愣在門廳裡，等著胃不再打結又解開。麥可按喇叭，短促的三聲，粉碎了無星的夜。

創投家的太太縮了縮。「希望妳簽過婚前協議書，」她說。

說完這句話，她就走掉了。我用圍巾包住臉，掩飾我的表情，打點起精神，應付回磐石居的漫漫長途。

我覺得我是要去監獄。

# 32

## 第七週

麥可已經在書房裡講電話講了幾天了，門關著，所以我只在經過時隱約聽見他壓低聲音說話。他是在找妮娜，拿回他的錢，這個計畫似乎需要沒完沒了地和律師、私家偵探以及奧勒崗的警方商談。

我醒著的時間都躺在圖書室的爐火前，素描簿翻開到空白頁，卻畫不出東西來。我又來了；找到真愛不是就理當讓這種負面情緒消失嗎？可是這一次，我心底那個闇黑的嘰喳聲說的不是我的毫無價值，而是在說我的恐懼。模糊的低喃說：妳做了什麼？

我坐立不安，疲憊不堪，緊張想吐；從新年之後我連一筆都沒畫。我對自己的身體有高度的自覺，我的胃腸緊張地滾動，我的眼球乾澀。我拿起鉛筆，能感覺到抵著指骨。痛得受不了。

所以我只是躺在沙發上，裹著毛毯。我胳臂上的紅疹又回來了，被我抓到破皮流血，在我的袍子上開出一朵朵的紅色小花，而我卻幾乎感覺不到痛。

新年過後第四天麥可發現我時我就是這副模樣。他從圖書室出來，端了杯茶給我，盛在我祖母最好的玫瑰瓷杯裡。「親愛的，妳的氣色好差。」他把茶杯放在咖啡桌上，把毯子拉過來蓋住我的腿。「我開車去幫妳買點雞湯麵好嗎？」

我打個冷顫。「晚點吧。我沒什麼胃口。」

「那就喝茶。加了牛奶和蜂蜜的茶可以治百病。我在愛爾蘭的愛麗絲祖母老是這麼說。她當然也會在她的茶裡加上威士忌，大概就是因為這樣她才會感覺那麼舒服。」他哈哈笑，把茶杯遞給我，可是我已經聽倦了愛爾蘭的祖母了。（又一聲懷疑的低喃：有這個人嗎？）茶太燙了，我只得立刻又放下。他用一根手指抹掉桌上的一滴茶水，抹在牛仔褲上。「妳有力氣談一談嗎？」

「談什麼？」

他坐到我身邊，一隻手按著我的大腿。「嗯，我一直在跟這個私家偵探連絡，他查到了一個線索。他覺得妮娜在巴黎，用我的錢過得很滋潤。可只要她在那邊，我就什麼辦法也沒有。我們需要找到辦法把她弄回美國來——有必要的話拖也要把她拖回來——才能對她提告。律師建議我雇用他認識的一個人，他專門處理這種事情。」

我眉頭一皺。「哪種事情？綁架？不能就引渡她嗎？」

「妳知道引渡得拖上多久嗎？我們得跳過多少個司法門檻？妳以為她會在一個地方待很久嗎？」麥可嘆氣。「聽著：她是小偷，也是詐欺犯。她顯然是個老手了，假冒身分，讓她能接近有錢人，敲他們一筆。她偷了我的錢，我確定她也計畫要偷妳的錢。她一定就是因為這個原因才會把我帶來這裡的。這個地方——到處都是值錢的東西吧？我覺得她是計畫要在離開之前偷一點藏在口袋裡。」言之有理；我點頭。「所以了，應該要讓她惡有惡報，如果代表得撂倒她，把她架上私人飛機，那就這麼辦。」

「撂倒她——怎麼撂？你是說，灌醉她？還是說我們說的是約會強姦藥？」

麥可放在我腿上的手握緊又放開，放開又握緊。他的頭髮在這兩個月裡長長了，幾乎碰到衣領。他把頭髮塞在耳後，我實在是不欣賞。「說真的，我本來以為妳會很開心看到她栽跟頭呢。我不曉得妳為什麼這麼矛盾。妳不是還給她下毒過，拜託？」

他說得對。我想起了我加進妮娜飲料裡的眼藥水，好像是幾百輩子前的事了。沒錯，我那時渴望要報仇。可那是無傷大雅的惡作戲：頂多是在馬桶邊吐個一晚，不會有永久傷害。（不是下毒！技術上來說不是！）而且，對，我是偷了她的未婚夫（還有她的戒指），可那是愛情，情有可原。綁架聽起來就……太激烈了。而且違法。我想像她在飛機上醒來，手腕被綁住，完全不知道要去哪裡。那種畫面一點也不讓人滿意，反而是讓人心亂。

「聽起來好像很複雜，」我喃喃說。「法律上也站不住腳。而且太貴了。」

他上下撫摸我的腿。「嗯。其實呢，我要跟妳談的就是這件事。雇人，加上私家偵探和律師……都要聘用費。」

我突然明白了他的用意。「你需要錢。」

「暫時的。在我把我的財務理清楚之前。」

「要多少？」

「一百二十。」

我鬆了口氣。「一百二十元？行，我去拿支票簿。」

他咯咯笑：真是迷死人了。「不是，達令，是一百二十個千。」

我又端起了茶杯，喝了一口，燙著了舌頭。茶太濃太甜了。我肚子裡那個黑黑的結在扭絞扭絞扭絞。「麥可。我看就算了。這樣漫無目標的追逐花太多錢了。她到底是偷走了你多少錢？我實在是沒辦法想像值得這麼大費周章。」

他瞪著我。「這是原則問題。她應該要有報應。」

「可是她也撮合了我們啊，所以我看就算是扯平了，算了吧。」

「要是我們不阻止她，她只會食髓知味，再去詐騙別人。那就會是我們害的。」

「可不是該交給警察嗎？

他一躍而起，在室內來回踱步。「我報過警了。他們說他們也沒有辦法，因為我們辦了聯合帳戶，所以只能怪我自己。讓她得到制裁是我的責任，是我們的責任。」他拿起撥火棍，戳刺將熄的爐火，弄得火星四散。「凡妮莎，我不敢相信妳為了這件事在跟我吵。妳明明有那麼多錢可以運用。」

就是現在。「其實，我根本就沒有錢可以運用。」

他笑了。「真好笑。」

「我一點也沒有在開玩笑，麥可。我沒有多少錢。至少沒有能給你的錢。」

他站在那兒轉動著撥火棍，爐火在他的臉上投下陰影。「妳說的是沒有現金。」

「我說的是根本沒有。」我把茶杯放下，茶水潑到了我的手腕，留下了紅色的燙傷。我舉起手來吸吮止痛。「我有的是房子，卻沒有現金。我父親過世時幾乎破產。我的信託金也空了。我的利布林集團股票被套牢了。目前我有的一切都用在維護磐石居上了。你知道要維持一處這麼大的不動產是要花多少錢嗎？每年要幾十萬。你難道就沒想過你的家族為什麼要賣掉城堡嗎？」

他瞪著我。「妳在開玩笑，哈哈？很好玩的笑話，故意惹火我，對吧？」

「不是開玩笑。我應該早點告訴你的，可是時機老是不湊巧。對不起。」

「這就難怪了……」他的聲音變小，倒讓我莫名其妙是什麼難怪了。他一面思索一面用撥火棍的尖端去戳地板，在木頭上留下了小小的凹痕。每戳一下，我就縮一次。「好吧。可是這棟房子。還有房子裡的東西。一定能值個，多少，幾百萬？幾千萬？」

「有可能。」

「那就賣了啊。」

他真的是在建議我把房子賣掉，只為了報復妮娜．羅斯？「也許等將來吧，現在不要。不能為了這種事情賣。」我猶豫了，動著腦筋，接著——喔，感覺很狡猾，可是我忍不住——我伸出了手。「我可以把戒指賣掉，」我小心翼翼地說。「你覺得可以賣多少？一定有六位數吧？」

我觀察他的臉，但就算他知道，他也隱藏得很好。他只是大皺眉頭。「我們不能賣掉我祖母的戒指，那是傳家之寶。」

「同理，我們不能賣掉我曾祖母的房子，這也是傳家之寶。」

「妳根本就不喜歡這裡！」

「事情沒有這麼簡單。」

他掂量著沉甸甸的撥火棍，我感覺到了熟悉的恐懼。不知道他的腦袋裡在想什麼。「嗯，我們總得想辦法弄到現金，凡妮莎。現在或是以後。」

「你不是在愛爾蘭有信託金，」我挑明了說。「看來現在是時候去領取了。」

他把撥火棍丟在壁爐爐床上，朝門口走。「我需要離開這棟鬼房子。我去兜個風，」他愀然不樂地說，大步走出了房間，不到一分鐘我就聽見了前門砰地關上。不知道他還會不會去幫我買雞湯麵。我有感覺他不會。

我拿起茶杯，輕啜一口。我胃裡的結被茶汁一沖，我感覺連膽汁都冒上來了。我剛夠時間衝到房間另一頭的垃圾桶，張口就狂吐起來。垃圾桶是壓花皮革材質，我吐出來的褐色汁液立刻就浸透了小牛皮，毀了它。我得把垃圾桶丟了，我忿忿地想，然後就又吐了。

我躺在地板上，臉貼著冰冷的木板。打起精神來，熟悉的聲音向我耳語。我發現自己又想到了我滴進妮娜的馬丁尼的眼藥水，想到她吐在灌木叢裡時有多麼的無助和迷惘；我不再覺得沾沾自喜了。我反而好奇情況是不是正好相反，妮娜跟我是否被困在某個無止無盡的循環裡，繞著圈在追逐彼此，追咬彼此的尾巴。

我忍不住猜想我們是不是都追錯了人。

一天過去了，接著是兩天，錢的話題沒有再提起。我希望麥可放棄了報復妮娜的計畫，放眼未來。但是我發現自己越來越常觀察他，注意他在屋裡走動的姿態，以一種隨性的占有態度碰觸物品。他打量家飾的專注眼神在之前我歸類為好奇，但現在我懷疑他是不是在列清單。

有一次，我碰到他站在客廳那個路易十四小櫃前，手裡握著手機，我敢發誓他剛才拍了照片。有天我打開雕花櫃去拿我收存我母親最後幾件珠寶的盒子（沒什麼特別值錢的，只是有紀念價值，像是她最愛的鑽石耳環和一條少了一顆寶石的網球手鍊）：是我疑心病？還是盒子真的向左挪了三吋？

然而，在我們吵架之後，他多情又貼心。他為我把茶送上床來（我在那天吐了之後，忍不住懷疑地盯著茶看，喝進的第一口會在口中細細品味，查看是否有眼藥水的味道，不過當然沒有。）他不用請就自動整理廚房。我抱怨後背很僵硬，他幫我按摩。我得承認他說得對：我們是需要錢，無論是為了綁架計畫或是付帳單，所以我為什麼在出售一些骨董上面要和他硬槓？說不定我是在找理由生他的氣，因為我們真正吵架過一次，而我怕極了是我錯了。

我聽著他在床上打呼——我因為腦子裡的聲音睡不著——忽然又想起一個可怕的事情。我要麥可是因為他是妮娜的，而現在我搶到手了我就失去興趣了？還是說愛情在曖昧的時候是最火花四射的，像一顆掛在那裡卻讓你搆不著的鑽石？一旦牢牢揝在手裡，光芒就會褪色，只是一塊冷冷的石頭握在你的掌心裡。

不，我愛他，真的！一定得是這樣，因為不然的話我到底是在幹什麼？

✦

然而。我們之間坍了一道牆，我們現在各過各的。現在我比他早上床睡覺，早晨醒來睜開眼睛，發現他不在，我反而放心。白日裡他大多鎖在書房裡，只出來吃飯，偶爾去散步。他在裡面做什麼？

因為我相當肯定不是在寫作。

今天早晨，我心血來潮，輸入他書裡的幾行字到谷歌搜尋。

我看著她，她的綠眸在那張貓一樣的臉上顧盼，思潮（各種宇宙）在我的心海翻攪。

搜尋引擎啟動，我閉上眼睛，暗自禱告。拜託拜託拜託是我錯了。但是我沒有錯。果不其然，在第二頁的搜尋結果上：是一名叫琪特娜．齊索姆的藝術創作碩士生寫的蕾絲邊愛情故事，收錄在一本叫「情侶的實驗小說」文集裡。他做了一點改動——換個名詞，換個動詞——讓它讀起來比較有陽剛味。但是錯不了，是同一篇。

我真笨，我知道，但是我仍覺得有必要給他無罪推定。他不想把他的文章拿給妳看；他說他很重視隱私。也許是被妳糾纏得受不了了，他才不得不拿點什麼——隨便什麼——給妳看，只是為了打發妳。也許（樂觀一點）也許他真正在寫的東西比較精彩？但我隨即想起了他宣稱在寫的另一樣東西——幾句詩，我們結婚第一天他在床上念給我聽的，我真正喜歡的：

我們終將是兩個人，我們終將是妳跟我單獨在地球上，開展我們的新生活。

這一個甚至更好找：是智利詩人巴勃羅．聶魯達的〈永遠〉。其實還是相當有名的一首詩。我大概在高中或是大學裡讀過，而我居然沒認出來，我真覺得像笨蛋。

晚餐時，吃著牛排和烤馬鈴薯，我詢問他的寫作進展。

「喔，很好，」他說，起勁地給牛排加鹽。「我真的文思泉湧。」

「你覺得幾時會寫完？」

「可能得寫上幾年。創意可是催不得的。沙林傑寫《麥田捕手》也得寫十年。我倒不是說我是沙林傑，不過說不定我是，誰知道呢？」他呵呵笑，又起一塊肉到嘴裡。他把頭髮綁了個馬尾，露出了太陽穴兩邊倒退的髮際線。

我推著自己盤子裡的肉，盯著脂肪凝結成油亮的小氣泡。「知道嗎，我想起了你念給我的那首詩，在我們婚後的第一天。我們終將是兩個人，我們終將是妳跟我單獨在地球上，開展我們的新生活。」

他微笑，一臉高興。「寫得不錯。寫的人一定是個天才。」

「是聶魯達吧？聶魯達寫的？不是你？」

他的表情閃爍了一下，像是在心裡翻找檔案卡，想抽出正確的那張。「聶魯達？不是，」他說。「我說過，是我寫的。我一直都不怎麼喜歡聶魯達。」

「因為我覺得我在大學裡念過。」

他又咬了一口牛排，肉汁滴到下巴上，他舉起餐巾，躲在後面說話：「我看是妳記錯了。」

「不是你寫的也沒關係。只要……跟我說實話。」

他放下餐巾，用那雙犀利的淡色眼睛看著我。我之前怎麼會覺得清澄又坦率？因為現在那雙眼睛就像一堵牆，遮掩了在他腦袋裡的一切想法。「寶貝，是哪裡不對嗎？」他的語氣很溫柔。「我很不願意這麼說，可是……妳有點害我擔心了，這些疑神疑鬼的古怪行為。先是妮娜，然後是車子，現在又是這個。妳覺得妳是不是需要，嗯，什麼協助？我們應該去看精神科醫生嗎？」

「精神科醫生？」

「嗯。」他的語氣像牛仔，在安撫馬。「妳確實是有家族病史。妳弟有精神分裂症。妳母親也有心理疾病對吧？我是說，妳想一想。很值得思考一下。」

我瞪著他，無法決定是該哭或該笑。因為我懂什麼？萬一我真的是疑心生暗鬼，也罹患了撂倒我半數家人的同樣疾病呢？我怎麼知道我是不是會發瘋？

「不必，」我說。「我沒事。」

我在臥室的浴室裡打電話給太浩市警局，前台把我轉給了一位語氣疲憊的刑警，他問我有什麼麻煩。

「我覺得我先生可能是詐騙犯，」我說。

他笑了。「我知道很多女人都這麼說她們的先生。妳能不能更詳細一點？」

「我覺得他不是他說的那個人，他說他是作家，可是他只會剽竊。他給了我一枚戒指說是傳家之寶，其實是假的。」我覺得我聽到樓梯上有腳步聲，趕緊壓低聲音。「他說謊。沒有一句真話。我覺得。」

「他有什麼政府的身分證明嗎？」

我想了想。我沒見過他的駕照，可是我們結婚時他一定是帶在身上吧？還有我們的結婚證書，雷諾的那個深夜郡書記發的——上頭寫的絕對是麥可・歐布萊恩。我回想那一夜，耙梳龍舌蘭酒的迷霧消退之後的回憶，沒錯，我記得他交出了駕照，連同我的。「有，」我說。「只是駕照，可以偽造，對不對？」

我知道聽在別人的耳朵裡有多荒唐。所以刑警再說話時，聲音變大變活潑，好像在跟房間裡的某人說話，我的心往下沉。「喂，妳有沒有考慮離婚啊？」

「可是你們不能調查他嗎？然後告訴我是不是我弄錯了？警察不就是替人民服務的嗎？」

他清喉嚨。「對不起，但是聽起來不像是他犯了什麼法。如果他是個問題，就把他趕出去。」

我能聽見他在紙上寫字。「欸，告訴我妳叫什麼好嗎？我會做個談話紀錄，以防事態嚴重了，而妳需要申請禁制令。」

我險些就把凡妮莎．利布林說出了口，但是我一想到電話另一頭的彆扭沉默——或是更糟，壓抑的笑聲。又一個利布林出事了，那一家可真是沒藥救了。所以，我掛斷了。

我打到歐爾森中心找班尼，他似乎是比兩個星期前好多了，就像是從把他變得呆鈍的藥物之海中浮上來了。很可能是他又不肯乖乖吃藥了。

「婚姻生活如何啊？」他問。「其實，我不想知道。跟我說點好玩的事吧。」

「好，」我說。「我有一個很認真的問題要問你，而且沒有那麼好玩。」

「說吧。」

「你是怎麼知道，嗯，你的心理有毛病的？」

「我不知道，」他說。「是你們知道。他們是用拖的把我拖進精神病院的，即使是在那個時候我也絕對相信瘋了的是他們，不是我。」

「所以我也可能有精神分裂症，卻完全不知道。」

他沉默了很久，再開口時，語氣比多年來我聽過的還要更有同理心、更明晰。「妳沒有瘋，姐。妳有時候可能是白痴，可是妳沒瘋。」

「可是我有時情緒波動得很厲害，班尼。而且越來越糟，越老越糟。就像，我以高速賽車，車子都偏斜了，我只能勉強控制住，我整個腦袋都糾結成一團，連續好幾天、好幾星期、好幾個月；然後莫名其妙我就撞車起火了，然後我幾乎受不了照鏡子。」

他沉默不語。「跟媽一樣。」

「跟媽一樣。」

又是漫長的靜默。「媽是瘋癲加憂鬱，妳知道，躁鬱症，不是思覺失調。我知道什麼是思覺失調，妳絕對不是。妳沒聽到腦子裡有聲音吧？」

「沒。」

「好。欸，去找個精神科醫生，讓他開點藥，妳就會沒事的。拜託拜託，千萬別去坐船，好嗎？為了我？」

「我愛你，班尼。沒有你我真不知道該怎麼辦。」

「哇，算了，妳大概是真瘋了。」

噁心感又回來了，我的喉嚨緊縮，像是會嗆死我，從早到晚。

事情越來越清楚了，我一點也不認識這個人，我的先生。我覺得是在自己家裡的人質：我是要繼續在他身邊謹小慎微，唯恐激怒了他，眼看著我的人生又淪落回孤獨徬徨？抑或是我雖然沒有什麼真憑實據就當面跟他對質，冒著惹火他、毀了一切的風險？

因為不管什麼事他都有話回，我慢慢學到了。他會在心理上操縱我，害我質疑我自己的神智，而不是他的。

我只想要爬上床，永遠不下來。但是感覺太危險了；感覺像放棄，而那個聲音（她的聲音）卻一直叫我要打起精神來。所以我每天早晨都下床，面帶笑容，聽他說愛爾蘭的故事，報以笑聲。我為他做精美的法式晚餐（我自己卻沒有胃口吃），他在餐桌坐下時我幫他按摩雙肩。我在黃昏時陪他散步到碼頭，陪他坐在船屋附近的長椅上，手牽著手，一言不發。他在床上求歡時，我閉上眼睛，讓自己降服在生理歡愉之下，盡量抑制麻痺我的神經的疑問。只要我假裝一切都好，說不定就會有奇蹟發生。

只是我早就知道是行不通的。期盼奇蹟並沒能拯救我的母親，或是我弟，或是我父親。我憑什麼覺得救得了我？

還有一件事，一件在我的意識周邊啃囓個不停的事。我跟班尼打過電話後隔天我發現自己盯著月曆，像被潑了一盆冰水。我為什麼老是噁心，莫名其妙的疲倦，以及乳房疼痛。

我懷孕了。

我當然是可以去墮胎的。任何一個和我易地而處的人都會理性地採取這一步：找個理由，溜進市區，一天就能解決。但是我一想到寶寶奶油一般柔軟的眼神，愛慕地抬頭看著我，我就湧起了極強烈的保護欲。我知道我沒辦法墮胎。

我睡不著。麥可在我身邊打鼾，我清醒地躺著，心裡在想我能聽見蜘蛛在床鋪的天鵝絨罩篷上結網，樹枝嗒嗒嗒打在窗戶上。我跟這個男人有了孩子，他會是我孩子的父親，賴在我的人生裡一輩子。我對他的認識一天比一天少，好像我以為我愛的那個人消失了，沒多久只會剩下一個男人的空殼，沒有內在。

我躺在那兒想：我應該把他趕出去，對吧？這裡是我的家，不是他的。可是我為什麼那麼害怕質問他？我為什麼發現自己保護式地摸著肚皮，彷彿是覺得會重重挨一拳？

*他是誰？*

我沒有婚前協議書。我們有孩子了。他可以拿走我擁有的一切。*他可以拿走磐石居！*

我好孤苦。

但就在這時我靈光一閃：有一個人可以回答我的問題。

我好想在闇黑的房間裡大笑，因為我不敢相信我居然會打這個主意。絕望會驅使你做不可能的事情；曾經難以置信的事竟成了支持你的唯一一道曙光。

我可能會白費力氣。她可能真的在巴黎，或是任何地方。但是內心深處，我*知道*。我會把洛杉磯那個住址背下來是有道理的，即使當時我並不明白。那棟屋子，門面爬滿了紅色蔓藤——我知道誰住在那裡，一開始就知道。我知道我現在需要去哪裡。

我要去找妮娜．羅斯。

# 33 妮娜

我一直都睡得很沉，我的信念讓我能夠安眠，可是監獄卻害我失眠。時時需要提高警覺，加上知道自己有罪，合起來讓我處於無止盡的朦朧狀態：絕不睡覺，可同時又不算清醒。我在飄浮，飄在幽冥之中。

郡立監獄的噪音吵得人耳聾：把上千個女人塞進設計之初只為容納一半人口的水泥房裡，結果就是會這樣。我們睡的上下鋪就擺在交誼區，距離我們打牌看書的桌子只有一呎遠。我們的小便馬桶不勝負荷，堵塞外溢。我們排隊洗澡、吃飯、剪頭髮、打電話、看醫生。不管是白天晚上，水泥牆都迴盪著尖叫聲、禱告聲、哭聲、笑聲和咒罵聲。

在裡面除了等待之外無事可做。

我穿著金絲雀黃囚服在交誼廳閒晃，看著牆上加了鐵柵的時鐘運行，一格一格走完每天的時間。我等待著放飯，儘管我沒興趣吃那種在餐盤裡滑動的灰色鼻涕。我等著圖書推車過來，讓我能揀一本最不討厭的愛情小說。我等著熄燈，我才能躺在上鋪，在半明半暗中傾聽牢友的鼾聲和低喃，而我自己等著睡神來臨。

卻幾乎沒等到過。

但最主要我是在等有人來救我。

我的律師是個疲憊不堪的公設辯護律師，滿頭灰色的螺旋鬈髮，穿一雙矯正鞋，我只見過一次，在我的保釋聽證之前。她坐在我對面，從一整疊卷宗的最上層抽出一份檔案，戴著藥妝店買的紫色老花眼鏡審閱。「他們控告妳重竊盜罪，」她說明道。「妳的名字出現在一處倉庫的租約上，裡面裝滿了失竊的骨董。他們追查到有一對椅子是贓物，失主是一名叫艾列克西．畢特洛的人，他從照片中指認出妳。」

哈，我還主張億萬富翁太有錢，不會費事去報警呢。「我的審判能多快？」

「喔。對。嗯，我希望妳有耐性，」她嘆口氣說。「因為妳大概會在裡頭待個一段時間。目前積壓的案子實在是太多了。」

提審時，法官判下的保釋金是八萬元。他乾脆拉高到一百萬得了，因為我是連一毛錢也掏不出來的。我環顧法庭，一個人也不認得：拉克倫沒來，我母親也沒來。我忽然想到他們八成根本就不知道在開保釋聽證會——我的監獄戶頭裡沒有錢，連電話也不能打，所以我一直沒能跟他們聯絡。私底下，我很慶幸他們沒看見我這副慘狀，頭沒梳，筋疲力竭，被罪惡感弄得黏答答的，而且被淹沒在黃色囚服裡。

我的公設律師同情地拍拍我的背，立刻就衝向下一名委託人，是個懷孕的少女，她槍殺了強暴她的人。

我回到郡立監獄，準備再等待更長的時間。

日子過得像老牛拖車，還是沒有人來救我。拉克倫呢？我心裡想。他是我認識的人裡唯一可能有錢把我保釋出來的。現在我母親一定已經去找到他了吧，告訴了他經過，叫他來找我。可是一個星期過去了，又一個星期過去，他還是沒出現，我這才明白他是不會來了。他怎麼會靠近警察局，冒險被認出來呢？很有可能他是覺得我打算為了自救而拖他下水。

或是更糟。我想到了在我離開太浩湖時他壓抑的憤怒；他暗示我把我們兩個的計畫一手毀了。我不禁自問：警察是怎麼知道我回洛杉磯了？他們就這麼巧出現在我家門口，就在我抵達不到一個小時之內。一定是有人密報。

只有兩個人知道我回家了：我母親和拉克倫。（三個，如果麗莎注意到我的車子停在車道上。）三個人之中，我非常清楚誰最有可能會報警。

當然是拉克倫。一旦我對他沒有用處了，而且變成了危險人物，我們的關係就結束了。知道保險箱是空的的那一刻，我的命運就決定了。他對妳從來就沒有什麼忠誠，我一面想一面走在塵土飛揚的監獄院子裡，帶刺鐵絲網在蒼白的十二月光線中閃爍。妳也知道。他早晚是會把妳丟到一邊的。妳只是運氣好，能撐這麼久。

所以：還有誰可能來救我？我母親？麗莎？被我忽視的回聲公園骨董店的房東？他現在一定

把我的東西都扔到街上了。我覺得像浮萍，跟外在世界完全失去了聯繫。我躺在滿是疙瘩的塑膠床墊上，努力讓自己變隱形人，免得被想打架的人相中；我頭一次看清我有多孤立無援，我的生存圓周有多小。

終於，在郡立監獄關了三個星期之後，我被叫到了會客室。我走進一間塞滿了折疊椅和龜裂的油氈板桌子的房間，一面牆上畫著俗麗的海灘壁畫，牆邊擺了一櫃的破玩具。房間裡生氣盎然：兒童和祖父母；男朋友，有的身上布料不多，露出了滿是刺青的胳臂，有的穿上了最好的衣服。我花了一分鐘才找出我的訪客：是我母親。她一個人坐後面的一張桌子，一身亮綠色洋裝，露胸高衩，頭上包著絲巾。她的眼圈發紅，盯著對面的牆壁，彷彿是努力在狂亂之中找到定位。

她一看見我就小小的喊了一聲，猛地站了起來，蒼白的手在空中飛舞，像是雛鳥從巢裡跌落。「喔，寶貝。喔，我的寶貝女兒。」

獄警冷冷地監視我們。我們是不准擁抱的。我在我母親對面坐下來，伸長雙手去握住她的手。

「妳怎麼拖這麼久才來看我？」

她快速眨眼。「我不知道妳在哪裡！我不知道要怎麼找到妳，每次我打給犯人資訊熱線都只有語音服務，找不到一個真正的人。網路上有資料庫，可是訪客系統裡沒有妳的名字，一直到上個星期我才能登錄，而且只……真對不起。」

「沒關係的，媽。」她的手好小，都是骨頭，我真怕握得太用力。我打量她頭上的絲巾，猜想輻射是不是害她掉頭髮了。絲巾下她的臉憔悴狹長，讓她的藍眼更突出。

「妳覺得怎麼樣？他們開始放射治療了嗎？」

她張開一隻手，舉到面前：停。「喔，甜心，就別談那個了吧。一切都在控制之下。霍桑醫生非常樂觀。」

「可是醫藥費要怎麼辦？」

「媽。」

「我是說真的，妮娜。妳已經有夠多煩惱了，不要再去想那個了。妳就是因為那個才會坐牢的，不是嗎？」她用掌心貼著我的下巴，用力按到我的下顎骨。「妳的樣子真糟。」

她淚汪汪的眼睛快決堤了。她吸鼻子，從袖子裡拉出一坨皺巴巴的面紙。「我受不了看到妳這樣子。都是我的錯。要不是我生病。要是我有比較好的保險。我根本就不應該讓妳回洛城來照顧我。」

「不怪妳。」

「怪我。三年前妳就應該讓我死的。」

「媽，停。」我向前靠。「喂，妳有拉克倫的消息嗎？」

她搖頭。「我打過電話，可是他的手機停用了。唉，實在是大錯特錯，介紹你們兩個認識。這都是他的主意，是不是？而現在他倒好，自己跑了，讓妳來揹黑鍋。」

她看著我，像是在等我跟著她一起數落拉克倫，但是我沒那個心情去怪東怪西的；我知道我為什麼會坐牢。我沒因為做更壞的事被抓，已經是小小的奇蹟了。我想到凡妮莎：要是我是因為偷了她保險箱裡的一百萬元而落網的呢？我發現保險箱是空的居然覺得鬆了口氣。

「真希望我有那個錢能把妳保釋出去，」她打著嗝說。「聽著，我們的戶頭裡還剩下一萬八，我知道不夠，可是我也許可以打幾通電話。說不定我可以週末到賭城去，試試手氣，或是……」她的眼睛瞪得很大，眼神遙遠，我努力想像她在賭場酒吧裡，以孱弱的身軀忙碌著，跪在飯店的大理石地磚浴室裡，被丟在那裡等死。

「拜託，千萬不要。我在這裡過得下去。又沒有那麼糟，」我說謊。「用那些錢付醫藥費，那個更重要。等我出去了，我會找個合法的工作，我保證。一定會有本地的室內設計師願意雇用我。我會到星巴克去打工。隨便什麼都可以。我們過得下去的。」

她用指尖按著眼角，我幾乎聽不見她的低語：「我不配有妳這麼好的女兒。」

「媽，」我柔聲說。「等到治療做完了，妳又健康了，去找個真正的工作。為了我，好嗎？一個可以坐辦公桌，定時拿薪水的工作。有健保和福利。」她茫然瞪著我。「跟麗莎談一談，我相信她可以幫忙的。」

頭頂上有鈴聲叮噹，表示會客時間到。鈴聲都還沒停，獄警就已經吆喝我們站起來，挨著牆排好隊。我母親看著我，眼裡有驚慌。「我很快再來，」她高聲喊，而我後退離開，她向我送飛吻，掌心留下了粉紅色的條紋。

「不要，」我說。「在這裡看見妳太難了。只要——專心照顧好妳的身體。那是妳能為我做的最好的事了。我在這裡的時候可別死了，好嗎？」

我向後轉，排到隊伍裡，才不必看到她哭。我能聞到汗臭和髮油和緊膚皂的氣味從隊伍中的其他女人身上散發出來，我知道我身上的味道也一定像這樣。我閉上眼睛，循著這種人類的氣味回到牢房；在牢房裡，我們會都呆坐著，猜測接下來會如何，希望我們不會被遺忘。

✦

於是我又回去等待，但是我不再確定我是在等什麼。

坐牢時要說什麼最多的話，那就是思考的時間，於是我發現自己思索了很多諉過責怪的事。我這一生都在向外眺望，想要找出是哪些建築師打造了這個世界的高牆把我關在裡頭。我以前責怪利布林家：要恨他們很容易，他們什麼都有，而我卻什麼也沒有，而且他們把我關在他們的世界之外。活像當著我的面關上的一扇門就是我會走上歧途的全部原因。但是我發現現在是越來越難相信了。

我可以責怪我母親，把我拖進了她的壞決定裡；怪她沒能給我渴望了一生的優勢。我也可以責怪她沒能好好照顧自己，逼得我得要照顧她。

我可以責怪拉克倫，誘惑我加入了他的騙局，又在我變得沒用的時候反過來陷害我。

我可以責怪社會，我可以責怪政府，我可以責怪資本主義出了岔子——我可以拉扯貧富不均的線頭，看著線球一路滾回起點，再找到什麼就釘上我的怨懟。

當然，以上所述全都是組成我今天的處境的原因。可我每次想找個什麼來責怪，我總會找到同一個人：我自己。我是那個公分母。人的一生中並沒有哪條路是已經為你鋪好的，我漸漸明白了；沒有人會替你作決定。與其眺望世界找理由，我還不如開始內省。

特別是在這裡，郡立監獄裡，我被真正的落水狗包圍——各種女人後天環境就會逼得她們嗑藥、賣淫、凌虐、走投無路；各種女人一點機會也沒有——我終於第一次明白了我有多幸運。我有大學學歷，我身體健康。我長大成人的階段確實不穩定，也沒有楷模可以效法，可是我起碼知道我不缺食物、不缺地方睡覺。我也始終不缺母愛。這比我周遭的許多女人都強多了。

所以我突然發現很難去責怪別人，我最大的感受反而是羞恥。羞於我沒有運用我所有的去做更多，羞於我假裝我走上的歪路是因為我別無選擇。

因為事實並非如此。是我選擇了這條路，是我把它變成我的。而如果這條路最後是把我帶進監獄，那就只能怪我自己。

要是我能離開這裡，我發誓，我會找一條更好的路。

一個月過去了我才又有了訪客。我猜是我的公設辯護律師，帶來了我的案子開審的消息。但是我走到會客室卻猝然止步，因為坐在那邊等著我的人是凡妮莎・利布林。她蒼白疲倦，眼底有黑圈，居然既骨瘦如柴又像氣球吹的。她的牛仔褲綁在腰上，運動衫掛在胸口。但錯不了，就是她。她的眼球突出，是在努力不要瞪著四周看；她的雙手牢牢按在大腿上，好像是要讓自己變成隱形人。

我的心臟喀噔一下，是因為看見她的快樂，倒是叫我意外。我就這麼急於看到一張熟悉的臉孔嗎？我坐進她對面的椅子上，她看到我幾乎很驚愕。

「嗨，凡妮莎。」我咧嘴笑。「看見妳真好。真的。」

「妮娜。」她倒是相當一本正經。

我愣了愣才發覺她叫的是我真正的名字。當然的嘛，既然她來了，那她一定就知道我是誰了。她是怎麼知道的？是拉克倫告訴她的？「喔，妳知道我是誰，」我說。「誰告訴妳的？」

她一隻手抓緊了運動衫的下襬。「班尼看出來的，」她說。「他在我的Instagram動態消息上看到了妳的照片。」

「聰明的班尼。」那麼她知道多少真相？我又想要告訴她多少？我默默坐在那兒，被我所編織的謊言之網纏住，不知該從何解起。

我正忙著拆解就感覺到她的目光落在我身上。「妳瘦了。」

「這裡的伙食有待改善。」

她上下打量我，把我沒洗的頭髮和僵硬的囚服收入眼底。「黃色也不適合妳。」

我忍不住笑了。「妳是怎麼知道我在這裡的？」

「說來話長。我去了妳的地址，沒有人。可是我問了妳的鄰居，她說妳在這裡。」她低頭看手。「她跟我說了妳母親的病，她病得有多重。我……很遺憾。」

我向後坐。「真的嗎？遺憾？」

她聳肩。「我再也不知道我有什麼感覺了，說真的。那個害死我母親的女人得了癌症，我不是應該感覺到是因果報應嗎？可是我卻覺得開心不起來。」

我的友善來得快去得也快。我們現在是要來算總帳嗎？那還用說。這是我們第一次能把多年來壓抑的怨恨攤開來說個痛快；我揭她的瘡疤，把聲音放冷。「妳母親是自殺的，我好像記得是這樣子。」

「不過妳母親也幫了一把。要是我父親沒被妳母親勒索，她是絕對不會自殺的。那件事毀了她。」

喔。我倒沒料到這一招。要是我母親把信寄到磐石居，茱蒂絲・利布林會看到也是合情合理的事情。但是我可不打算也背這個黑鍋。「妳真的確定嗎？妳母親在我母親出現之前一點毛病也沒有？」她眨眨眼，默不作聲。「如果妳要怪誰，那就怪妳父親。是他搞外遇的。」

「他是個標的。她鎖定了他。」

「妳父親是個混蛋。他當我是泥巴，還切斷了我跟妳弟的關係。」

「他是在保護班尼。還有妳，真的。妳想一想：跟一個精神分裂症患者談戀愛，妳要怎麼應付？」

「他那時還沒有精神分裂。」

我們隔桌瞪著彼此，椅子前傾，兩人都隨時會跳起來就走。能把這件事攤開來說個痛快讓人異常興奮，可是說出來的話卻讓我覺得骯髒卑瑣。我們幹麼要為我們父母的事情吵架，活像是我們自己的事？他們不是已經死了就是快要死了，這麼吵又能怎麼樣？

「那。」我瞪著她的目光像刀子。「妳大駕光臨是有什麼事？來落井下石嗎？」

她的眼珠子轉了一圈，環顧四周。隔桌是一個缺了一顆門牙的妓女，她拚命忍住眼淚，看著她的綁辮子、穿「海洋奇緣」T恤的女兒在她外婆的腿上哭泣。凡妮莎看著她們，臉上有人類學的好奇。

「知道嗎，我還以為看見妳這樣我會覺得舒服：妳終於得到了報應。結果卻不是。」她轉回來看我。「妳的鄰居麗莎，她跟我說妳因為重竊盜罪被捕了。」

「骨董，」我說。「我偷了一個俄國億萬富翁的骨董。」

她皺起了眉頭。「妳就是打算這樣對我嗎？偷我的骨董？」

我聳肩。「妳跟我說妳為什麼來，我就告訴妳我們原本的計畫。」

「你們。」她的臉色變成了脫脂牛奶的顏色。「妳跟麥可。妳們是……一道的？」

我只遲疑了一秒：我要不要抓他來墊背？隨即又想，他早就出賣我了。「他的名字並不是麥可。這樣回答了妳的問題嗎？」

她點頭，雙手緩緩抹過大腿，按在桌面。就在這時我看見了：那枚翡翠戒指，在她的左手上。

「喔不，」我說，恍然醒悟。

「喔是，」她說，像紙板一樣僵硬。「而且還有更好笑的：我懷孕了。」

我震驚得瞠目結舌。我們兩個都瞪著她放在桌上的手，蒼白的指頭，我母親的假戒指很是俗氣，跟破舊的油氈板格格不入。我做了什麼？

「他的名字是什麼？」她最後問。「我嫁給他時他用的如果是假名，那婚姻就不成立，對吧？違法的吧？」

我思索了很久。我知道他的真名嗎？我見過他謊話張口就來，從來沒想過他對我是不是也謊話連篇。

「把我保釋出去，」我說。「我會幫妳查出來。」

拉克倫的公寓是一片茫然的米色盒子：普通的灰泥公寓，位在西好萊塢的一處大型複合住宅區，就是牆壁很厚，鄰居老死不相往來的那種。多年來我來過的次數一隻手就數得完：拉克倫總會跟我一起來，我總是假設是出於我需要在我母親附近的尊重。現在我卻懷疑是跟他自己有什麼隱私見不得光有關了。

我穿著被捕時的衣服回來：就是那個十一月早晨我從磐石居駕車回來的那身衣服。上衣仍然有我那天擦的排汗劑的味道，長褲上仍有我在車子上潑到的咖啡污痕。這套衣服現在穿在我身上變寬鬆了，感覺像是陌生人的衣服。在郡立監獄坐了將近兩個月的牢，陽光明亮得刺眼，空氣甜美得幾乎吸進肺裡都痛。

我指引凡妮莎把她的休旅車停在拉克倫的公寓那條街的遠處，只為了以防萬一，然後我們步行到複合公寓區。凡妮莎落後我半步，我們走在大樓間，她的眼睛瞟來瞟去，彷彿是以為拉克倫會從一架夾竹桃後面跳出來。棕櫚樹隨風微微傾斜，樹下掉落的複葉像是被拔掉的羽毛。

「對了，拉克倫是以為妳去了哪裡？」我問。

「我跟他說我要去看我弟。」

「班尼。那他現在怎麼樣了？」

她一直盯著人行道，小心翼翼地避開柏油路面上已經變黑的口香糖。「時好時壞。他現在好些了，可是最近他又有了麻煩。」些微的遲疑。「其實是自從他聽說妳回來了之後。他一心一意想要再見妳，想要逃出療養院去找妳。去波特蘭。」

我聽見了她在強調最後三個字時話中帶刺，但是我決定不予理會。我一聽到班尼就心痛，白費力氣想找到我。可憐的班尼。「也許我可以去看他，在這之後。」

她斜眼看我，充滿了不信。「妳會？」

「當然。」事實上，這個想法讓我的腳步輕盈了起來：有人想要我。這是值得期待的事情，一個懸掛在我的將來，可以對著它前進的事情。上一次有人真的想見到我是在幾時，即使只是個心理不穩定的童年前男友？

我帶著凡妮莎繞到一棟大樓的後方，這裡的公寓面對著一條狹窄的碎石路以及一道高高的木籬。我從木籬線上看到好萊塢崗，以及盤踞在上面的八個字母，高傲漠然，居高臨下。艾列克西的家就在那上頭，牆上仍掛著李察·普林斯，渾身是血，虎視眈眈。那已經感覺像是上輩子的事了。

這個複合住宅區的每一棟公寓都有一個小小的露天平台，大多數擺著腳踏車或是塑膠椅，或是一堆枯黃的植物。凡妮莎跟著我來到大樓盡頭的一處露天平台，平台後的一個單位窗戶空洞闇黑。我輕鬆一跳就越過了欄杆，凡妮莎張口結舌看著我。

「來呀，」我說。

「我們不會惹上麻煩嗎？」

我看著那一排的窗戶，都拉上窗帘維護隱私。大家總是太擔心陌生人會往屋裡看，結果自己反而忘了往外看。「沒有人在看。」

凡妮莎攀過了欄杆，站在我旁邊，累得喘氣。「妳有鑰匙嗎？」她低聲說。

「不需要，」我說。我掀起了滑動門的門把，肩膀頂著玻璃，搖晃門，最後把扣鎖搖鬆了。門就無聲無息地滑開了。

凡妮莎一手摀著嘴巴。「妳怎麼知道要這樣開？」

我聳聳肩。「我父親在被我母親趕出去之前只教會了我這一件事。他總是喝得太醉，找不到鑰匙。」

她皺眉。「妳父親是誰？不是牙醫吧？」

「不是，他是個酒鬼、賭鬼、還會打老婆。我七歲以後就沒見過他了。他大概死了，要不就是在坐牢。至少，我希望是。」

她似乎沒辦法不瞪著我，活像是之前沒有見過我。「知道嗎，妳誠實的時候就像變了一個人似的。我覺得我比較喜歡這樣的妳。」

「好笑了，我自己倒滿喜歡愛胥莉的。她沒有那麼譏誚。人也好多了。」

「愛胥莉是假貨。真的，我應該從一開始就知道的。」凡妮莎吸鼻子。「真實生活中沒有人能那麼沉著自信。社群媒體上，可以，可是本人不可能。愛胥莉總是太美好了，不像是真人。」

我們步入了拉克倫清涼黑暗的客廳，拉上了窗帘。

公寓是單身漢的窩，簡陋單調。皮沙發和皮椅，大電視，一輛推車上擺滿了昂貴的烈酒，牆上貼著經典電影海報。公寓可以是隨便哪個人的：沒有裱框的照片，櫃子上沒有小擺設，也沒有書架可以反映出主人的品味或教育水平。光禿禿的，好像拉克倫刻意決定要把自己的痕跡掃除乾淨，變成隱形人。

我們站在昏暗中，等著眼睛適應。我聽見遠處有人按喇叭，小小的嘻哈音樂震波從一扇打開的窗戶傳來。我緩緩轉身，收入熟悉的環境。

「妳在找什麼？」凡妮莎問。

「噓，」我低聲說。我閉上眼睛聆聽房間，等待著它向我說話。可是地毯吸收了室內的一切聲響，所以只留下真空。我想像著拉克倫在這些房間裡走動，因為腳下的地毯而悄無聲息。在這幾面牆之間，他必定留下了他真正的自我的印記，就埋藏在他那麼擅長打造的海市蜃樓之下。

有個櫃子緊挨著牆邊。我打開櫃門，開始翻找裡頭的東西：舊電子用品，一摞談人類心理的書，一個Hugo Boss鞋盒，裡頭裝的手機快滿出來了。我隨手拿起幾支手機，想要開機。大多數都沒電了，但是有一支仍有電。開機了之後，我開始捲動。沒有照片，簡訊也都刪除了，但是在通話記錄中我找到了一長串的電話號碼，是打到柯羅拉多的一支電話。

我打過去，聽著鈴聲響。最後有個女的來接，上氣不接下氣，而且很生氣。

「布萊恩，」她大聲吼叫。「你好大的膽子敢打來這裡……」

「請問妳是誰？」

「布萊恩的前女友。妳又是誰？」

「一樣，」我說。「他對妳做了什麼？」

女人開始對著手機大吼，我不得不把手機拿遠一點。「他騙走了我信用卡裡的四萬三千塊，擅自用我的名義去貸款，然後就腳底抹油溜了！他就是這樣對我的。妳跟他說，他敢踏進丹佛一步，凱西就會切掉他的鬼腦袋瓜……不，等等，告訴我妳在哪裡，我來報警。」

我掛斷了。

凡妮莎密切盯著我，滿臉害怕。「是誰？」

「一個標的，」我說。我看著盒子裡的那堆手機，心裡反胃。原來拉克倫的副業是這個，在他每次消失幾星期的時候。有多少女人？二十來個？三個？

她把裝手機的盒子弄翻了，頭髮落在臉上，我覺得她可能會哭出來。「妳知道他在做這種事嗎？」

「不知道。」我把盒蓋蓋回去，以腳趾推開。「好，我們繼續找。妳找廚房，我找臥室。」

臥室黑黝黝的，窗帘合著，空氣中有很重的灰塵。五斗櫃的抽屜裡整齊地擺放著襯衫和斜紋布褲，衣櫃裡掛滿了名牌套裝和晶亮的皮鞋。我翻找抽屜和架子，連鞋子也不放過，但是我只找到一個可疑的物品，是個木盒，裡頭裝著十二隻昂貴手表，不是我協助他偷的，也從沒見他戴過。我這才見識到沒有我這個助手他有多忙。我差不多都懷疑他還要留著我幹什麼了。

我能聽到凡妮莎在廚房裡，打開櫥具，接著是什麼東西掉到地上——板子嗎？她進來時兩手捧著一個麥肯燕麥盒，臉上表情古怪。「看，」她說。盒子裡塞滿了百元現鈔，厚厚的好幾捆，拿橡皮筋套著。「我在腳線後面找到的，就在櫥櫃下面。我一扯就整個掉下來了。」

我瞪著看。「妳怎麼會想到要找那裡？」

「我看過很多電視，像『犯罪心理』，」她說。「一定有幾萬塊。而且還有六個一模一樣的盒子。」

看著她手裡的錢我覺得腎上腺素在飆升：夠付我母親的醫藥費了。我伸手到盒子裡拿出一捆鈔票——沾上了燕麥粉——直覺想塞進口袋裡。但是我停住了。我不能再這樣了。

我把錢還給她。「妳留下，」我說。「我洗手不幹了，不偷別人的東西了。」

凡妮莎把盒子丟在床上，活像是有輻射。「妳要我偷麥可的錢？」

「天啊，凡妮莎——這些錢也根本就不是他的。鬼才知道是哪裡來的。拿去就對了。付妳幫他付的帳單。還有拿回他從妳那裡拿走的東西。妳幫他買了什麼嗎？」

「一輛車。」

「妳幫他辦了副卡嗎？」她點頭。「喔喔，那他八成早就搞懂了要怎麼從妳的帳戶裡領錢了。」

她一副像要哭出來的樣子。「我不相信我會上他的當。你們兩個——就這樣……騙了我。我像個傻子。」

「不。妳看到的是我們要妳看到的。我們演了一齣好戲，特別為妳編寫的。所以妳才信了：可見得妳是個樂觀的人，不是傻子。」我拿起盒子來遞給她。「來，這是妳應得的。」

「嗯，我不想要。」

「好。那就捐出去。可是看在上帝的份上，別留給他。」

她又拿起了盒子，看看裡頭，搖了搖，兩根手指探進去，夾出了一個別的東西：小小的牛皮紙袋。她看著我，再打開來，抽出一張紙。攤開來是一張出生證明，紙質因年歲而變軟了。紙上的折痕讓名字很難辨識，在幾秒鐘之內，陌生的真相難以浮現。麥可・歐布萊恩，一九八〇年十月生於華盛頓州塔科馬市，雙親是依莉莎白和米榮．歐布萊恩。信封裡還有一張泛黃的社會安全卡，一本過期的美國護照，全都屬於麥可．歐布萊恩。

他用了他的真名。

凡妮莎的臉色蒼白。「天啊。」

我看著出生證明很久，想起了在聖塔巴巴拉的飯店房間，拉克倫在床上翻身，建議他的新化名。麥可．歐布萊恩。難怪他輕輕鬆鬆就脫口而出，比愛胥莉這個名字快多了。他已經把凡妮莎當作這些年來一直在等著上鉤的大魚了嗎？我不免懷疑他是在計畫什麼。優渥的婚姻？更加優渥的離婚？或是更見不得光的？

「他根本就不是愛爾蘭人，」我嘟囔著說。

凡妮莎低頭研究出生證明，輕碰著邊緣，彷彿是怕留下指紋。「他在等我回磐石居。要是我申請離婚，他會拿走我一半的財產。」她的聲音越來越小。「我懷了他的孩子。我想過不要把孩子生下來，可是我要這個孩子。我只是……不要麥可在我們的生活裡。我需要他在發現我懷孕之前就離開。否則的話我永遠也擺脫不了他。」

「妳需要把他轟出去。」

她從一綹亂髮後看著我。「他可不會二話不說就走人，對吧？」

內疚啃噬著我，尖牙狠狠咬住我的良心：是我把麥可拖到她家門前的，然後我把他留在那裡讓她一個人應付。「可能不會。」

她站直腰，有點搖晃。「我不會讓他把我從自己的房子裡趕出去。」

「妳還要回去嗎？回磐石居？」

她聳肩。「我還能去哪裡？那是我家。」

「至少不要一個人回去。也許妳可以把班尼帶回去？你們可以一塊質問他？」

「妳不知道班尼現在的狀況。他靠不住。」

「拜託，就——等一等。到飯店住個一兩晚。想出一個比我要你離開更好的辦法。」我知道我應該叫她做什麼——報警——但是如果她報了警，警察遲早會查出我跟麥可建立的富豪檔案，猜出我也脫不了關係。我的麻煩已經夠多了，所以我沒有多話。

凡妮莎拿起了裝滿了錢的燕麥盒，僵硬地拿得遠遠的，彷彿它可能會意外引爆，炸掉她的手腳。她轉過去，回到廚房。

她一帶著錢走開，我就後悔把錢給了她。我在想什麼啊？我八成是簽下了我母親的死亡證明。再說我也需要錢請一位像樣的律師，除非我是想要後半輩子爛死在監獄裡。我的廉潔到頭來能給我掙來什麼好處？問心無愧真的值這麼多？

太遲了。不過說不定他還把現金藏在別的地方。我跪在地板上，查看床底下——只有灰塵——再平躺在地毯上，冥思苦想。上次我來一定是半年前的事了。在一件工作完成之後（一個二流的嘻哈歌星，我們偷走了價值六位數的鑲鑽戒指），拉克倫帶我去比佛利山吃晚餐，因為太醉回不了回聲公園，就回到這間公寓裡。我記得在他的床上宿醉醒來，聽見他在浴室裡窸窸窣窣的，有一扇門輕輕被按了回去。拉克倫從浴室裡出來，看到我醒了，就微笑著坐在我旁邊；不過我還是看見了他的神情一變，彷彿是在心裡用橡皮擦把自己的表情擦掉。

那：浴室。

我打開了浴室門，打開盥洗台的燈，突如其來的強光害我猛眨眼。一個女人站在那裡，回望著我，臉色蠟黃，頭髮蓬亂。我幾乎不認得我自己。在我坐牢時，鎮定光鮮的妮娜．羅斯皺縮消失了。我不太確定在這身皮囊裡的人是誰。我想到了凡妮莎的話——我比較喜歡這樣的妳——忍不住想怎麼可能。

藥櫃裡只有牙膏和止痛藥，一瓶右旋苯丙胺，以及一套非常昂貴的刮鬍用具。水槽底下有一摞衛生紙和面紙，外加一瓶經濟裝通樂。我把東西都拿出來攤在地上，只想看後面是否藏了什麼。什麼也沒有，只有死掉的蠹蟲和一片裱牆紙，紙上的雛菊浮雕都泛黃了。但是我發覺紙緣捲曲，好像是推了太多次，我輕敲櫃子的底部，聲音空洞。我把指甲嵌進壓板的一角，底部就輕鬆彈開來。

底下有一個平扁的襯衫盒，我掀開盒蓋，打量內容物，心跳加速。

喔吔！

凡妮莎載我回回聲公園。洛杉磯已經是夜幕低垂了，我們跟上了往東的車尾燈，正好趕上尖峰時刻的堵車。她的休旅車有皮革和柑橘芳香劑的味道，座椅又深又軟，在坐了八個星期的塑膠和金屬之後，我覺得我可能會被椅墊活埋。車裡的沉默濃得像碗湯。我沒辦法開口問凡妮莎她在想什麼，我關心不起。

她在我家前面停車，緊張地看著前門，彷彿以為我母親會跑出來質問她。但是屋裡沒亮燈，窗戶也漆黑一片，空洞地對著馬路。

我在開門之前頓了頓。「妳現在就要回磐石居嗎？」

「我在馬赫蒙城堡酒店訂了房間，」她說。「今晚開車回去太晚了。我明天早上走。」

我眨眼睛。*我可以跟她去，我可以回到磐石居，清理我留下的爛攤子。*「別走，」我再一次說，用了最省力氣的做法。

她轉向我，漂白的牙齒在黑暗中格外分明，我從她不耐煩的表情裡看出了我們脆弱的休戰結束了。「不要再說了，好像妳造成的這個局面可以靠忽視不管就能解決似的。我是說，*幫幫忙*。妳以為自己是誰啊，還能給我忠告？」她的呼吸又快又熱。「不，真的：妳是什麼東西？」

我從她紆尊降貴的語氣裡聽見了她父親，她的話迴盪著他的：*妳什麼也不是*。我立馬就火了。

*我什麼也不是*，我心裡想。*我是無名小卒。可妳還不是一樣。*

「好，隨便妳，我不在乎，」我說，一面摸索著門把。

「我知道妳不在乎，妳從來都不在乎，妳只在乎妳自己，」她平淡地說，也許她還有很多刺要攻擊我，不過我沒聽見，因為我已經下了車了，離開凡妮莎·利布林和磐石居，回到我母親的身邊，回家。

凡妮莎的車頭燈亮度只夠我在一盆多肉植物下找到鑰匙，然後她就開車走了，黑暗籠罩住我，我開門進屋。

屋裡，什麼也沒變，但是空氣中有一種封閉的感覺，窒悶陳舊，好像屋子有一陣子沒人住了。我快步走過空蕩蕩的房間，尋找我母親近來的生活痕跡，但是我在洗碗槽裡找不到杯盤，咖啡壺裡沒有剩咖啡，地板上沒有髒衣服。我靈光一閃，去找門廳的衣櫃：我母親的過夜袋不見了。我跑到門廊上去看郵箱：至少有一個星期的郵件。

天啊：她住院了。

獄警在我出獄時把手機還給了我，但是沒有訊號——我母親沒繳費。所以我用家用電話打給霍桑醫生，一聽見是答錄機，我就慌張地請他回電給我。

三分鐘後，家用電話響了，霍桑醫生打來的。我聽到背景有敲盤子的聲音：他是在用餐。

「妮娜，好久不見了，」他說，而我相信我在他小心保持中立的聲音中聽到了指責。妳怎麼能在妳母親生病的時候拋棄她？

「我母親還好嗎？」

我隱約聽到有個小孩子在哭鬧，被他噓了一聲，然後腳步聲移動：他過了好一會兒才回答。

「妳母親？嗯，我要等到先給她檢查過後才能回答這個問題。」

「她為什麼進去？」

電話另一端沉默了。「進去？」

「住院。對不起，我這兩個月不在家，所以不清楚狀況。我母親沒跟我說。她開始放射治療了嗎？還有，那個」——我在腦海中搜尋那個藥——「Advextrix？」她到哪裡去弄醫藥費？我心裡納悶。

輕輕一聲咳嗽，還有紙張的沙沙聲。「妳母親沒有住院，妮娜。至少我不知道她有。而且她也沒有服Advextrix。她的病情緩解超過一年了，最後的幾次掃描很乾淨。」

「緩解？」這個字眼從遙遠的地方傳過來，雖然是短短的兩個字，我卻好像聽不懂。

「我們排定了三月定期追蹤掃描，但是我的預後還是一樣樂觀。我說過，幹細胞移植的成功率超過百分之八十。我不能保證什麼，可是我會覺得妳母親的情形不錯。妳最近跟她說過話嗎？」

我手裡的話筒快掉了；什麼冰冷的東西從我的喉嚨滑下去，像冰塊停在我的食道上。媽是健康的。一個小男孩在背景裡尖叫——「爹地」——我聽到霍桑醫生覆住了話筒，溫柔地說了什麼話安撫兒子。我全身發抖，放下了電話。

媽是健康的。

媽一直在騙我。

我轉了一圈，盲目地看著漆黑的屋子，好似我母親可能會從衣櫃裡跑出來。我兩手亂揮，想去扶牆穩住自己。我看到了檔案櫃，躲在餐廳的一角：她的病歷。我衝過去，猛拽把手。抽屜不肯動，卡住了，好不容易才鏘鎯一聲打開。

我翻開一份又一份的檔案和帳單，隨手丟在地板上，像是下了粉紅色、黃色、藍色的雪。衛生紙一樣薄的列印紙、檢驗結果、醫院發票：一切的證據都指向她確實病重過。但是我知道她病了：在幹細胞移植之後的幾週內我在醫院裡，在她化療的漫長小時裡我也在。我從她的梳子上拔掉她的落髮，在有毒的化學藥劑一滴一滴流進她體內時握著她的手。她病了，她快死了。

但是她不再是個垂死之人了。

我不知道我是在找什麼，直到最後我在抽屜的最裡面翻了出來：霍桑醫生的信，日期是去年十月，一串渾不可解的數字和醫學術語中跳出了緩解兩個字來。而在這封信的後面是一份檔案夾，裡頭是那天我去醫院接她時她朝我揮動的電腦斷層掃描結果。熟悉的陰影埋藏在她體內的軟組織裡，攀附著她的脊椎、她的頸子、她的大腦。可現在我更仔細地看，就看出日期被輕輕擦掉，年份模糊了，還用鉛筆把7修改成了8。

她拿舊的片子來讓我相信她的病沒好。

為什麼？我仍瞪著片子看，忽然聽到鑰匙開門聲音，隨即前室的檯燈亮了，明亮的光線害我連連眨眼。我母親站在那兒，白長褲、蠟染上衣，一手握著遮陽帽，一看到我就愣住。

「妮娜！」她把帽子丟在地上，張開雙臂，朝我過來，想要一把摟住我。「喔，我的寶貝！妳是怎麼付保釋金的？」我苦澀地注意到她的步伐有多有力，她的皮膚上有日曬過的紅光，曾經凹陷的臉頰又豐潤了。現在少了圍巾的遮掩，我也能看見她的頭髮，金黃閃亮。我向後退了一步。

「妳去哪裡了？」

她停住，伸手去摸頭髮，彷彿是剛想起了不符合她的病情。我盯住她看，看見算計在她的臉上掠過，而我覺得我可能要吐了。「沙漠，」她說，聲音又變得輕柔顫抖，手臂的動作有刻意的遲緩。「醫生說對我很好，空氣乾燥。」

我覺得心臟像被針扎了一下，然後是可怕的醒悟：我是我母親的標的。

「媽，別裝了。」我拿高掃描片。「妳沒生病。」

她柔軟的嘴唇隨著她加快的呼吸吸進去又凸出來。「喔，甜心，別鬧了。妳明明知道我得了癌症。」但是她的眼睛卻盯著我手上的證據，然後才緩緩抬眼直視我，帶著一種膽怯的猶豫。

「妳的癌症已經緩解一年了。」我的聲音像破花瓶，碎裂空洞。「妳偽造了檢驗結果，假裝妳又病了。我不懂的是妳為什麼要騙我。」

她重重靠著沙發邊緣，一手亂摸，想找個堅實的東西來撐住她。她低頭看著腳趾甲——像淡粉紅色的海貝襯著白色的涼鞋。「妳就要回紐約了，妳就要又丟下我一個人了。」她眨眼，黑色的眼影掃過水汪汪的眼睛。「我不知道……」

「妳不知道什麼？」

「我不知道怎麼照顧自己。我現在該怎麼辦。」她的聲音好小聲，像個小女生，而我突然受夠我母親了，受夠了她這些年來的藉口和道歉。

「告訴我實話就好，」我說。

✦

於是她說了。

我們並肩坐在門廊上，在陰影中，就不必直接看著彼此。而她跟我說了實話，從頭說起。她是怎樣在四年前遇見拉克倫的，那時她想在貝萊爾酒店的一場牌局上偷走他的手表，卻被他當場識破。他攫住她的手腕，盯著她的眼睛說：「妳不只這一點本事，對吧？」

可是少了他，她就是不行。她眼看就要五十歲了，男人的目光總是掠過她看著吧台，他們想要更年輕漂亮的女人，而她越來越知道她散發出一縷絕望的氣息。不過拉克倫似乎覺得她的急切很有趣。他召募了她來協助他詐騙，利用她來搭訕，為他清出通往女性標的的道路：渴望愛情又容易下鉤的那一型，會交出信用卡和帳戶號碼的。（就是那些手機，我恍然大悟。）畢竟，好人會信任有女性朋友幫他背書的男人。

幾年來頭一次，她有了足夠的錢可以付房租和別的東西。

後來她生病了。她盡量忽略，希望能自己痊癒，但最後她病倒了，得知了要命的診斷。癌症。她不能再照顧自己之後誰能照顧她？一旦她對拉克倫沒有了用處，他是絕對會拋下她的。她知道只要她開口我就會來，但是我要怎麼付帳單？她並不笨，她知道當室內設計師的二等助理賺多少。她從我避重就輕的電話中察覺到我自己都過得捉襟見肘。

她的解決方案是把我獻給拉克倫。她聰明、漂亮、狡猾的女兒，熟悉億萬富翁，了解藝術；拉克倫當然能找出我的用途，他使對了手段當然能誘我上鉤，訓練我。他很感興趣，覺得好玩；而等到他在醫院裡見到我本人，他也有點迷上了我。她教導他該跟我說什麼話：只偷那些丟得起的人。只拿我們需要的東西。不貪心。

果然行得通。我是天生好手。我的骨子裡就是小偷。

「我的骨子裡不是小偷，」我跟她說，繃著一張臉抵禦悄悄入侵的夜間濕氣，兩眼盯著車道上黝黑的碎石。一直睜著眼害我眼睛痠痛。「妳把我塑造成這個樣子是因為妳想要我跟妳一樣。要是我跟妳一樣，那妳的自我感覺就會比較好。」

她的聲音好小，幾乎被山下高速公路上的車流聲淹沒。「我想要妳過妳自己的高尚生活，在遙遠的地方，可是妳沒有，所以我能怎麼辦？我有開銷。我病了。我需要妳的幫助，而妳靠以前的生活方式又幫不了我。」

她沒料到醫藥費會那麼高，也沒料到她距離死亡有那麼近，也沒料到我會被她逐漸增加的醫藥費纏住，最好只好不斷冒險。她也沒料到我會跟拉克倫睡覺……

「不過，我當然能看出那份吸引力，」她說，狡猾地瞄了我一眼。我很懷疑是不是真的，還是說我被拉克倫誘惑也是她的計畫中不能明說的一部分？畢竟，如此一來我就會跟她更親近，外人更加近不了身。

「當然很讓人心驚，」她接著說，看著我那麼輕鬆就適應了她花了那麼久的功夫想讓我遠離的生活型態。等她不再需要我的協助了，她跟自己保證她會讓我走。她會把我送回東岸，而我對世事會更精明、更睿智，我可以自由地為自己打造一個清清白白的生活。誰知去年十月檢驗結果是陰性的，醫藥費也都快付清了，她卻發現她不能放我走。她晚上會躺在床上說謊，覺得藥劑終於從她的血液中退出，然後自問：再來呢？只要我離開，她就得又歸零，沒有積蓄，沒有才能，她偷竊的高峰早就結束了。

於是，她想出了一個計畫：最後的一次大詐騙，存夠她的老本，然後她會讓我走。

太浩是她的主意。多年來她一直在遠處監視利布林家，跟我一樣。慢火熬燉著一鍋復仇，等待著適當的時機讓它沸騰。威廉・利布林死時她在報紙上看到了消息，她在網路上追蹤凡妮莎，知道她搬回了磐石居。十二年了，她一直惦記著那個裝滿了錢的保險箱，那棟擺滿了珍貴骨董和畫作的房子，盤算著她要如何進去。而現在我已經羽翼豐滿，展翅欲飛，心裡懷著潰爛了十年的怨懟，只待有人點燃一把火。再加上我比她更熟悉磐石居的秘密。

「妳知道保險箱裡的現金？」然後我想起來了——那天在咖啡店裡她也在，班尼跟他姐姐說到這件事；她假裝沒在聽，其實把每一個字都記住了。可是：「妳怎麼知道我有密碼？」

她搖頭，金色髮梢也掠過下巴。「我不知道。可是妳是我的聰明女兒。」她露出得意的小小笑容。「我知道妳會想出辦法來的。再說了，要是妳想不出來，拉克倫也懂得開保險箱。」

而她只需要種下一粒種子——癌症復發，即將淹沒我們的高額醫藥費——然後再叫拉克倫給我最微不足道的一推，我就上鈎了。（我想起來了，我們坐在那家好萊塢運動酒吧裡，他好像是憑空一抓，就把目的地抓出來了：太浩湖呢？）果不其然，我們就上路了。

「可是警察在找我，」我說，「那個才是我離開的原因。他們抓到了艾弗蘭，他供出了我來。」

她脫掉了一隻涼鞋，用雙手按摩著腳趾，動作很慢。「沒有警察。那時還沒有。艾弗蘭搬回耶路撒冷了，我聽說的。那是我們捏造的說法，拉克倫跟我，只是為了說服妳離開，順便讓妳在我」——她遲疑了一下，下半句話吞吞吐吐的——「治病的時候不要在我身邊。」

「可是他們逮捕了我，」我抗議道。「拜託，媽。我面對的是刑事罪，那可是真的。」

就在這時我母親終於崩潰了。我先是聽見了，她的哽咽聲，然後我轉身看見了她眼睛四周的皺紋充滿了淚水。「計畫不是那樣的，」她低聲說。「我發誓，真的。拉克倫騙了我，他騙了我們兩個。」

要是我打開保險箱時裡頭有錢，或許就不會有什麼意外。或許那時我們可以平分一百萬元，走向夕陽，不傷感情，一路順風。或者——也許拉克倫自始至終都有他自己的盤算。麥可．歐布萊恩的盤算。但是我母親在我回到洛杉磯時就知道不對勁，會有壞事發生，因為我兩手空空回來，也沒有他跟在後面。只是事情來得太快：警察敲門，我被上銬，眨眼之間我就坐了牢。

警察並不是靠自己查到那間倉庫的，他們是收到了匿名線報，有人告訴了他們艾列克西．畢特洛的名字，於是他們再據此推論。

除了拉克倫還會有誰？

我太憤怒了，說不出話來。我把椅子向後倒，斜靠著木板牆。小木屑掉進了我的T恤裡，刺著我的皮膚，但是我沒有動；我讓自己徹底感覺這種被出賣的痛。

「妳早該知道的。妳早該知道會這樣。妳知道他是誰——他是騙子。妳怎麼能就這樣把我送給他？」我努力忍住不哭。「我從小到大妳都一直叫我要相信妳，說在這個世界上我們只有彼此。結果妳卻這樣子對我。」

我母親沉默不語。我感覺到她的身體在我旁邊抖動，彷彿她體內有什麼要失控了。「要是有機會，我會宰了他，」她說。「可是我不知道他去了哪裡。他一直沒回我電話。」

「他仍然在磐石居，他騙得凡妮莎．利布林嫁給了他。他大概是要把她的人生攪得天翻地覆，然後再跟她離婚，奪走她有的一切。」

「喔。」然後，用怪怪的聲音說：「可憐的女孩。」一輛車駛入了我們的馬路上，大燈掃過我們，我們都安靜了下來。我看著我母親，這一眼就確認了她說謊。她的笑容扭曲，她一點也不為凡妮莎難過。

我猛地站了起來，踉蹌走過門廊。

「我的車呢？」

她茫然看著我。「我把它賣了。我以為妳短時間內出不來……」

「那拉克倫的車呢，我送他去太浩的那輛？」

「也賣了。」她低頭，聲音變得可憐兮兮的。「我得付帳單。」

「喔，拜託，媽。」我用力拉開小屋的門。我母親的喜美鑰匙就放在門裡，我一把抓了起來，連同我的皮包。

我轉身時，我母親站在我後面，一把抓住我的手腕，擋住我的去路，我很吃驚她的力道又變強了。也可能她一直都在假裝虛弱。「妳要去哪裡？」她問。

「不知道，」我說。「只要不是這裡就好。」

「別離開我。」從客廳的檯燈光線中我能看到她妝容凌亂的臉，佈滿驚慌，和著眼影的淚水一條條流在臉頰上。「我怎麼辦？」

我低頭看著她的手，看著她海貝似的粉紅色指甲和日曬的痕跡。她上個星期到底是去了哪裡，和誰在一起？不過答案很明顯，真的：我一坐了牢，而她知道她終究沒辦法靠利布林的錢來過舒服日子，她就明白了她得重操舊業，給自己找一隻肥羊。她到沙漠去究竟是籌謀了什麼？光是想到這個問題就讓我覺得好累，但我也明白了我再也沒興趣去解答了。

「妳就照妳的老方法辦，」我說。「不過這一次，等妳再搞砸，不要指望我來幫妳。」

# 34 凡妮莎

我一走進磐石居的門就發現他在等我，一臉笑容，藍色高領毛衣襯托出他的眼睛（是我送他的聖誕節禮物！），一手端著酒杯。他站在門廳裡，就在我祖父的台夫特花瓶旁，活像他是在迎接賓客到他的家裡。（他的！天啊，我做了什麼？馬麻，爹地，凱瑟琳祖母，我真的真的對不起。）

我的先生：麥可．歐布萊恩。

我在門口忙著拉行李箱，抖掉頭上的雪，他跳過來抓住行李，把他手裡的酒杯給我。我發現自己俯視著一杯深色葡萄酒，我抓緊了水晶杯腳，心神不寧。

「黑教堂城堡——在地窖裡找到的，」他主動說，察覺了我臉上的困惑。「來，我沒吻妳。」然後他的唇就貼上了我的，他的熱氣融化了沾在我身上的雪花，冰冷的水珠像眼淚一樣流下我的臉龐。他的兩隻手溜上了我的背，把我按在他柔軟的毛衣上，我能摸到底下他平靜的心跳。我的鼠蹊處有一陣情不自禁的悸動。我敢發誓一發覺他的存在，我的子宮就有生命萌生；我的體內有什麼在顫動。我忍不住，依偎到他的懷裡，想要就這樣，就讓他來照顧我。照顧我們。

我從洛杉磯一路開車回來，準備好要面對一個罪犯——我奮力駛過暴風雪，心裡想：我做得到！我做得到，我很強悍！我是凡妮莎．利布林！——發現的卻是一名深情的丈夫，像泰迪熊一樣無害。我提醒自己——他！——只是在演戲。可是他演得好像真的。

誰是他媽的凡妮莎．利布林？一個廢材，一個孬種，躲在一個姓氏的後面，可這個姓氏已經失去了所有的分量。

我向後退。「你剪頭髮了？」我問。

「妳喜歡吧？我記得妳比較喜歡短一點。」他一隻手耙過頭髮，把頭髮弄亂，讓一綹鬈髮落在一邊眼睛上。他再向我微笑，我發現欲望升起。我跟著他進廚房，爐子裡燒著火，烤箱裡在烤什麼東西——雞？馬鈴薯？——聞起來就像是家的味道。我激動得好想哭，堅定的想法隨著靴子上融化的雪花一起流失了。

他又幫自己倒了一杯酒，再轉過來看著我。我就站在門裡，一動不動，大衣也沒脫，手上的酒碰也沒碰。他的笑容一點一滴消失，然後神情一變。

「有什麼不對嗎？」他問。

外頭，雪下得又密又快，像一床沉默的裹屍布把磐石居覆住了。今晚預計會下三呎深。天氣預報說這是本季最強的一次暴風雪：會像天塌下來。（哈，還真諷刺！）我很幸運能趕回來：我才剛開過山頂，高速公路的巡警就把道路徹底封閉了。

儘管爐火溫暖，蒸汽也讓窗戶霧蒙蒙的，我還是冷得要命。

我並不知道我打算說話，可是話卻突然就說出了口，像是不假思索就放掉了手上的手榴彈。

（太快了！我還沒準備好！）

「你到底是誰？」

他放下了酒杯，眉頭微蹙，略覺迷惑。「麥可．歐布萊恩？」

「那是你的名字。可是你究竟是誰？」

他又微笑了，覺得好玩的情緒讓他的上唇抽動。「哈，表裡不一女王居然這麼問。」

這句話讓我愣住。我？「什麼意思？」

「妳的生涯就是在編織謊言。立起一個漂亮的門面給大眾羨慕，底下卻是一團糟。販賣一種根本不存在的生活。妳不覺得那是在說謊？」

「那樣又沒有傷害到別人！」（沒有嗎？）

他聳聳肩，坐在高腳凳上，輕輕把酒杯放在大理石流理台上，不停轉動，直到杯子和邊緣對齊。「妳要這麼覺得隨便妳。我可不同意。妳藉由虛構一種版本的妳來牟利，提倡一種無法實現的想望，給妳的五十萬個粉絲不安全感，害他們一輩子都得要治療錯失恐懼症。妳是個奸商，達令。跟妳同類的那些人一樣。」

我的腦子好像漿糊，黏成一坨。太氣人了，他居然那麼鎮定。他是想要混淆我；他也快成功了。

我該說什麼？我很怕會惹怒他。我仍記得他手上拿著撥火棒的恐怖一刻，我告訴了他我不如他想像中的富有，他臉上的憤怒。這間廚房裡有刀子，還有沉重的鑄鐵鍋和木柴以及各種危險物品。我要的不是大吵大鬧，我只想要他離開。

我再試一次。

「喂，我一直在想。」（別那麼衝！我讓聲音變得極柔和不穩，不過，說真的，壓根就不必費力。）「這樣子真的行嗎，你跟我？一起生活？」

他轉動流理台上的酒杯，酒杯搖搖晃晃，隨時都可能會掉下去打碎，我正要衝上去接，他已經用一根手指勾住了杯腳。「怎麼？妳不快樂？」

「我只是這麼覺得。」我瞧了一眼門上方的時鐘，才下午五點，可是廚房窗外已經是一片黑暗，連湖泊都看不見了，連雪花都看不見了。屋子的石材吸收了暴風雪的一切聲響，廚房裡好安靜，我連爐子裡母火的嘶嘶聲都聽得見。「我只是在想也許我們可以稍微有點空間。我們發展得太快了，在這麼大壓力的條件下，也許我們並不知道——」

他打斷了我。「妳只是這麼覺得。嗯，我倒覺得也許妳從來就沒有快樂過吧？我覺得妳的問題不是因為我，而是因為妳的腦子。」他一根手指敲太陽穴。「妳並不是真的想要我走，妳只是不太能相信妳有資格不孤單。所以我是不會走的，因為我知道妳會後悔。我一點也不想讓妳的自我懷疑主宰我們的關係。」他一手滑過流理台，掌心朝上，要我把手放上去。「這是為了妳，凡妮莎。要是我走了，妳會孤單寂寞。妳會恨自己拋棄了我們的感情。天底下只有我真正看見妳。」

我站在那裡，僵立不動，咀嚼著他的話。因為，喔，他說得對。他確實看見我，一向都是。我曾相信他愛我，儘管我身為人類有許許多多的缺點（或者他愛的就是我的缺點！），但現在我知道了他真正看見的是他可以剝削利用的弱點。而這一點讓我更加痛恨自己。他不愛妳，因為妳不值得愛。他只是想要詐騙妳。

然而他站在那裡，用那雙藍眸釘住我，關切的眼神是那麼的熾熱。

他繞過中島站到我面前。「我可以讓妳快樂，凡妮莎。妳得放手讓我做。妳得別再懷疑我了。」他伸出手，拉扯我的大衣拉鍊，好像是想把我拉進他懷裡。有那麼短暫的一瞬間，這似乎是最省力的一條路：就依偎過去，什麼都別管了！放棄我的自發性，接受我的弱點，讓他奪取控制權。他畢竟是我腹中孩子的父親，和他一塊扶養孩子難道不是比我自己一個人要容易嗎？試著改造他，讓我們能成為一家人？讓我自己繼續沐浴在他權宜的溫暖謊言之中？

我可以把他想要的一切都給他，而不是等著他來搶奪。反正，我要這些東西幹麼？何不直接交給他，一了百了？

可是我卻雙手按住他的胸膛，把他推開——非常用力。

我這麼做時，廚房的盡頭傳來非常清晰的聲響：樞紐吱吱叫，木頭擦過地板。一扇廚房門剛剛打開了。麥可跟我都轉頭瞪著最遠的那扇門，就是通往遊戲室的那扇，幾乎從來不使用的那扇。

妮娜站在那裡，牛仔褲自膝蓋以下濕透了，臉頰也被寒風給吹出了粉紅色，濕漉漉的大衣被雪泥弄髒了。她一隻手握著從遊戲室牆上拿下來的決鬥手槍，槍管對著我們，不過從我站的地方我不確定她是瞄準了麥可或是我。

我腳下的地板好像消失了，我的雙膝發軟，我心裡暗想：這是結局了，終於。

「別浪費時間了，」她對麥可說。「她知道。她摸清楚你的底細了。」

# 35 妮娜

我們並不是天生的禽獸，對吧？出生時，我們不都有潛能，當好人或壞人或是不好不壞的人？但是人生和環境卻仍憑著已經寫進我們基因裡的偏見在運作。我們的惡行得到獎勵，我們的缺點逃過懲罰，我們渴盼的理想永遠無法實現，於是在我們無法達成目標時就變得苦澀。我們看著世界，我們丈量自己在其中的分量，在某個位置上越陷越深。

我們在不知不覺中成了禽獸。

那就是你醒來發生的事，活了二十八年，發現你俯視著手上的槍。而你在猜倒帶鍵在哪裡，可以把你帶回一開始，讓你重頭再來一遍，看你是否會降落到一個不一樣的地方。

廚房的另一頭，凡妮莎和拉克倫僵在原地，彼此只隔著幾呎，兩人的嘴巴都張開，發出無聲的喔。「她知道，」我跟拉克倫說。「她摸清楚你的底細了。」

拉克倫看著我，再看著凡妮莎，再回頭看我。這可能是有史以來我頭一次在他的臉上看到不加掩飾的驚訝。「妳是從哪兒冒出來的？」

「牢裡，」我說。

他的眉頭緊鎖，假裝困惑。「喔？」

「拜託，有點禮貌，少給我裝出驚訝的樣子。」

他遲疑了一會兒，隨即笑了。「行。那，妳是怎麼出來的？」

「當然是繳保釋金啊。」

他在算計，仍不清楚狀況。「妳媽付的？」

「不是。」我把槍朝凡妮莎的方向比，比我想像中困難。槍至少有五磅重，那麼多的金飾和雕花，而且我汗濕的手老是握不牢槍柄。「是她找到我，把我弄出來的。」

「喔？」他踅身去看她。「嗯，靠。我真沒想到妳有那個本事！」

我不確定他指的是她或是我。我越思索就覺得可能是我們兩個。他的愛爾蘭口音，現在我知道了只是裝模作樣，聽得我咬牙。

拉克倫——不，麥可，我提醒自己——很誇張地從凡妮莎身邊退開。我得要做選擇——要把槍對著誰？——然後我發覺他臉上有放心的表情，因為他發現我仍然把槍比著她。我們的原始標的。我們聯袂到此來詐騙的富家千金。我看著他的眼睛在我倆之間閃動，接著落在我身上，帶著小小的冷笑。他又把結盟的對象改成我了，我又能享有他的恩寵了。此時此刻，這是我唯一的希望。

我順著槍管看著凡妮莎，她在發抖，緊張地回瞪我，眼睛寫著問號。我召喚出這麼些年來對利布林的痛恨，讓它浮上表面——妳什麼也不是——惡狠狠地瞪著她。她在我的眼神下瑟縮，最後只剩下兩潭綠色的驚慌，隨時會倒在地上。

等我轉頭看麥可，他在對我微笑，一種虎視眈眈的微笑，緊繃又虛假。他在等我出牌。

「她知道，」我又說。「她知道我們的計畫。她知道你不是你假裝的那個人。」

他壓根沒看凡妮莎，好像當她不在場。「好吧。我們談一談。妳有什麼打算，妮娜？妳幹麼還回來這裡？妳為什麼不趁著還有機會的時候跑到墨西哥去？」

「頭上還戴著一頂重竊盜罪的帽子？我能跑多遠？說到這一點——我需要錢，很多錢，好找一個厲害的刑事律師。多虧了你，達令。謝謝啦。」

「那，不傷感情？」他露出太多牙齒，我能看到他臉上的緊張。「希望妳別往心裡去。我只是看見了一個更好的機會。妳老是格局太小，老是在擔心不拿太多。那樣子沒法再讓我滿足了。妳跟我——已經走不下去了，妳不覺得嗎？」

凡妮莎開始一點一點向後退，一次一小步，一手在背後摸索，像是在找廚房的門。「過去那邊坐下，」我對她吼叫，揮著槍比著廚房另一邊的桌子。

她過去坐下，像隻聽話的寵物。

「現在是這樣的，無論你從她」——我比著凡妮莎——「弄到了什麼，我都要一份。否則的話我就去報警。我相信要是我把你也交給他們，他們一定會很樂意給我個認罪協商。你這條魚可比我大多了。」

「他媽的，妮娜。」他低頭看著毛衣，摘掉一根隱形的線頭。「行，可以，算妳一份。不過妳這個小把戲可把事情全搞砸了。妳要我現在怎麼辦？像妳說的，她知道了。再說了，事實證明她其實沒有錢。」

「我有錢，」凡妮莎輕聲反對。她的馬尾鬆了，頭髮蓋到臉上，我看不清她的表情。她兩手擺在桌上，按得死緊，好像是靠它來穩住自己。

麥可轉頭看她，一臉猙獰不屑。「妳有這棟房子。妳有骨董。跟有錢是兩回事。」

「那我們就拿骨董，」我跟麥可說。「我們可以找個法子。」

可是凡妮莎大搖其頭，從帘子似的頭髮往外看。「可是我真的有。我有現金，一大堆。至少一百萬。還有珠寶，我母親的珠寶，更值錢。我都給你們，只要你們離開，你們兩個。」

麥可猶豫了。「在哪裡？」

「保險箱。」

麥可雙手往上一拋。「親愛的，妳可真不會唬人。」

「保險箱是空的，」我說。「我已經看過了。」

凡妮莎的兩隻手按得更用力，都變白了。她的眼睛又紅又濕。「不是書房裡的保險箱。是遊艇上的。」

「那艘鬼遊艇在哪兒？」麥可問。

「是我母親的遊艇。在乾塢裡。船屋。」

「怎麼會有人在遊艇上放保險箱？」

「遊艇當然有保險箱。你坐過嗎？」她稍微挺直了一點，肩膀向後，幾乎是氣憤填膺。「不然你駕船去遊聖托佩的話，要把值錢的東西放在哪裡？」

麥可瞄了我一眼，尋找支援。「太浩並不是聖托佩。」

「哼，我們的船上就是有保險箱。爹地把值錢的東西都放在那裡，因為他猜到像你們這樣的人是不會聰明到知道去找那裡的。」

她的語氣又像她父親了；冷淡的輕蔑氣得我的胃反射性地翻轉。我研究她的臉，尋找說謊的跡象——眼珠亂轉，呼吸停頓——但是沒有一個地方表示她說謊。她穩穩地回瞪著我，整個態度忽然變得平靜自持。

「去銀行租個保險箱不是更簡單？」我問。

她搖頭。「他不相信銀行。」

我轉向麥可。「喂——去看看也無妨。如果是真的，會比骨董好脫手。」

麥可的眼睛瞟向窗戶，好像以為會有一艘船停泊在碼頭上，不過當然除了雪花紛飛之外只有一片漆黑的夜。「妳想現在出去？」

「只是下雪而已，」凡妮莎說。「要是我們現在去，拿到了錢，你們可以滾嗎？今晚？」

麥可轉向我。我聳聳肩：有何不可？

「行，」他說。「我們會走。」

我們跋涉過大草皮，摸黑下坡。雪已經積得很深了，把我們的靴子都吸住了，連襪子都濕了；我們歪斜、踉蹌、下沉，留下了一條凌亂的路徑。凡妮莎帶頭，在我前方幾呎處，靠直覺摸索著。

能這麼冷感覺很好，平息了我的腦子裡激烈的爭吵聲。我呼吸時會痛，但起碼表示我還在呼吸。

麥可走到我的旁邊。雪落得又密又快，不過並沒有風。外頭靜得一點聲音也沒有，我能聽到每一步的吱嘎聲，新雪被踩進了底下更硬的一層冰。

麥可抓著我的胳臂保持平衡，晃向我在我的耳邊嘟囔。「我很不願掃妳的興，不過那玩意沒有子彈。」

握著槍走路實在是太難了，所以我把槍塞進了濕漉漉的牛仔褲褲腰裡，空出兩隻手來保持平衡。「其實是有，」我說。「我檢查過了。」

他皺起了五官。「哼。不知她是幾時裝的。」他踏進了及膝深的雪堆裡，連連咒罵。「妳覺得真的有船嗎？還是說她是想要什麼手段？」

「什麼手段？她大概就跟一隻小貓咪一樣危險。再說了，我們有兩個人，她只有一個。她能把我們怎麼樣？」

「只是有點古怪罷了。」他嘆氣。「她是個他媽的騙子，那個女的。還說她沒錢。」

我在一個雪堆裡陷得太深，一隻靴子離了腳。我彎腰到雪堆裡去把靴子拔出來，再套回濕透的襪子上。「那你是在盤算什麼？你乾脆明說得了。」

他皺眉。「跟她離婚，對吧？先結婚，沒有婚前協議，再簡單不過的詐騙了。甚至還是合法的！加州是夫妻共有財產制，對吧？我就想，也許拿不到她的一半，不過起碼可以讓她給我個兩百萬打發我走。可是後來她跟我說她沒有現金，全都綁死在這棟鬼房子上了。那可就讓事情變得更棘手了，鬧離婚的話。她的律師又不可能讓我帶著磐石居的鑰匙走。所以後來我就在想，我先扮演好丈夫，讓她更改遺囑，把一切都留給我。稍微等個一陣子，再……」他聳聳肩。

「殺了她。」我沒辦法遮掩語氣中的嫌惡。

他斜睨了我一眼。「少來這一套。拜託，妳跑來這裡不也是這個打算？拿著槍亂揮？因為啊，達令，我們是沒辦法就讓她走的。她會直接去報警。」

「我知道。」可是他聳肩，一臉懷疑，好似不太能相信我敢殺人。而我不禁懷疑，同時心裡一慌，這會不會是計畫中的一個大坑：我冷血殺人的可行性，有必要的話。

雪花落在他的睫毛上，他用大衣衣袖用力擦臉。「要命喔，可惡的雪。」他搖晃不穩，隨即穩住。「順便告訴妳一聲，妳不能就只開槍打她。一定得弄成像自殺的樣子，對吧？好消息是她們家是有前科的——她媽自己了斷了，她還有個神經病弟弟。不會有人起疑的。」

「那你早就都計畫好了嘛。你打算怎麼讓她就範？」

「在馬丁尼裡下藥，弄昏她，把她吊在樓梯上。哎呀：她上吊了。哈，我還覺得也許我可以說動她自己動手呢。她已經快不行了，那個傻乎乎的笨蛋。」他暴躁地踢穿了另一堆雪。「那個計畫現在行不通了。我們得想出別的來。也許來個意外。她跌進湖裡淹死了？」

湖水就這麼憑空冒了出來，我們的腳下突然就展開了一個黑黑的真空。凡妮莎在湖岸邊等我們，兩手插進口袋裡，蒼白的臉在黑暗中像月亮。她的頭髮沾滿了融雪，開始在她的臉龐四周結成冰柱了。

「那裡。」她指著一處石頭船屋，就在幾步之外。船屋被樹木圍住，埋在雪下，等待著。

麥可去踢船屋門檻上的雪堆，讓我們能把門掰開（木頭在他的抓握下碎裂了），然後我們就站到了裡面，避開了暴雪。船屋內部像洞穴，像潮濕的石教堂。湖水輕輕拍打著碼頭；屋簷下有窸窸窣窣的聲音。某個巨大的東西在我們的上方隱現：一艘遊艇，封艙過冬。船身上的銀字寫著「茱蒂鳥」。

麥可跟我張口結舌仰視著這條古怪的幽靈。忽然有恐怖的輾壓聲迴盪，嚇得我伸手去掏槍。但是頭頂的聚光燈點亮，我就看到只是生鏽的抬船液壓系統正緩緩將遊艇放到水面上。

凡妮莎站在船屋的邊緣，一手按著開關，看著「茱蒂鳥」下降、下降、下降，最後回到水裡，輕輕搖晃。

「哇塞，」麥可嘀咕著說。

我又拔出了槍，對著凡妮莎，盯著她繞著遊艇走動，以出乎意外的穩定雙手解開保護船後半部的帆布遮篷。她把遮篷堆到甲板的一側，擦掉臉上的灰塵，再轉向我們。

「來不來？」

我們爬上了船。

「茱蒂鳥」不是一艘巨型遊艇，但很顯然它曾經是相當壯觀的一艘船，全都是晶亮的木頭和鍍鉻，長期不管已經留下了痕跡。「茱蒂鳥」的上層甲板的皮椅填料從裂縫裡向外溢，黃色污漬破壞了船橋的油漆。船首的鋁護欄生鏽了。下層甲板的橘色救生艇洩氣了，木槳散置在船尾。*什麼樣的人才會把遊艇就丟在黑暗裡任其腐爛？*我心裡想。真是浪費墮落。熟悉的怨懟在我的胸口展開，我抓住它：*利用妳的憤怒*。我把槍舉得更高。我的手不再出汗了。

就在我們所站之處的幾呎遠有一道門，凡妮莎打開來，我們看到有梯子消失在底下的黑暗裡。船艙。一股陳年的氣味——霉菌、腐壞、遺忘的東西——從敞開的門口飄出來。

「底下有兩間臥室，一間客廳和一間廚房，」凡妮莎說。「臥室在右邊——保險箱就在裡面。就在洗臉台上方，按那片木鑲板就會打開。」

麥可轉向凡妮莎。「密碼是多少？」

「我母親的生日：〇九二七五七，」她說。

他注視著樓梯下。「很黑。下面有電嗎？」

「有電燈開關，在樓梯底下。」

他轉頭看我。「我去檢查一下，妳看著她。」

他下去了一步，低頭躲過低矮的門把，高舉著手機。手電筒射出窄窄的藍光，他裹足不前，然後再跨一步——我的脈搏像瘋了一樣——然後又一步，他就離開了門口，就在這時我對準了麥可的背猛踹一腳。

他向前撲，從樓梯滾落——我只看到一眼他驚詫的表情，被滾落的手機光照亮——緊接著凡妮莎就來到了我身邊，用力把門關上，塞了一根槳到門把裡，把門卡死。

凡妮莎跟我站在碼頭上，瞪著彼此，一動不動，只是諦聽。

先是呻吟聲，接著是憤怒的吼叫聲。「賤人！」他的聲音不清楚。我聽見他跑上了樓梯，歪歪斜斜的——他八成是扭到腳踝了——然後我聽見他在捶門。「放我出去！」

他的愛爾蘭口音終於不見了。

我轉向凡妮莎，她的呼吸沉重，手指緊抓著手背的皮，留下了紅紅的印子。「門撐得住嗎？」

「我覺得可以？」她不像有把握的樣子。

能把槍放下，伸展肩膀和手掌，讓手部的血液循環恢復，我鬆了一口氣。「好，」我跟她說。「我們走吧。」

凡妮莎在船屋的牆上找到了另一個開關，盡頭的電捲門就開始上升，吱嘎亂響。升起到一半時，門卡住了——可能是結冰了，也可能只是因為許久不用後生鏽了。凡妮莎的眼睛瞪得很大，充滿了驚嚇，我心裡想：喔拜託，別找麻煩；幸好，門抖了抖，又開始向上升。不出一分鐘，我們就筆直看著外頭的湖泊，雪花紛飛，差不多只能看到身前五呎處。

又一次小小的驚嚇，因為凡妮莎從駕駛艙的一個抽屜裡拿出鑰匙，插入點火系統卻沒有動靜；不過她再試一次，引擎就活了過來。「茱蒂鳥」在它停泊的位置下震動，像一隻狗在拉扯牽繩。

她關掉了船上的燈，我們就緩緩駛向暴雪裡。

我能聽到麥可在下層船艙四處捶打鎖住的房間，高聲叫罵。門把上的木槳雖然顫動，卻牢牢撐住。他又開始捶天花板，捶得我們腳下的玻璃纖維一直震動。

「妳還好吧？」我問凡妮莎。她坐在駕駛艙裡，直接衝入雪幕中，像是每天晚上都這麼做。她現在平靜得讓人發毛。

「喔，我沒事！我好極了！」但我看得出來她把方向盤握得有多緊，手上的傷痕凍成了紫色。「妳呢？妳演得好像，不過在廚房的時候妳也好像快吐出來了。」

「我差點就吐了，」我說。她笑了，顫巍巍的興奮笑聲，不過我的本意並不是要搞笑。我倒懷疑她是不是和現實完全脫節了，還是說她目前還在否定的階段。麥可又捶了一次——很用力——直接捶在她的椅子下方，她的眉毛猛地向上挑，再恢復原狀。

凡妮莎直接駛入黑暗中，我暗自祈禱她知道是要去哪裡，因為我什麼也看不到。等我們走遠了，深入湖泊一段距離之後，我回望岸上，想看到磐石居的燈火，但是整個湖岸線都消失在雪幕中。要說我們是在月球上也差不多。

幾分鐘後，凡妮莎把船停下。我們距離湖岸多遠？半哩嗎？我不知道，不過肯定是夠遠了。我們駛入大雪裡才短短一陣子，船隻露天的部分就積了一層雪了。底下船艙的麥可終於安靜了，所以凡妮莎關掉引擎後，詭異的寂靜就籠罩住了「茱蒂鳥」。遊艇隨著波浪起伏，凡妮莎轉頭迎視我的眼睛，周遭太安靜了。感覺就像暴風雨前的寧靜，只不過雪是越下越大，覆蓋了我們的頭髮，沾著我們的睫毛，融化在我們快凍僵的手上。

我思索著接下來會發生的事。

「妳需要去報警，」我那時這麼跟她說。「他們會逮捕他。搞不好他已經被通緝了，在某個地方。」

我坐在馬赫蒙城堡酒店凡妮莎的房間床上。我的一顆心傷透了，空落落的。漫長的一天只給我留下一個想法：我的確關心我造成的混亂。我夠關心，所以我要幫助凡妮莎，即使她不明白她需要我來幫忙。我夠關心，所以我要幫她，即使會傷害到我自己。

凡妮莎緊揪著酒店浴袍，覆住她喉嚨的脆弱凹處。「我報過警了，」她說。「他們嘲笑我。」

「對，可是現在妳有了我啊。我會幫妳作證。」

她對著我眨眼。「可是那妳不就也脫不了干係？變成了從犯？」

「完全可能。」我點頭，吞嚥了一口，因為那個——在我即將宣判的刑期上再加十年——是我從回聲公園駕車到馬赫蒙城堡途中接受的命運。我準備要做高尚的事，接受我的處罰，總算能做正確的事。但是她已經在搖頭了，拒絕了這個提議。

「不，不能報警，不能有受關注的審判，不能把事情鬧大。妳想想——凡妮莎・利布林，被一個騙子騙了？那會變成頭版頭條，《浮華世界》、《紐約》雜誌，每一個部落格。我的家庭史會被挖出來讓大家瞪著看。我絕對會被毀掉，班尼也是。還有我的孩子，她會長大，發現她父親是什麼人。我不能這樣對她。她絕對不能知道她是歐布萊恩，她必須是利布林。」她必定是注意到我困惑的表情——她就擔心這個？——因為她聳聳肩，身體稍微挺直。「我只剩下我的姓氏了。」

「那好吧。我們回去，一塊質問他。兩個對一個，搞不好他會自己離開。」

她又搖頭。「妳自己說過，他是不會因為我們客客氣氣地請他走他就走的，對吧？我覺得他狠得下心來下毒手，妳不覺得嗎？妳應該見過他是怎麼用我伯公的劍的。」她頸上的肌腱上下聳動。「再說了，就算他離開了，我還是得一輩子都忙著躲他——我絕對不能上網，因為萬一他猜出了我們有了孩子呢？他會回來，利用她來對付我。」她的一隻手放到肚子上，護住了寶寶。「妳知道我說的是真的。一旦他知道了他有什麼把柄可以拿捏我，什麼也阻止不了他。」

她向我靠近，對著我眨眼，甜膩的呼吸吹在我臉上。「我們得走偏鋒，我們得讓他知道他不能跟我們亂來。我們需要一個撒手鐧，可以真的嚇壞他的把柄。」

房間內一陣沉默。底下的庭院裡有群青少年在泳池邊嬉鬧，一隻酒杯砸碎在石頭上。我看著門邊的矮櫃，我把隨身的袋子放在那裡：是一個午餐紙袋，塞滿了文件。

「我覺得我可能有，」我說。

我把槍撿起來，指著門，而凡妮莎則偷偷摸摸向前，拿掉了木槳，再把門打開。我們都縮了縮，等著麥可從門口衝出來。底下沒有危險物品——起碼凡妮莎覺得沒有——但是鬼才知道他會把什麼東西變成武器。檯燈，叉子，咖啡桌。

結果，我們只看見他坐在最上面的一階樓梯，從黑暗中朝我們眨眼。

他站了起來，眼睛從我手上的槍挪到我肩後的湖水，大概是在猜測我們究竟有什麼用意。接著他上了甲板，鞋子踩得積雪吱吱響。

「妳們想怎樣？」他咆哮。「逼我跳水嗎？」

凡妮莎跟我看著彼此。我想起了昨晚凡妮莎跟我並肩坐在飯店房間裡，她發著抖低語，脆弱的聲音沖淡了她計畫中的惡毒。（凡妮莎，天之驕子，在表面下卻是個天生的騙子。）首先，必須讓他以為妳跟他是同一邊的，好讓他放下戒心，她說。我會想出辦法來把他騙出屋子，到船屋去。到了湖上，他就沒了優勢。在那裡，會由我們主導。但問題是：必須讓他相信我們有膽子殺了他。

「直接對你開槍可能會比較簡單，」我這時說。

「太瘋狂了。」他瑟瑟發抖，對著雙手吹氣，哀懇地看著凡妮莎。「拜託，妳大可叫我走。我對妳不是威脅。」

凡妮莎稍微移動，讓我站在她和他之間。「我不認為。」

「妳，」他轉向我。「媽的，妮娜，妳也害我嚇掉了魂。好吧，妳們贏了。帶我回磐石居，我會走人。就讓我們兩個忘掉我們見過這個瘋婆子跟她墳墓似的房子。」

「閉嘴！」凡妮莎對著他尖叫。我能聽出她的呼吸加快，熱熱的氣息噴在我的耳後，她一定是快換氣過度了；我心裡想：拜託冷靜點。

他不理她，一手朝她揮動，當她是隻討厭的蟲子，隨手就能趕走。

在此期間，我一聲不吭，他一定是覺察到機會了——畢竟，我仍然是那個握著槍的人——因為他一直說個不停，聲音沙啞乾澀。「妳不需要她。我有錢，藏在別處，我們可以分。」接著：「妳幹麼要幫她？她討厭妳。妳也討厭她！」最後，偷偷摸摸地靠近，他的聲音放軟，充滿了誘哄（被同樣的聲音誘惑的女人多到我數不清，騙得她們失去了理性，陷入自我懷疑——現在終於用到我身上來了）：「妳愛我，我也愛妳。」

我被催眠了，半個人愣住，但是這句話終於把我震回現實。「愛？算了吧。你報警來抓我。你跟我母親共謀。我不過是你鎖定的另一個標的，讓你自己得利罷了。」

他笑了。「好，說得有理。可是殺人卻是另一回事，親愛的。妳真有膽子殺了我嗎？」

「你呢？」我反問。

他不回答。起風了，他的呼吸在他的臉四周形成一縷縷的煙，他在飛旋的雪花中瞇眼盯著我。

我感覺到凡妮莎的手輕輕按住了我的背。繼續。

「聽著：我們可以殺了你，只要我們想殺，」我說。「不過我們提個條件給你。我們會讓你到錢伯斯碼頭下船，你可以從那兒自己進城去。等到馬路一開通，你就立刻離開太浩，不准再回磐石居，也不准再跟凡妮莎或是我連絡。只要你敢，我們就把這些東西的影本送給警察。」

聽到這句話，凡妮莎就伸手到大衣裡，從內口袋裡掏出了一個紙袋，舉在我們三人之間，然後──彷彿是不知道該如何是好──她放開了手。袋子落在甲板上，我在麥可公寓的浴室裡找到的那些文件滑了出來。

那堆文件是可以追溯到十二年前的假身分證明：護照、駕照、銀行文書、政府核發的證件。有一份拉克倫·歐馬利的護照；也有一份是拉克倫·瓦爾許；一份布萊恩·瓦爾許；一分麥可·凱利，上頭蓋了幾個南美洲國家的海關章。有伊恩·柏克、伊恩·凱利、布萊恩·懷特的駕照，都是同一張臉孔，不同的發照州名。甚至還有兩張結婚證書──亞歷桑那和華盛頓，上頭的名字我都不認識──還有一張德州大學的學生證，日期是二〇〇二年，名字是布萊恩·歐馬利。那張照片的他剪了個寸頭，穿了件健身背心。

「我操。」他俯身去研究那堆文件，胸膛起伏。

「還有這個。」我從外套口袋撈出了一台小型錄音機。「我把你從屋子走到船屋說的每一句話都錄下來了。你對凡妮莎的企圖。所以乖一點，否則警察也會聽到。」

「勒索啊？」他的眼珠向上轉，迎視我的。「這倒是新把戲。妳媽教的？」他微笑，像是覺得好玩，但是我看出了他的嘴唇緊繃，眼珠子後在盤算什麼。

就在這堆證件的最上面是一份麥可·歐布萊恩的護照，現在沾滿了雪，那是我們在燕麥盒裡找到的。他俯身去把這一份拾起來，擦掉上頭的雪，若有所思地凝視照片。我很納悶他看著真正的自己不知道是看見了什麼。

不料，他一轉身就把護照往船外丟。

我不假思索，飛身就去搶救。我的焦點才移動了一下就足以讓麥可向前躍，快得像條蛇，把我敲到一旁。我的靴子在滑溜的甲板上側滑，我向下倒，手槍飛了出去；等我恢復平衡，槍已經到了麥可的手裡，而他直直的對著我。

他連想都不想就扣下了扳機。

雪花像扯棉搓絮被暴風吹得不停打旋，湖水猛烈地拍打船身。槍發出一聲喀。什麼也沒有。想當然耳——槍又沒有子彈。沒必要冒險的時候何必要冒險呢？我們本來就沒打算要殺了他。

麥可俯視手上的槍，臉上表情呆笨。再扣扳機——喀——再一次，驚慌讓他的五官皺成了一團。

第三次扣扳機，凡妮莎拿救生艇的木槳擊中了他的頭側。

「去死吧！」她高聲尖叫。他驚愕地倒在甲板上，她又打他，噁心的一個嘎喳聲，只可能是頭骨裂開的聲音。她仍在尖叫擊打——「去死去死」——我好不容易才奪下了她手上的槳，兩條胳臂圈住了她的胸膛阻止她尖叫。她在我的懷裡發抖，掙扎著想掙脫。她全身濕透了，一時間我還以為是融雪，後來才發覺不是，她是在出汗。

鮮血從麥可的頭下流出來，凝聚在玻璃纖維下，把他身下的白雪染紅了。我們站在那兒，感覺像是過了一輩子之久，凡妮莎的呼吸變慢，也不再發抖，我這才放開了她。她走向麥可，低頭看他。他的淡藍色眼珠木然回瞪著她。

「那，」她輕聲說。「就是這樣了。」

我奔向船邊，吐了出來。

善後的事由凡妮莎一手包辦，效率之高嚇了我一跳。她是怎麼知道要這麼做的？她從臥室衣櫃裡拿出浴袍，綁在麥可漸漸僵硬的身體上；她在浴袍的大口袋裡塞進了沉甸甸的船隻操作手冊；她還知道如何把他的屍體推過甲板的側面，而不是船尾。「我們可不想讓他卡在馬達上，」她平淡地解釋。

起先，麥可的屍體浮在水面上，包裹住他的白色絲質浴袍像是木乃伊的裹屍布。白雪聚集在他的背上，在湖面起起落落。但是不到一分鐘，他的衣服就被湖水浸透了，然後——就這樣——他沉入湖裡，消失不見。

我坐在船側發抖，麻木不覺在我臉上融化的雪，看著他沉沒。

凡妮莎拿抹布和工具櫥裡的穩潔把血擦乾淨——玻璃纖維非常好擦，跟打翻一杯雞尾酒差不多——接著把抹布也丟進湖裡，還有那支鮮血淋漓的木槳和麥可所有的偽造證件。接著她默默發動引擎，緩緩把船掉頭，我們就在暴風雪中往回走。

回程中，我回頭望著湖泊，覺得我在一片無垠的藍裡看到了什麼滑膩黝黑的東西在漂浮。可能是一段木頭。一個神秘的生物，從湖底深處浮起。一個淹死的人。

然後它就不見了。

我別開臉，看著湖岸，等著看見磐石居的燈光。

# 尾聲

一年三個月後

磐石居的春天來得早，我們在氣溫升到十六度的頭一天就把所有的窗戶都打開了，讓新鮮空氣鑽進磐石居的每一個房間，把另一個冬天的霉味驅趕出去。樹下的最後一層積雪仍沒有融盡，但是屋子附近的花床上已經有第一批番紅花爭先吐芽了。有一天我們醒來，原本還是褐色的大草皮已經換上了一床新綠。

我們在屋子裡小心謹慎地走動，我們四個，在春天的清澈光線中眨眼，仍然緊張兮兮，像幼鹿一樣繞著彼此。我們之中只有一個無畏無懼得足以把屋子填滿了尖叫和傻笑和失望的哭泣聲，但是她才七個月大。她的名字是茱蒂絲，但是我們都叫她黛西；而且我們寵愛她，無論是母親、騙子，或是有心理問題的舅舅。黛西就像個玩偶，淡黃色的頭髮，粉紅色的肥嘟嘟臉蛋，和那雙清澈的藍眸；對她的眸色我們誰都沒說什麼，只是偶爾那雙眼珠盯著我們時，我們都會不自在地打哆嗦。

我每天都在磐石居的房間裡走動，一間接一間，記錄每個房間裡的東西——這一次，是有主人的允許。每一幅畫、每一張椅子、每一支銀匙、每一座瓷鐘都注意到，細細描述，拍照，編目，存檔。我已經完成了三大本目錄，正在忙第四本。有時我會抬起頭來，發覺我在一隻西班牙波旁王室的徽章花瓶上研究了五個小時的源頭和歷史，全神貫注在渦卷飾和百合花飾上，連午餐都忘了。

到目前為止，在半年的工作之後，我進入了四十二個房間中的第十六間。凡妮莎跟我還沒討論過等我完成之後要怎麼做，但是我至少還有一年的時間可以思索。

這份工作是凡妮莎提議的。她到監獄來探監，在我被釋放的兩個月前，距離她的預產期就差幾星期。她圓滾滾的大肚子幾乎坐不進會客室的塑膠椅。她是那種身體會隨著懷孕變化的女人，她的每一個部位——頭髮、皮膚、胸部、肚子——似乎都綻放著生命。我很好奇她是不是在彌補那些為了時尚而挨餓的歲月。

「我要提供妳一份工作，檔案員，」她說，不太敢看著我的眼睛。「我沒辦法付妳很多薪水，可是我可以提供食宿和妳的日常開銷。」她挑著指甲，因為服用產前維他命而很有光澤，緊張地對我微笑。「我在考量磐石居的長遠可能。我可能會捐給我母親以前支持的這個組織，加州的心理健康協會。他們想開一所學校給有特殊需要的孩子，像是，妳也知道，班尼？」她朝我緊張地一笑，而我心裡想：喔，原來那會是她的贖罪。「不過呢，那件事得等一等，目前我得先把一大堆的骨董處理掉。我需要一個人來幫我決定什麼該賣、什麼該留、什麼該捐。」又一次停頓。「我覺得這幾十年來最注意屋子裡的東西的人大概非妳莫屬了。」

起初我不是很確定要不要接受。我本假設出獄之後我會回東岸去，看有了前科我還能不能在藝術界找到什麼工作。我想離西岸遠遠的，把我不堪的過去拋在這裡，重新開始。再說了，她很可能是想要付錢讓我閉嘴。可是何必呢？事情若是曝光了，我們兩個都沒好處。

我考慮得越多就越覺得凡妮莎的提議很有道理。我們兩個現在是綁在一條繩上的蚱蜢了，她跟我；就算我搬到四千哩遠的地方去，我也逃不開這份牽絆。凡妮莎可能是我的最佳機會，讓我重新拿回生活中的一些合法性。更何況，如果我要對自己誠實的話，能夠近距離研究磐石居難道沒讓我覺得一股興奮嗎？能夠在這麼些年後真正挖掘它的秘密？

「妳相信我不會把銀器偷走？」我說。「別忘了，我是個被定罪的重刑犯。」

她震驚地看了我一眼，隨即笑了，微微歇斯底里的笑聲，衝破了會客室的喧鬧。「我想妳已經為妳犯的罪付出代價了。」

我在被定罪之後八個月回到了磐石居。我只被判了一年兩個月，多虧了凡妮莎代我請的昂貴律師（後來我才發現是她付的錢，用我們在麥可的廚房裡找到的現金）。我被起訴的重偷盜罪減為輕罪。表現良好再加上已服刑的時間，我在十一月回到了磐石居，黛西出生的六週之後，幾乎是我以愛胥莉的身分上門來的一年之後。

那時班尼也住在這裡，在他姐姐生產時來幫忙。凡妮莎終於說服了他，讓他搬出了歐爾森中心，搬來和她同住。這是獨立生活的「試跑」，目前來看相當成功，即使失敗的幽靈總是徘徊不去：萬一……怎麼辦？但是目前平安無事，而在此期間，兩人對彼此都小心翼翼。凡妮莎總是在班尼的身邊晃，盯著他服藥，幫他買筆記簿和昂貴的鋼筆組讓他繪畫。（現在他主要是畫黛西。）而他也是個好舅舅，一遍又一遍讀《兔寶寶帕特》和《傻瓜先生》，不覺厭煩，把十年來只花在觀察昆蟲上的耐心全都用在這上面。

他們似乎很快樂，而且說真的，我也為他們開心。

我第一天回來後他跟我去散步，沿著湖岸走了很久——我們兩個經過管理人小屋時都有點生疏彆扭——我們坐在岸邊看著湖面上的船。他似乎有點遲鈍、呆滯，不像我記憶中的班尼；然而我認識的那個青少年也還在，在他歪嘴對我微笑裡，他的脖子會因為不好意思而泛紅。

「我很意外看見你在這裡，」我說。「我以為你說你永遠也不會回來。」

「我也不覺得我會回來，可是得有人看著我姐，免得她發瘋，所以我就想除了比她還瘋的人之外，誰還能看好她呢？」他撿起岸上的一塊平扁的石頭，手腕像學童一樣一抖，石頭就擲了出去，在水面上彈跳了四次才沉沒。他轉過來對我忸怩地一笑。「她也跟我保證了妳會來。」

他的微笑訴說著心碎與失落，但是也包含了一丁點的希望；而我也因此了解了凡妮莎邀請我回來的另一個原因。不是因為我在骨董上的專業知識無與倫比，也不是想買我的沉默。我是誘惑她弟的一個餌。我是來幫助她把一家人聚合起來的。

或許這就是我的贖罪。真是這樣的話，我覺得我大概也沒意見。

「我是不會對著妳單相思什麼的，如果妳是在擔心這個的話，」他往下說。「我並沒有幻覺。我是說，我有，可是並不在那種地方。我不期望妳來拯救我之類的。只是能再做朋友感覺很好，知道嗎？」

「知道。」我想到了他畫過的超級英雄妮娜，那個會用火燄劍屠龍的。我不禁想我是不是終於符合了他畫中的期待，而我的那條龍目前正在湖底漂流。也或許我才是那條龍，而我殺死了我最壞的一面；現在沒有什麼可以殺了，我終於能夠把寶劍放下來，做我自己。

「對不起，」他說，摸索著他從地上撿起的另一個石頭。「對不起，在我父親羞辱妳的那天沒能為妳挺身而出。對不起，我讓我父母害妳對自己的感覺很差，還有對不起我沒能早一點跟妳說對不起。」

「哎唷，班尼，沒關係。你那時是小孩子，」我說。「我也對不起，我媽是個投機的小賊，對你的父母做了可怕的事情。」

「那又不是妳的錯。」

「也許吧。可是我還是有很多事情需要道歉。」他給了我怪怪的一眼，我不免想——而且不是頭一次了——他懷疑多少。他不知道妳跟麥可的盤算，凡妮莎在我抵達之前這麼跟我說的。據他所知，麥可丟下我走了，我追蹤到妳是為了要因為懷疑妳向妳道歉。他想要這麼相信，就隨他吧。

我伸手去捏捏他的手，他的手指就像孩子的一樣修長柔軟。他朝我微笑，也捏了我的手。

我們默默坐了很久，看著快艇掠過，而我覺得也許我也終於能夠快樂了。

我仍然這麼覺得，雖然有些夜晚我會冒著冷汗驚醒，從夢裡冒出了什麼發自內心的冰冷東西。雪花吹過遊艇船首的感覺，靴子在滑溜的血和冰上滑動的感覺，把麥可冰冷的屍體抬起來丟進湖裡的感覺。那夜糖漿一樣濃的黑暗；以及突然之間看到遠方磐石居的燈光，像黑暗中的燈塔，腎上腺素上升的輕鬆。

似乎沒有人注意到麥可失蹤。話說回來，誰會呢？再說了，他們知道失蹤的是誰嗎？拉克倫．歐馬利？布萊恩．瓦爾許？麥可．凱利或是伊恩．凱利，或是某個我聽都沒聽過的名字？他在世上真正的足跡都因為他自己的精心設計而難以察覺，這倒是幫了我們一個忙。

我知道的是唯一一個可能會奇怪的人是我母親，但是我從丟下她一個人在黑暗中坐在門廊上的那天起就沒再跟她聯絡過。我們只傳了一則簡訊，我通知她房子的租約已經終止了，她有三十天的時間可以找個新家。將來有一天妳終究得原諒我，她如此回覆，幾乎是立刻就回的。別忘了，到頭來我們有的只是彼此。

但是我對這一點也不太確定了。說不定我母親最大的騙局就是讓我相信這句話是真的。

有些日子我會因為內疚而天人交戰，想像她住在紙箱裡，流落街頭，癌症又復發；但我了解我媽。她足智多謀，總是能想到辦法的。我只是不想知道是什麼辦法了。

我有沒有提到凡妮莎成了一名媽咪部落客？去年她獲得了二十五萬名新Instagram追蹤者，也開始設計一系列有機棉兒童服飾，叫「黛西寶貝」。門廊上隨時都堆著箱子，是她的新社群媒體贊助商寄來的：重視環保的尿布公司，挪威式傳統手作搖籃的製造商，以及超級食物泥的供應商。班尼找到了他的天職，當她的攝影師：他跟著她在磐石居裡四處轉，拍攝母親和孩子幸福洋溢的畫面，放到Instagram上，讓凡妮莎的那群鐵粉按讚。每一片髒尿布，每一次的午夜鬧脾氣都是凡妮莎的一個機會來貼上勵志的老生常談，像是活在當下，知道如何珍惜低潮；還有努力當那個你的孩子已經相信你是的人。

上星期我注意到她告訴粉絲黛西是捐精者的後代。

各位，我發覺我需要採取主動，去爭取對我最重要的東西，而不是等別人來給我！我不會再坐著等別人來跟我說我值得了：我知道我想要當母親，所以現在我是個母親了。我不需要男人來定義我自己。

這則貼文有八萬零九十八人按讚，六百九十八則留言。加油／妳是我們這些媽咪的模範／#好強／歐買尬，我有同感／愛妳。

看她的社群媒體動態消息，誰也不會知道我們殺了黛西的父親，然後把屍體丟進湖裡。但是我想重點就在這裡，對凡妮莎來說是讓她自己投入她想要定居的世界裡，懷著遺忘掉她真正居住的世界的希望。我算老幾，憑什麼說她的嘗試是錯的？我們都會打造自己的幻想，然後住在裡面，築起高牆來把我們不想看到的東西擋住。也許這代表我們瘋了，也或許這代表我們是禽獸，又或許是我們住的這個世界讓我們極難從表象和夢想中分辨出真相。

又或許，像凡妮莎的坦白說法：「只是付帳單的一個方式。」

我們只談過一次麥可，有天晚上我們喝得有點多。她跟我坐在圖書室裡——現在少了六件家具，賣掉支付日常開銷了（那幅得獎馬的恐怖畫作其實是出自英國十九世紀畫家約翰・查爾頓之手，拍賣了一萬八千元）——看著嬰兒監視器裡的黛西睡覺。冷不防間，凡妮莎伸過手來抓住了我的大腿。

「他很邪惡，」她平淡地說。「他會殺掉我們兩個，如果我們沒有先殺掉他的話。妳知道的，對吧？因為我們是逼不得已。我們不得不做！」

我俯視她的手，現在指甲剪得短短的，卻仍搽著亮晶晶的指甲油。可是槍沒子彈，我想這麼說。說不定我們還能找到別的辦法。「妳不覺得……不安？」結果我只這麼問。

「唉，當然會！」她的眼睛在明滅不定的爐火中泛著黃光。「可是我也覺得心安，我這樣說妳聽得懂嗎？我覺得更……有自信吧。像是，我終於知道我可以相信我自己的本能了。不過也可能只是因為我的醫生幫我開的藥讓我有這種感覺！」緊張的笑笑，很像那個瘋癲的、不可預測的凡妮莎，不過那一個在我回來之後就大致消失了。接著她俯身低語：「有時候我真的會聽到他的聲音。」我轉頭瞪著她，她抽回了放在我大腿上的手。「不過跟班尼的聲音不一樣，我發誓！比較像是，他像一陣低喃聲，想讓我懷疑自己；我完全不答理，他就會消失。」

我想問她：他說了什麼？因為我也會聽見他，有時候：他溫柔虛假的咕嚕聲，穿破我的惡夢，低罵著賤人、婊子、騙子、殺人兇手、無名小卒。可是我太害怕知道住在她腦子裡的黑暗東西，我自己的就夠嗆了。

昨天我開始研究三樓的一間客房，裡面都是灰塵和蜘蛛網，家具也沒有什麼來歷。可是我掀開一片防塵布卻發現了一櫃精美的麥森瓷鳥從玻璃後凝視著我。我清理了一些，欣賞了一會兒，這才決定瓷鳥太活潑，不應該繼續藏在黑暗中。

我把這套收藏拿到育嬰室，擺放在黛西的小床邊一個架子上。我把黛西抱起來，架在我的一邊髖骨上，讓她看我手上的金絲雀，卻小心不讓她抓到。

凡妮莎出現在門口——打扮整齊，準備到花園拍照，頭髮挽了個家常髻，夏日洋裝只露出不失禮統的乳溝。她看到我們就愣住了。

「沒關係，把鳥拿給她玩。」

「會打破的。值不少錢呢。」

「我知道，我不在乎。」她的嘴唇抿成了一條線，硬擠出笑臉。「她不應該害怕住在這裡。

我不想讓她覺得這個地方是個博物館，我要它是個家。」她拿走我手上的瓷鳥，拿給寶寶，她立刻就用胖嘟嘟的小手握住。

有些時候我很想相信凡妮莎跟我將來有一天可以成為真正的朋友，但是我不知道我們之間的深谷是否會有填平的一天。我們可能看著同一樣東西，卻帶著各自的視角：孩子的玩具或是一件藝術品；一隻漂亮的鳥或是一段歷史；一個美觀卻無價值的玩意或是可能賣掉來拯救生命的。畢竟，每個人的觀點都是主觀的，不可能鑽進別人的腦子裡，儘管你的意圖是好的——或是壞的。

現在讓凡妮莎夜裡睡不著的恐懼不會，將來也不會是跟我的恐懼一樣；儘管我們兩個都有同一個魔魘。而目前這一個就大到足以把我們兩個綁在一起，它是協助我們渡過深谷的橋樑，雖然有時覺得搖搖欲墜。

凡妮莎在搖椅上坐下來，把孩子緊緊抱在胸前，裙子落下來像一朵雲。黛西用兩隻貪心的小拳頭把金絲雀舉高，把鳥喙塞進了她玫瑰花苞似的小嘴裡，吸吮了起來。「看到沒？」凡妮莎笑著說，心情愉快。「現在是磨牙的玩具了！」

我能聽見小小的牙齒啃著瓷器，寶寶有節奏的喘氣聲。黛西的淡藍色眼眸，那麼像她的父親，看得人心裡發怵，從鳥頭上方平靜地凝視我，我發誓我能看出她腦子裡的想法：我的。

凡妮莎抬頭看到我在盯著看，就綻開笑容。

「班尼呢？」她問。「這應該會是一張好相片。」

# 謝辭

首先，不能免俗，我得向我的經紀人蘇珊・高倫致上十二萬分的謝意，她的智慧與輔導讓我在十三年來保持理性。妳是我的磐石。

我開始寫這本書是和一位編輯合作，完成時是另一位，我覺得能和他們兩人合作實在是我莫大的福氣。感謝茱莉・葛羅，妳在我的前四本書對我的寫作能力有堅定的信心。感謝安卓莉雅・沃克，妳的精闢見解和建議是讓這本書發光的重要關鍵。再沒有比你們更好的編輯指導了。

如果說有什麼適當的時機可以使用#蒙福的這個詞的話，那就是在我談到我從藍燈書屋團隊得到的支持時。感謝阿薇德・巴席拉德、潔思・柏尼特、瑪麗亞・伯雷柯、雷・馬爾辰、蜜雪兒・傑思敏、蘇菲・佛許伯、吉娜・聖翠羅、芭芭拉・費倫和愛瑪・卡魯索——也要感整個銷售團隊為了我那麼的辛苦工作。

多謝傑出的真實犯罪作家瑞秋・蒙羅，以及喬治・華盛頓大學的傑克・史密斯教授，你們讓我從你們的腦子裡揀選犯罪、竊盜和國際骨董偷盜世界的真知灼見。還有愛德・阿伯拉托瓦斯基醫師，謝謝你分享你的醫學專才。

姬什妮・卡席亞普不僅是位才華洋溢的作家，也是一位了不起的讀者：妳對這本書的早期回饋是無價之寶。

沒有作家能在真空中存活，而我能保持專注和靈感不斷完全是我的作家社群的功勞。我很幸運能夠每天進辦公室看到凱琳娜・喬卡諾、愛瑞卡・羅斯柴爾德、喬許・哲涂默、愛麗莎・李波能、安娜貝兒・葛維奇、琴恩・達爾斯特、約翰・蓋瑞以及第八室的其餘各位。我保證我很快會帶更多爆米花和氣泡飲去。

沒有朋友我會委廢不振，我都固定從他們那裡得到情感支持，順便討酒喝。不用點名你們也知道是誰，你們也知道我有多愛你們。

感謝潘、迪克和喬迪：一個作家能夠得到的最好的公關團隊——我是說，家人。謝謝你們重新安排巴諾書店的書籍佈置，讓我得到更好的位置，並且在克卜勒書店親手銷售我的書。

感謝葛瑞格，我的愛以及這二十年來的創意試金石：你給予我的一切我怎麼樣也形容不了。我的事業都虧了你不懈的支持和信心。也感謝奧登和席歐，他們覺得他們的母親是天底下最偉大的作家，即使他們連一個字也沒讀過：你們以你們絕對想像不到的方式幫我熬過了這本書。

最後，要鄭重感激我在寫這本書期間發現的Bookstagram社群。他們每天都提醒了我在社群媒體的世界裡也能夠有真美善生存的空間，而且他們對書籍的熱忱和對作者的支持不斷讓我感到溫馨、讓我受到啟發。像你們這樣的讀者就是我寫作的原因。